일본 근대 문호가 그린 감염병

결핵, 스페인 독감, 한센병, 매독

일본명작총서 24

일본 근대 문호가
그린 감염병

결핵, 스페인 독감, 한센병, 매독

아쿠타가와 류노스케(芥川龍之介) 외 지음
김효순 외 옮김

역락

　본 번역서는 2022년 1학기 <일본근현대문학과 번역> 수업에서 기획하여 학생들이 번역한 내용을 토대로 한 것이다.

　인류는 2020년 이래 3-4년에 걸쳐 전 지구적 차원의 유래 없는 팬데믹 상황을 경험했다. 이로 인해, 인류의 삶의 양상은 재편되었거나 재편되고 있으며 개인의 삶도 근본적 변화 양상을 보이고 있다. 가까운 예를 들어 대학의 경우 강의를 하는 교수자와 수강생들은 온라인 수업이라는 생소한 방식에 적응하며 한바탕 몸살을 알아야 했으며 사회적 거리두기나 마스크 쓰기, 손씻기 등 일상적 인간 관계나 생활의 근본적 변화에 당혹스러웠던 기억은 아직도 생생하다. 이러한 상황에서 자연스럽게 감염병에 대한 인식이나 대응 등에 대한 관심이 고조되면서 그에 대한 선례가 궁금해졌고, 2021년 <일본근현대문학의 이해>라는 수업에서 가까운 과거에 일본 문학자들의 감염병 체험은 어떠했는지, 그에 대한 인식이나 대응은 어떠했는지, 그것을 문학에서는 어떻게 그렸는지 등을 다루기로 하였다. 현재 자신들이 처한 상황과 유사한 이야기를 다루는 수업

내용에 많은 학생들이 큰 관심을 보였고, 이 관심은 2022년 1학기 <일본근현대문학과 번역>에서 각 작품들을 학생들이 현재 경험하고 있는 COVID-19 상황과 관련지어 작품의 의미를 새롭게 해석하고 한국어로 번역하여 소개하는 기획으로 이어졌다.

이와 같은 배경에서 기획된 본서는 학부생들로서는 다소 어려울 수도 있음에도 불구하고, 많은 학생들이 현재의 COVID-19 상황과 관련하여 적극적으로 작품에 대한 새로운 해석을 시도하며 번역에 참가한데 대해 기획자로서 큰 보람을 느낀다. 해제 부분에서는 학생들의 작품해석을 가급적 살려서 기술하였음을 밝혀둔다. 아울러 학기가 끝난 방학 중에도 코멘트를 반영하여 번역을 보완하고 통일하여 원고를 보내 준 고유원, 노리모토 미로쿠, 목지원, 사카구치 미유, 서지원, 신민규, 원선영, 이주석, 이준영, 이지우(이상 가나다순) 학생에게 감사의 마음을 전한다. 아울러 출판사의 바쁜 일정 가운데 학생들의 번역을 편자를 믿고 출판을 허락해 주신 박태훈 이사님과 번거로웠을 편집을 끝까지 꼼꼼하게 챙겨주신 이태곤 이사님께도 감사의 말씀을 전합니다.

2023년 4월

김효순

■차례

한센병을 그린 소설

매독을 그린 소설

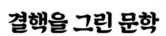

결핵을 그린 문학

잔국(残菊)

히로쓰 류로(広津柳浪)

이제부터 옛날이야기를 하려고 합니다. 세상에 아무리 불안한 일이 있다고 해도 그때만큼 불안한 일은 없고, 슬픔도 아쉬움도 또한 그때보다 더 한 일은 없을 것입니다. 지나가버린 옛날 모습, 나에게 다가오는 괴로움, 아직 알지 못하는 세상에 대한 불안감…… 마치 꽃잎이 지는 것처럼. 그때 저의 마음을 돌이켜보면 꿈만 같습니다.

제가 열아홉 살 되던 해 봄의 일입니다. 어느 날 저녁 갑자기 열이 났습니다. 게다가 아침저녁에는 기침도 나옵니다. 그렇게까지 힘들지는 않았기 때문에 며칠 전 매화꽃을 보러 갔을 때 돌아오는 길에 밤이 되어 몸에 스며든 추위로 인해 감기에 걸린 것이라고 멋대로 단정짓고는, 어머니께서 말씀하시는 대로 감기약을 사용해 보았습니다.

"뭐 내일이면 나아지겠지."

어머니도 그렇게 말씀하시니 저도 그럴 거라고 믿었고, 그 후 4, 5일 동안은 이 '하겠지'에 현혹돼 병원에 갈 생각도 하지 않았습니다. 그러나 4, 5일은커녕 일주일이 지나도 기침은 점점 심해질 뿐, 열도 떨어질 기미가 보이지 않습니다. 게다가 기침을 할 때마다 오른쪽 등에서부터 가슴에 걸쳐 바늘로 콕콕 찌르는 듯한 묘한 통증이 느껴집니다. 저는 그때서야 비로소 예사 감기가 아니라 혹시 심각한 병은 아닐까라는 생각이 들었습니다. 그러나 어머니께는 말씀드리지 않고 숨겼습니다. 그렇지 않아도 어머니는 신경이 예민하신 분이라 더 이상 걱정을 끼치는 것은 너무나 안쓰러웠기 때문입니다. 하지만 그렇게 마음을 쓴 것도 결국 헛수고가 되고 말았습니다.

어느 날 아침의 일입니다. 어머니는 평소처럼 직접 다리신 감기약을 누워있는 제 옆으로 가지고 와서는 제 얼굴을 여러 번 쳐다보시며 걱정스러운 표정으로 물어보십니다.

"오코(お香), 오늘 아침은 기분은 좀 어떠냐?"

얼굴에 수심을 띠고 물어보십니다.

"네, 아주 좋아요. 오늘은 일어나볼까 해요."

하루 하루 날이 갈수록 달라지는 기분, 일어날 수 있을 것 같은 조짐은 전혀 보이지 않았지만 일부러 그렇게 대답해 봤습니다. 어머니는 기쁜 듯이 환하게 웃으시며 말씀하십니다.

"하루 하루……아유 그것 참 너무 반가운 말이구나. 자 이 약을 먹으렴.……아이고 아직 일어나면 안 되지."

한결같은 어머니의 사랑, 겨우 이만한 일에도 손바닥 뒤집듯 안색이 좋아지십니다. 저는 그런 어머니의 마음이 황송스러워 문득 눈물이 차오릅니다. 어머니의 사랑이 담긴 약 종지를 손에 들고 입에 대려고 하는데, 이게 어떻게 된 일인지, 나도 모르게 저절로 손이 덜덜 떨려서 종지에 가득 따른 감기약이 파도를 일으키며 넘치려 합니다. 저는 흘리지 않으려고 손에 힘을 주었지만 오히려 더 떨리는 바람에 아깝게도 아프지도 않은 다다미(畳)[1]에 약을 먹이고 말았습니다. 깜짝 놀라서 옆에 있는 손수건을 집으려고 손을 뻗어 몸을 움직이자 가벼운 기침이 두세 번 나왔습니다. 어쩐지 목이 간지럽게 느껴져 콜록콜록 기침을 하면서 목에 힘을 준 순간……어머나, 피……새빨간 핏덩어리가 하나 내 입에서………약을 닦으려던 어머니의 손은 마치 2월의 꽃 같았습니다.

"에그머니, 피가……"

약을 닦는 것도 잊으신 채 어머니는 제 얼굴을 쳐다보십니다. 저의 그때 얼굴……나중에 어머니께 들은 바에 의하면……안색은 창백하고 입술은 와들와들 떨렸으며, 어머니를 쳐다보는 눈은 영 힘이 없이 젖어 있었고, 어쩐지 그 안에 무시무시한 기운이 느껴졌다고 합니다. 손수건을 잡은 손이 떨리고 있었던 것은 저도 확실히 기억하고 있습니다. 이대로 제가 죽어버리는 것은 아닌가 하여 어머니는 아주 당황하셨다고 합니다. 그러나 그때 저의 얼굴이 그런 식

---

1 일본식 가옥의 실내에 까는 돗자리로 속에 짚을 넣는다.

으로 보였던 것은 아마도 병 때문이라기보다는 오히려 충격을 받았기 때문이라고 할 수 있습니다. 어머니의 표정은 그때 제 상태가 얼마나 심각했는지 잘 보여줄 정도로 당황하신 것 같았습니다.

"어떻게 된 일일까? 대체 왜 이런 피가."

어머니의 목소리는 파도가 치는 것처럼 떨리고 있습니다. 제가 마음속에 두고 있던 의심, 그것을 어머니께서 먼저 눈치 채셨습니다. 그러나 저는 아무렇지도 않은 표정으로,

"그러게요……뭐 별거 아닐 거예요."

라고 가볍게 대답해봤습니다.

"하지만 혹시 폐……"

이렇게 말하다가 망설이시던 어머니의 마음은 굳이 말씀을 하지 않으셔도 다 알고 있습니다.

"혹시 우리가 걱정하고 있는 그런 병이 아닐까?"

저도 폐……이 아름다운 피를 보니 폐병이 아닐까라는 다소 불쾌한 느낌이 들어 견딜 수가 없습니다. 하지만 저는 마음을 터놓고 대답할 수가 없습니다. 어머니께서 폐라고 하시다가 망설이셨던 마음……어머니께서 저를 생각하시는 마음도 제가 어머니를 생각하는 마음도 그것은 바로 은애라고 할 수 있기 때문이지요. 저는 어쩔 수 없이 거짓말……속이는 것이 나쁜 짓이라는 것은 알고 있지만……걱정을 끼치고 싶지 않다는 생각에,

"어머니, 그렇게 걱정하실 정도의 일은 아닌 것 같아요. 폐에서 나오는 피는 가래 안에 실 같은 가닥이 섞여 있어 끈적끈적 늘어난

다고 합니다. 이 피를 보세요⋯⋯이렇게 뭉쳐 있잖아요."

"그렇구나."

어머니는 그제서야 손을 닦고 유모를 불러 다다미에 묻은 피를 닦게 합니다.

"어머, 마님께서⋯⋯"

유모도 제 얼굴을 보고는 눈이 휘둥그레졌습니다. 저는 최대한 티가 안 나게 괜찮은 척 하고 있었으나 어머니의 얼굴을 보니⋯⋯ 유모의 등에 업힌 오초(お蝶)를 보니 마음대로 안 되는 눈물이 이미⋯⋯어머니가 보고 의심하실까 봐 눈을 다다미 쪽으로 돌렸지만 아주 마음이 아픕니다.

2시간 정도 지나서 오전 10시쯤, 예전부터 친하게 지내는 의사 선생님⋯⋯어머니께서 부처님처럼 믿고 계시는⋯⋯께서 어머니의 안내로 제 방에 들어오셨습니다. 제 남편의 친구이기도 한 이 의사 선생님은 오랫동안 서양에서 유학한 적도 있어 치료도 상당히 잘 하실 뿐만 아니라 사람들이 깜짝 놀랄 만한 수술을 한 적도 있고, 특히 폐병에 관해서는 꽤 이름을 날린 분입니다. 게다가 어머니뿐만 아니라 저도 이 선생님을 충분히 신뢰하고 있는 것은 남편의 친구이기 때문만은 아닙니다. 제 사촌 동생인⋯⋯아니 자매라고 해도 될 정도로 사이가 좋은⋯⋯오하나(お花)라는 친구가 작년에 장티푸스에 걸려 이미 숨이 끊긴 상태였던 것을 되살린 적도 있습니다. 그것도 다른 의사들은 포기해 버린 것을 말입니다.⋯⋯저는 오하나를 옆에서 돌보면서 그 모습을 지켜보고 있었습니다. 지금 이

의사 선생님께 진찰을 받으면 무슨 병인지도 확실하게 판명될 것이고 증상에 맞는 약도 적당히 처방해 주실 것이기 때문에 곧 완쾌될 것이라는 큰 용기가 마음에 생겼습니다. 그러나 생각해보면 또 가슴이 두근거리기도 합니다. 혹시 폐병⋯⋯폐병의 명의로 유명한 의사⋯⋯만약 폐병이라고 말씀하신다면⋯⋯명의라도 힘에 부치는 폐병이라고 말씀하신다면, 저는 박복한 신세라며 포기할 수도 있지만 실망하시는 어머니의 모습, 의지할 곳 없는 오초⋯⋯주눅이 들어 맥을 잡는 것도 무섭게 느껴져 그때의 맥박은 아마 수치를 제대로 측정할 수 없을 정도로 빨랐습니다. 그리고 가슴을 타진할 때의 고통, 한 번 칠 때 마다⋯⋯못이 박히는 것 같고⋯⋯그 울림이 좋은 것인지 나쁜 것인지는 물론 알 도리도 없지만, 나쁜 게 아닌가 하고 생각하니 여기 저기 모두 어떤 소리도 신경 쓰이게 탁한 소리를 냅니다. 소리가 한 번 날 때마다 저도 어머니도 의사 선생님의 얼굴에서 눈을 뗄 수가 없습니다. 의사 선생님이 제 가슴에 수건을 덮어 놓고 그 위에 귀를 대고⋯⋯숨을 깊게 들이마시고⋯⋯기침을 세게⋯⋯라고 하실 때마다 속일 수 있다면 속여도 보고 싶을 정도로 괴로웠습니다. 마침내 진찰도 끝나고 의사 선생님이 제 얼굴을 가만히 바라보고 있자, 어머니가 걱정스러운 듯 무릎걸음으로 다가가 병명을 물으십니다. 지금 그 입에서 나오는 선생님의 목소리, 무슨 말인가 하려다가 망설이시는 그 마음, 평소와 달리 어색하게 가라앉은 그 표정, 제 운명이 지금 결정될 것이기 때문에⋯⋯지금 운명이 결정되는 것인가 하고 생각하니 의사가 더 싫어져서 갑자기 세상에 의사라는 사람이 없었으면 좋겠다……폐병이라는 불쾌한 병, 아니 폐라는 불쾌한 기관이 왜 인간에게 필요한가 하는 괜한 불만까지 생겨 가슴을 괴롭힙니다. 그러나 병명은 너무너무 알고 싶습니다. 폐병이라는 진단을 받으면 어쩌나 하는 공포심은 잔뜩 있습니다만, 그래도 역시 결과를 알지 못해서는 어쩐지 안절부절 못하는 마음이 듭니다. 저는 이때 사람 마음이라는 게 얼마나 부질없는 것인가를 처음 깨달았을 정도입니다. 뿐만 아니라 왠지 조급한 마음이 들어 선생님의 차분한 망설임은 오히려 내 입을 먼저 열게 했습니다.

"선생님, 폐병인가 보네요."

의사 선생님은 환하게 웃으시며 익숙한 표정으로 대답합니다.

"아니, 폐……폐렴은 아닌 것 같습니다. 기관지염인 것 같습니다."

어머니는 폐병이 아니라는 말을 듣는 순간 기뻐하셨고 미간의 주름도 펴지면서 안색도 좀 밝아졌습니다.

"아이고, 감사합니다. 오코, 폐병이 아니라서 다행이구나……. 근데 선생님, 피는 왜 토한 것일까요?"

"아, 그 피 말입니까?"

"네, 폐병이 아니더라도 피를 토하기도 하는 건가요?"

"맞아요.……"

선생님은 제 얼굴을 쳐다보십니다. 저는 이상하게 긴장되어 마음이 편하지가 않습니다.

"기관지에 염증이 있는 것이지, 폐에서 피를 토했다고 보기는 어렵습니다."

"폐에서 토한 게 아니군요. 정말 감사합니다. 특별히 걱정할 정도의 일은 아닌 것이지요?……."

"금방 완쾌되실 겁니다. 하지만 양생이 중요합니다."

"네. 정말 감사합니다."

어머니께서 설교라도 듣는 것처럼 감사의 인사를 반복하여 말씀하시는 그 마음, 생각하면 너무 안쓰러워 견딜 수가 없습니다.

선생님은 바로 인사를 하시고 자리에서 일어나셨습니다. 그리고 거실에 가서 어머니와 세상사는 이야기라도 하신 것인지, 댁으로 돌아가신 것은 대략 30분이나 지나서입니다. 병에 걸리면 말할 것도 없이 의지할 수 있는 것은 의사뿐입니다. 그 의사가 폐병이 아니라고 하면……설령 폐병이라 하더라도……찜찜하던 마음도 많이 개운해지고 기분 탓인지 가슴 통증도 어느 정도 편안해 집니다. 세상에 사람들이 쓸데없이 의심을 하지 않으면 얼마나 좋을까 하며 최근 누군가가 정곡을 찔러 이야기했습니다만, 그렇지 않아도 여자는 의심이 많은 법입니다. 저는 최대한 조심스럽게 행동하려고 예전부터 다짐하고 있었지만, 아마 예민해져서 그런지 이것저것 뭐든 신경이 쓰여 별거 아닌 사소한 일까지 쓸데없이 걱정을 자주 합니다. 지금도 그 의심병이 도졌는지……아무것도 하지 않고 누워있으면 망상은 쌓여가는 법……의사의 말을 믿으려고 해도 그러지 못하게 됩니다. 그것은 가래에 피가……어머니께는 숨기고 보여 드리지는 않았지만, 의사 선생님이 가신 후 실처럼 보이는 피가 가래에서 끈적거리면서 나왔기 때문입니다. 게다가 기침이 나오려는 것을 입을 다물고 참고 있으면 목을 거쳐 코를 지나가는 숨 냄새……그 피비린내! 속이 울렁거리고 토할 것 같은 기분이 듭니다. 그러나 의사는 폐에서 시작된 각혈이 아니라고 합니다. 바로 그 점이 제가 의심을 품게 되는 원인입니다. 제가 전부터 들어서 알고 있는 폐병의 증상, 일일이 다 가슴을 파고 듭니다. 만약 제가 의사라면 좋은 의사는 아니더라도 다른 사람 병에 저와 같은 증상이 보였을 때는 저는 망설이지 않고 폐병이라고 진단할 것 같습니다. 아무리 생각해도 폐병이 틀림없습니다. 하지만 의사는 폐에서 시작된 각혈이 아니라고 합니다. 설마 의사가 사람을 속이는 일은 없을 것입니다. 의사가 하는 말은 비록 어떤 말이더라도 그것을 믿는 것이 환자의 의무입니다. 그래서 저는 최대한 의사의 말을 믿어보려고 하지만, 이런저런 의심들이 그 결심을 흔들려고 합니다. 게다가 더욱 저의 의심을 크게 만든 것은 환자가 마음을 약하게 먹지 않게 일부러 병명을 알리지 않는 풍습……풍습이라기보다는 차라리 수단……이 있기 때문입니다. 그 의사 선생님도 안심시키려고 한 말은 아닐까, 남편의 친구이기도 하니 말이야. 설마 그런 일은 없겠지. 그렇다면 흔한 기관지염일지도 몰라. 아무래도 안심시키려고 한 말인 것 같아……이 숨 냄새……저 실 같은 피는…… 의사가 뭐라고 하든 아무리 생각해봐도 폐병이야……아아, 폐병……어쩌다 폐병에 걸렸을까. 우리 집안에 이 병이 유전되지는 않을 텐데……이 병 때문에 죽은 사람은 아무도 없어. 내가 시조……이 병의 시조가 되어 자손들을 불행하게 만들다니. 오초에게도 유전되는 것은 아닐까?……유전되면 어쩌지……불쌍하게도 죄 없는 아이까지……도저히 모르겠어. 왜 이런 병에 걸렸을까. 결국 폐병인 것일까? 아아 박복한 내 팔자. 무슨 죄를 지어 내 팔자가 이렇게 박복해진 것일까? 이렇게 스스로 마음을 다잡아 봐도 미련을 버리지 못 하는 게 사람 마음입니다! 의사가 한 말……폐에서 시작된 각혈은 아니다……그것이 아직 혹시나 하는 한 가닥 희망의 끈이 되어 거기에 매달리고 있습니다. 길이로 따지면 세 치 정도의 끈, 그것이 일곱 치보다 더 많은 것들을 이어주고 있습니다. 이 때 오초의 유모가 방에 들어왔습니다. 저는 모유의 양이 적어 오초의 육아는 모두 이 유모에게 맡기고 있기 때문에 밤에는 오초를 제 곁에 재우지 않습니다. 다행히 마음씨가 고운 여자로……아이를 남달리 많이 예뻐하는, 주인을 배려할 줄 알고……신문도 읽고 대충은 이해할 수 있을 뿐만 아니라, 바느질도 꽤 잘 해서 오초의 평상복 정도는 제 손을 빌릴 필요도 없습니다. 이런 유모가 지금 제 방에 들어와 오초를 업은 채 앉기도 전에 먼저,

"마님……"

하고 부르며 저를 바라보는 그 눈에는 눈물이 가득 차 있습니다. 원체 솔직한 성격이고 이상하게 정이 많은데다가 그것을 마음에 담아둘 수 없는 여자. 또 스에(未)……부엌데기의 이름……와 싸우기라도 했나 하며,

"무슨 일이야……? 뭐가 그렇게 억울해……? 마음에 안 드는 일도 있겠지만 내 얼굴을 봐서 용서해 줘."

저는 달래봤습니다. 유모는 참을 수 없었는지 뚝뚝 눈물을 흘렸고, 그 눈물은 업고 있다가 앞으로 안은 오초 얼굴에 떨어집니다. 잘 자고 있다가 잠이 깬 오초는 아무 것도 모르고 유모와 제 얼굴을 번갈아가며 보고 있습니다. 아직 어려서 물정을 모르는 오초의 천진난만한 모습을 본 유모는 무슨 생각을 하는지 울먹이며 제게 다그칩니다.

"마님, 마님은……"

저는 전혀 이유를 모르겠습니다. 이 유모도 저와 같은 액년[2]인 열아홉 살로, 열여섯 살 때 시집간 남편이 술과 계집질에 빠져 재산을 탕진하고 열일곱 살 때에는 다른 여자와 함께 집을 나가 버렸습니다. 뿐만 아니라 그 해 말에는 세상에 둘도 없는 사랑하는 자식을 여읜, 정말 박복한 여자입니다. 저도 유모의 불행이 마치 내 일처럼 마음이 아파 될 수 있는 한 신경을 쓰고 아껴 줬다고 생각합니다. 그런 유모가 지금 울먹이며 저를 다그칩니다. 그렇게 아껴 주었는데 도대체 무엇이 서운했나 하는 생각이 들어, 저는 좀 화가 났습니다. 여자는 이렇게 속이 좁은 동물입니다.

"네가 뭐가 마음에 안 드는지 모르겠지만, 나에게 서운한 게 있

---

2 음양도(陰陽道)에서 일생 중 재난을 맞기 쉽다고 하는 해로, 남자는 25, 42, 60세, 여자는 19, 33세를 이름.

다면 무슨 일이든 신경 쓰지 말고 말을 해 봐."

유모는 눈물에 젖은 눈이 휘둥그레지며 기가 막히다는 표정을 짓습니다.

"어머, 무슨 말씀이세요. 마님, 제가 어떻게 그런 버릇없는 생각을 하겠어요? 저는 그냥……오초 애기씨가 불쌍해서……"

그렇게 말하며 또 눈물을 흘립니다.

"오초가 왜……? 네가 그렇게 울고만 있으니 무슨 일인지 모르겠잖아. 자, 좀 진정하고 왜 울고 있는지 얘기해 봐."

"애기씨가 불쌍해요. 아까 큰마님과 의사 선생님이 하시는 말씀을 장지문 틈으로 몰래 들었는데요, 마님, 이번 마님의 병은……."

따뜻한 물과 차가운 물을 동시에 맞은 것 같은 기분입니다.……큰마님과 의사 선생님이 몰래 나눈 말씀……이번 병……새삼 가슴도 뜁니다.

"선생님이 뭐라고 하셨는데?"

"선생님 말씀에 따르면, 이번 마님의 병은 아주 어렵대요, 겨……음, 겨 뭐라고 하셨는데……."

"혹시 결핵이라고 하셨어?"

"네, 그게 결핵으로, 완쾌되기는 아주 힘들다, 아주 조리를 잘하지 않으시면……서방님 성함을 말씀하시며……, 집에 안 계시니 걱정입니다……."

"어머니는 뭐라고 하셨어?"

"네네 하고 끄덕끄덕 하시면서 많이 난감해 하셨습니다."

많이 난감해 하셨다…….

그 결핵이……결국은 고칠 수 없다는 폐결핵이었던가? 내가 설핏 듣고 상상한 것이 불행하게도 들어맞았습니다. 저는 저도 모르게 한숨이 나왔습니다. 그리고 한심한 생각이 들고 너무 방심했나 하는 생각이 들었을 정도입니다.

"엄마, 아픈 거 괜찮아?"

아직 제대로 말도 떼지도 않았는데 언제 배웠는지 내 손에 매달리는 오초. 바로 끌어안고 얼굴에 뺨을 대고 ……가여워 하는 것은 유모의 눈물입니다.

지금까지는 말하자면 이야기의 발단. 이제부터 잠시 제 이력을 말씀 드리겠습니다.

제 아버님은 사쿠라이 마사카즈(桜井正一)라고 해서 유신[3] 전까지는 대대로 가와치(河内) 평야[4]에 살면서 사람들에게 존경을 받던 향사입니다. 그런 아버지와 헤어진 것은 제가 네 살 때로, 이후에는 어머니 혼자 손으로 저를 키우셨습니다. 어머니는 남자 못지 않아서, 아버지가 병사하신 후에도 친척들에게 홀대당하지 않고 다른 사람들에게도 무시당하는 일이 없었습니다. 단지 유일한 소망은 저를 잘 키워서 사쿠라이가의 혈통을 잇게 하겠다는 것이었습니다.

---

3 1868년의 메이지유신(明治維新). 에도막부(江戸幕府)에 의한 막번체제(幕藩体制)에서 천황제 체제로 전환함.

4 오사카후(大阪府) 동부의 평야.

그러기 위해서는 제 교육이 첫째. 막상 교육이라고 해도 습자를 가르치는 서당 같은 학교 정도입니다. 그것도 좋은 교사가 있으면 좋겠지만, 진피(陳皮)는 귤껍질이라고 외우며 『상한론(傷寒論)』[5] 한 권정도 겉핥기식으로 배운 듯한 돌팔이 의사가 약간 높은 곳에서 마치 옛 겐자에몬(源左衛門)[6] 같은 시골 선비 모습을 하고 있었습니다. 그런 사람에게 귀한 자식을 딱히 부탁을 할 수도 없고, 친척 누구누구 하며 거론을 해 봤자 그저 순박한 점만을 내세울 수 있을 뿐 아무도 의논 상대가 될 만한 사람도 없습니다. 지금 같으면 오사카(大阪)에도 여자를 교육하는 학교가 있지만, 그 무렵에는 도쿄(東京)에 여자사범학교가 있을 뿐. 다행히 어머니의 오빠가 도쿄에서 관원을 하고 있어서 무슨 일이 있으면 모두 그 오빠와 의논을 하고, 그 끝에 도쿄로 나올 생각을 했습니다. 선조 대대로 이어져 내려온 선산을 등지고 애석하게도 딸을 어중간하게 교육시키는 것은 죽은 아버지도 기뻐하지 않을 것이다, 그렇게 초조해하지 말고 친척 중에서 좋은 사위를 들여서 교토에 있는 본산(本山)[7]을 참배하며 천수를 누려라. ……평소에는 그런 생각을 하지 않는 사람들도 모두 하나같이 조언을 합니다. 하지만 그 조언도 듣지 않고 어머니는 당신 힘

---

5 중국 후한 시대의 의학서. 장기(張機=張仲景)가 저술한 『상한잡병론(傷寒雜病論)』의 '상한(傷寒)'에 관한 부분을 후대에 재편한 것.

6 가마쿠라시대(鎌倉時代)의 무사 사노 겐자에몬(佐野源左衛門). 생몰년도 미상.

7 각 종파의 말사(末寺)를 총괄하는 총본산.

으로 비용을 마련하여 정든 고향의 어둑어둑한 고개, 산봉우리의 흰 구름에 아쉬움을 남기고 오사카를 뒤로 하였습니다. 그리하여 고베(神戶)에서 미쓰비시(三菱) 기선에 몸을 실은 것은 1878년 가을, 제가 열두 살 때의 일입니다.

학교를 다닐 무렵, 지리서에서 배운 도쿄. 사촌 동생이 보내준 그림 두루마리에서 본 긴자(銀座). 사진으로 보았던 외삼촌, 외숙모와 사촌오빠 등의 얼굴, 사촌동생들과 노는 즐거움. 마을 관청을 열 군데나 들러 찾은 학교, 그 친구들의 풍속, 머리, 의상. 그런 것들이 한없이 마음속에 떠올라 눈앞에 보이는 것 같습니다. 거칠어서 무섭다고 들은 엔슈나다(遠州灘) 바다도 그런 상상을 하는 가운데 벌써 건너고 후지산을 그만 놓치고 보지 못한 것을 이제 다시는 보지 못할 것처럼 아까워하기도 했습니다. 요코하마(橫浜)에 도착하기 전날은 하루가 얼마나 길었던지, 처음으로 도톤보리(道頓堀)에 연극을 보러 가기 전날 밤도 그 정도는 아니었습니다. 뱃전의 가스등에 눈이 휘둥그레져서 요코하마 선착장에 오르니 그곳에는 기다리고 계시던 외삼촌 온치 신하치(恩地新八), 사촌동생 고타로(小太郎)와 여동생 오하나(花). 얼굴 표정 하며 풍속 하며 상상했던 것과 조금도 다르지 않은 것이 신기했습니다. ……아아…… 사진으로 만났던 사람들입니다. 그리고 신바시(新橋)에 도착해서 긴자(銀座), 니혼바시(日本橋), 우에노(上野), 이렇게 같이 탄 오하나가 가르쳐 주어도 …… 인력거에서 보는 것이기 때문에 주마간산 격…… 여기가 거긴가, 여기가 거기구나 하는 사이에 네기시(根岸)의 외삼촌 댁에 도착했습니다. 도착하자 서로 반가워하는 것은……그 느낌은 누구나 아실 것입니다.……말할 필요도 없습니다.

그리고 나서 한 달 정도는 연극을 보고 구경을 하며 지냈고 다음 달 말에는 혼고(本郷)의 니시카타초(西片町)에 그럴 듯한 집을 빌려 그리로 이사를 했습니다. 스루가다이(駿河台)에 있는 지금의 집은 결혼을 한 후에 산 것으로, 그 때는 겨우 세 칸짜리 집. 지금도 여전히 쓰고 있는 스에(末)를 교사로 삼아 가사 경제 중 한 과목을 처음 배운 것도 이 집에서입니다. 시골 집과는 달리 창문을 열면 바로 대로. 그곳을 지나가는 사람들……장사꾼들의 소리도 신기했고 특히 새롭고 신기한 것은 여학생들의 풍속과 남자 같은 말씨……저는 그저 그것이 부러워서 하루라도 빨리 학교에 다니고 싶어졌습니다. 원래 도쿄에 올라오자마자 입학을 했어야 했습니다만, 외삼촌의 주의로……상황이 좋은 학교를 고르기 위해서 지금까지 유예한 것입니다. 만약 제가 도쿄의 상황을 알고 있었다면……무분별하게 어떤 학교에 입학을 했다면 매일 보는 여학생들처럼 어쩌면 천금이나 되는 몸을……저희 집안으로서는……망쳤을지도 모릅니다.

어느 날의 일입니다. 사촌오빠인 고타로(小太郎)─온치의 둘째 아들─가 와서 적당한 학교를 찾았다고 알려줬습니다. 그것은 시타야(下谷)의 어떤 사립학교로 학생들도 대부분은 고관대작의 영양, 풍기도 좋고 교사도 여성이며 지극히 적당한 학교로 생각된다는 외삼촌의 전언이었습니다. 애초에 외삼촌에게 부탁을 해 두었기에 어머니에게 이론이 있을 리 없었고 저는 그 학교에 다니기로 했습니다.

저는 열여섯 봄에 그 사립학교를 졸업했습니다. 그리고 그 해 겨울 마침내 남편이 있는 몸이 되었습니다. 그 남편은 사촌오빠인 고타로로, 이렇게 되기까지에는 여러 가지……우선 이곳에서는 어머니의 마음에 들어 외삼촌 부부와 의논한 결과라고 해 두지요. 아니, 이곳에서는 고타로의 성격이 활달하고, 어딘가 진심이 있다는 사실이 저로 하여금 두렵기도 하고 부끄럽기도 한 날을 손꼽아 기다리게 했다고 해 두겠습니다. 남편은 그 해 스물두 살이었고 졸업시험 성적이 발군하여 관비로 양행을 하게 되었습니다. 그것은 다음 해 봄의 일로……혼례를 치룬지 다섯 달째 …… 양행을 하는 남편의 명예는 제 머리 꼭대기에서까지 빛이 나게 되었습니다. 그 빛나는 명예……다른 사람들도 부러워하는 몸인데, 행여나 우는 얼굴을 보일 수 있겠습니까? 거기에 더해서 지난달부터 홀몸이 아닌 몸…… 그것을 어머니에게 말씀을 드리고 보니……기쁘기도 하고 슬프기도 하고, 무슨 일이든 눈물이 앞섭니다.

그립기도 하고 원망스럽기도 한 마음. 근심스런 가운데도 즐거운 마음으로 달을 다 채우고 12월 초에 쉽게 몸을 풀었고 그렇게 해서 태어난 것이 이 오초. 첫 아이, 첫 손자를 본 어머니와 저, 기쁘기도 하고 신기하기도 하여 일가는 떠들썩합니다. 온치 일가도 축하 자리에서 모두 말합니다.

"고타로가 있다면 얼마나 기뻐할까,……."

외삼촌, 외숙모의 푸념……누가 아니래요 라고 쓸데없이 푸념하며, 7일째 밤의 팥밥, 33일째의 신사 참배, 백일째의 첫 음식 먹이기, 더딘 것 같아도 어느새 다 지나갔습니다. 세월이 흐름에 따라 서글서글한 눈이 아버지를 닮고 사랑스런 입가가 어머니를 닮았다고 남들도 이야기하고 제가 생각해도 그런 것이, 어머니가 되어 보고서야 비로소 알게 되는 자식 사랑입니다. 이제 웃을 줄도 알고 똘똘해진 것 같습니다.……이렇게 편지를 보내면……앉을 줄도 알지 않소? 사진을 보고 싶소.……남편에게서는 이런 답장. 이번 편지도 오초라면 다음 번 편지도 또 오초입니다. 오초가 울지 않는 날은 있어도 네기시에서 오초에 대해 묻지 않는 날은 없습니다. 젖은 부족하지만 우유도 있고 엄마보다 나은 유모도 있습니다. 기침이 조금만 나와도 디프테리아면 어쩌지, 그것도 아닌 것 같으면 경기를 하는 것이 아닌가 하며 이리보고 저리보고. 고름이라도 나오면 의사를 불렀다가 나중에 후회를 하는 일도 있습니다. 이렇게 해서 기르니 벌써 세 살이 되어 가미오키(髪置)[8]를 하게 되었고, 그 때 어떤 옷을 입힐까 하는 것도, 10월에는 남편도 돌아오니 의논해서 정해야지 하고 작년부터 어머니하고 이야기를 해 두었는데, 하필이면 고르고 골라 올 봄에 폐결핵에 걸리다니,……열아홉의 액년이라고 해도 어찌 이것을 포기할 수 있을까요?

  제 이력은 대략 이러합니다. 아직 한 가지 안 드린 말씀이 있습

---

8 여자아이가 두발을 처음으로 기르는 의식. 무가에서는 3세 11월 15일에 행함. 흰 머리 모양의 쓰개를 씌우고 하얀 분을 바른 후 빗으로 좌우의 머리를 세 번 빗으며 무병장수를 기원함.

니다. 어머니는 상당히 독실한 정토종 신자로 저도 어느 정도 그에 영향을 받았습니다. 오사카의 불당, 교토의 본산에 한 달에 한 번씩 참배를 하는데, 그것이 일요일이라도 되면 저도 구경 겸 어머니와 함께 참배를 하는 것이 저의 낙 중의 하나입니다. 게다가 절 참배에 동행하고 싶다고 말씀드리면, 어머니가 기뻐하시는 것이 제가 책을 한 권 드렸을 때와 같습니다. 그뿐 만이 아니라 제 의복이 느는 것은 대개는 이 참배에서 돌아올 때입니다. 사이쿄(西京)에 가기 하루 전날 밤에는 니시진(西陣)[9]에 들러 고급 오비(帶)[10]를 사 주십니다. 돌아오는 길에 오사카에서 연극을 보는 꿈을 꾸었다고 어머니께 말씀을 드렸더니, 또 옷을 사달라고 선수를 치는구나 하며 할머니와 둘이 웃으신 적도 있습니다. 하지만, 옷이 갖고 싶다거나 연극을 보고 싶다거나 해서 그 이유만으로 제가 절 참배를 하고자 했던 것은 아닙니다. 자연스럽게 어머니에게 감화를 받아 설법을 듣고 감사하는 마음이 없었던 것도 아닙니다. 삼세유전(三世流轉), 윤회응보의 불경을 어머니께서 잠자리에서 들려주어 어린 마음에도 엄청나게 느낀 바가 있었습니다. 습관은 제이의 천성이라고, 어렸을 때 마음에 새긴 것은 남자아이도 고치기 힘든 법, 하물며 여자……그런 망상도 이는 것 아닐까요?

어머니는 제가 폐결핵이라는 것을 숨기고 계십니다. 하지만 오

---

9 교토(京都)의 지명으로 고급 직물의 발상지이자 집적지.

10 일본옷의 허리띠

래 병을 앓다보니, 제가 물어보지 않아도 어머니가 밝히시지 않아도 제 병은 온 가족을 근심하게 하는 공공연한 원인이 되었습니다. 폐결핵이라는 말은 저희의 이웃, 출입하는 야채장수, 생선장수에게 잇따라 번져나가면서 마치 저 때문에 새로 생긴 병처럼 여겨졌을 정도입니다. 병이 이 정도로 오래 끌다보니, 조만간 좋아질 수도 있고 나빠질 수도 있어서 저로서도 짐작이 되지 않습니다. 이렇게 모두를 고생시키느니, 차라리 죽을 것이면 빨리 죽는 게 낫겠지 하고 각오를 굳히려 한 적도 있습니다. 아니, 때에 따라서는 완전히 각오를 하기도 합니다. 아까울 것 없는 목숨……이 독충(毒蟲)의 먹이로 삼아버려야지 하며 말입니다. 각오……하기 어려운 각오를 해도 아까운 것은 역시 사람의 목숨! 하물며 가장 사랑하는 오초, 자랑스럽게 오초를 보여주려고 기다린 남편, 의지할 곳 없는 어머니……아무리 뭐라 해도 아까운 것을, 사실 설령 죽는다 해도 살고 싶습니다. 어떻게 해서든 죽지 않겠다는 생각은 한 순간도 제 마음을 떠난 적이 없습니다.

위로 삼아 한 말인지도 모르겠습니다만,……나중에는 그런 생각도 들지 않았습니다.……완쾌는 어렵지만, 환부가 굳어서 상처가 낫는 일도 없지는 않다고 합니다. 열일고여덟 살에 앓아서 오륙십까지 산 사람도 있습니다. 나쁜 마음을 먹는 것만으로도 몸에는 안 좋은 것을, 죽겠다는 각오를 하는 것은 말하자면 자살이나 마찬가지입니다. 낫겠다는 의지가 없으면 약을 먹어도 효과가 없다고 직접 보고들은 의사가 충고합니다. 설령 위로 삼아 한 말이라도 이런 말을 들으면, 낫고 싶은 마음에 나으려는 생각도 듭니다. 어머니도 나 앗으면 좋겠다, 의사도 병을 멈추게 하고 싶다, 저도 낫고 싶다 이런 일념이 통했는지, 그해 여름 중반에는 가끔씩 온 집안 사람들의 가 슴을 쓸어내리게 한 각혈도 거의 멈추었고, 기분도 좀 개운해졌으 며, 식사도 잘 할 수 있게 되었습니다. 문안을 오는 사람들도, "안색 도 꽤 좋아졌고, 이 정도면 이제 평소와 다름이 없어요."라며, 예의 상으로라도 이렇게 말을 해 줍니다. 의사도 진찰할 때마다 표정을 꾸밀 필요도 없이 처음에는 위험했던 환부의 용태를 일일이 설명해 줄 정도가 되었습니다. 낫지 않을 것이라고 각오하고 있던 마음에 도 새삼 두려운 생각이 들었었는데, 그게 어떻게 이렇게 좋아졌을 까 소름이 돋을 정도입니다. 어머니도 그런 생각……할 수만 있다 면, 제가 대신 죽어서라도 하며 부처님께 억지로 빌었다고 합니다. 남편이 보내는 편지에도 늘 제 병세 이야기만 있습니다. 제가 알리 지 않아도 네기시를 통해 아는 것 같습니다. 얼마나 마음고생이 많 았을까요. 지금은 답장을 할 수 있어서 기쁩니다. 저를 볼 때마다 눈 물을 짓던 오초의 유모도 이제 마음이 놓인 듯 웃는 표정을 짓습니 다. 이제는 가미오키 축하잔치도 마음 놓고 할 수 있겠지요. 이제는 오초가 예뻐졌다고 자랑을 합니다. 아아, 우리 집안이 비구름을 품 은 하늘이 되는 것도 구름 한 점 없이 맑게 개이는 것도 모두 제 병 의 상태 하나에 달렸습니다. 생각해 보면 얼마나 죄스러운지!

처음에는 매일매일 꼭 와보던 의사, 그것이 이틀이 되고 삼일이 되고 이제는 일주일에 한 번이 되었습니다. 약도 겸용으로 두 가지나 달려 있었습니다만, 이제는 효과도 없어 보이는 약이 단 하나 뿐입니다. 발병에 비해 병이 낫는 것은 느린 법, 그것이 눈에 띄게 좋아지는 것 같은 것도 나아야지 나아야지 하는 마음이 앞서서 일 것입니다. 머리맡에 놓아줘도 몸을 가눌 수 없어 먹지 못하던 것도, 침상에서 일어나 젓가락을 들게 된 것이 어제가 되고 이제 그제가 되었습니다. 오늘은 기분이 좋고 발걸음도 가벼워 거실까지 나가서 봄 이후 처음으로 집 정원을 봅니다. 바라다보니, 처음 도쿄에 와서 우에노의 덴오다이(天王台)에서 시타야의 아사쿠사(浅草) 너머로 고노다이(鴻の台)를 보았을 때의 경치보다 더 대단한 것 같고, 구단시타(九段下)까지 죽 이어진 처마, 일찍이 익혀 두었던 표식이 헷갈릴 정도로 저쪽 탑과 이쪽 벽돌집……사흘 만 보지 않으면 바뀌는 것은 정말이지 벚꽃만이 아닙니다. 그 근처는 몰라보게 바뀌어서, 천봉만홍(千縫万紅)으로 빛을 자랑하던 꽃의 여왕도 꽃의 왕도 천막처럼 보였던 안개도 올해는 아쉬워하며 체념했지만, 내년에도 다시 그 아래에 낙화했던 것이 피어나겠지 라고 생각하니, 기분이 상쾌해지고 호흡도 편해지는 것 같습니다. 황성의 돌담에 몇 천년에 걸쳐 언약을 한 늘 푸른 소나무, 그 너머로 보이는 후지산의 맨얼굴, 언제 봐도 장엄한 느낌이 듭니다. 그런 것들도 이내 싫증이 나서 우리 집 정원으로 눈길을 옮기니 그저 파릇파릇할 뿐, 무슨 나무인지 바로 생각이 나지 않을 정도입니다. 이 파릇파릇한 나무가 또 얼마 안 있어 가을 바람을 맞고 앙상한 나뭇가지를 드러낼 것을 생각하니 늘 그렇듯이 벌써 마음이 우울해 집니다. 하지만 다행히도 유모가 오초를 데리고 와서, 말을 붙입니다.

"마님, 오랜만에 잠깐……네. ……어머, 오초 애기씨의 저 행복한 모습을 보세요. 제가 안을게요. 그죠? 오초 애기씨."

"오초, 싫어."

"어머나 보세요. 머리를 흔들고. 얄미워라."

"아유, 얼마 안 되는 동안 꽤 무거워졌네."

"네, 저도 좀 오래 업고 있으면 힘들어지는 걸요. 마님, 또 병에 걸리시기라도 하면 큰일이에요. 자, 이제 제가 안을게요."

"아유, 괜찮아."

오랜만에 사랑하는 아이를 업고 있는 마음. ……이런데 어디가 아프다는 거지?

"유모, 오늘은 기분이 너무 좋으니까 정원을 좀 걸어볼게."

"마님, 아서요."

"잠깐은 오히려 더 기분이 좋아져."

"그러면 오초 애기씨를……."

"아유, 잠깐만 그냥 놔둬."

"괜찮으시겠어요?"

"응, 이제 괜찮아."

오랜만에 신어보는 낯선 마당용 나막신. 아슬아슬하게 정원 바닥 돌을 두세 개 건넙니다. 보니 네기시에서 이리야(入谷)의 명물이라고 해서 매년 보내 주시는 나팔꽃 화분 대여섯 개. 매일 아침마다 피고 지던 것이 제가 보지 못하는 사이에 아랫잎은 노래지고 윗잎은 시들어 꽃이 피었던 자리에 맺힌 씨앗 무겁게 달려 있고, 내년을 보지 못하는 부모는 힘없이 처져 있습니다.……제게는 마치 그렇게 보입니다. 그렇게 생각하고 보니 긴장이 되고 머리가 아파오는 것 같습니다.……그것이 표정에 드러났는지 유모는 당황해하며 오초를 받아듭니다.

"안색이 갑자기 좋지 않으세요. 빨리 침상으로……. 아아, 어쩐지 좀 추운 것 같아요."

발걸음을 돌리려는 순간 툇마루에서 어머님이 말씀하십니다.

"오코, 어떻게 된 거야. 벌써 이렇게 하면 어떻게?……찬바람을 쐬면 안 돼."

가슴이 철렁 내려앉았지만 안 그런 표정.

"아니에요. 춥지 않아요. 오히려 기분이 상쾌해져서 훨씬 마음이 편해요."

아이가 귀여운 마음에 제 몸의 처지를 잊고 방심한 것은……쓸데없이 한탄을 하며 나팔꽃에 흘린 눈물은 화창한 하늘의 구름이 되어 다시 저희 집을 엄습했습니다. 어머니와 유모가 다그치는 통에 침상에 앉아 있어 봐도 뭔가 상황이 좋지 않은 것 같아 이상하게 마음이 불안합니다. 그리고 일어나 앉아 있는 것도 힘이 들고 누워있어도 마음은 역시 불안합니다. 얼마 안 있어 온 몸에 오싹오싹 한기가 들어 겹잠옷에 작은 이불을 하나 덮습니다. ……때는 8월 말……한 겨울에 홑옷을 입고 있어도 이렇게 춥지는 않을 것입니다. 다른 때라면 참을 수도 있겠지만, 병이 들었으니 마음도 약해져서 유모에게 이야기해서 이불을 하나 더 덮어 주고 싶었던 어머니는 저를 사랑하는 마음에 화가 나신 표정.

"말을 하지 않은 것도 아닌데, 그래, 오초를 업고 마당에 나가서 어쩌겠다는 게냐? ······유모도 유모지, 말려야 될 것 아냐?"

면목이 없어하는 유모는 딱하기도 합니다. 내가 자초한 과실. 변명의 여지도 없습니다.

"뭐, 그렇게 걱정하실 정도는 아니에요. 정말 잠깐 동안의 일이었어요. 살짝 추웠을 뿐인 걸요."

"그것 봐라, ······그러니까 어른들이 하는 말은 들어야 하는 거야."

얼음찜질을 당하는 것 같더니 이번에는 불덩어리를 삼킨 것처럼 열이 나며 고통스럽습니다. 한밤중에 열이 내려도 어머니는 제 머리맡을 떠나지 않으셨고 그러는 사이에 날이 밝았습니다.

오늘 아침에는 기분이 상쾌해졌고 어젯밤의 고통은 씻은 듯이 사라졌습니다. 하지만 아직 꿈의 흔적이 어느 정도 남아 있습니다. 그것도 정말이지 아주 조금 말입니다. 어쩌나 저쩌나 하며 걱정을 한 것이 이 정도로 끝난 것은 우선 다행으로 생각됩니다. 하녀에게 양치물을 가져다 달라 해서 누운 채로 이를 닦고, 입안도 대충 개운해져서 이제 혀 안쪽을 닦으려 하는데······속이 울렁하더니 욱하고 세 네 번······손잡이가 달린 대야 가득 피······정말이지 깜짝 놀라 눈이 휘둥그레지고 정신을 차리고 보니 한 홉 정도의 선혈. 요즘에는 드물어졌지만, 한 달 정도 전까지는 일주일에 한번은 토하고 싶지 않아도 토해야 하는 피. 그에 익숙해졌는지 처음처럼 놀라지는 않았습니다. 그것을 붉은 칠을 한 손잡이 달린 대야로 착각할 만큼 깜짝 놀란 것은 요즘에는 통 토하지 않았을 뿐만 아니라, 병이 덧나게 되면 전보다 더 병세가 악화된다는 이야기를 들었기 때문입니다. 그와 동시에 신경이 예민해져서……조금은 진정되었지만…… 다시 예의 그 공포심을 느꼈기 때문입니다. 모처럼 병세를 잡은 것을 다시 덧나게 한 데 대한 아쉬움……어머니의 심정을 생각하면 내 몸이기는 하지만 면목이 없고 죄송스런 마음입니다. ……자기 잘못인 양 쭈뼛쭈뼛 죄송하다고 비는 유모, 오초를 생각하면 더 가엾습니다. 또 다시 매일 매일 고생을 하시게 된 의사의 얼굴을 뵙는 것도 딱합니다.

제 병은 날이 갈수록 악화되어 10월 중순에는 배는 더 쇠약해졌습니다. 다른 사람들에게 물어볼 것도 없이 손으로 만져보면 툭 튀어나온 광대뼈, 움푹 패인 눈, 거울을 보지 않아도 눈에 보이는 듯합니다. 요를 세 장을 겹쳐도 어깨와 허리가 아픈 것은 야윈 증거이고 욕창이 생기지 않은 것이 다행일 정도입니다. 여덟 달 만에 병으로 이렇게나 쇠약해지는 것일까요. 이제 이번에는 무슨 수를 써도 목숨을 부지할 가망성은 조금도 없습니다. 하지만 이번 달에는 귀국을 할 남편, 다음달 15일은 오초의 가미오키……만나고 싶다, 보고 싶다……유일한 희망은 이것뿐입니다.……그때까지는 귀한 목숨을 무슨 일이 있어도 버텨야겠지요.

10월 20일……도착하는 날……이 어제가 되어도 남편이 귀국한다는 소식은 없습니다. 다음 배편에는 꼭 소식이 있겠지 라고 하며 기다리는 사이 헛되이 달도 바뀌었습니다. 이렇게 되니 마냥 기다리고만 있을 수도 없습니다. 네기시에서도 물어보기도 하고 이쪽 어머니께서도 걱정이 되어서 요코하마(横浜)에 사람을 보내기도 하고 학교에 문의를 해 보기도 하면서 이리저리 신경을 쓰는 동안 저는 식욕이 뚝 끊겼습니다. 약을 입에 넣어도 혀에 걸리고 억지로 삼키면 토해 버립니다. 우유도 한 방울도 넘어가지 않습니다. 중탕을 한 스프, 매일 개의 배를 불릴 뿐입니다. 뼈와 가죽만 남은 몸, 거울을 보면 기절을 할지도 모릅니다. 호흡도 차차 수가 늘고 그저 숨을 쉬고 있을 뿐입니다. 어머니가 걱정이 되어서 의사에게 물어보시면, 우선 첫째로는 자양분 섭취, 그 다음에는 약, 낫겠다는 의지로 기운을 내면 아직 기력이 떨어지지는 않을 것이다 라고 하며, 부탁이라도 해 둔 듯한 답이 돌아옵니다. 하지만 약이라면 자양분, 억지로도 목을 넘어가지 않으니 이 무슨 업보일까요. 피를 토하기만 하라고 있는 입도 아닌데 말입니다. 11월이 10일이 되어도 남편은 아직 돌아오지 않습니다. 이렇게 늦어지는 것은 도저히 만나지 못할 전조일까요?……정해진 운명이라고 생각하고 체념해야지 하는 각오를 하지 않은 것도 아닙니다. 다만 오초의 가미오키를 보는 것이 이 세상 마지막 추억이자 만의 하나의 희망입니다.

손을 꼽아 보니, 오초의 가미오키도 이제 사흘 앞으로 다가온 날, 여느 때처럼 의사가 진찰을 하고 돌아간 후, 어머니는 머리맡에서 근래에 없는 느긋한 표정……지금 생각하면 억지로 꾸민 표정이었기 때문에……그리고 스프를 내밀었습니다.

"오코, 선생님 말씀으로는 오늘은 아주 좋다고 하니, 아유 좀 안심이 되는구나. 약보다 영양을 섭취해야 한다고 하네. 자, 이 수프를 좀 먹어 보렴……먹을 수 있겠니?"

"네, 먹어볼까요? 뭐, 먹어 보죠. 선생님은 좋아졌다고 하셨나요?"

"그래……이 정도라면 괜찮다고.……하셨어. 자 먹어 보렴."

옆에 들고 있는 밥그릇. 넘어갈 것 같지는 않지만 사랑으로 권하시니 한 입……목으로 치고 올라오는 고통을 참고 한 입 먹으려고 조금 기다리라고 하려할 때, 오초가 우는 소리 가까워지고 유모의 발걸음 소리가 납니다. 어머니는 벌떡 일어서서 반쯤 얼굴을 들이민 유모를 야단을 치듯이……이유도 없이……물리치며 함께 방을 나가셨습니다. 지금 생각하면 그도 그럴 터.……어머니의 안타까운 배려!……저는 한 입 더 먹을 생각도 없었고 의미도 없이 그것을 바라보며 납득이 가지 않는 의사의 말에 의심을 품고 있었습니다.

그날 저녁, 네기시의 외숙모는 사촌여동생 오하나를 데리고 오셔서 머리맡 좌우에 계셨습니다.

"오코, 지금 어머니께 들었다.……많이 좋아졌다니 다행이구나. 너무 격조해서 보러 왔단다."

"숙모님, 감사합니다. 아무 차도가 없어 죄송합니다."

"내가 보기에도 지난번보다 좋아진 것 같은 걸. 무엇보다 낙심하지 말고 억지로라도 기운을 차리거라.……얼마 안 있어 고타로도 귀국할 것이고……그저 마음을 단단히 먹지 않으면 약도 듣지 않으니까 말이다."

"그것도 언제가 될지 모르겠어요."

"그러게. 아직 전혀 소식이 없더냐?"

"어머니, 왜 그러세요. 어머니 벌써 잊으셨어요? 어제 오빠하고 같이 가셨던 분이 고타로 씨도 이 다음 우편선으로 꼭 귀국하실 것이라고 말씀하셨잖아요."

참말인지 거짓말인지 재치있게 말을 바꾸는 오하나 아가씨. 숙모님도 생각이 난 듯한 표정.

"아아, 그래, 그래. 내가 그만 깜빡했구나. ……오하나, 너 오랜만에 재미있는 이야기라도 해 주려무나. 내가 있으면 어려울 테니……눈치 보이기 전에 돌아가야겠다."

"어머, 숙모님 무슨 그런 말씀을……."

웃음을 남기고 숙모님은 거실 쪽으로 가셨습니다. 사이좋은 사람끼리 서로 마주하자, 며칠 만에 일어나 앉으려하는 것을 오하나 아가씨가 말리며 일어나지 못하게 했습니다.

"아가씨, 나 많이 야위었지?"

"아니, 그렇지 않아. 기분 탓인지 지난번보다 얼굴색이 좋아 보일 정도야."

"아가씨까지 그런 입에 발린 말을 하다니……."

오하나는 어찌된 일인지 눈물을 글썽입니다.

"오하나, 왜 그래."

"응, 그냥 생각해보면 어쩐지 슬퍼져."

"뭘 그런 생각을 해?"

주체할 수 없는 눈물을 손수건으로 닦으며 대답했습니다.

"뭘 생각하냐니, 언니의 심정을 생각하면 정말 슬퍼. 봄부터 이렇게 누워 있는데, 지난달에 귀국하기로 한 오빠는 소식도 없고……다음 편에는 귀국하신다고 하지만……오초의 가미오키는 이제 이틀 앞인데 일어나 앉지도 못하잖아. 그렇지 않아도 나는 언젠가 병이 났을 때 얼마나 슬펐는지 몰라. 필시 외롭고 쓸쓸할 것이라고 생각하면……내가 왜 이러지, 어떻게 된 거 아냐? 언니 앞에서 이런 이야기를 하다니, 눈치가 없네."

"호호호, 왜 그래. 참 아가씨도……"

저는 말은 이렇게 했지만, 실은 오하나 아가씨가 하는 말 그대로입니다. 입으로는 웃어보지만 눈빛은 어떻게 숨길 수 있겠습니까?

"하지만 아가씨……나는 이제 각오를 했으니까 말이야.……저 오초는 확실히 아가씨에게……"

나는 말을 이을 수가 없었습니다. 오하나 아가씨는 눈물 속에서 쓸쓸히 웃었습니다.

"언니 그게 무슨……아아, 만수무강 만수무강. 내가 그런 쓸데없는 이야기를 해서……제가 잘못했어요. 용서해 주세요."

두 손을 모으는 시늉을 합니다. 저도 정신이 들고 보니 지금 부탁해야 하는 일도 아니고 모처럼 문안을 와 주었는데 딱한 생각을 하게 한 것이 미안하다는 생각이 들었습니다.

"오하나 아가씨, 지금 한 말 진심으로 들으면 안 돼. 나는 누가 와서 죽인다고 해도 죽지 않을 거야."

"그야 누구나 다 그렇지…… 아, 이제부터 연극이야기나 해요."

간신히 칙칙한 분위기가 막 바뀌려고 할 때 미닫이문을 쓱 열고 들어온 의사……. 왜 오늘은 두 번이나 진찰을 하러 온 것일까?

오하나는 우리 집에 오면 늘 두세 밤은 자고 갑니다. 같이 왔다가도 평소 같으면 돌아가시는 숙모님이 오늘 밤에는 이상하게 주무시고 계십니다. 게다가 더 이상한 것은 의사의 목소리까지 가끔씩 거실에서 들려옵니다. 이상하게 생각하면 이상하겠지만, 저는 아직 그것을 이상하다고 의심할 생각도 하지 않습니다. 시집에 있었을 무렵에는 밤늦게 돌아간 적도 있는 의사, 온치 일가하고는 오하나의 병 때문에 상당히 친하게 지내고 있기 때문에 오랜만에 만난 김에 세상사는 이야기라도 하다가 시간이 늦어진 것이라 생각했습니다. 물론 어머니는 오하나 모녀와 번갈아가며 잠깐씩 제 머리맡에 와서 귀찮을 정도로 제 용태를 묻습니다. 또한 오하나는 자신도 경험을 한 적이 있기 때문에 맥박을 계산해 보기도 합니다. 어쩐지 상황이 바뀌긴 했어도 저는 여전히 그것을 의심하지 않았습니다. 얼마 안 있어 열두 시를 알리는 우에노의 종소리가 손에 잡힐 듯 들려옵니다. 의사도 이제는 작별을 고한 것으로 보이고 그를 전송하는지 서너 명의 발자국 소리가 나며 현관으로 가는가 싶더니, 제 침실로 들어옵니다. 의사는 다시 또 저를 진찰하려 합니다. 저는 이때 조금 의심이 들었습니다.

"선생님, 제 상태가 아무래도 좋지 않은가 봐요."

"왜 그렇게 생각하시죠?"

"왜냐고 하시면……."

저는 어머니와 오하나 모녀를 이상하게 바라보았습니다. 어머니는 불안한 표정.

"오코, 너 무슨 말을 하는 게냐? 네 병이 좋지 않아서, 그래서 선생님을 지금까지 잡아 둔 게 아니야. 온치 숙모님이랑 오하나도 오랜만에 뵈어서 지금까지 잡아 둔 것이야. 그리고 마침 이렇게 된 김에 진찰을 하겠다고 하셔서, 그래서 부탁을 드린 거지. 모처럼 이렇게 시간 내서 수고해 주시는데 그런 말 하면 안 돼."

"다른 의사에게 보이시면 뭐라고 하십니까? 제가 본 바에 의하면 지금 이러니 저러니 걱정할 필요는 없다고 생각됩니다."

"지금 거실에서 여쭤 봐도 나쁘다고 하지는 않으셨어. 그렇지 오하나?"

"제가 봐도 맥이 강건해요……. 어머 어쩌지? 선생님 앞에서 이런 말을 하다니……."

"호호호호."

"그럼 오하나 아가씨에게 진찰을 받을까요? 선생님?"

"어머, 언니 이러시기예요?"

이렇게 일동은 크게 웃었고, 제 의문은 자연히 풀렸습니다.

진찰도 끝나고 의사는 다시 거실로 돌아간 모양입니다. 아마 10분 정도 지나서 의사는 드디어 돌아가는지, 현관 격자문을 여는 소리가 들립니다. 스에가······마부님, 돌아가신대요······. 하고 소리 높여 부르는 소리······귀를 기울이니 수레를 꺼내는 바퀴 소리가 납니다. 전송이 끝난 것 같은데······선생님은 내일 아침 일찍 다시 오신다고 하셨어요.······이 한 마디가 귀에 울리며 내 마음에 강한 충격을 준 것 같습니다.

예민한 성격이라 평소에도 사소한 일에까지 쓸데없이 마음을 씁니다. 그런데 병이 들고 나니 눈에 보이는 것, 귀에 들리는 것, 거미줄을 치는 거미, 문 앞에서 헤메이는 잠자리, 이것저것 그냥 모두 마음에 걸립니다. 병 중에서도 폐병은 특히 신경이 예민해진다고 합니다. 그런 탓인지, 의심을 하면 할수록 오늘의 이 상황이 의심스럽습니다. 하지만 의사의 인사, 어머니나 오하나 모녀의 말, 우선 의심을 살 만한 구석은 없습니다. 하지만 오늘의 상황을 찬찬히 생각해 보면, 하나하나 모두 의심을 살 만한 일들입니다. 그리고 또 다시 생각해 보면 이렇다 하게 딱히 의심을 할 만한 일도 없습니다. 다만 평소와 달리 마음에 걸리는 것은 틈만 나면 오초를 앞세우고 위로를 하러 오는 유모가 오늘만큼은 낮 동안 얼굴을 보이지 않은 일뿐입니다. 유모를 야단을 치듯이 물리친 어머니의 마음. 이것도 의심을 하려면 의심을 할 수 있습니다. 언제 한 번 유모를 야단친 적도 없고 무슨 일이 있어서 내가 야단을 치기라도 하면 나를 달래며 유모를 감싸주던 어머니가 어째서 이유도 없이 그렇게 야단을 치신 것일까. 생각하면 할수록 저는 잠을 이룰 수가 없습니다. 울음소리도 나지 않는 것은 오초가 잘 자고 있어서일까? 내일 모레 있을 가미오키 때는 정말 귀여울 거야. 함께 나란히 앉아서 봐야지라고 생각했지만, 남편의 귀국 지금도 모르는 것은 잘못될 일은 없겠지만 신경을 쓰자면 한없이 신경이 쓰입니다. 그러는 사이 한 시가 지나고 두 시도 지났는데, 어머니를 비롯해 세 명 모두 아직 잠이 들지 않았는지 소곤거리는 이야기소리가 드문드문 들립니다. 저는 또 이것이 신경이 쓰여서 눈이 점점 더 말똥말똥해집니다. 게다가 때때로 숨을 죽이는 듯한 발자국소리, 이것 역시 잠을 방해합니다. 당지 뒤로 느껴지는 인기척……제가 눈을 감았을 때는 살짝 들어와서 얼굴을 보거나 맥을 짚거나 합니다. 눈을 뜨고 있으면 소리도 나지 않습니다. 일부러 목소리를 내면 들어오는 것은 시누이인 오하나.

"오하나 아가씨, 아직 안 잤어?"

"지금 소변 보러 일어났어."

보니, 옷도 갈아입기는 했지만, 잠옷 같지는 않은 옷차림. 제 의심은 더욱더 깊어집니다. 저도 그날 밤은 잠을 이루지 못하였고, 달밤에 까마귀가 우나 싶더니 처마 끝에서 벌써 참새가 울고 있습니다.

다음날 아침, 아직 일곱 시도 되기 전에 의사가 벌써 진찰을 하러 왔습니다. 어젯밤부터의 용태를 어머니께 들었는지 별로 자세히 묻지도 않습니다. 하지만, 진찰은 따분할 정도로 길게 느껴졌습니다. 그것이 끝나고 어젯밤처럼 또 거실에서 이야기소리가 들립니다. 오늘 아침도 이른데다가, 또 거실에서 이야기 소리가 납니다. 평소라면 아무것도 아닌 일입니다만, 어젯밤부터의 상황이 이상하다고 생각하니 이것도 의심의 씨앗이 됩니다. 얼마 안 있어 들리는 것은 울음소리 ……숨죽여 울고 있기 때문에 확실하게 들리지는 않지만 아마 유모인 것 같습니다. 그것을 야단을 치는 어머니의 목소리 또한 숨을 죽인 소리입니다. 어제에 이어 오늘, 또 야단을 맞다니 어떤 잘못을 저지른 것일까, 누워 있지만 않다면 그곳으로 가서 사과를 해 줄 것을.

"오초가 귀여우셔서……."

팽팽하던 줄이 지금 끊어져버린 것 같은 유모의 목소리.

"조용히 해."

이것은 어머니의 목소리. 저는 확실히 알아들었습니다.……오초가 귀여우셔서……지금 병이 시작되었을 때 종종 울며불며 하던 말. 그것을 말리는 어머니. 헝크러진 실타래 같은 제 마음은 점점 더 뒤엉켜서 심란해집니다. 하지만 많이 뒤엉킨 만큼 역시 그것을 푸는 실마리도 발견하였습니다. 두 사람의 말, 거기에 어제부터의 일을 더해서 생각해 보면,……아아, 이제 저의 마지막 순간이 다가온 것입니다. 이것입니다. 제 심정도 물론 좋을 리가 없습니다. 하지만 아직 그 정도로 임박했다는 생각은 하지 못했습니다. 아무래도 목숨을 부지할 것이라는 생각은 하지 않았지만, 아직 그렇게 야단을 떨 정도라고는 생각하지 못했습니다. 저를 불쌍히 여기는 마음이 있기에 마음 약한 유모, 어제부터 곁에 다가오지 못하게 어머니가 주의를 주신 것입니다. 솔직하게 터놓고 말씀해 주시지 하며 원망스럽게 생각하는 것도 부모의 마음을 모르는 자식의 심정이겠지요.

"언니, 선생님이 이 약을 드시라고 했어."

오하나가 가지고 온 약 ……잔에 8부 정도 담겼을까? ……입에 가져다 대니 코를 찌르는 듯한 사향 냄새, 맛을 보니 틀림없는 술맛. 아아 나의 마지막 순간이 드디어 다가왔습니다.

"오하나 아가씨, 아가씨는 이 약 알아?"

오하나는 불안한 표정.

"아니 ……힘이 나는 약이래."

앞뒤가 맞지 않는 대답.

"아가씨까지 나한테 거짓말하는 거야?"

"아니야."

"오하나 아가씨, 이건 말이야, 죽기 전에 먹는 약이야."

"어머나……."

아무 의미도 없는 놀람. 그곳에 들리는 것은 어머니의 발걸음 소리. 나는 어머니에게 걱정을 끼치느니 하는 생각에 단숨에 마셔버렸습니다.

"오코, 지금 약 먹었니?"

"네, ……. 뭔가 갑자기 힘이 나는 것 같아요."

"오하나, 참 잘 듣는 약이네."

아무것도 모른다고 생각하는 어머니의 마음, 알고 보면 죽는 것보다 더한 고통입니다. 밀려올라오는 눈물을 눈을 감고 참습니다.

이제 죽는 것인가 생각하니, 과연 어제부터 상태가 다르지 않은 것도 아니었습니다. 약은 물론 영양분을 조금도 섭취하지 못해서이겠지만, 저도 놀랄 만큼 쇠약해져서 그냥 누워 베개를 베고 있을 뿐 손가락을 움직이는 것조차 힘들게 느껴졌습니다. 게다가 어쩐지 가슴이 답답하고 때때로 갑갑해지는 호흡 ……오래 계속되면 숨이 끊어질 듯하고 ……정신이 아득해질 정도입니다. 처음부터 가끔씩 각오를 했지만 아직…… 남은 목숨이 길다고 생각하지는 않지만 …… 오늘내일 죽으리라고는 꿈에도 생각지 못했습니다. 게다가 흥분제를 준 의사, 가까운 사이니 배려한 것인지는 모르겠지만, 너무 서두른 것이 아닐까요. 설령 남편은 만나지 못해도 오초의 가미오키를 훌륭하게 해내려고 생각했는데, 지금 당장 어찌될지 모르는 그약……아무래도 마지막 순간이 다가온 것일까? ……설령 숨은 끊어져도 내일 저녁때까지는 ……가미오키 축하잔치를 끝낼 때까지는 눈을 감을 수 없어. 마침내 고통스러워지고 있는 가슴 속에도 차츰 다가오는 호흡 하나에도 자식 생각에 괴로운 마음은 끊이지 않는 법.……어제 다 지었을 오초의 때때옷을 아직 가지고 오지 않은 포목상이 답답합니다.

오늘은 어제보다 더 많은 사람들이 출입을 하는 것 같습니다. 네기시의 외삼촌, 남편의 형님, 남편과 가까이 지내던 이사람 저사람, 별 볼일도 없는 사람들까지 문안을 옵니다. 그리고 의사는 오늘 아침에 와서는 저녁이 되어도 돌아가지 않습니다. 물론 조금만 조금만 하며 진찰도 합니다. 그것도 대부분은 오하나 아가씨가 맥을 짚고 용태를 알렸을 때입니다. 그 후에는 냄새만으로도 싫은……전에는 옷장 안에 넣은 것을……사향을 억지로 먹입니다. 그 약을 먹을 때의 괴로움이란 입에 가까이 대기만 해도 내쳐 떨어뜨려 버리고 싶을 정도입니다. 하지만 그것을 먹을 마음이 드는 것은 ……호흡이 가빠져서 정신이 아득해지고 앞도 캄캄해져서 이것이 바로 죽는 것인가 보다 하고 생각할 때에도 이 약으로 되살아나기 때문입니다. 그 고통이 때때로 계속되는 가운데 저도 마침내……제 정신이 아니어서……죽는 것이겠지 하고 생각했습니다.……지금 죽는 것인가 하고 생각하면……죽을 각오를 하면 현재, 과거, 미래의 망상은 가슴 속에서 뒤섞이고 눈을 감으면 생생하게…….

＊＊＊＊＊＊＊＊＊＊＊＊＊＊

아아, 또 괴로워졌어. 어떻게 이렇게 괴로울 수 있지? 오하나, 어서 그 약을……. 아니, 문지르지 않아도 괜찮아. 정말로 걔는 상냥해. 그렇게 상냥한 애는 아마 없을 거야. 나는 한 번도 싸운 적도 없고 나에게 여동생이 있다 해도 그렇게 사이가 좋을 수는 없을 거야. 하지만 오하나가 화를 낸 적이 한 번 있었지. 아아, 그래, 그래, 피안(彼岸)[11]의 중일(中日)의 일이었어. 숙모님이 오하나를 데리고 오셔서,

"자, 오코 준비를 하렴. 주지 스님을 찾아뵙고, 벚꽃도 오늘 쯤이 절정이라고 하니 돌아가는 길에 무코지마(向島)에도 들리자꾸나. 어머니도 오실 거야."

---

11 춘분이나 추분의 전후 각 3일간을 합한 7일간. 또, 그 즈음의 계절.

"언니, 자 어서 가자. 어서 어서. 어서 가자."

오하나 아가씨도 아직 어렸었지. 그 때 입은 옷…… 아직도 눈에 선해. 정말로 잘 어울려서 예뻤어. 나는 싫지 않았지만 결국 가지 않았고 어머니만 가셨어. 그것을 오하나가 짜증이 나서,

"언니 좋아요. 내가 가니까……나하고 가는 것이 싫어서 그래서 안 가는 거죠? 좋아요. 나는 이제부터 집으로 돌아갈 테니까요……."

라고 화를 펄펄 내며 돌아가겠다고 했어. 그것을 어머니가 말리시며, 말씀하셨지.

"아유, 오하나 좀 기다리렴. 오코, 오늘은 일요일이기도 하니 같이 가는 게 좋지 않겠니? 오늘만큼은 그런 말 하면 안 돼."

나는 그 날만큼은 갈 수가 없었어. 무코지마에 꽃구경을 가고 싶은 마음은 굴뚝같았어. 하지만 라이벌인 오신(伸)에게 내일 산수 시험에서 지는 것은 정말 싫어. 가고 싶기는 하지만 말야. 가 볼까, 오늘 돌아와서 해도 되기는 하잖아. 가 보자. 하지만 피곤해서 못할지도 몰라. 가고 싶기는 한데, 오늘은 아무래도 그만두어야겠어. 내일 수업이 있다고 해도 오하나가 인정하지 않을 것 같아서 배가 아프다고 하고 결국 가지 않았어. 오하나는 화를 내며 일주일 정도는 놀러 오지도 않았지. 게다가 그날 하루 공부한 덕에 오신보다 점수가 더 좋아서 선생님께 붓을 한 자루 받았어. 하지만 오하나들이 꽃구경을 가버리고 나면 조용해져서 마음이 차분해질 것이라고 생각했는데, 조용해지기는 했지만 어쩐지 쓸쓸해져서 이제 지금쯤은 무코

지마에 도착했겠지? 아마 아름답겠지? 오하나는 얼마나 행복할까. 여러 가지 생각이 머리에 떠올라 아무래도 집중이 되지 않았어. 스에하고 둘이서 이야기만 하고 있을 수도 없어서 양갱을 잘라오게 하거나 차를 끓이기도 했지만 어쩐지 마음이 진정이 되지 않았어. 장지 창문을 열게 하니 마당에는 벚꽃이 잔뜩 피어 있었지. 이웃집에 있는 것도 커다란 벚꽃 나무로……정말이지 그렇게 멋진 벚꽃 나무는 본 적이 없어.…… 정원에 이렇게 멋진 벚꽃이 피어있는데 왜 사람들은 모두 호들갑스럽게 꽃구경을 가는 것일까 하고 생각했어. 정원의 벚꽃도 이렇게 아름다운데. 우에노나 무코지마는 얼마나 아름다울까 하고 생각했지.…… 그래, 그래. 옆집에 예쁜 휘파람새를 기르고 있었는데 그 목소리도 예뻤지.……집에 있는 벚나무에도 어디에서 날아왔는지 휘파람새가 즐겁게 여기저기 날아다니고 …… 때때로 울었지만, 아무래도 옆집 새처럼 잘 울지는 못했어. 게다가 꽃잎이 팔랑팔랑 지는 것은 얼마나 아름다웠던지. 그래, 그때 ……그 때였어. 해가 지고 나서 ……해가 져도 ……여덟 시가 지나서도 어머니들이 돌아오지 않으셔서 ……그 때는 정말로 걱정이 되었어.…… 그렇게나 진심인 분이기 때문에……그 때는 아직 고타로 씨, 고타로 씨 하고 불렀지. …… 고타로 씨가 오셔서……. 스에가 달려와서 알리는 것을 조용히 하라고 야단을 쳤지. 나중에는 야단을 치지 않았으면 좋았을 것을 하고 후회했어. 고타로 씨가 매우 걱정을 하시며 물으셨어.

"나도 걱정이 되어서 왔습니다. 숙모님도 아직 안 돌아오셨나요? 어떻게 되신 것일까요?"

나도 모르겠어서 대답했지.

"저는 또 삼촌 댁으로 가셨다고 생각했어요. 숙모님이랑 오하나도 아직 안 돌아오셨어요? 어떻게 되신 것일까요?"

둘이서 같은 말을 하며 그저 걱정만 하고 있었어.

"걱정하고 있어 봤자 소용이 없으니까 나는 이제부터 찾으러 가겠어요. 정해진 곳이 있는 것은 아니지만."

고타로 씨는 이렇게 말했어. 나도 남자라면 같이 찾으러 가겠지라는 생각을 하다가, 부디 그러기를 부탁드려요라고 하고 싶었지만, 나는 고타로 씨가 돌아가는 것이 싫어서 ……이상하게 쓸쓸한 생각이 들어서 그 정도는 아니었지만, 이렇게 말했지.

"그렇군요. 만약 도중에 길이 엇갈리기라도 한다면 더 걱정이 되실 거예요. 조금 더 기다려 보세요……."

떠나지 말고 같이 있어달라는 말은 아무래도 확실하게 할 수 없었어.

"듣고 보니 그렇군요. 그러면 조금 더 신세를 지며 기다려 보죠."

이렇게 말씀하셨을 때, 나는 정말로 기뻤지. 나는 그 때 왜 그렇게 고타로 씨가 돌아가는 게 싫었던 것일까? 나는 그 때 이미 고타로 씨에게 반해 있었던 것인지도 몰라. 나는 언제부터 반했는지 기억이 안나. 도쿄에 왔을 때……요코하마로도 마중을 나와 주셨지.…… 네기시의 외삼촌 댁에 신세를 지고 있을 때는, 오하나가 부러웠어. 그렇게 멋진 오빠가 둘이나 있으니 아마 행복할 것이라고.

나도 그런 오빠가 있으면 얼마나 좋을까 하고 생각했어. 그래서 나는 오하나 만이 아니라 오빠하고도 고타로 씨하고도 사이좋게 놀려고 했어. 그 중에서도 고타로 씨가 제일 마음이 맞았지. 그리고 또 이렇게 활발한 오빠가 있으면 하고 부러워했어. 활발한 사람들 중에는 난폭한 사람이 많은데 고타로 씨는 타고난 성격이겠지만 나에게도 아주 친절해서, 어머니도 저런 아들이 있었으면 저런 사위를 봤으면 하고 평소 말씀하셨을 정도야. 그래서 고타로 씨가 우리 집에 놀러 오시면, 어머니도 오하나보다 더 귀여워하시기도 하고 나도 오하나하고 노는 것 보다 산수 문제라도 가르쳐 달라고 해서 배우는 것이 훨씬 즐거웠어. 내일은 일요일이니까 꼭 놀러 오실 것이라고 토요일부터 학수고대하다가 오시지 않는 날에는 혼자서 운 일도 얼마나 많은지 몰라. 그러니까 그 때도 돌아가시는 것이 싫었던 거지. 어머니가 열 시 넘어서 돌아오셔서……요시와라(吉原)의 밤 벚꽃을 돌아보고 숙모님들하고는 사카모토(坂本)에서 헤어졌다고 하셨지.…… 두 사람에게 선물을 주셔서 사이좋게 받은 후에 고타로 씨가 돌아가시려고 하는 것을,

"벌써 열한 시가 되었으니 자고 내일 아침 일찍 돌아가지 그래."
하고 어머니가 말리셨어. 하지만,

"또 어머니에게 심려를 끼치면 제가 찾으러 온 보람이 없어요."

라고 했어. 나도 말렸지만, 결국 돌아가 버렸어. 그 때 나는 정말로 아쉬웠지. 하지만 그때는 아직 연모를 하는 것 같지는 않았어. 스에게 놀림을 당하고나서야 비로소……문득 부끄러운 생각이

들었고, 그 후부터는 놀러 오시면 겸연쩍어져서 또 스에가 뭐라 하지는 않을까, ……어머니까지 어떻게 생각하시지는 않을까, 정말로 이상하게 신경을 쓰게 되었어. 게다가 더욱더 연모하는 마음이 생긴 것도 참으로 이상해. 그래도 그런 분을 꼭 남편으로 삼고 싶다는 생각까지 한 것 같지는 않아. 내가 그 무렵 사랑이라는 것을 벌써 알고 있었을까? 아무래도 아직 몰랐던 것 같아. 하지만, 내가 생각해도 확실하게 몰랐다고 보증을 할 수도 없는 것 같아.

"고타로를 너의 남편으로 맞이할 생각인데 오코 너는 허락 안할 거니?"

어머니가 이렇게 물으셨을 때, 나는 뭐라고 해야 하나 생각했어. 게다가 어머니의 질문도 참 나빴어. 아무래도 부끄러워서 허락 안 하는 것은 아니에요 라고 대답할 수는 없었지. 허락하겠니 라고 물어봐 주시면 그냥 가만히 있기만 하면 되는데, 정말로 그렇게 난처한 일이 없었다고. 더 난처한 것은 혼례 때였어. 자리에 나란히 앉아 있던 사람들은 모두 아는 사람들뿐이었고 모르는 사람은 한 명도 없었어. 오하나가 내 얼굴을 보고는 재미있다는 듯이 웃었지. 차라리 모르는 남에게 시집을 가면 이 정도로 부끄럽지는 않을 것이라고 생각했어. 다음날 아침에 일어나서 어머니나 스에 얼굴을 보는 것도 부끄러웠고, 고타로 씨를 여보라고 부르는 것도 부끄러웠고, 사흘째 되던 날 네기시에 가서도 부끄러웠어. 같이 인력거를 타고 가는 것도 부끄러웠고, 도중에 모르는 사람들이 쳐다보는 것도 부끄러웠고 그 무렵에는 모든 것이 다 부끄러운 일 뿐이었지. 또한 부끄러운 것 같아도 행복했던 것은 임신해서 복대를 했을 때로, 오는 사람마다 어머니가 자랑삼아 말씀하셨지. 축하한다는 말을 들을 때마다 얼굴이 화끈거렸어. 졸업시험 성적을 알게 되었을 때도 정말 기뻤어. 그렇게 열심히 공부를 하시고 뭐든 못하는 것이 없는 분이니 괜찮을 것이라고 안심을 해도 잘 알지 못하는 것은 마음에 걸려 어머니하고 매일 의논도 했어.

"여보 아직도 모르겠어? 어떻게 하지?"

귀찮게 물어보다가 야단을 맞은 일도 있었지. 드디어 그 날이 되어서 졸업한 사람들 중에 최고라는 말을 들었을 때는 어찌나 기뻤던지…… 지금 생각해 봐도 꿈만 같아. 그리고 양행을 명령받았다고 기뻐하며 집에 오셨을 때 본 그 표정은 마치 소설을 읽는 것 같아서 기쁜지 슬픈지조차도 모를 정도였어. 누구나 다 그런 마음이 드는 걸까? 드디어 출발을 하시는 날에는 기쁘기는커녕 슬프기만 했지, 그리고 식사를 하지 않아 어머니에게 야단을 맞았지. 요코하마의 선착장에서는……처음 뵌 곳도 그곳.…… 다른 사람들이 봤으면 아마 눈물도 흘리고 있었을 거야.

"부디 안녕히 다녀오세요. 빨리 돌아오세요.……그 때는 배 속의 아이도……."

"음, 몸 조심하라구."

아아, 그 한 마디가 마지막 말이 될 줄은……. 증기도 보이지 않게 되었을 때는 나도 모르게 그만 달려가려 했어. 오하나 아가씨가,

"위험해."

라고 손을 잡으며 웃어서 정말 재미있었지. 지난 달 20일 세어보니 벌써 20일, 이것으로 연은 끝난 것인가? 아아, 다시 몸이 가라앉는 것 같아. 으음 …… 괴로워……정신이 아득해지네……. 으음……아아, 그 배……. 난항을 하고 계실까?……갑판에서 손수건을 흔들고 계시던 그 분은……아아, 남편은……기다리세요, 곧 구하러 갈게요……. 제 손을 왜 붙잡죠? ……내가 지금 뛰어들어 구한다고 하는데……손을 잡는 것은 누구죠?……놓아 주세요…….

＊＊＊＊＊＊＊＊＊＊＊＊＊＊

　눈을 떠보니 오하나가 제 맥을 짚고 있습니다.
　"오하나 아가씨, 지금 내 손 잡아당겼어?"
　"아니……음, 약을 좀……."
　아 또 약이네.
　"전보 아직 안 왔어?"
　"전보……왔어."
　"아, 왔다고?……잠깐 보여 줘."
　"응."
　오하나가 거실 쪽으로 간지 5분이나 지난 후에,
　"내일 아침까지 기다리시라고……네기시에서도 걱정하고 있으니까 곧 가져다 주신대, 고모님이."
　"그래……벌써 밤이네. 몇 시야?"

"지금 한 시를……지금 막 열한 시를 쳤어."

물어볼 것도 없이 뻔합니다. 오하나가 둘러대는 것입니다. 결국 만나지 못하는구나 싶으니 더 한층 그립습니다. 그 때 또 들려오는 오초의 울음소리.

"오초, 아직 안자나?"

"지금 막 깨서 저렇게 울고 있어……. 무서운 꿈이라도 꾼 것이 겠지."

무서운 꿈……아아, 무서운 꿈을 꾸지 말았으면. 지금 당장 어찌될지 모르는 엄마의 목숨, 그것도 모르고 자는 것을. 그런 예감이 들은 것이겠지요. 아아, 불쌍한 아이! 아버지라도 옆에 있어 준다면……하다못해 언제 귀국할지라도 알 수 있다면……아아, 착한 아이, 잘 커 줘서 나까지 칭찬을 받았습니다. 내가 죽은 후에는 누구를 의지할까요. 어머니는 더욱더 귀여워 해 주실 것이고, 유모도 마음씨가 좋은 여자이니까 당분간은 안심이라면 안심할 수 있을 것입니다. 열대여섯 살이 되어 세상 돌아가는 이치를 알기 시작하고 어렴풋이 엄마의 얼굴이 떠오르면 그 때는, 아아, 얼마나 슬플까요. 다른 집 엄마를 보면 나도 엄마가 계셨으면 하고 생각하는 일도 있겠지요. 엄마가 없는 딸아이만큼 가여운 것은 없는데……아아, 오초도 불쌍한 아이야. 이런 엄마라도 엄마가 있으면……얼마 안 있어 새엄마도 생기겠지만……그건 내가 유언으로라도 그렇게 하라고 해야 하겠지. 오초 하나만으로는 아마 외로우실 거야.……남자아이가 하나는 꼭 있어야 한다고 어머니처럼 걱정을 하시겠지. 그래도 아이가 생기지 않으면 오초를 통해 데릴사위를 얻어야겠지만, 아아, 시집을 보내는 것이라고 생각해야지. 이렇게 사랑스런 아이이니 누구에게나 다 사랑을 받을 것이라 생각하지만, 아버지에게는 말도 못하고 구석에 가서 혼자 우는 일은 없을까? 나라면 그런 생각이 든 적은 없지만 말이야.……누구의 자식이든 키우다보면 사랑스러운 것은 모두 똑같겠지.……다른 사람의 생각이 자기 생각과 같지 않다고 신경을 쓰면 괴로워진단다. 그럴 때는 이쪽에서 거리를 두면 안 되고 역시 이 엄마라고 생각하고 따라야 해. 네기시의 숙모님이나 오하나 아가씨……네게는 할머니가 되고 고모가 되지……에게도 잘 부탁해 둘 테니까, 잘 따르며 사랑을 받도록 하려무나. 원하는 것이 있으면 어려워 말고 말하고. 그럴 때도 만약 이 엄마가 있다면 말하지 않아도 해 줄 텐데. 혼례 때 입을 의상은 내 것하고 똑같은 것으로 해야지. 또 그때 유행하는 것이 있다면 어떤 것이라도 사 주어야지. 문양이 들어간 흰 깃에 외국산 직물로 만든 오비(帶)를 묶으면……키는 클 테니……아아, 그 모습 얼마나 멋질까? 머리도 고상하게 묶고……품격 있는 그 모습을 보고 싶지만, 아직 내일이 겨우 가미오키. 그것이라도 볼 수 있을까?……볼 수 없을까? 이렇게 촉박해서는 그것도 이제 보지 못하겠지. 아아 생각하면 생각할수록 불쌍한 아이!

오초…….

"오, 오코 잠이 깼니? 오초는 지금 유모하고 잘 자고 있어."

"어머니예요? 어머니, 이제 제가 먼저 갈게요. 드릴 말씀도 아무

것도 없어요. 용서하세요. 오초를 잘 부탁드려요. 고타로 씨가 귀국하면 작은 상자에 자세히 써 둔 것이 있으니 그것을 보여 주세요. ……다만 한 번 더 뵙지 못하는 것이 한이에요……."

당지 너머에서 유모가 울며 쓰러지는 소리가 납니다.

"오코, 너 무슨 말을 그렇게 하는 게냐. 지금 곧 죽을 사람처럼. 재수가 없지 않느냐. 무병장수, 무병장수."

말씀은 이렇게 하시지만 눈에는 눈물이 고입니다.

나이 들어 자식을 앞세우는 어머니의 마음을 생각하면 딱해서 견딜 수가 없습니다. 보니, 눈에 띄게 살이 빠져 광대뼈가 튀어나왔고, 이마에는 주름……이것도 제 병을 신경 쓰느라 생긴 것입니다. 고향에 계실 때의 얼굴은 30년도 전 같습니다. 여자 혼자 손으로 힘들게 아이를 키워서 첫 손주를 본 기쁨도 잠시 잠깐. 기둥처럼 의지하시던 제가 앞서 저 세상으로 가면 이제 더는 사실 수 없을 겁니다. 만약 그런 일이 생긴다면, 더 불쌍해지는 것은 저 오초. 또 다른 사람이라도 들어오게 되면 여간 고생하지 않을 것입니다. 남편은 저렇게 신실한 분, 어머니를 홀대하는 일은 절대 없을 것입니다. 하지만 세상에는 흔히 있는 고부 갈등. 저런 성품이시니 남편에게 새 여자가 생겨도 나라고 생각하시고 예뻐해 주시겠지만, 아이가 또 생기면 서로 편을 들게 되면서 원만하지 않은 경우도 생기게 될 것입니다. 저를 키우시느라 고생을 하셨는데 또 손자를 키우느라 고생을 하시다니, 아 얼마나 죄를 많이 지으신 것인지. 그것도 고생을 하신 보람이 있으면 좋겠지만, 의지하시고자 하는 저는 이 지경이고, 오초는 키우느라 얼마나 더 고생을 하실지 모릅니다. 그런 생각을 하시면 당신이 먼저 죽고 싶을 것입니다. 아마 새삼 아버지가 그리울 것입니다. 고타로가 귀국하면, 아버지 산소를 찾아뵐 겸 고향에도 가고 싶습니다. 고향 집도 어떻게 되었는지 찾아가고 싶습니다. 올해 일흔이 되시는 할머니께 네가 성인이 된 것을 보여드리고 오코가 이렇게 훌륭한 손자를 낳았다며 오초 자랑을 하고 싶다고 하신 적도 있었습니다. 그러나 이도 저도 제가 이렇게 되어서는 이제 마음대로 되지 않을 것입니다. 저도 아버지 묘를 찾아뵙고 싶었지만, 이제는 그 아버지 곁으로 갈 몸입니다. 게다가 할머니도 뵙고 싶습니다. 손자도 대여섯 명 있으시지만, 저를 가장 예뻐하셔서 할머니 댁에서 자면 꼭 끌어안고 주무시고 돌아올 때는 업어주셨을 정도입니다. 저도 할머니 댁을 찾아뵙는 것이 즐거워서 마을 입구의 버드나무가 보이면 저는 어머니를 나몰라라 하고 혼자 나무 밑까지 달려갑니다. 그러면 늘 할머니가 그곳에서 기다리고 계십니다. 그러니까 그 버드나무는 지금도 손에 잡힐 듯 눈앞에 그려집니다. 이곳 도쿄에 오고나서도 버드나무만 보면 바로 할머니 얼굴이 떠올라 슬퍼지는 일도 있습니다. 그 버드나무를 오른쪽으로 끼고 마을을 돌면 조상의 위패를 모신 절이 나옵니다. 아버지의 묘는 어떻게 되었을까? 할머니가 늘 살피시겠지만, 어떻게 변했을까? 7주기 재가 끝났을 때, 할머니와 어머니, 그리고 나 셋이서 교토의 본산에 참배를 하고 돌아오는 길에 오사카의 불당에서 설교를 들은 적이 있었습니다. 그 때는 정말 슬펐습니다.……네 살 때 돌아가셨으니까 아버지의 얼굴을 기억하고 있다면 기억하고 있는 것 같기는 합니다만, 얼굴이 어땠냐고 물으면 바로 생각이 나지 않을 정도입니다. 그 때 모 스님이 지옥에 가서 엔기(延喜)의 천자를 만났다는 설법을 들었을 때는……죽어서 죽은 사람을 만날 수 있다면 나도 죽어서 아버지 얼굴을 보고 싶다고 하며 엄청 운 적이 있습니다. 저는 지금 죽어가는 몸……정말로 뵐 수만 있다면 뵙고 싶어요. 만날 수 있을까, 없을까?……호호호, 나 좀 이상해진 것 같아. 스님이 하는 말은 믿는 게 아닌데. 아아, 한심해. 바보 같은 생각을 했네. 하지만 지옥, 극락이 거짓이라면 나는 죽어서 어디로 가는 걸까?……내 혼은 어디로 가는 것일까? 몸이 죽으면 혼도 사라진다고 하는데……정말로 사라지는 것일까? 지금 이런 저런 생각을 하는 나의 이 마음은……사라지는 것일까? 이런 마음이. 정말 사라질까?……지금 이런 생각을 하는 내 마음이. 어떻게 사라지지?……몸은 이렇게 쇠약해져서 움직일 수도 없어도 마음은 전혀 미치지 않았어.…점점 더 예민해지는 이 마음이 어떻게 사라져? 만약 사라지지 않는다면 어떻게 되는 거지? 하늘로 올라가나? 땅으로 가라앉나? 그 사람의 혼이……그렇게 날아가지도 않겠지만 사라지지 않는 것이라면……땅속에서 영원히 있을 리도 없어. 아아, 모르겠어.……어떻게 하면 알 수가 있지?……오히려 괴로움만 더해 갈뿐. 하지만 생각해 보면 어쩐지 무서워. 설마 정말 있는 것은 아니겠지만……지옥……정토(淨土)……방편임에 틀림없지만……만약……있든 없든 사라지지 않는 것이라면 사라지지 않았으면 좋겠어.……가는 곳만 확실하면 무서울 것도 조금도 없지만……. 어떻게 하면 이 마음이 진정이 될까?……어떻게 하면 이 마음이 편안해질까? 아아, 이상해. …… 이상한 기분……정신이 어딘가로 쑥 빠져나가는 것 같아.……아 아, 몸이 뚝 떨어져……괴로워, 아아, 괴로워……죽으면 이 괴로움 이 없어질까?……죽어도 마찬가지로 이렇게 괴로운 것일까?…… 어떻게 하면 좋지……아아……나무아……미타불……아아……나무 아…….

"오코, 오코."

부르는 소리에 깜짝 놀라 눈을 떠보니 식구들이 모두 머리맡 좌 우에 있습니다. 그리고 날이 훤히 밝아 장지문에 비치는 아침 해, 그 그늘에 몸을 두는 것도 오늘이 마지막입니다. 의사는 또 제게 약 을 먹입니다. 저는 이제 먹지 않겠다고 생각했지만, 어머니의 얼굴 을 보니 또 마음이 약해집니다.

"선생님, 여러 가지로 심려를 끼쳐 무어라 감사의 말씀을 드려야 할지 모르겠습니다. 남편이 귀국을 하면 제 병상을 자세히 말씀해 주시길 바랍니다."

"사정 잘 알겠습니다. 하지만 아직 그 정도로 나빠 보이지는 않 습니다."

"네, 저는 이미 각오를 하고 있습니다. 선생님의 정성은 충분히 알고 있습니다. 제 수명이 짧은 것이니 조금도 아쉬울 것 없습니 다."

의사는 제 얼굴을 제대로 보지 못하는 것 같습니다. 이럴 때 가장 난감한 것은 누구보다 의사이겠지요.

"숙모님."

"그래."

"저는 이제 떠납니다."

"왜 또 그런 말을 하는 거냐?"

숙모님은 충분히 말씀을 하지 못합니다.

"오래오래 신세를 졌습니다만……."

오하나는 흐르는 눈물을 손수건으로 누릅니다.

"언니, 왜 또 그런 슬픈 이야기를 하는 거야? 나도 죽을 뻔……죽으려다가 목숨을 건져서 이렇게 살아 있잖아. 언니도 분명히 좋아질 거야. 그런 슬픈 이야기는 싫어. 괜찮을 거라고 생각하라고. 알았지, 언니?"

나를 위로하려고 애쓰는 오하나의 말, 그 이면에는 내가 지금 죽어가고 있다는 의미가 있습니다.

"오하나 아가씨, 고마워. 나에게 따뜻한 위로의 말을 해 줘서. 그저께 아가씨에게 부탁한 것은……단지 아가씨를 믿는 마음에서……."

"그 오초 말이지……."

"응……. 어머니, 저 오초를 좀 여기로……유모에게 안고 오라고……."

내 말이 아직 끝나기도 전에 당지 밖에서 소매를 꽉 물고 있던 유모는 쓰러지듯 제 머리맡에 앉습니다. 그리고 오초를 내게 내밀며 흑흑 하고 울며 엎어졌습니다.

"유모, 자네가 이러니까 지금까지 부르지 않은 거야. 오코가 지금 죽는 것도 아니고 그렇게 울면 환자에게 안 좋아."

"아니에요, 어머니, 그렇게 야단치지 마세요. 유모, 오초가 이렇게 잘 큰 것도 다 자네 정성 덕분이야. 그러니까 자네는 오초의 엄마라고 해도 좋을 정도지. 자네의 앞날에 대해서도 어머니하고 여러 가지로 의논해 두었어. 그 때 자네가 얼마나 기뻐할지 그 모습을 보지 못하는 것이 정말 아쉽군."

"어머, 마님 무슨 그런 말씀을……제게는 너무 과분합니다. 이제 영 가망이 없는 건가요? 이렇게 이쁜 따님까지 계시는데……제 목숨을 가져가시고……마님을 살려주세요.……선생님, 제 평생의 소원입니다."

눈물 범벅이 되어 울먹이며 의사의 옷소매에 매달립니다. 제 분에 넘치는 성의가 저는 특히 기쁩니다.

"호호, 또 유모가 저런 억지를……오오, 오초…….."

어린 마음에도 축 가라앉은 분위기가 이상했는지 모두의 얼굴을 하나하나 둘러봅니다. 제 얼굴이 전과 달리 야위어서 몰라보았는지, 제가 말을 걸면 잠시 제 얼굴을 들여다보다가,

"무떠워."

라고 하며 유모에게 달라붙어 울기 시작합니다.

"엄마잖아. 자, 옆에 가렴……오초, 엄마셔. 자 얼굴을……얼굴을 잘 봐 두어야지……무섭기는 뭐가 무서워……."

저는 손을 쭉 내밀어 곁에 있던 과자를 하나 집어듭니다.

"오초, 이거 줄까?"

역시 아이는 아이입니다. 방금 전까지 무섭다고 하더니 금방 웃는 얼굴이 되어 유모의 손을 슬그머니 놓습니다. 그리고 손을 뻗어 과자를 집으려 합니다.

"엄마, 주세요 해봐."

"엄마, 뚜떼요."

그 천진난만함. 지금 죽어가는 엄마는 상관없이 그저 과자 하나에 눈길이 돌아가다니.

……모두는 숨을 죽이고 있을 뿐입니다.

또 다시 호흡이 가빠지고 몸이 붕 떠있는 것 같습니다. 그리고 어디론가 몸이 떨어지는 것 같습니다. 이제 드디어……이제 죽는 것인가 하고 생각하니 각오를 하기는 했지만 얼마나 불안하던지요! 조금만 더 라고 생각해도 몸은 푹 가라앉아서……시커먼 곳으로……아 얼마나 두렵던지!

"어머니, 제 손을 잡아주세요.……오하나 아가씨, 오른손을……더……더 세게 끌어오려 주세요.……."

"오코……."

"오코 언니……."

"마님……."

눈을 떠보니 어머니의 얼굴. 저는 괴로운 가운데도 괴로운 얼굴을 보이면 안 된다고 생각하며 억지로 희미하게 웃으며,

"어머니, 떠날게요. 죄송해요……."

이제 앞도 보이지 않습니다. 들리는 것은 일시에 흐흐흑하고 우는 소리. 그 소리에 놀랐는지 오초의 울음소리도 날카롭게 들립니다. 숙모님, 오하나, 유모, 스에까지……오코, 오코 언니, 마님…… 하고 부르는 소리. 어머니가 이름을 부르는 소리 귓가에 들려도 이제 입이 굳어서 대답도 할 수가 없습니다. 얼마나 슬프던지요! 얼마나 아쉽던지요! 몸은 이제 시커먼 구멍 속으로……그 불안함이라니! 그 참담함이라니! 아득히 떨어지는……아아, 어디로 가는 것일까?……나락이 바로 이곳?……죽어가는 고통……세상에 비할 바가 있을까?

붙잡고 매달리려 해도……떨어지지 않으려고 기를 쓰니 손을 있는 대로 쭉 뻗고 한없이 아래로 떨어질 때의 끔찍함. 이제 가망성은 없다고 마음을 접고 이제 갈 곳은 암흑 세계라는 불안감, 어찌 할꼬, 무섭다. 내 목소리인지 염불을 외는 어머니의 목소리인지 마음에 와 닿는 것은 오직 그것뿐……이제는 그만……무심(無心)의 상태라는 것은 바로 이런 것인가?……이제 떨리는 마음도 사라지고 그냥 멍한 상태가 되었습니다.……얼핏 보이는 것은……눈이 아니라 마음에……아득히 멀리 별빛 같은 불빛, 그리고 또 사람의 모습, 잘은 모르겠지만 입고 있는 것은 검은 옷. 그 기쁨……나도 모르게 소매를 잡고 매달리니 가르치듯 가리키는 것은 불빛, 그리고 빨리 가라는 듯한 손짓. 저 불빛이 있는 곳까지……저기까지 가면 설마 목숨을 건지는 것일까? 저기까지 빨리……저 불빛까지 가야지 하고 안간힘을 쓰니 제 이름을 부를 소리도 멀리서 들려옵니다. 누가 내 이름을 부르지?……이제 저기에……지금……아아, 저 불빛……저 불이 있는 곳까지……저기에……지금……조……금……조금만…… 더……이제……아아, 기뻐라……. 힘을 들여 불 옆으로 가자 지금까지의 고통, 참담함, 불안함은 모두 어디론가 사라지고 정신도 개운해져서 날이 밝았나 하는 생각이 들 정도입니다. 정신이 들고 보니, 어머나 남편의 얼굴……오초도 그 무릎 위에…….

"오코, 정신이 들었어? 오늘 아침 돌아왔어."

＊＊＊＊＊＊＊＊＊＊＊＊＊＊

마음에 걸렸던 오초의 가미오키, 둘이서 나란히 앉아 축하를 하고, 올해는 벌써 일곱 살이 되어 히모토키(紐解)[12].

(1889년 10월, 사카구치 미유·김효순 역)

---

12 오비토키(帯解)와 같은 말. 아동이 처음으로 보통의 오비(허리띠)를 매는 축하 의례.

가면(仮面)

모리 오가이(森鷗外)

| 등장인물

스기무라 시게루(杉村茂) (의학박사)

야마구치 시오리(山口栞) (문과대 학생)

가나이(金井) 부인 (문과대학 교수의 아내)

엔도 도루(遠藤徹) (의학사, 스기무라 박사의 조수)

사키치(佐吉) (조경 인부)

산타(三太) (상동)

미요 (사키치의 아내)

간호사 (두 명)

서생 (두 명)

남녀 환자 다수

| 무대

스루가(駿河)대학교 소속 스기무라(杉村) 박사 자택의 응접실. 서양식 목조 방. 커다란 탁자에 의자 여러 개. 탁자 위에는 연초함(煙草函)과 성냥갑 등. 오른쪽에 문이 있어서, 박사의 작업실로 통한다. 왼쪽에 있는 문은 환자 대기실과 진찰소로 통한다. 두 개의 문 사이에는 창문. 왼쪽 문과 가까운 벽 앞에는 긴 의자. 창문과 왼쪽 문 사이에 있는 벽난로에 불이 지펴져 있다. 난로 위 선반에는 탁상시계가 있다. 하나미치(花道)[1]는 사용하지 않는다. 막이 열린다. 가나이(金井) 부인이 긴 의자에 앉아 고개를 숙인 채 근심하고 있다. 일본식으로 묶은 머리. 아즈마 코트[2]. 모피 목도리. 머프[3]. 흰색 버선에 붉은 끈이 달린 진찰소용의 실내화. 서른 살 정도.

잠시 후 왼쪽의 문이 열리고, 간호사 등장.

간호사: 오래 기다리셨습니다. 선생님께서 지금 뵐 거라고 전해
　　두라 하셨습니다.
부인: 감사합니다. 환자 대기실이 꽉 차서 무리라는 것은 알고
　　있지만, 꼭 만나 뵈어야 할 일이 있어서요.

1　일본의 전통 극에서 배우들이 드나들 때 사용되는, 관객석을 가로지르는 통로.

2　아즈마(吾妻) 코트란 메이지 시대에 유행한 일본식 여성용 외투.

3　모피 뒷면에 헝겊을 대어 토시 모양으로 만들어서 양쪽으로 손을 넣게 된 방한 용구.

간호사: 대학교에 출근하지 않으시는 날 오전은 항상 이런 상황입니다. 그래서 부득이하게 뵈어야 하는 분들은 진찰하시는 짬짬이 뵐 수밖에 없습니다. 그럼 잠시 뒤에 뵙겠습니다.)

(간호사 왼쪽 문으로 퇴장. 부인 회중시계를 꺼내어 보고는 일어서서 창밖을 바라본다. 박사, 간호사가 들어간 후에 등장. 팔자수염. 코끝에 걸쳐 쓴 안경. 검은 양복. 나이는 마흔 여덟에서 마흔 아홉.)

박사: 아, 죄송합니다.

부인: (가볍게 인사를 하며.) 천만에요. 정말 무리한 부탁을 드려서.

박사: 며칠 전에 야마구치(山口) 군이 진찰을 왔습니다만.

부인: 사실은 그 일 때문에 찾아뵌 겁니다. 객담 검사를 부탁했다고 해서요. 오늘도 열 시에 진찰을 받으러 오겠다고 했는데, 어떤 상황인지요. 저렇게 혈색도 좋고, 평상시와 조금도 다른 점이 없는데 말이에요. 만약 뜻밖에 결핵이기라도 하면, 보통 일이 아닌 것 같아서, 그걸 여쭤보려고 찾아뵈었습니다. 어떤지요?

박사: 말씀하신 대로입니다. 실례지만 한 대만 피우겠습니다. (탁상의 궐련초를 하나 집어 들고 주머니칼을 꺼내 천천히 자른다.) 뭐, 일단 앉으시지요. (의자를 바로 놓아 준다)

부인: 감사합니다. (의자에 앉는다.) 남편으로서는 시오리(栞)는 처남이기도 하고, 게다가 와카야마(和歌)에 계시는 어머니께서 시오리만 믿고 계셔서, 여름방학 때 돌아오기를 손꼽아 기다리고 계세요. 어제 온 편지에도 요즘 시오리가 편지를 통 보내

지 않는데 무슨 일이 생긴 건 아니냐, 하며 몹시 걱정을 하고 계셨어요. 당사자인 시오리는 연말에 여행을 갔을 때 걸린 감기 끝에 그러는 것이니 봄이 되면 나을 거라고 아무렇지도 않게 학교에도 다니고 있어요. 그렇지만 찜찜하게 기침이 자꾸 나와서 집에서 남편도 걱정하고 있어요.

박사: (궐련초에 불을 붙이고 의자에 앉는다.) 맞는 말씀입니다. 단순한 기관지 염증은 아닙니다.

부인: (눈이 빛난다.) 그래요? 그럼…….

박사: 열은 조금도 나지 않고, 크게 걱정하실 정도는 아닙니다만, 그렇다고 해서 절대로 가볍게 여길 것도 아닙니다.

부인: 결핵은 아닐까요?

(왼쪽 문을 두드리는 소리.)

박사: 들어오세요.

　(간호사, 문을 열고 등장. 문 안쪽에 가만히 서서 박사 쪽을 보고 대기한다.)

박사: (간호사에게.) 초진 환자는 더 이상 없습니까?

간호사: 그런 것 같습니다. 이제는 재래환자 뿐입니다.

박사: 그렇다면 엔도(遠藤) 군에게 적당히 처치해도 된다고 해 주세요.

간호사: 네. (간호사 퇴장.)

박사: (부인에게.) 실례했습니다. 저희 병원에서는 병명은 말하지 않게 되어 있습니다. 하지만 다른 부인들과는 다르고, 되레 쓸데없는 걱정을 끼치면 송구스럽기 때문에 말씀드리는 겁니

다. 사실은, (부인, 열심히 박사의 기색을 살핀다.) 사실은 재작년에 걸린 흉막염이 완치가 안 된 겁니다. 유착이 남아 있는 것 같습니다.

부인: 그러고 보니까, 언제였던가, 날씨가 추워지면 가슴이 아플 때도 있다고 한 적이 있었어요. 그렇다면 지금 이러는 것도 흉막염인걸까요?

박사: 그렇습니다. 흉막 쪽은 흉막염이라 부를 정도는 아니지만, 기관지가 안 좋은 겁니다. 뭐, 병명을 붙인다고 한다면 역시 만성 기관지염이겠네요.

부인: 그럼 결핵은 아닌 거네요.

박사: 그렇습니다. 하지만 상태가 저 지경인 만큼 결핵으로 이어지는 경우도 있어서요. 절대 대수롭지 않게 여겨서는 안 됩니다.

부인: 그런 건가요. 잘 알겠습니다. 사실 남편이, 시오리는 신경이 예민한 편이니, 객담 검사를 했는데 결핵으로 판명이 되었다는 이야기를 본인에게 하면 크게 낙담을 하지는 않을까, 그러니 어찌 됐든 오늘 본인이 진찰을 받으러 가기 전에 저보고 어떤 상황인지 알아 보라는 거예요. 그래서 무리라는 걸 알면서도 바쁘신 와중에 찾아뵙게 된 겁니다. 시오리도 올해 말에는 졸업을 하게 되니까, 많이 바쁘다고는 하지만 건강보다 중요한 것은 없으니까요. 선생님 말씀에 따라서는 대학을 쉬게 해도 괜찮습니다. 그리고 양생을 생각하면, 하숙생활을 하는

게 괜찮을까요? 시오리는 공부하기에는 하숙이 더 좋다고 하지만, 저희가 집에서 데리고 있을까 생각하고 있어요.

박사: 글쎄요. 졸업은 일 년 정도 늦어지더라도 그렇게 하시는 것이 좋을 것 같습니다. (사이) 정말이지 아직 꽤나 춥네요. (궐련초를 재떨이에 두고, 부삽에 담긴 석탄을 난로에 집어넣는다.)

부인: 도쿄는 정말로 추워요. 저희 어머니께서는, 도쿄의 겨울은 한번이면 충분하다고 하시면서, 무슨 말을 해도 올라오시질 않으세요. 게다가 도쿄 중에서도 고마고메(駒込)는 더 추운 것 같아요. 저희 집 정원은 오늘 아침에도 또 서리가 잔뜩 내렸거든요. 남편에게 춥다고 했더니, 겨우 이 정도로 춥다고 하면 베를린에선 살 수가 없을 것이라고 하며 웃더라고요.

박사: (창문 아래에 선다.) 그야 베를린은 당연히 더 춥죠. 그렇지만 그곳은 설비가 다릅니다. 밖으로 나가면, 두꺼운 외투를 입습니다. 집 안에 들어가면 난로가 있죠. 난로라고 해도, 이런 식으로 프랑스 같은 곳에서 멋으로 피우는 것과는 다르니까요.

부인: (의자에서 일어난다.) 저는 이제 가보도록 하겠습니다. 바쁘신 와중에 실례가 많았습니다. (머프를 놓아둔 긴 의자 쪽으로 가려고 한다. 난로 선반 위 탁상시계가 열 시를 알린다.) 어머, 벌써 열 시가 됐네요.

박사: 야마구치 군도 곧 오겠네요. 야마구치 군은 전차를 탈 테니까, 함께 돌아가시라고 할 수는 없겠지만, 기다리시지 그러세요.

부인: (일어서서 오른손으로 탁자를 짚는다.) 아뇨, 저도 전차를 탈 거예요. 전차가 생기고 나서부터는, 인력거는 너무 추워서 탈 수가 없더라고요.

박사: 저는 가나이 군에게도 마차⁴를 타라고 합니다만, 워낙 남의 말에 신경 쓰는 성격이 아니라서요.

부인: 안 하는 게 아니라, 못하는 거예요. 자신도 의학을 공부했으면 좋았을 텐데, 라고 해요.

박사: 하하하. 그야 의사가 된 적이 없으니 모르는 겁니다. 저는 그냥 서류만 보고 있으면 되는 사람이 부럽습니다. 배가 들어올 때마다 도착하는 책이, (오른쪽 문을 가리키며,) 저 방에 가득 쌓여 있어도 읽을 틈이 없습니다.

(왼쪽 문을 두드리는 소리.)

들어오세요.

학생 야마구치 시오리: (왼쪽 문을 열고 들어온다. 스물다섯의 인상이 좋은 남자. 민첩한 태도. 피부는 하얗지만 건강한 체격. 대학교 제복차림. 옷깃에 금색으로 새겨진 'L'자. 대학교의 코케이드⁵ 장식이 있는 모자를 손에 들고 있다. 박사에게 인사를 하려다 가나이 부인의 얼굴을 보고 놀란다.) 누

---

4 마차철도 혹은 철도마차를 말하는 것으로 궤도상을 달리는 마차 수송기관. 1836년 뉴욕에서 처음 등장하였고, 일본에서는 1882년 6월 도쿄마차철도회사에 의해 신바시(新橋)에서 니혼바시(日本橋) 사이에 처음 개통하였다. 1903년 전차로 바뀌었다.

5 코케이드(cocarde). 군인·당원 따위의 모자표, 국기 색깔의 휘장을 말함.

님 아니십니까? 왜 여기에 계십니까?

박사: 부인은 자네가 걱정이 되어서 오신 거네.

학생: (박사에게.) 아, 실례했습니다. 너무 뜻밖의 일이라서요.

부인: (학생에게.) 시오리 너처럼 건장한 체격은 걱정할 일 없을 거라고 생각하지만, 객담 검사를 부탁했다는 얘기를 들어서 어떤 상태인지 살펴보려고 왔어.

학생: (부인에게.) 하하하. 친절하시기도 합니다. 역시 늘 용의주도한 분이시니 가나이 선생님께서 누님께 이리 하시라고 말씀을 해두셨던 모양이군요.

부인: 너무하네. 그럼 나는 용의주도하지 못한 사람이라는 얘기로 들리는 걸.

학생: 그런 얘기는 아닙니다. (박사에게.) 항상 저런 식이라니까요. 누님께선 사람을 대하는 건 서툴다고 하면서, 말은 어쩜 저렇게 잘하시는지.

박사: (부인에게) 아, 앉으세요. (학생에게) 자네도 누나랑 싸우려면 일단 앉기라고 하고 싸우게.

(주객 세 명이 탁자를 둘러싸고 앉는다. 학생은 모자를 탁자 위에 올려놓는다.)

학생: (박사에게.) 애초에 제가 하루에 한두 번 기침을 한다고 해서 선생님께 진찰을 받는 건 아무래도 과한 처사가 아닌가 싶지만요. 가나이 선생님과 누님께서 저렇게까지 난리들을 치셔서 하는 수 없이 진찰을 부탁드리게 됐습니다.

부인: 워낙 마음을 편하게 해주셔서 저도 모르게 무슨 일만 있으

면 선생님께 달려오게 됩니다.

박사: 무슨 일이든 오셔야죠. 잘 생각해 보면 의사에게 진찰을 받지 않아도 되는 병은 절대 없습니다. (학생에게.) 자네처럼 기침이 두 달씩이나 나오는 걸 방치하는 건 말도 안 되는 일이니까 말이네. 뭐, 여러모로 하고 싶은 이야기가 많으니까, 천천히 있다 가게.

부인: (일어선다.) 그럼 저는 다른 볼일도 있으니, 이만 실례하겠습니다.

박사: 더 계셔도 괜찮지 않습니까?

부인: 아이들이 사다 달라고 한 것도 있고, 점심때까지는 돌아가야 하는 상황이라서요.

박사: (일어선다.) 그렇습니까?

부인: (학생에게.) 그럼 시오리 너는 아무쪼록 선생님께 잘 여쭤보고 오렴.

학생: 네. 저녁에 누님 댁으로 찾아뵙겠습니다.

(부인, 머프를 챙기러 긴 의자가 있는 쪽으로 가려고 한다. 박사, 재빨리 머프를 집어서 건넨다. 학생은 일어선다.)

부인: (머프를 받아든다.) 정말 감사합니다. 그럼 안녕히 계세요. (가다 말고 뒤를 돌아본다.) 시간이 없으시겠지만, 고마고메의 저희 집에도 잠시 들러주세요.

박사: 조만간 찾아뵙겠습니다.

(부인, 왼쪽 문을 열고 퇴장. 박사와 학생 서로를 마주한 채 얼굴을 바라보더니

사뭇 진지해진다.)

학생: 선생님, 어떻게 생각하십니까. 실제로 기침은 두세 시간씩 전혀 나오지 않을 때도 있습니다. 그렇지만, 밤에 몸을 왼쪽으로 하고 누워서 자면 쌔액쌔액 하는 소리가 납니다. 마치 물이 들어있는 작은 관을 부는 듯한 느낌입니다. 그게 흉막염을 앓았을 때 숨을 쉬면 꺼끌꺼끌한 느낌이 들었던 것과는 또 다릅니다. 그 외에 다른 곳은 아무렇지도 않습니다만.

박사: 음. 그 쌔액쌔액 하는 소리가 나는 곳에 문제가 있는 것이네. 공간이 좁아진 것 같네. 내가 말한 대로 한 거지?

학생: 플란넬 소재의 옷도 입고 있습니다. 약은 강당에 갈 때도 주머니에 넣고 가서 정확하게 챙겨 먹고 있습니다. 그렇지만 학교는 쉬지 않습니다.

박사: 아무래도 그건 곤란할 것 같은데.

학생: (열심히.) 하지만 선생님. 저는 어떻게 해서든 올해 졸업해야 합니다.

박사: 자자, 일단 앉아보게. (먼저 자리에 앉는다. 학생도 따라 앉는다.) 기관지가 안 좋은 자네 앞에서 담배를 피우는 건 너무한 처사인지도 모르겠지만. (궐련초를 하나 집어 주머니칼로 자르고는 불을 붙인다.)

학생: 뭐, 학생 휴게실 안은 항상 담배 연기로 자욱한 걸요.

박사: 그러니까 학교에 가는 건 아무래도 자네 몸에 좋지 않다는 말일세. 자네 누님께서도 쉬게 해주었으면 하고 말씀하셨고.

학생: 그야 그렇게 말씀하시겠죠. 누구나 남 일이라면 그렇게 생각할 겁니다. 누님 역시 집에 있으면 시어머니인 가나이 선생님의 어머님 눈치도 봐야 하고 해서, 애들 학교 교사들에게 뭔가 부탁을 하러 간다든가 교과서나 학교에서 필요한 문방구를 사러 간다든가 할 때만 외출을 합니다. 음악을 그렇게나 좋아하니 오늘 음악대학교 연주회에 가면 좋아하실 겁니다. 가나이 선생님께는 늘 우대권이 오니까요. 오늘 프로그램엔 쇼팽의 곡이 세 개나 있습니다. 저도 꼭 갈 생각입니다.

박사: 가도록 하게. 학교하고는 달라서 나도 그건 반대하지 않을 테니 말이네. 뭐니뭐니 해도 몸에 좋지 않은 곳이 있을 때는 정신적으로 지치지 않게 하는 게 가장 중요하기도 하고 말이네.

학생: 그거야 저도 알고 있습니다. 하지만 와카야마(和歌山)에 계신 어머니를 생각하면 학교를 쉬는 게 얼마나 괴로운 지 모릅니다. 그러느니 차라리 수업을 듣는 것이 제게는 훨씬 편합니다.

박사: 흠. 심리적으로 꽤나 어려운 문제가 되었군. 그렇다면, 만약 자네가 그 상태로 학교에 계속 다니면 건강을 유지할 수 없고 목숨에 지장이 있다고 한다면 어쩔 셈인가? 자네 역시 생각을 크게 고쳐먹어야 한단 말일세.

학생: (눈이 반짝인다.) 제 병이 그렇게 심각한 겁니까? 선생님, 제 가래에 혹시 이상이 있었던 겁니까?

(왼쪽 문 안쪽에서 많은 사람들의 목소리가 들린다. 갑자기 문이 열리고 조수 엔도 도루(遠藤徹)가 들어온다. 팔자수염. 양복 위에 수술복 같은 린넨 작업복을 걸쳤다. 서른 살 정도.)

조수: 선생님, 위독한 환자가 들어온 관계로 잠시.

박사: 무슨 환자인가.

조수: 복강내 출혈인 것 같습니다.

(조수가 열어둔 문 너머로, '이제 안 되겠어', '죽은 거야' 따위의 소리가 들려온다.)

박사: 어쩌다 그런 외과 환자를 데려온 거지?

조수: 아뇨, 정원에 나무를 심으러 온 정원사입니다. 당인(唐人)이라나 뭐라나 하는 발판 같이 생긴 것 위에서 떨어지면서 하필 정원에 세워둔 돌에 부딪혔다고 합니다. 그때 복부를 크게 다친 것 같아요.

(간호사, 문 안쪽에서 등장. 남녀 환자 두세 명이 밖에서 슬쩍 엿본다.)

간호사: (조수에게.) 맥박 상태가 매우 좋지 않은 것 같습니다만.

조수: 그렇습니까.

박사: 대기실에는 들것에 실려 온 건가?

조수: 비상용 들것에 실어서 대기실에 옮겨두었습니다.

박사: (일어선다.) 환자들 사이에 함께 두어서는 안 되네. 진료소에도 환자가 있을 테지. 별수 없네. 여기로 데려오게. 가능한 한 흔들리지 않게 하게.

간호사: 제가 말씀을 전하겠습니다.

(간호사 퇴장. 박사는 담배를 재떨이에 버리고 무언가 고민한다. 학생은 일어서서 문 쪽을 바라본다. 곧 서생(書生) 두 명이 정원사 사키치(佐吉)를 들것에 싣고 등장. 들것은 응접실 탁자 앞에 둔다. 사키치는 스물 대여섯으로 보이는 건장한 남자다. 상호가 적힌 윗도리. 눈을 감은 채 입을 크게 벌리고 희미하게 숨을 내쉰다. 처음의 간호사와 또 다른 간호사가 함께 등장. 첫 번째 간호사, 맥을 짚는다. 두 번째 간호사, 진찰함을 들고 있다. 정원사 산타(三太), 뒤따라 등장. 왼쪽에 쪼그리고 앉아있다. 사키치와 비슷한 연배. 상호가 적힌 윗도리. 남녀 환자 여럿이 입구에 몰려 안을 엿본다. 네다섯 명 정도 안으로 들어온다.)

박사: (학생에게.) 자네에겐 미안하지만 잠시, (오른쪽 문을 가리키며,) 저 안에 들어가 있게. (일동에게.) 여러분 모두, 용건이 없으신 분들께선 대기실 쪽으로 나가주세요. 간호사는 남아있어도 좋네. (산타에게.) 자네도 남아 주게.

(학생, 오른쪽 문을 열고 퇴장. 서생과 방 안에 있던 환자들, 왼편 문으로 퇴장.)

(조수에게.) 문을 닫아주게. (조수, 왼쪽 문을 닫는다.)

첫 번째 간호사: 맥이 거의 잡히지 않는 것 같습니다.

조수: (박사에게.) 처음부터 인사불성(人事不省)입니다.

박사: 음. (침착하게 들것 쪽에 무릎을 꿇고 앉아 환자의 배를 덮고 있는 천을 걷어내고 잠시 보더니 가볍게 눌러본다. 이내 손가락으로 아주 조심스럽게

타진한다. 조수, 바짝 붙어 무릎을 꿇고 있다.) 일단 캠퍼[6] 한 통.

(두 번째 간호사 진찰함에서 주사기를 꺼내 건넨다. 조수가 그것을 받아 주사를 놓는다.)

박사: (작은 목소리로.) 개복 수술에 필요한 장비는 없고, 다른 병원으로 옮길 여유도 없군.

(천으로 배를 덮어주고 조용히 일어선다. 조수도 일어난다.)

두 번째 간호사: (산타의 얼굴을 살피고 있다.) 눈을 떴습니다.

산타: (사키치의 머리 쪽으로 다가간다.) 정신 차려.

박사: (조수에게.) 집이 스가모(巢鴨)였지.

조수: 바로 전보를 쳐 두었습니다.

박사: 잘 했네. 경찰 쪽은?

조수: 순사가 와서 상황을 설명했더니, 자신들의 구역 일이니 일단 알겠다, 뭔가 일이 생기면 알려 달라, 라고 하면서 돌아갔습니다.

박사: 그렇단 말이지.

사키치: 으, 아파…

박사: (가까이 다가선다.) 상처가 꽤나 심한데, 남겨 둘 말은 없는 건가?

산타: (두 번째 간호사에게.) 물을 마시게 하면 안 될까요?

박사: 물은 안 되네.

---

6 강심제의 일종.

(사키치에게) 정신이 들었나? 뭔가 남길 말은 없는가?

산타: (울먹인다) 나으리가 하시는 말씀 들리나? 할 말이 있으면 내게 하게.

사키치: 할 말은 아무것도 없네. (사이) 오미요는?

산타: 오미요 씨는.

사키치: 젊으니까.

산타: 젊으니까.

사키치: 어떻게든 되겠지. (사이) 아아, 괴로워.

　(일동 잠시 말이 없다. 탁상시계가 열한 시를 친다. 오른쪽 문 밖에서 많은 사람들이 술렁거리는 소리가 희미하게 들려온다.)

첫 번째 간호사: 호흡이 멈추었습니다.

　(조수 말없이 꿇어앉아 배에 덮은 천을 거두고 오른쪽 귀를 가슴에 대더니 잠시 후에 배에 천을 덮고 일어선다. 조수와 박사 말없이 서로 마주본다.)

산타: (수건으로 눈을 닦는다. 울먹이는 소리.) 이제 안 되는 것인가요?

조수: 음, 끝났네. (간호사들에게) 진찰실에 모포가 있으니 가지고 와서 덮어주세요.

　(간호사 두 명, 고개를 끄덕이며 왼편의 문을 열고 퇴장.)

　경찰에 신고를 해야 하겠습니다. 사체 검안은 이쪽에서 해 주죠.

박사: 음, 그렇게 해 주게. 수고했네. 그리고 수고하는 김에 기다리는 환자들도 잘 부탁하네.

조수: 알겠습니다. (산타에게) 자네도 오게.

(조수와 산타, 왼편 문을 열고 퇴장. 엇갈려서 첫 번째 간호사가 흰 모포를 들고 등장. 박사 의자에 앉아, 팔짱을 끼고 있다.)

첫 번째 간호사: 더 할 일은?

박사: 없으니까 저 쪽에 있는 환자들을 부탁해요.

첫 번째 간호사: 네.

(첫 번째 간호사 왼쪽 문으로 퇴장. 박사 조용히 일어서서 오른편 문을 두드린다. 학생, 문을 열고 등장. 창백하고 표정이 바뀌어 있다. 박사에게서 고개를 돌리고 들것 옆으로 다가가서 모포에 덮혀 있는 사체를 보고 있다. 박사, 일어서서 눈을 떼지 않고 학생의 거동을 보고 있다.)

박사: 시오리 군.

학생: (꿈에서 깨어난 듯한 모습으로 박사 쪽을 향해 고개를 숙인다.) 네에.
(사이) 저는 이제 물러가겠습니다.

박사: 흐흠. (사이) 자네, 내 메모를 보았군 그래.

학생: 죄송합니다. 책상 위에 펼쳐져 있길래 그만 보고 말았습니다. 로마자로 제 이름이 크게 적혀 있어서 보려고 하지 않았는데 그만 보게 되었습니다. 베푼드 포지티브(Befund positive, 흥분한 모습). 선생님, 저 결핵인 것이죠. (사이. 두 손으로 얼굴을 감싼다.) 아아. (사이) 저도 선생님께 비겁한 모습을 보이기는 싫습니다. 혹시 그런 게 아닌가 하는 의심이 종종 제 마음 속에 일었습니다. 그러나 늘 설마 그런 일은 없을 거야 하며 부정하고 말았습니다. 그렇게 된 데에는 (사이) 이렇게 말씀드리면 실례지만, 선생님께서 마음 편하라고 해 주신 위로의 말씀도 힘이

되었습니다. 솔직하게 말씀드리자면 제 머리 속은 완전히 카오스(Chaos) 상태에 빠져서 아무것도 제대로 생각할 수 없습니다. 선생님은 분명 제게 위로의 말씀을 해 주시겠지요. 그러나 그런 말씀을 해 주셔 봤자 지금의 제 머리에는 아무런 반향도 불러일으킬 수 없을 것입니다. (또 두 손으로 얼굴을 감싼다.) 아아. (박사에게서 고개를 돌리고 들것을 본다.) 죽으려면 한 순간에 죽는 것이 가장 행복하겠지요. 선생님께서는 나빠진 곳은 좁은 부위뿐이라고 말씀하셨죠. 그것이 점점 늘어나서 한쪽 폐를 파괴해 버리고 더 진행이 되어 다른 한쪽 폐를 파괴해 버리지 않으면 죽을 수 없겠지요. 그러기 위해서는 적어도 1년은 걸릴 것입니다. 1년은 12개월입니다. 1개월은 30일입니다. 하루는 스물네 시간입니다. 그 한 시간은 또 분으로 나뉘고 초로 나뉩니다. 그 1초마다 한 방울씩 독을 주입 당하게 된다면 제 마음은 앞으로 얼마나 독을 받아들여야 합니까? 저는 그 고통을 상상도 할 수 없습니다. (사이) 아니 정말로 미련한 말씀을 드려 죄송합니다. 저는 선생님께 부끄럽습니다. 이제 물러가겠습니다. 어쨌든 저는 제 의식이 이 새로운 사실에 익숙해질 때까지 혼자 있고 싶습니다. (테이블 위의 모자를 집어 들고 박사에게 인사를 한 후 왼편 문으로 걸어간다.)

박사: (시종일관 눈도 깜짝 않고 학생의 거동을 보고 있다가 이 순간 소리를 높인다.) 야마구치 군. (학생 돌아본다.) 기다리게. 자네의 그 불안한 마음을 고쳐줄 테니 말이네.

(학생은 한 걸음 되돌아와서 모자를 든 채 서 있다.)

자네는 위로의 말을 듣고 싶지 않다고 했네. 당연하지. 사랑을 호소하는 것을 물리치고 도덕을 이야기하거나, 곤궁하다고 하는데 돈을 주지 않고 자선사업이 불가능하다고 하는 파울젠(Paulsen)[7] 흉내를 내며 설교를 할 만큼 멍청한 내가 아니네. (사이) 긴 말 하지 않겠네. 자네에게 보여줄 것이 있네. 아, 그 모자를 놓고 거기 좀 앉아 보게.

(학생, 의자에 앉아 고개를 숙인다. 박사 조용히 오른편 문을 열고 들어갔다가 잠시 후에 현미경 표본이 들어 있는 옻칠을 한 포장지와 현미경 사진 한 장을 들고 나와 테이블 위에 올려놓고, 다시 들어가서 현미경 한 대를 들고 나온다. 그리고 확인할 물건에서 등을 돌리고 들것과 테이블 사이에 서서 현미경을 창문을 향해 고정시킨다. 코끝에 걸친 안경을 벗고 유침장치(油浸裝置)를 살펴본 후, 표본을 담아 포장한 것을 가지고 온다. 그 안에서 두꺼운 종이 사이에 끼워 보관한 표본을 네다섯 장 꺼낸다. 그 중 한 장을 꺼내 현미경에 앉히고 도수를 맞춘 후, 사진을 그 옆에 놓는다. 그리고 학생에게.)

이것 좀 보게나.

학생: (마지못해) 네에. (일어서서 박사와 자리를 바꾼다.)

박사: 먼저 그 사진과 표본에 붙어 있는 라벨을 보게. 사진에는

---

7 파울젠(Paulsen, Friedrich, 1846.7.16-1908.8.14)은 독일의 철학자이자 교육자. 윤리학을 철학의 근본으로 삼고, 형식적 윤리학에 대해 활동주의 입장에 섬. 교육학적으로는 실학주의 입장에 있었고, 독일의 교육계, 교육제도에 다대한 영향을 미쳤다. 주저에 『중세에서 현대까지의 독일 학교 교육과 대학 교육의 역사』.

1892년 10월 24일이라는 날짜가 있네. 표본에는 어제 날짜가 있네. (학생, 사진과 표본의 라벨을 본다.) 그리고 표본을 보게. (학생, 현미경을 본다.) 세균이 보일 거네. 실을 잘라서 흩뿌려 놓은 것 같은 그것이 바로 결핵균이네. 파란 바탕에 빨갛게 보이지. 질-닐슨염색법(Ziehl-Neelsen's staining)이라는 것으로 지금은 대개 이것으로 염색을 하지. (학생, 양쪽을 비교해 본다. 박사의 어조가 느리고 무거워진다.) 자네에게 비밀을 이야기하겠네. (학생, 현미경에서 떨어져 박사와 마주보고 서서 귀를 기울인다.) 자네는 그 사진에 있는 결핵균이 누구의 것이라고 생각하나? (사이) 그것은 내 것이네.

학생: (깜짝 놀란다.) 그러면 선생님도 결핵이신가요?

박사: 아니, 자네도 보고 있는 바와 같이, 나는 건강하네. 그러나 결핵이었던 적이 있네.

학생: 그러면 선생님은 결핵을 고치신 겁니까?

박사: 음, 그게 말이네 들어 보게. 그 사진에 적힌 1892년 10월 24일이라는 날짜는 나로서는 중대한 기념일이었다네. 양행에서 돌아온 지 얼마 안 되었을 무렵의 일이었지. 그 무렵 종종 감기에 걸려 가래가 나오는 일은 있었지만, 전혀 신경을 쓰지 않았네. 그런데 10월 24일은 월요일로, 두 시간 연속해서 강의를 하고 휴게실에 돌아와 보니 뭔가 미지근한 덩어리가 기관지로 밀려올라오는 느낌이 들지 뭔가. 그곳에 현미경에 사용하는 유리 접시가 있어서 뱉어 보았네. 그런데 자네, 엄지손

가락 손톱만한 핏덩어리가 아닌가? 나도 마음속으로 꽤나 놀랐지. 어쨌든 건강한 사람의 폐에서 피가 나오는 일은 절대로 없을 테니 말이네. (사이) 그리고 나서 나는 그 피를 검사해 보려고 했는데, 아무래도 그 일을 다른 사람들에게는 알리고 싶지가 않았네. 어쩐지 내 자신의 운명은 내 자신이 장악하고 싶은 생각이 든 것이지. 그런데 동료 교수들이 이야기를 하러 오기도 하고 학생들이 질문을 하러 오기도 해서 도저히 짬이 나지 않았지. 그래서 그 피를 마르지 않게 해서 자물쇠로 잠궈 보관해 두었다가 11월 3일이 되어서야 겨우 꺼내 염색을 했네. 그 날 밤은 기대가 되기고 하고 두렵기도 했지. 그렇게 해서 드디어 다음날 나와서 현미경에 올려놓고 보니 멋지게 염색이 되어 있었지. 그게 바로 이 사진이네. (말투가 강해진다.) 나의 그 날이 바로 오늘 자네의 오늘이라네. 자네는 그 후 내가 어떻게 했다고 생각하나? (낮은 목소리로) 자, 앉아서 들어보게.

(학생, 의자에 앉는다. 박사도 앉아서 학생을 힐끗 보고 말투에 힘을 준다.)

나는 17년 동안 오늘 자네에게 이야기하기 전까지는 아무에게도 말을 한 적이 없네. (천천히.) 내가 어떤 모티브(Motiv)에서 침묵을 했겠나? 그것은 자네의 판단에 맡기겠네. 이기주의일지도 모르지. 그렇다면 지극히 냉혹한 인간이겠지. 그렇다면 그것을 왜 자네에게 이야기하는가? 이야기를 하는 것은 바보같은 짓일지도 모르지. (학생은 차차 감동하는 모습으로 눈을 반짝인다. 동시에 다소 박사를 의심하여 수수께끼를 풀려는 것처럼 박사의 얼굴을 보고 있다.) 자네는 니이체[8]를 읽었는가?

학생: 가나이 선생님 강의에서 자극을 받아 『선악의 피안』[9]은 읽어 보았습니다.

박사: 그런가? 그 속에도 가면이라는 말이 종종 나오네. 선이란 가축의 무리와 같은 인간과 거취를 함께 하는 길에 지나지 않지. 그것을 깨고자 하는 것은 악이네. 선악은 구별해서는 안 되네. 가축 무리의 범속을 떠나 의지를 강하게 하고 귀족적으로 고상하게 그러나 외롭고 높은 곳에 몸을 두고 싶다는 것이지. 그 고상한 인물은 가면을 쓰고 있네. 가면을 존경해야만 하지. 어떤가? 자네는 나의 가면을 존경하는가?

학생: (의기양양한 태도) 선생님. 알겠습니다. 저도 다른 사람들에게는 결핵의 결자도 말하지 않겠습니다. 실은 제 고민은 제 자신을 위한 고민이 아닙니다. 와카야마의 어머니가 이 사실을 알게 되시면 얼마나 한탄을 하실지 생각하면 정신이 아득해지

---

8 니체(Nietzsche, Friedrich Wilhelm, 1844.10.15-1900.8.25). 독일의 철학자이자 음악가이며 시인이다. 대표적인 실존주의 철학자로, 쇼펜하우어의 사상을 계승하여 키에르케고르와 함께 실존주의 철학을 선도하였다. 근대 문명을 비판하고 그것을 극복하기 위해 노력하였다. 자신의 저술 『여명』, 『환희의 지식』, 『차라투스트라는 이렇게 말했다』, 『선악의 피안』 등에서 '신은 죽었다'라고 주장하며 기독교가 순종과 겸손 등 노예의 도덕을 강조한다고 하여 유럽 사회를 비판하였다.

9 원제목은 *Jenseits von Gut und Böse*로 1886년 간행. 전 저서 『차라투스트라는 이렇게 말했다』에서 몇 가지 화제를 선택하여 좀 더 상세히 기술하고 있다. 전 저서에서는 삶을 긍정하고 있지만, 이 저서에서는 비판적, 논쟁적 태도를 취하고 있다.

는 것 같아 견딜 수가 없습니다. 아무에게도 하지 않는 말은 어머니에게도 하지 않겠습니다. 그 대신 선생님, 제가 학교에 가는 것을 말리지는 않으시겠지요?

박사: (얼굴에 넌지시 미소를 띤다.) 음. 말리지 않겠네. (사이) 의사로서의 나라면 자네에게 학교에 가는 것도 말려야 하네. 전지 요양도 시켜야 하네. 그러나 그것은 가축의 무리를 치료할 때의 일이네. 자네에게 자네가 하고 싶은 대로 다 하게 하고, 나는 내 지식을 총 동원하여 자네의 병이 주위에 위험을 초래하지 않도록 하겠네. (사이) 그리고 자네의 병을 고쳐주겠네. 나는 자네와 함께 선악의 피안에 서서 자네에게 최선을 다 하겠네.

학생: 저는 선생님께 진심으로 감사드립니다. 저는 이제부터 아버지가 없다는 말은 하지 않겠습니다. (사이) 그러나, (조금 걱정스럽게,) 선생님, 웃으시면 안 됩니다. 결핵이 낫는다는 것은 대단한 파격이 아닙니까?

박사: 칼 네겔리[10]는 거의 모든 사체에 오래된 결핵의 흔적이 없는 경우는 없다고 보고하고 있다네.

(왼편의 문을 두드리는 소리.)

들어오세요.

(첫 번째 간호사가 문을 열고 등장. 문을 닫지 않고 내버려 둔다.)

박사: 흐음. (일어선다. 학생도 일어선다.)

---

10 칼 네겔리(Karl Wilhelm von Nägeli, 1817.3.27-1891.5.10). 스위스의 식물학자.

첫 번째 간호사: 부인.

미요: (문 안쪽에서.) 네.

(사키치의 아내 미요 등장. 머리를 뒤로 묶었다. 반 옷깃을 단 새 명주 솜옷. 마찬가지로 반 옷깃을 단 새 겉옷. 외출용 앞치마. 흰 버선에 붉은 끈이 달린 조리. 18,9세의 미인. 눈시울이 붉어져 있지만 눈물은 흘리지 않는다.)

(박사에게.) 너무 급작스럽게 신세를 졌습니다.

박사: 참으로 유감입니다. 어떻게 처치를 할 수 있는 상태가 아니라서.

미요: 별 말씀을요. 다쳐서 죽었어도 저택에서 죽었으니 조금도 여한은 없습니다. (들 것을 보고 간호사에게.) 저것인가요?

(간호사, 끄덕이며 앞서서 들것의 머리 쪽으로 데리고 가서 꿇어 앉아 모포를 얼굴만 보이게 접는다. 미요, 꿇어 앉는다.)

잘 보살펴 주셔서 대단히 감사합니다.

(미요, 시체의 얼굴을 잠시 보고 소맷자락으로 눈을 살짝 닦는다. 박사와 학생, 눈을 떼지 않고 여자의 모습을 본다. 박사, 주머니에서 지갑을 꺼내 테이블 위에 놓고 다시 주머니에서 반으로 접은 종이를 꺼낸다. 그리고 지갑에서 10엔짜리 지폐를 몇 장 꺼내 그 반으로 접은 종이에 싸서 연필로 뭔가 적은 후 테이블 위에 놓는다. 미요, 모포를 덮고 조용히 일어선다. 간호사도 일어선다. 미요, 박사에게.)

저, 저택에 함께 가 있던 산타 씨에게 도와달라고 해서 데리고 가고 싶습니다. 방금 전 저 쪽에 계신 선생님께 들었습니다만, 경찰서 쪽 일은 끝났다고 해서요.

박사: 네, 그렇습니까? (종이에 싼 것을 집는다.) 이것은 부인, 실례지만 소소한 저의 마음이니 부디 물리치지 마시고 받아 주십시오.

미요: (잠시 주저하며.) 그러십니까? 거절을 한다면 오히려 실례가 되겠지요. (받아든다.) 그렇다면 받겠습니다. (허리에 찔러 넣고 인사를 하고는 문 쪽으로 가려고 한다.)

첫 번째 간호사: (미요에게.) 제가 다녀오지요. 인력거도 불러 놓았을 겁니다.

미요: 그럼 참으로 죄송스럽습니다만.

(간호사, 입구로 퇴장. 바로 산타와 서생 한 명을 데리고 온다. 두 사람, 들것을 메고 입구로 퇴장. 미요, 박사에게.)

거듭 신세를 져서 감사합니다.

(박사, 학생, 간호사에게 일일이 인사를 하고 들것 뒤를 따라 퇴장.)

박사: (간호사에게.) 마차를 준비하라고 해주세요.

첫 번째 간호사: 네.

(간호사 퇴장. 왼편의 문 밖, 마침내 조용해진다.)

박사: (학생에게.) 어떤가, 자네. 저 여자의 태도는? (사이) 본능적 인물에게는 확실히 고상한 인물과 비슷한 구석이 있군 그래. 가축 무리의 귀부인 중에 저런 경우를 저 정도로 잘 헤쳐 나가는 사람은 많이 없을 거네.

학생: 그렇습니다. 저도 감탄했습니다.

박사: 자네도 병이 낫고 아내를 갖게 되었을 때는 생각을 잘 해

야 하네.

학생: 설마 본능적 인물과 결혼할 수는 없겠지요.

박사: 물론이지. (사이) 나는 병을 발견한 것이 17년 전 10월이고 12월부터는 아무리 검사를 해도 네가티브(Negativ)였는데, 조금만 더 있다가 조금만 더 있다가 하다가 그만 결혼을 못하게 되어 버렸네. 그러나 내가 요구하는 초인의 어머니가 없는 것도 한 원인이지. 가나이 군 부부는 이상한 사람이라고 엄청 놀리고 있다네. 하하하.

학생: 그에 대해서는 누님도 제게 이상해, 이상해 하곤 했어요.

박사: 그야 가면을 모르니 그럴 테지. (사이) 당연하지. (날카롭게 학생의 얼굴을 본다.) 자네는 내 결핵의 역사도 하나의 즉흥시이고, 그런 의미에서 가면이라고 생각하고 있는 것 아닌가? 어떤가?

학생: (조금 생각하다.) 그야 선생님, 어떤 의미의 가면이라도 제가 감사하는 마음에는 변함이 없습니다.

박사: 흠. 말 한 번 잘했네. (사이) 이제부터 자네와 함께 세이요켄(精養軒)[11]에 가서 밥을 먹고, 쇼팽(Chopin)을 들으러 가세. 자네, 싫다고 하지는 않겠지?

---

11 1872년 개설된 서양 요리점 우에노 세이요켄(上野精養軒)으로, 프랑스 요리의 선구. 쓰키지 세이요켄(築地精養軒)의 후신. 메이지 시대 국내외 왕후, 귀족, 명사들이 이용하였으며, 로쿠메이칸(鹿鳴館) 시대의 화려한 문명개화를 상징함.

학생: 네. 물론 가야지요.

(왼편 문을 두드리는 소리.)

박사: 들어오세요.

(앞서 들것을 메고 나갔던 서생 등장.)

서생: 마차 준비가 다 되었습니다.

박사: 음.

(서생 퇴장. 학생에게.)

잠깐 기다리게.

(오른쪽 문을 열고 퇴장. 곧 외투를 입고 모자를 쓰고 장갑과 지팡이를 들고 나온다. 긴 의자에 지팡이를 세워 놓고 테이블 위에 장갑을 놓는다. 현미경 통을 나사를 돌려 들어 올리고 가죽으로 유침장치의 기름을 닦는다. 장갑과 지팡이를 든다. 그 동안 학생은 테이블 위의 모자를 손에 집어 든다.)

자, 가세.

(왼편 문 쪽으로 걸어간다. 학생, 모자를 든 채 뒤를 따라간다. 정오를 알리는 포성이 들린다. 탁상용 시계가 열두 시를 친다. 박사와 학생이 멈춰 선다. 학생은 모자를 왼쪽 겨드랑이에 끼고, 두 사람 모두 주머니에서 시계를 꺼내 태엽을 감는다. 막.)

(『스바루(昴)』 1909, 이주석, 김효순 역)

스페인 독감을
그린 소설

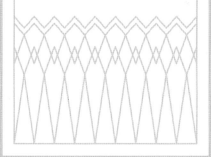

유행성 감기(流行感冒)

시가 나오야(志賀直哉)

상

첫 아이를 잃었기 때문에 우리 부부는 묘하게 두려움에 사로잡혔다. 건강하게 자라는 것이 당연하고, 죽는 것은 예외라는 예전의 생각은 변함이 없지만, 조금만 병이 나도 당장 죽지는 않을까 하는 불안감에 나는 휩싸였다. 그래서 의학의 힘은 뻔한 것이라고 하면서도 역시 바로 의사에게 의지를 하게 된다. 내가 생각해도 부끄러운 일이 있었다. 시골이라 주위 생활과의 조화를 생각해도 아이를 너무 얼러키우는 것은 사람들의 눈길을 끌어서 좋지 않았다.

코를 훌쩍이는 농가의 남자 아이가 내 딸 사에코보다 어린 아이를 업고, 가을비가 부슬부슬 내리는 날 저녁에 우산도 쓰지 않고 자주 집 뒷산에 나팔버섯을 따러 왔다. 고개가 직각으로 홱 젖혀진 채 잠들어 있는 아기의 얼굴은 아무렇게나 젖어 있다. 남자 아이는 아무렇지도 않게 계속 어슬렁거린다. 그런 모습을 보면 좀 이상한 느낌이 든다. 아이를 너무 아무렇게나 키우는 것을 보면 눈살이 찌푸려지기도 하지만, 어느 쪽이 옳은 것인지는 잘 모르겠다. 우리의 방식이 의외로 헛똑똑이 방법이라는 생각이 들기도 한다. 하지만 이런 생각을 하면서도 실은 아이에 대해 예민하게 조심을 하는 나의 태도는 조금도 변하지 않았다.

"작년에는 그렇게 길을 들였으니 어쩔 수 없었지만, 이번 가을부터는 옷을 너무 껴입히지 않도록 길을 들여야 해요."

여름 내내 아내는 이런 말을 입에 달고 있었다. 나도 그 말에는 찬성이었지만, 점점 날이 쌀쌀해지자 어느새 작년과 마찬가지로 두껍게 옷을 껴입히고 말았다.

그리고 나는 아내에게 말했다.

"당신은 원체 추위를 타지 않아서 말이야. 자기 기준으로 다른 사람도 그럴 것이라고 생각하면 잘못이야."

"당신은 또 다른 사람보다 배는 추위를 타잖아요……."

여름에 그렇게나 자주 껴입히면 안 된다는 말을 달고 산 셈 치고는 아내는 맥없이 옷을 껴입히는 것을 인정하고 말았다.

어느 날 긴 여행에서 돌아온 친구의 아내는,

"OO씨가 사에 양을 애지중지한다는 소문은 온 일본에 퍼져 있던 걸요."

라고 하며 웃었다. 친구 아내는 가는 곳마다 친척이나 지인의 집에서 그런 이야기를 들었다는 것이다. 그건 과장이기는 하지만, 사람들이 내가 그렇다는 이야기를 나누며 비웃는 것은 아닌가 하는 기분이 드는 일은 자주 있었다. 하지만 그것은 나로서는 별로 기분 나쁜 일은 아니었다. 우리가 사에코의 건강에 끊임없이 신경을 쓴다는 사실을 알고 있으면, 남들도 자연스럽게 사에코에게는 각별히 신경을 써 줄 것이라는 생각이 들기 때문이다. 예를 들면 우리가 없는 곳에서 어떤 사람이 사에코에게 뭔가를 먹이려고 한다. 하지만 그 사람은 순간 잠깐 생각한다. 우리 부부라면 어떻게 할까 생각해 본다. 그렇게 해서 결국 무사하길 바라며 먹이는 것을 그만 두어 줄지도 모른다. 그러길 나는 바라는 것이다. 특히 시골에 있으면 그런 점을 엄중히 하지 않으면 위험했다. 시골 사람들은 호의로 아기에게 먹이면 안 되는 것도, 먹이고 싶어하기 때문이다.

내가 태어나기 반 년 전, 세 살에 죽은 형이 있다. 할머니 말씀에 의하면, 형은 똑똑했지만, 애보기가 심부름 간 곳에서 뭔가를 먹인 것이 원인이 되어 배탈이 나서 죽고 말았다. 사에코에게 그런 일이 있어서는 안 된다. 그래서 나는 누군가 나를 보고 신경질적이라 비웃을 경우에도 조금도 숨기려고 하지 않았다.

유행성 감기가 아비코(我孫子)에도 유행하게 되었다. 나는 어떻게든 그 병이 우리 집에는 들어오지 못하게 하고 싶었다. 그 전에 마을 의사가 아내에게 조만간 열릴 초등학교 운동회에 사에코를 데리고 오라고 초대를 했다. 하지만 그때는 감기가 유행하고 있었기 때문에 나는 운동회에는 아무도 가지 못하게 했다. 실제로 운동회로 인해 환자가 많이 늘었다는 소문을 들었다. 나는 그래도 가끔 도쿄에 나갔다. 그리고 걱정걱정하며 자동전화를 걸곤 했다. 그러나 다행히 우리 집 사람들은 아무도 전염이 되지 않았다. 이웃집에까지 전염이 되어도 우리 집은 끄떡없었다. 하녀들을 시내로 심부름을 보내는 경우에도, 우리 집 사람들은 가게 앞에서 우물쭈물 이야기 하지 말라고 귀에 못이 박히도록 일러두었다. 하녀들도 위생 사상 때문이 아니라, 우리가 워낙 유난을 떠는 바람에 덩달아 겁을 먹고 있는 형국이었다. 어쨌든 겁을 내준다면 나는 만족이었다.

아비코에서는 매년 10월 중순에 마을 청년회 행사로 유랑 극단 일행을 불러, 초등학교 교정으로 쓰이던 건물에 가설무대를 설치하고 연극을 상연했다. 야간 공연으로 이틀 동안 이어졌다. 우리 집에서도 매년 그 날은 하녀들을 연극을 보러 보냈다. 그러나 올해만은 특별히 금지하고, 대신 감기 유행이 끝나면 도쿄의 연극을 보여주자고 아내와 이야기했다.

"이런 날 연극을 보러 가면 누구라도 반드시 감기에 걸릴 거야."

마당 우물에서 빨래를 하던 이시(石)가 툇마루를 닦고 있는 기미에게 큰 소리로 이런 말을 했다고 한다. 아내에게서 들었다. 빤히 알면서 환자를 늘리는 그런 공연을 왜 중단하지 않을까 하는 생각이 들었다.

나는 저녁에 볼일이 있어서 잠깐 시내에 나갔다. 얇은 판자에 이치카와(市川) 모, 오노에(尾上) 모[1]라고 적힌 간판[2]이 옛 초등학교 앞

---

1 이치카와 단주로(市川團十郎)와 오노에 기쿠고로(尾上菊五郎)로, 모두 당대 최고의 배우들.

2 이오리간판(庵看板)을 말하는 것으로, 배우 이름 등을 써서 극장 밖에 내거는 간판.

에 걸려 있었다. 가설무대는 무대 위에만 천막으로 된 천장이 쳐 있었고, 관객석은 노천으로 바닥에 멍석 한 장만 달랑 깔려 있었다. 별로 들어본 적도 없는 지역에서 보낸 빛바랜 깃발을 단 깃대가 네다섯 개 세워져 있었다. 이렇게 말하면 모든 것이 초라한 것 같지만, 젊은 남자와 젊은 여자들이 왠지 모르게 흥분을 하며 바쁘게 일히는 모습은 상당히 활기차 보였다. 누마무코(沼向)에서라도 왔는지, 좋은 옷을 입은 처녀 아이들이 군데군데 모여 개장하기를 기다리고 있었다.

돌아오는 길에 마을의 수호신을 모신 진수신(鎮守神) 앞에서 연극을 보러 가는 할머니들을 대여섯 분 만났다. 약속이나 한 듯이 손으로 짠 폭신폭신한 목면 겉옷을 입고 초롱과 도시락을 든 채 큰 소리로 무슨 이야기인지 하며 온다. 어떤 사람은 대나무 껍질에 싼 도시락을 그대로 드러내놓고 소중한 듯이 들고 있었다. 이 사람들은 모두 유행성 감기는 안중에도 없는 것 같았다. 나는 집에 돌아와 아내에게 이 이야기를 하며,

"모레 무렵부터 환자가 반드시 늘 거야."

라고 했다.

그 날 밤 여덟 시 무렵까지 거실에서 잡담을 나누고 나서 목욕을 했다. 전날 밤 그 시각에는 이미 잠들어 있었지만, 그날 밤은 목욕도 조금 늦게 했다.

간판의 상부 모양이 'ㅅ'자 모양으로 되어 있다.

우리 두 사람이 목욕을 끝내고 나서,

"목욕탕 이제 다 썼어. 별로 뜨겁지 않으니까 바로 들어가면 돼."

아내는 부엌 입구에서 하녀 방 쪽에 대고 그렇게 말했다.

"네."

기미가 대답했다.

"이시는 어떻게 됐어? 있어?"

나는 거실에 앉아서 물어봤다.

"이시도 있는 거지?"

아내가 중간에서 말을 이었다.

"잠시 모토에몬(元右衛門) 네 갔어요."

"뭐 하러 갔지?"

나는 큰 소리로 물었다. 이것은 좀 이상하다고 생각했기 때문이다.

"장작 주문하러 갔어요."

"장작이 벌써 떨어졌어? ……게다가 또 왜 밤에 갔지? 밝을 때 시간이 얼마든지 있었는데 말이야."

아내도 거들었다.

기미는 입을 다물고 가만히 있다.

"이거 안 되겠어."

나는 아내에게 말했다.

"여보 그게 말이야, 모토에몬 네에 가봤자 부부가 모두 연극을 보러 가서 집에 없을 게 뻔 하잖아. 이시, 틀림없이 연극에 간 거야.

두 사람 다 없으니, 장작을 주문하러 간다고 하고는 연극을 보러 간 거지."

"근데 오늘 이시가 뭐라 했지, 기미. 그래, 빨래하고 있을 때. 설마 그런 일은 없을 것이라고 생각해요."

"아니, 그건 알 수 없어. 기미, 너 지금 당장 모토에몬 네에 가서 이시를 불러와."

"하지만 설마요."

아내는 되풀이했다.

"땔감이 없다니, 지금 가나 내일 아침에 가나 똑같지 않아? 내일 아침에 땔 장작도 없어?"

"그 정도는 있어요."

기미는 겁에 질려 대답했다.

"어쨌든 너 지금 당장 이시를 데리고 와."

이렇게 명하면서 나는 불쾌한 표정을 짓고 있었다.

"당신이 그 정도 말씀하셨으니 잘 알고 있을 거예요. 아무리 그래도……"

이렇게 말하며 아내도 거실로 들어왔다.

두 사람은 입을 다물었다. 하녀 방에서 뭐라고 소곤거리는 소리가 나더니, 이내 조용해졌다.

"기미는 필시 난감하겠지. 모토에몬 네에 없는 것을 알고 있는 것 같아. 있으면 바로 돌아오겠지만, 금방 돌아오지 않는다면 연극에 간 거겠지. 아무튼 바보야. 어느 쪽이든 바보야. 갔다면 큰 바보이고. 가지 않았더라도 의심받을 게 뻔한 짓을 하니 말이야. 안 봐도 너무 뻔해. 갔더니 없어서, 장작을 주문하러 갔다고 할 심산이지."

아내는 귀를 기울여 보더니,

"기미 아직 안 갔어요."

라고 말했다.

"불러봐."

"기미. 기미."

아내가 불렀다.

"네."

"아직 안 가고 있었어? … 안 갔으면 빨리 목욕하지 그래."

"네."

기미는 기운 없는 목소리로 대답했다.

"분명히 곧 돌아올 거예요."

아내는 자꾸만 좋게 생각했다.

"돌아올지는 모르겠지만, 어찌 되었건 그 애는 영 글렀어. 앞서 그렇게나 말은 그렇게나 번드르르하게 하고 갔다면 내보내 버려. 그게 낫겠어."

우리 둘은 일부러 깨어 있으려고 한 것은 아니었지만, 이제 돌아오겠지 하는 생각으로 거실에서 자지 않고 있었다. 나는 책을 보고 있었고, 아내는 사에코의 조끼를 바느질하고 있었다. 그리고 열두 시가 가까워졌지만 이시는 돌아오지 않았다.

"연극에 간 게 뻔하잖아."

"지금까지 돌아오지 않는 것을 보니 정말 갔나 봐요. 정말 진상이네요. 그렇게나 말을 번지르르하게 하고는."

나는 전날 도쿄에도 갔었고 감기 기운도 좀 있어서, 만일을 생각해 나만 혼자 뒤쪽의 6조(畳)³ 짜리 방에 잠자리를 펴 두었다. 마침 사에코가 잠을 깨서 울기 시작했기 때문에 아내는 8조 짜리 방으로 갔고, 나는 뒤쪽의 6조 짜리 방으로 들어갔다. 나는 잠시 동안 책을 읽고 나서 램프를 껐다.

이윽고 집에서 기르는 개가 소란스럽게 짖었다. 그러나 곧 멈추었다. 이시가 돌아왔구나 싶었다. 문이 열리는 소리가 나겠지 했지만 그런 소리는 들리지 않았다.

다음날 아침 눈을 뜨자 나는 누운 채로 바로 아내를 불렀다.

"이시는 뭐래?"

"연극은 안 갔대요. 모토에몬 댁 아주머니도 감기에 걸려 누워 있었고, 또 마침 이시의 오빠도 와서 그만 이야기에 정신이 팔렸대요."

"그럴 리가 있나? 무엇보다 모토에몬 댁 안주인이 감기에 걸렸다면 그곳에 있으면 안 되지. 이시를 불러와."

"정말 안 간 것 같아요. 감기가 무섭다고 오빠도 말렸대요. 오빠도 연극을 보러 나왔거든요."

---

3 다다미의 수를 세는 단위로 일본식 가옥에서 방의 넓이를 표시할 때 사용한다.

"이시. 이시."

나는 직접 불렀다. 이시가 왔다. 아내는 대신 저편으로 갔다.

"연극에 가지 않았나?"

"연극에는 가지 않았습니다."

기분 나쁘게 분명한 어조로 대답했다.

"모토에몬 아주머니가 감기에 걸렸는데 그런 곳에 그렇게 오래 있으면 안 되잖아."

"모토에몬 아주머니는 감기에 걸리지 않았어요."

"하루코가 그렇게 말했어."

"감기에 걸리지 않았어요."

"하여간 의심받을 만한 짓을 하는 건 바보짓이야. 설령 가지 않았어도 갔을 것이라고 의심을 받을 게 뻔하잖아. ……그래서 장작은 어떻게 됐어?"

"누마무코에도 마침 패 둔 것이 없대요."

"너, 정말 연극에 가지 않은 거지?"

"연극에는 가지 않았어요."

나는 믿을 수 없었지만 대답이 너무 명료했다. 꺼림칙한 기세가 거의 없었다.

툇마루에 무릎을 꿇고 있는 이시의 안색은 등 뒤에서 빛을 받고 있어 전혀 보이지 않았지만, 그 말투에는 거짓말을 하는 듯한 구석은 전혀 없었다. 그래서 아내는 이시가 한 말을 곧이곧대로 믿었다. 나도 그럴지도 모른다는 생각이 들었다. 하지만 어쩐지 납득이 되

지 않았다. 조사하면 금방 알 수 있는 일이지만 조사하는 것은 불쾌
했다. 나중에 나는 아내에게 말했다.

"저렇게 확실하게 말을 하니, 더 이상 의심하는 것은 싫어. ……
그렇지만 하여간 저 아이는 싫군."

"그야 저 정도로 이야기하고 있는 걸 보면 설마 거짓말은 아니겠
지요."

"하지만, 가능한 한 사에코를 안지 못하게 해."

네도(根戶)에 있는 사촌동생이 와서 집 뒤 높은 지대에 있는 서재
에 가서 이야기를 하고 있었다. 그리고 잠시 후 으앙으앙 하는 사에
코의 울음소리가 들렸고, 사에코를 안은 이시를 데리고 아내가 올
라왔다. 이시는 이제 평소처럼 활기찬 표정을 하고 사에코를 상대
로 무슨 말인가 하고 있다. 나는 무엇보다 아내의 무신경에 화가 났
다.

"삼쫀 안녕하세요!"

이런 식으로 약간 들떠 있는 아내에게,

"바보같이. 이시에게 사에코를 안게 하면 안 되잖아. 이시 너 2,
3일은 사에코를 안으면 안 돼."

라고 하며, 나는 노골적으로 언짢은 기분을 드러냈다. 아내도 이
시도 싫은 표정을 지었다.

"이리 오련."

아내는 손을 내밀어 사에코를 받으려 했다. 아내는 이시를 동정
하면서도 위로를 할 수도 없는 복잡한 심경인 것 같았다. 그러자 사

에코는,

"으으웅, 으으웅."

하며 고개를 가로저었다.

"아니, 안 돼. 이시 언니는 볼일이 있어. 엄마한테 와야지?"

"으으웅, 으으웅."

사에코는 아직도 고개를 가로젓고 있었다. 이시는 약간 멍한 표정을 짓고 있었지만, 아내에게 사에코를 건네주고는 그대로 종종걸음으로 되돌아갔다. 그 뒤를 보며, 사에코가 자꾸만,

"이찌 언니! 이찌 언니!"

하며 큰 소리로 불렀다. 하지만, 이시는 뒤도 돌아보지 않고 고개를 숙인 채 달려갔다.

나는 불쾌했다. 정말이지 내 자신이 폭군 같았다. 아니, 그보다 모두에게 폭군이 된 것 같아 불쾌했다. 이시는 물론이고 아내나 사에코까지 기분 상, 자신과는 반대편에 서 있는 것처럼 느껴졌다. 몹시 짜증이 나서 한동안 말도 할 수 없었다. 이윽고 사촌동생은 뒤껼의 소나무 숲 사이로 난 길로 돌아갔다. 30분 정도 후에 우리도 아래쪽 안채로 돌아왔다.

"이시, 이시야."

아내가 불렀지만 대답이 없었다.

"기미. 기미도 없는 거야?…… 어머나, 둘이 다 어디로 간 거지?"

아내는 하녀들 방으로 가 보았다.

"옷을 갈아입고 나간 것 같아요."

"바보 같은 것들."

나는 짜증이 확 났다.

나는 일찍부터 그냥 믿어도 되는 일은 의심하지 말고 믿는 것이 좋다는 생각을 하고 있었다. 오해나 곡해로 인해 비극이 일어나게 하는 것은 무엇보다 바보 같은 짓이라 생각했다. 오늘 아침 이시가 연극에 가지 않았다고 단언했을 때, 나는 가급적 믿을 수 있다면 그대로 믿어주고 싶었다. 실제로 거짓말이 확실하다고 생각한 것도 아니었다. 반신반의의 상태에서 알게 모르게 반의(半疑) 쪽을 없애려고 노력하는 형국이었다. 그런데 반신반의라 생각하면서도 실은 완전히 의심하고 있었다. 이와 같이 마음이 통일되지 않은 것만으로도 이미 상당히 불쾌했다. 그런데 둘이 모두 도망을 친 것이었다. 나는 점점 더 불쾌해졌다. 그리고 만약 이시가 실제로 가지 않은 것이라면 나의 의심은 너무 잔혹한 것이라 생각했다. 이시가 누마무코의 집에 가서 울면서 부모나 오빠에게 억울하다고 호소하는 모습이 떠올랐다. 누가 들어도 너무 난폭한 주인이다. 한심한 폭군이다. 무엇보다 내 자신이 그런 이야기를 전에 발표한 작품에 썼으면서 현실에서는 그와 정 반대로 행동하는 우를 범하고 있다. 이게 도대체 어찌된 일일까? 내 스스로도 화가 났다.

"당신이 너무 집요하게 의심을 해서 그래요. 안 갔다고 그렇게나 분명하게 이야기를 하는데 사에코를 안지 말라니 어쩌니……누구든 그렇게 되면 마음을 붙일 수가 없어요."

안 그래도 마음에 걸리는 부분을 아내가 사정없이 찔러댔다. 나는 화가 치밀었다.

"지금 그런 이야기를 해봐야 무슨 소용이야? 지금도 나는 이시가 사실대로 말하지 않았다고 생각해. 당신까지 이렇게 투덜거리면 또 짜증이 나잖아."

험악한 눈빛을 하고 윽박질렀다.

"당신은 뭔가 한번 이야기를 하면 집요해요. 식구들끼리라면 그래도 괜찮겠지만……."

"입 다물어."

하녀가 둘이나 한 번에 없어지니 당장 불편해졌다. 아장아장 걸어다니는 사에코를 누군가 한 사람은 늘 보고 있어야만 했다. 그리고 나는 사에코를 15분만 보면 바로 나가떨어졌다. 다른 누군가가 있으면 그 정도까지는 아닐 테지만, 혼자 놀게 하면 나도 그렇고 사에코도 그렇고 금방 싫증이 났다.

"이찌 언니! 이찌 언니!"

사에코는 가끔씩 그렇게 이시를 찾았다. 이시도 기미도 사에코는 모두 '이찌 언니'였다. 아내는 몹시 불쾌한 표정으로 말없이 사에코를 업고 일을 하고 있었다.

"저녁은 됐나?"

"지을 게요."

"반찬은 뭐지?"

"사에코 봐주시면 지금 시장에 가서 생선이든 뭐든 사 올게요."

"장에 가는 일은 내가 할게. 그리고 두 사람 모두 그냥 내버려 둘

수는 없어. 엔도(遠藤)하고 모토에몬에게 가서 이야기하고 올게."

"그래 주시면 좋죠."

네 시 무렵이었다. 나는 지갑과 보자기를 들고 집을 나섰다.

밭두렁으로 나오자 2,3백 미터 앞 나루터에서 세 여자가 이쪽으로 걸어오는 것이 보였다. 이시와 기미, 그리고 이시의 어머니 같았다. 모토에몬의 집 앞에 서서 잠시 이쪽을 보고 있더니, 세 명 모두 들어가 버렸다. 나는 내 의심이 지나쳤다는 점만큼은 먼저 인정해 줘야지, 그리고 어차피 그쪽에서 일을 그만두고 싶을 테니 그러면 어쩔 수 없이 일을 그만두게 해야지 하고 생각했다. 그러나 나는 이시를 그대로 내버려 두지는 않겠다고 생각했다. 나는 잠시 이 불쾌한 기분을 참으려 했다.

심부름을 보낸 기미가 좀처럼 돌아오지 않았다. 너무 늦었다. 조금 걱정이 되어 나는 다시 슬슬 시장 쪽으로 가 보았다. 언덕 위까지 왔을 때 마침 다른 곳에 갔다가 돌아온 친구를 만났다. 나는 서서 전날 밤 있었던 이시 이야기를 했다. 내 이야기는 감정을 떠난 잡담이 될 수는 없었다. 별로 기분이 좋지 않은 사적 감정에 너무 사로잡혀 있었다. 내 감정과 친구의 감정은 따로 놀고 있는 것 같았다. 나는 지금 그런 이야기를 꺼낸 것이 후회가 되었다. 나는 그 친구와 헤어져서 시장 쪽으로 갔다. 생선 가게에 가자 기미가 방금 전 막 돌아갔다고 했다. 어딘가에서 길이 엇갈린 것이다. 다시 모토에몬의 집으로 와보니, 이시는 뭔가 큰 소리로 이야기하고 있다가, 내 모습을 보더니 서둘러 봉당으로 숨어버렸다. 마침 그 때 기미가 돌아와서 모두 데리고 오라고 하고, 나는 먼저 집으로 돌아왔다.

"여보, 이야기 잘 해. 가급적 확실하게 이야기하는 게 좋아."

"잘 알아듣게 이야기해도……안 될까요?"

아내는 내 안색을 살피며 물었다.

"잠깐은 불쾌해도 과감하게 내쫓지 않으면 같은 일이 또 반복될 거라구."

"맞아요."

세 사람이 부엌 쪽으로 들어왔다. 아내는 사에코를 내게 맡기고 바로 하녀 방으로 갔다. 사에코를 안고 툇마루를 돌아다니고 있는데, 이시의 어머니가 마당 쪽에서 인사를 하러 왔다.

"오랫동안 신세를 져서……"

이렇게 인사를 했다. 이시는 막내로 열세 살까지 엄마의 젖을 먹었다든가 하는 것을 보니 모친에게는 귀한 딸인 것 같았다. 이시의 어머니가 느끼는 불쾌한 기분은, 웃는 얼굴을 하고 있어도 공손한 말씨를 쓰고 있어도 숨길 수가 없었다. 안색이 이상하게 좋지 않았다. 그리고 눈에는 눈물이 고여 있었다. 나는 딱한 생각이 들었다. 그러나 나이든 이 여자의 가슴에서 소용돌이치고 있는 나에 대한 악의가 너무나 확실하게 느껴져서 나도 기분이 별로 좋지는 않았다. 거짓말에 대해서는 우리들은 어렸을 때부터 지나칠 정도로 엄격하게 교육을 받아왔다. 그런데 이시도 그렇고 이시의 어머니도 그렇고 거짓말에 대해서는, 그것이 단순히 거짓말로 끝이 날 경우에는 그렇게까지 소란을 떨 일은 없다고 생각하는 것 같았다. 오히려 그것을 떠들어대며 딸을 비난하는 주인 쪽이 훨씬 더 성질이 나쁜 사람으로 보인 게 틀림없다. 나는 이번 일은 어쨌든 미안하다, 그러나 지금까지 이시가 정직하지 않다고 생각한 적은 한 번도 없었고 또 사에코를 진심으로 염려해주고 있는 것은 인정한다고 말했다. 나는 이시에게 오명을 씌워 내쫓게 되는 것은 싫었다. 우리가 사에코에 대해서는 너무 신경질적으로 예민해서 안심을 못하기 때문에 일을 그만두게 하는 것이라는 식으로 '어쨌든 미안하다'라는 단서를 붙이며 에둘러 말했다. 그러나 이시의 어머니는 그런 말을 찬찬히 들을 여유가 없었다. 그리고 짐을 다 꾸린 이시를 불러 이시에게도 인사를 시켰다. 이시는 눈이 빨개져서 계면쩍은 듯이 그냥 고개만 숙이며 인사를 했다.

"여보."

방 안에서 아내가 손짓을 하며 불렀다. 들어가 보니,

"조금 만 더 있게 하면 안 돼요?"

라고 작은 목소리로 애원하듯 물었다. 아내도 눈시울이 붉어졌다.

"워낙 좁은 지역이니 잘못을 저질러 쫓겨났다고 하면 나중에라도 모두 안 좋게 말을 하게 될 것이고 그러면 너무 불쌍해요. 게다가 세키(関) 일도 있고, 세키 네에게는 잘 해주시고, 이시 네는 이렇게 되면 너무 껄끄러워질 거예요. 세키 네하고 이시 네하고는 안 그래도 사이가 나쁜데, 이런 일이 있으면 더 나빠질 거예요. 알았죠, 그렇게 해 주실 거죠? 그러다 얼마 안 있어서 자연스럽게 그만두게 하면 되잖아요. 이시도 이번 일로 식겁했을 거예요. 이제 그런 거짓말은 아마 안 할 거예요. …… 그렇게 해 주세요.”

“……그럼 알았어.”

“고마워요.”

아내는 서둘러 부엌으로 가서, 대문을 나서는 이시 모녀를 다시 불러왔다.

세키가 누군가 하면, 이시와 같은 마을 여자 애로 내 친구 집에서 식모살이를 하고 있었는데, 옛날에 우리 집 서생이었던 광산의 기사를 중매해서 결혼을 시켰다. 세키 네와 이시 네는 전부터 사이가 좋지 않았다. 예를 들어 이시 네 산으로 첫 버섯을 따러 가기로 한 경우, 세키 네 집에서도 뭔가 준비를 하면 우리 집 손님이니까 하며 일부러 멀리 돌아가게 해서라도 세키 네는 들리지 못하게 신경을 썼다. 이런 식이니까 우리하고 있었던 일은 이대로 끝난다 해도 괜찮겠지만, 우리들이 한쪽에만 잘 해주고 다른 한쪽에는 나쁘게 하면 나중에까지 두 집안 사이에 뜻하지 않은 불쾌한 감정의 씨앗을 남기기 십상이다. 그것은 아내로서는 큰일이다.

그날 밤 나는 뒤꼍에 있는 6조짜리 방 잠자리에 들어 책을 읽고 있었는데,

“지금 말이에요.”

라고 하며 아내가 생글생글 웃으며 들어왔다.

“주인님은 정말로 무서운 분이야. 아무리 그럴듯하게 거짓말을 해 봤자 다 꿰뚫어 보시니 말이야. …… 이렇게 말을 했더니, 깜짝 놀란 표정을 지으며, ‘네, 네’ 하고 있었어요.”

"바보 같기는."

"아니에요. 그 정도로 단단히 일러두어야 해요."

아내는 진지한 표정을 지었다.

하

그러나 이시는 아직 일의 전말을 솔직하게 털어놓지 않았다. 실은 혼자서 간 것이었다. 그런데도 기미까지 같은 부류로 만들어 놓고는 모르는 체 하는 표정을 짓고 있었다. 이 일은 조금 마음에 들지 않았다. 전부터 기미가 가지 않았다는 사실을 나는 알고 있었다. 적어도 열한 시 반까지는 집에 있었다는 것을 나는 알고 있었다. 내가 화가 났다는 것을 알면서 나간 것도 이상하고, 만일 나갔다고 하면 그건 이시를 데리러 간 것임에 틀림없다고 생각했다. 그런데 이시는 자기 엄마에게 기미와 같이 갔다고 하며 시치미를 떼고 있었다. 나는 혹시 그것을 아내에게는 털어놓을지도 모른다고 생각하며 기다리는 기분으로 있었다. 하지만 이시는 끝까지 그 일을 모르는 체 하고 말았다. 잊어버렸을지도 모른다. 어쨌든 아내의 귀여운 으름장은 그다지 효과가 없었다.

이시는 완전히 평소대로 돌아왔다. 하지만 나는 전과 같은 감정으로 이시를 볼 수는 없었다. 어쩐지 미워졌다. 그것은 도학자식으로 비난을 한다고 하기보다는 그저 어쩐지 미웠다. 나는 노골적으로 이시에게 무뚝뚝한 얼굴을 하고 있었다.

3주 정도 지났다. 스페인 독감도 기세가 꽤 꺾였다. 3-400명의 여공들이 일하고 있는 마을의 제사공장(製絲工場)에서는 네 명이 죽었다는 소문이 일단락된 이야기로 회자되고 있었다. 나는 방심했다. 마침 그 무렵 뒤쪽 별채 주위에 나무를 심기 위해 매일 두세 명의 정원사들이 드나들고 있었다. Y에게 받은 큰 등나무의 지지대를 만드는 데에도 며칠이 걸렸다. 나는 매일 나무 심을 장소를 지시하거나 간혹 힘쓰는 일에 도움을 주는 등 낮에는 주로 정원사와 함께 지내고 있었다.

그리고 결국 스페인 독감에 걸려버렸다. 정원사에게 옮은 것이었다. 내가 몸져 누운 날부터 정원사도 모두 오지 않게 되었다. 열이 40도 가까이 오른 것은 처음이었다. 허리와 다리가 너무나 나른해서 견딜 수가 없었다. 그러나 하루 고생하고 다음 날이 되자 상당히 괜찮아졌다. 그런데 이번에는 아내에게 전염이 되었다. 아내에게 전염시키는 것이 두려워 바로 간호사를 청했지만 너무 늦었던 것이다. 이렇게 된 이상 어떻게 해서라도 사에코에게는 옮기고 싶지 않아 도쿄에서 간호사를 한 명 더 불렀다. 한 명은 아내에게, 한 명은 사에코에게 붙여 둘 작정이었지만, 엄마와 떨어져 있는 사에코는 신경질적으로 변해 좀처럼 간호사에게 가지 않았다. 얼마 안 있어 기미도 이상해졌다. 조심하라고 엄중히 일러두었지만 무리를 해서 더 안 좋아졌다. 일손이 없기도 하고 본인이 불안해하며 울고 있기도 해서 가끔 이쪽 의사에게 진찰을 받기로 하고 인력거로 5리 정도 되는 자신의 집으로 보내 주었다. 그런데 얼마 지나지 않아 이게 웬일, 결국 폐렴이 되고 말았다.

이번에는 도쿄에서 온 간호사도 옮고 말았다. 지금이라면 돌아갈 수 있다고 하며 꽤 열이 나는 것을 무릅쓰고 돌아갔다. 결국에는 사에코도 옮아서, 건강한 사람은 이전에 스페인 독감을 한 번 앓았던 간호사와 이시뿐이었다. 그리고 그 두 사람은 놀랄 정도로 열심히 일해 주었다.

아직 사에코에게 옮기지 않으려고 애를 쓰고 있을 무렵, 사에코는 늘 하던 습관으로 젖을 물지 않고는 도무지 잠이 들지 못했다. 이시가 업고 겨우 재웠나 싶으면 바로 또 깨서 설치기 시작한다. 이시는 어쩔 수 없이 또 업는다. 서양식 방을 사에코의 방으로 하기로 하고 나는 잠이 깨면 가끔 그 방을 들여다보러 갔다. 짧은 겉옷 두 벌로 사에코를 업은 이시가 항상 앉은 채로 눈을 감고 몸을 흔들고 있다. 일손이 부족해서 낮에도 평소의 배 이상으로 일을 해야 하는데도, 밤에는 그 지친 몸으로 이렇게 눕지도 못하고 있다. 나는 진심으로 이시에게 좋은 감정이 생겼다. 나는 지금까지 노골적으로 매정하고 무자비하게 굴었던 일이 너무나 미안해졌다. 애초에 그토록 야단스럽게 조심하라고 했으면서 자신이 감염되어 모두에게 옮기고, 해고를 하겠다는 말까지 들었던 이시만이 집안사람들 중 무사하여 모두를 보살피고 있다. 이시로서는 이것은 고소해 해도 좋을 일이다. 나를 고소해 하며 비웃어도 어쩔 수가 없었다. 그런데 이시는 그런 티를 전혀 내지 않았다. 그저 열심히 일했다. 평소에는 그다지 열심히 일하는 편은 아니었다고 할 수 있지만, 그 때만큼은 용케도 계속해서 열심히 일하는 것 같았다. 그 마음을 확실히 알 수는 없지만, 생각건대 전에 실수를 하여 그것을 만회하고자 하는 그런 마음 때문은 아닌 것 같았다. 더 직접적인 마음 때문인 것 같았다. 나는 모든 것이 선의로 이해되었다. 우리가 어려움을 겪고 있으니 이시는 가능한 한 열심히 일했던 것이다. 그런 마음에 지나지 않는다는 식으로 이해되었다. 오랫동안 고대하던 연극이 있다, 어떻게 해서든 그것이 보고 싶다, 거짓말을 하고 가서 보았다, 결국에는 그 거짓말에 점점 공을 들이게 되었다. 하지만 처음에 거짓말을 하게 된 단순한 마음과, 어려움에 처해 있으니까 되도록 열심히 일을 해야지 하는 마음은 이시로서는 서로 다른 곳에서 나온 마음은 아니라는 생각이 들었다.

우리는 다행히 간단하게 지나갔지만 폐렴이 되어 버린 기미는 좀처럼 돌아오지 못했다. 그리고 환자들 사이에 있으면서도 끝까지 병에 걸리지 않고 버틴 이시는 이후에도 상당히 바쁘게 일해야 했다. 이시에 대한 나의 감정은 바뀌어 버렸다. 너무 타산적이라 스스로도 찜찜할 정도였다.

한 달 정도 지나서 기미가 돌아왔다. 얼마 지나지 않아 그동안 매우 열심히 일을 하던 이시는 차츰 도로아미타불이 되었다. 그러나 이시에 대한 우리의 감정은 나빠지지 않았다. 멍청한 짓을 했을 때는 자주 꾸짖기도 했다. 하지만 인상을 잔뜩 찌푸리게 할 만큼 해서는 안 되는 짓은 하지 않게 되었다. 대개의 경우 야단을 치고 나서 3분 뒤에는 평소와 같이 말할 수 있었다.

요쓰야(四谷)에 살고 있는 K가 정월 초순부터 오다와라(小田原)에 집을 빌려 온 가족이 그 곳으로 가게 되어서, 우리는 그들 가족이 떠난 후 아비코에서 돌아와 K의 빈 집에 와 살기로 했다. 나로서는 만 5년 만의 도쿄살이이다. 나는 오랜만의 도회생활이 기대가 되었다.

그 전부터 이시에게는 결혼 이야기가 있었다. 상대는 아비코에서 10리 남짓 되는 어느 마을의 곡물상이었다. 우리가 도쿄로 감과 동시에 이 집을 떠나기로 했기 때문에 우리도 그럴 마음으로 후임을 찾았지만 좀처럼 좋은 하녀가 눈에 띄지 않았다.

어느 날 아내는 누구한테서인지 이시가 결혼할 남자가 이번이 여덟 번째 결혼이라는 소문을 듣고 이시에게 그 이야기를 했다. 그리고 어쨌든 더 잘 알아보라고 했다. 후에 아내는 나에게 이런 말을 했다.

"이시는 별로 가고 싶은 생각이 없대요. 아니 글쎄, 아버지만 혼자 마음에 들어서, 일단 가봐라, 그리고 나서 마음에 들지 않으면 돌아와라, 그랬다네요. 아무래도 그 점이 우리 상식과는 많이 달라요. 가기 전에 충분히 알아보고, 한 번 간 이상은 무슨 일이 있어도 돌아오지 말라고 하면 이해할 수 있지만, 돌아오더라도 한 번은 가보라고 하는 건 이상해요."

그 후 얼마 안 있어, 이시의 언니가 와서 상대가 아내를 여덟 번 바꿨다는 소문의 남자가 아니라는 사실을 알게 되었다. 그리고 그 언니는 이시가 조금도 싫어하지 않는다고 했다고 한다.

이시는 어쩌면 상대 남자가 어떤 사람인지 조금도 알지 못하는 것은 아닌가 하는 생각이 들었다. 사진을 보거나 맞선을 보는 일도 없었던 것 같다. 여하튼 시골의 결혼은 놀랄 정도로 만사태평한 구석이 있다는 것을 나는 알고 있다. 결혼하고나서야 비로소 이 집이었구나 하고 알게 되는 일도 있다. 우리 옆집의 젊은 여주인이 그런 예이다. 시집을 와서 보니 자신이 생각했던 집의 옆집이었던 것이다. 그리고 가난해서 실망했다는 이야기를, 전에 우리 집에 있던 하녀에게 했다고 한다. 그렇지만 그 가족은 지금 노부부와 젊은 부부가 가난하기는 하지만 더없이 평화롭게 잘 살고 있다.

"이시의 혼수는 이혼하고 집에 돌아온 언니 것이 있어서 그걸 고스란히 가지고 간다네요. 어쩐지 소탈해서 좋네."

아내는 재미있어 했다.

이시의 후임은 없었지만 날짜가 되었기 때문에 우리는 용달을 불러 도쿄로 갈 짐을 꾸렸다. 그리고 우리도 내일 아침이면 출발을 하기로 한 날 저녁이 되자, 갑자기 이시는 역시 함께 가고 싶다는 말을 꺼냈다.

"어쩐지 조금도 알 수가 없어요. 시집을 가기 전까지 바느질을 배워야 하니 제발 휴가를 내달라고 할 때는 언제고, 또 갑자기 이런 말을 꺼내다니. 모두 도쿄에 갈 준비를 하는 것을 보고 있는 사이에 갑자기 부러워진 거예요. 아이 같아요."

아내가 말했다.

그 이야기를 하러 집으로 돌아간 이시는 다음날 아침 어머니와 함께 왔고, 어머니는 거듭 제발 2월이 가기 전에 꼭 돌려 보내달라고 했다.

상경한 지 얼마 지나지 않아 사에코가 홍역을 앓았다. 다행히 가벼운 편이었지만 엄중히 주의를 시켰다. 이시도 기미도 그를 위해서는 상당히 열심히 일했다. 한 달 반 정도 지나 이시가 돌아갈 날이 점점 가까워졌길래, 어느 날 두 사람을 근처에 연극을 보러 보내주었다. 뭔가 무서운 사람이 나왔다든가, 이시는 2막 동안 도저히 떨려서 견딜 수 없어 하다가 한참 지나서야 괜찮아졌다든가 하는 이야기를 했다.

드디어 이시가 돌아갈 날이 되어서 먼저 짐을 인력거꾼에게 가지고 가라 하고, 마침 날씨가 좋기에 나는 아내와 사에코를 데리고 함께 우에노(上野)로 나갔다. 정류장에서 인력거꾼에게 받은 짐을 잠시 맡겨 놓고 모두 함께 동물원에 갔다. 그리고 두 시 몇 분인가 다시 돌아와서 개찰구에서 이시를 보내주었다.

우리에게는 오랫동안 함께 살았던 사람과 헤어지는 감정이 일었다. 살짝 눈물을 글썽이고 있던 이시도 그런 감정이 일었음에 틀림없다. 그러나 그것이 나타나는 방식은 우리와는 완전히 반대였다. 이시는 심하게 무뚝뚝해지고 말았다. 아내가 무슨 말인지 하는데도 제대로 대답도 하지 않았다. 작별 인사 하나 하지 않았다. 그리고 헤어져서 기차역 승강장으로 가는 동안에도 한 번도 이쪽을 돌아보려고 하지 않았다. 우리가 종종 사에코를 데리고 나갈 때면 언제까지고 문간에 서서 배웅을 하던 이시. 그런 이시가 이렇게 영원히 헤어질 때, 사에코가 무슨 말인가 하는데도 뒤도 돌아보지 않는 것은 이시다운, 오히려 이별의 감정을 나타내는 자연스러운 방법인 것이다.

우리가 택시를 타고 돌아올 때, 사에코는 자꾸만 '이찌 언니, 이찌 언니'라고 하며 이시를 찾았다.

이시가 떠나고 나자 집 안이 몹시 조용해졌다. 여름에서 가을이 된 것처럼 쓸쓸한 느낌이 들기도 했다.

"역시 연극을 보러 갔을 때 내쫓지 않기를 잘 했어."

"이시 말이에요?"

아내가 물었다.

"응."

"정말 그래요. 그렇게 헤어졌으면 역시 나중에 언짢아서 잠자리가 편하지 않았을 거예요."

"그 때 돌려보냈으면 우리 머릿속에 이시는 끝까지 나쁜 하녀로 남았을 것이었고 상대도 마찬가지로 평생 나쁜 주인이라고 생각했을 거야. 둘 다 지금이나 그 때나 사람은 똑같지만, 어쨌든 관계가 충분하지 않으면 좋은 사람들 끼리도 서로 나쁜 감정을 갖게 되고, 그것이 충분하면 꽤 나쁜 사람이라도 미워할 수 없게 되지."

"정말 그래요. 이시도 결점만 보자면 결점도 꽤 있는 편이지만, 또 좋은 점을 보자면 좀처럼 버릴 수 없는 점도 있어요."

"사에코 일이라면 상당히 진심으로 걱정을 해 주었지."

"맞아요. 사에코는 진심으로 예뻐했어요."

"떠나고 없으니 갑자기 마음이 편해졌지만, 사에코를 정말 예뻐했다는 건 욕심인가. 그렇기만 하다면 우리들은 만족이니 말이야."

"누가 아니래요. 그런 생각도 좀 들어요."

이렇게 말하며 아내도 웃었다.

"하지만 그 뿐만이 아니에요. 요전에도 기미와 둘이 왜 화를 내고 있나 하고 봤더니, T씨가 사에코는 미인이 될 수 없다고 해서 둘이서 화를 내고 있던 거예요. 왜 그런 말을 했는지 모르겠지만, T씨는 몹시 싫다고들 했어요."

우리 두 사람은 웃었다. 아내는,

"지금쯤 시골에서 귀가 근질근질 할 걸요."

라며 웃었다.

이시가 떠난 지 일주일 정도 지난 어느 날 밤의 일이었다. 나는 외출을 했다가 돌아왔다. 집 문의 종을 치자 문을 연 사람이 이시였다. 뜻밖이었다. 이시는 웃으면서 활기차게 인사를 했다.

"언제 왔어?"

나도 웃었다. 나는 별로 답을 들을 생각도 없이 뒤에서 문단속을 하고 있는 이시를 남겨두고 거실로 들어갔다. 사에코를 재우고 있던 아내가 일어났다.

"이시는 어떻게 돌아온 거야?"

"내가 요전에 엽서를 보냈을 때, 시집을 가기 전에 혹시 도쿄에 나올 일이 있으면 꼭 들리라고 했는데 그걸 읽을 수 없어서 학교 선생님께 가지고 가 읽어 달라고 했대요. 그러자 이건 꼭 오라고 하는 엽서라고 해서 바로 달려 왔다네요."

"마침 잘됐네. 그럼 당분간 있을 수 있는 거야?"

"이번 달 말까지는 있을 수 있다나 봐요."

"그래?"

"집에 돌아가서 아가씨 생각만 하고 있었더니 가족들이 오랜만에 돌아왔는데 왜 그렇게 멍하니 있냐고 물었대요."

이시는 지금 우리 집에서 일하고 있다. 여전히 기미와 함께 가끔 바보 같은 짓을 해서 나에게 혼이 나지만, 이제 일주일 정도 지나면 다시 시골로 돌아갈 것이다. 그리고 다시 일주일 지나면 결혼을 할 것이다. 남편이 좋은 사람이어서 이시가 행복한 여자가 되기를 우리는 바라고 있다.

（『시라카바(白樺)』 제10년 4월호, 1919.4, 김효순·고유원 역）

길 위에서(途上)

다니자키 준이치로(谷崎潤一郎)

도쿄 T.M 주식회사 회사원 법학사 유가와 가쓰타로(湯河勝太郎)가 12월도 끝나가려는 어느 날 저녁 다섯 시쯤 가나스기바시(金杉橋) 전철 거리를 신바시(新橋)를 향해서 어슬렁어슬렁 산책하고 있을 때였다.

"혹시 실례합니다만, 당신은 유가와 씨 아닙니까?"

마침 그가 다리를 절반 정도 건넜을 무렵 그렇게 말하며 뒤에서 말을 건넨 사람이 있었다. 유가와는 뒤를 돌아보았다. 그러자 그곳에 그로서는 전혀 면식이 없는, 그러나 풍채가 훌륭한 신사가 한 명 있었고, 그는 정중하게 중절모를 벗고 인사를 하면서 그의 앞으로 다가왔다.

"그래요. 제가 유가와입니다만……."

유가와는 약간 당황한 듯이 그 특유의 호인물다운 작은 눈을 꿈삑거렸다. 그리고 마치 그의 회사 중역을 대할 때처럼 긴장된 태도로 말했다. 왜냐하면 그 신사는 완전히 회사 중역으로 보이는 당당한 품격을 발하고 있었기 때문에 그는 첫눈에 '길에서 말을 건네는 무례한 작자'라는 감정은 금세 어디론가 사라지고 자신도 모르게 월급쟁이 근성을 드러낸 것이다.

신사는 피부가 흰 마흔 정도 되는 뚱뚱한 남자로, 해달 깃이 달린, 스페인견 털처럼 복슬복슬한 검은 라사 외투(외투 밑에는 아마 모닝코트를 입고 있을 것으로 추정된다)에 줄무늬 바지를 입고 상아 손잡이가 달린 지팡이를 짚고 있었다.

"음, 이런 곳에서 갑자기 불러 세워서 실례입니다만, 저는 실은 이런 사람으로, 당신 친구인 와타나베(渡辺) 법학사의 소개장을 받고 바로 방금 전 회사로 찾아갔었습니다."

신사는 이렇게 말하며 두 장의 명함을 건넸다. 유가와는 그것을 받아 가로등 불빛 아래에 비추어 보았다. 한 장은 틀림없이 그의 절친 와타나베의 명함이다. 명함 위에는 와타나베의 필적으로 이런 문구가 적혀 있다. ……"지인 안도 이치로(安藤一郎) 씨를 소개하네. 그는 내 동향인으로 다년간 친하게 지내고 있는 사람이네. 자네 회사에 근무하고 있는 모 사원의 신원에 대해 조사하고 싶은 사항이 있다고 하니 면회를 하고 적당히 조처하기 바라네."……또 한 장의 명함을 보니, '사립탐정 안도 이치로(安藤一郎), 사무소 (니혼바시구(日本橋区) 가키가라초(蠣殻町) 3초메(丁目) 4번지, 전화 나니와(浪花) 5010번'이라고 적혀 있다.

"그럼 당신이 안도 씨라는 것이군요.……"

유가와는 그곳에 멈춰 서서 새삼 신사의 모습을 빤히 바라보았다. '사립탐정'……일본에서는 드문 이 직업이 도쿄에도 대여섯 군데 생긴 것은 알고 있었지만 실제로 만난 것은 오늘이 처음이다. 그렇다 치더라도 일본의 사립탐정은 서양보다 풍모가 훌륭한 것 같다고 그는 생각했다. 유가와는 활동사진을 좋아해서 서양의 탐정은 종종 영화에서 본 적이 있으니 말이다.

"그렇습니다. 제가 안도입니다. 그래서 그 명함에 적혀 있는 용건에 대해, 다행히 당신이 회사 인사과에 근무하고 계신다는 말씀을 듣고 지금 막 당신 회사로 찾아가서 면회를 부탁했습니다. 어떠세요. 바쁘신 가운데 대단히 죄송합니다만, 잠깐 시간을 내주실 수 있겠는지요?"

신사는 그의 직업에 걸맞는 힘 있고 메탈릭한 목소리로 딱딱하게 말했다.

"뭐, 이제 한가하니까 나는 언제라도 지장없어요.……"

유가와는 탐정이라는 말을 듣고 나서 '저'를 '나'로 바꾸어 말했다.

"내가 아는 것이라면 원하시는 대로 무엇이든지 대답해 드리지요. 그런데 그 용건은 많이 급하신 건가요, 만약 급하지 않다면 내일은 어떨까요? 오늘이라도 상관은 없지만 이렇게 길거리에서 이야기를 나누는 것도 이상하니까요,……"

"아니, 하긴 하지만 내일부터는 회사도 쉬실 것이고, 일부러 댁으로 찾아뵐 만한 일도 아니니 불편하시더라도 잠시 이 근처를 산책하면서 말씀해 주세요. 게다가 당신은 항상 이렇게 산책하시는 걸 좋아하시잖아요. 하하하."

　이렇게 말하며 신사는 가볍게 웃었다. 그것은 정치가인연 하는 남자들이 즐겨 쓰는 호쾌한 웃음소리였다.

　유가와는 확실하게 난처한 표정을 지었다. 그의 주머니에는 방금 회사에서 받아온 월급과 연말 상여금이 들어 있었다. 그 돈은 그로서는 적지 않은 액수였기 때문에 그는 남몰래 오늘밤의 자신에 대해 행복감을 느끼고 있었다. 이제부터 긴자(銀座)에라도 가서, 아내가 얼마 전부터 졸라대던 장갑과 숄을 사고, ……그 세련되고 하이칼라한 그녀의 얼굴에 어울릴 만한 폭신폭신한 모피를 사고,…… 그리고 빨리 집에 가서 그녀를 기쁘게 해 주어야지……그런 생각을 하면서 걸어가던 중이었던 것이다. 그는 생면부지의 안도라는 이 사람 때문에 갑자기 즐거운 공상을 깨뜨렸을 뿐만 아니라 오늘밤 모처럼 맛보는 행복감에 금이 간 것 같았다. 그건 그렇다 치더라도 남이 산책을 좋아하는 것을 알면서 회사에서 쫓아오다니, 아무리 탐정이라도 불쾌한 작자다, 이 남자는 어떻게 내 얼굴을 알고 있었을까, 그렇게 생각하니 불쾌했다. 게다가 그는 배도 고팠다.

　"어떠세요. 시간을 많이 빼앗지는 않을 생각이니 시간을 좀 내주시지 않겠습니까? 저는 어떤 개인의 신상에 대해 자세히 여쭙고 싶은 것이라서요, 회사에서 뵙는 것보다 차라리 길거리가 더 편합니다."

"그래요? 그럼 어쨌든 저기까지 같이 갑시다."

유가와는 어쩔 수 없이 신사와 다시 신바시(新橋)를 향해서 걷기 시작했다. 신사의 말에도 일리는 있고, 게다가 내일 다시 탐정이 명함을 들고 집으로 찾아오는 것도 귀찮다는 것을 깨달았기 때문이다.

걷기 시작하자마자 신사……탐정은 주머니에서 잎담배를 꺼내 피우기 시작했다. 하지만 100m나 가는 동안 그는 그렇게 담배만 피울 뿐이었다. 유가와가 무시당한 기분이 들어 안절부절 못 하게 된 것은 말할 것도 없다.

"그럼 그 용건을 들어봅시다. 우리 회사 직원의 신원이라 하셨는데 누구를 말씀하시는 겁니까? 내가 아는 것이라면 무엇이든 대답해 드릴 생각입니다만, ……"

"물론 당신이라면 아실 거라고 생각합니다."

신사는 또 2, 3분 동안 말없이 잎담배를 피웠다.

"그게 뭐 그러니까 그 남자가 결혼이라도 해서 신원을 조사하신다는 것인가요?"

"네 그렇습니다, 짐작하신 대로입니다."

"나는 인사과에 있기 때문에 그런 일이 종종 있습니다. 도대체 누구죠, 그 남자는?"

유가와는 심지어 그 일에 흥미를 느끼는 듯이 호기심을 드러내며 말했다.

"글쎄요, 누구냐고 하시면, —— 그렇게 말씀하시면 말씀드리기 좀 곤란합니다만, 그 사람이란 사실은 당신이에요. 당신의 신원조사를 부탁받았거든요. 이런 건 다른 사람에게 간접적으로 묻는 것보다 직접 당신에게 물어보는 게 빠를 것 같아서 물어보는 건데요."

"그런데 나는 —— 당신은 모르실지도 모르겠지만 이미 결혼을 한 남자입니다. 뭔가 착오가 있으신 것 같네요."

"아니, 착오가 아닙니다. 당신에게 부인이 계신 것은 저도 알고 있습니다. 하지만 당신은 아직 법률상 결혼 수속을 끝내지 않으셨지요? 그리고 조만간 가능하면 하루빨리 그 수속을 끝내고 싶으신 것도 사실이죠?"

"아아, 그래요, 알겠습니다. 그러면 당신은 내 아내의 친정에서 신원조사를 의뢰받은 것이네요?"

"누가 부탁했느냐는 것은 제 직업상 말씀드리기 어렵습니다. 당신에게도 아마 짚이는 데가 있을 테니까 그 점은 부디 모르는 척 해 주세요."

"예, 좋습니다. 그런 일이라면 조금도 상관없습니다. 내 자신에 대한 일이라면 뭐든지 나에게 물어보세요. 간접적으로 알아보시는 것보다는 그 편이 나도 기분이 좋으니까요. ……당신이 그런 방법을 취해 주신 데 대해 감사드립니다."

"하하, 감사하기까지 하신다니 송구스럽습니다. 나는 언제나(신사도 '나'라고 하면서) 결혼 전 신원조사 같은 걸 할 때에는 이런 방법을 써요. 상대방이 상당한 인격이 있고 지위가 있는 경우에는 실제로 직접 부딪히는 게 더 틀림이 없거든요. 게다가 꼭 본인에게 물어

봐야 알 수 있는 문제도 있으니까요."

"그래요, 그렇습니다!"

유가와는 기쁜 듯이 찬성했다. 그는 어느새 기분이 좋아졌다.

"뿐만 아니라 나는 당신의 결혼문제에는 적지 않은 동정심을 품고 있습니다."

신사는 유가와의 기뻐하는 얼굴을 흘끔 보고 웃으며 말을 이었다.

"당신 호적에 부인의 호적을 올리려면 부인과 부인의 친정이 하루 빨리 화해하셔야겠지요. 아니면 부인이 25세가 되실 때까지 3,4년 더 기다려야 합니다.[1] 그러나 화해하시려면 부인보다 사실 당신을 상대방에게 이해시킬 필요가 있죠. 그게 무엇보다 중요해요. 그래서 나도 최대한 노력하겠지만 당신도 뭐 그런 줄 아시고 내 질문에 숨김없이 대답해 주세요."

"예, 그야 물론 잘 알고 있습니다. 그러니까 부디 어려워 마시고."

"그럼요, ……당신은 와타나베 군과 동기로 재학하셨다고 하니까 대학을 나온 것은 아마 1913년이 되겠군요?……먼저 그 점부터 물어볼게요."

"그렇습니다. 1913년에 졸업했습니다. 그리고 졸업하고 바로 지

---

1 일본의 구민법에서 혼인은 가문과 가문의 계약이었기 때문에, 남자 30세, 여자 25세 이전에 혼인을 하기 위해서는 가장인 호주의 동의가 필요했다.

금의 TM회사에 들어왔어요.”

“그래요. 졸업하자마자 지금의 T·M회사에 들어오셨다.⋯⋯그건 알고 있는데, 당신이 전 부인과 결혼하신 건 언제였지요? 그건 아마 회사에 들어오시는 동시에 하셨던 것 같은데요⋯⋯”

“네, 맞아요. 회사에 들어온 게 9월이었고, 다음 달 10월에 결혼했어요.”

“1913년 10월이면⋯⋯(그렇게 말하며 신사는 오른손 손가락으로 세보며) 그러면 딱 만 5년 반 정도 함께 사신 거군요. 전 부인이 티푸스로 돌아가신 것은 1919년 4월이었을 테니까요.”

“네.”

대답을 하기는 했지만, 유가와는 이상한 생각이 들었다. ‘이 남자는 나를 간접적으로 조사하지 않는다고 해놓고 이미 여러 가지를 조사했어.’⋯⋯해서 그는 다시 불쾌한 표정을 지었다.

“당신은 전 부인을 무척 사랑했다고 하더군요.”

“네, 사랑했었어요. 하지만 그렇다고 이번 아내를 그 만큼 사랑하지 않는다는 것은 아니에요. 물론 아내가 죽었을 당시에는 미련도 있었지만 그 미련은 다행히 치유하기 어려운 것이 아니었어요. 이번 아내가 그걸 치유해준 것이죠. 그러니까 나는 그런 점에서 봐도 구마코(久満子)와 꼭 ⋯⋯구마코란 현재 아내의 이름입니다. 굳이 설명하지 않아도 당신은 이미 알고 계시겠지만 ⋯⋯ 정식으로 결혼해야 할 의무를 느끼고 있습니다.”

“네, 지당하시지요.”

신사는 그의 열띤 어조를 가볍게 받아넘기며 말했다.

"난 전 부인 이름도 알고 있습니다, 후데코(筆子) 씨라고 했죠.……그리고 후데코 씨가 무척 병약한 분이고, 티푸스로 돌아가시기 전에도 자주 병을 앓으신 것을 알고 있습니다.

"대단히, 놀랍군요. 역시 직업이 직업이니만큼 무엇이든지 알고 계시는군요. 그 정도까지 알고 계신다면 더 이상 조사할 것이 없겠네요."

"하하하하, 그렇게 말씀하시니 황송하네요. 어쨌든 그것으로 먹고 살고 있으니 뭐 너무 나무라지 마세요. ……그리고 그 후데코의 병에 대한 말씀인데요, 그분은 티푸스를 앓기 전에 파라티푸스를 앓은 적이 한 번 있었죠? …… 그러니까 그게 아마 1917년 가을 10월쯤이었죠. 꽤 심한 파라티푸스로 열이 좀처럼 내려가지 않아서 당신이 몹시 걱정을 했다는 이야기를 들었습니다. 그리고 그 다음해 1918년이 되어서 정월에 감기에 걸려 5, 6일 누워 계신 적이 있었죠?"

"아아, 그래요, 그래. 그런 일도 있었죠."

"그 다음에는 또 7월에 한 번, 8월에 두 번, 여름에는 누구나 걸리기 쉬운 설사를 하셨죠. 그 세 번의 설사 가운데 두 번은 극히 경미한 것이어서 누워 있을 정도는 아니었지만, 한 번은 좀 심해서 하루 이틀 누워 있었죠. 그런데 이번에는 가을이 되자 예의 유행성 독감이 유행해서 후데코 씨는 두 번이나 독감에 걸리셨고요. 즉 10월에 한 번 가볍게 걸렸고, 두 번째는 다음 해인 1919년 정월이었을 겁니다. 그때는 폐렴이 동반되어 위독한 상태였다고 들었습니다. 그 폐렴이 겨우 낫고 나서 두 달도 채 되지 않아 티푸스로 돌아가신 겁니다. ……그렇죠? 아마 내가 하는 말에 틀림은 없겠죠?"

"네에."

라고 할 뿐, 유가와는 고개를 숙이고 무엇인가 생각하기 시작했다. ……두 사람은 벌써 신바시를 건너 세밑의 긴자 거리를 걷고 있었다.

"전 부인은 정말이지 불쌍했어요. 돌아가시기 전 반 년 정도는 죽을 정도로 큰 병을 두 번이나 앓으셨을 뿐만 아니라 그 사이에 또 가슴이 철렁 내려앉을 만큼 위험한 일을 몇 번 당했으니까요. …… 그 질식사건이 있었던 것은 언제쯤이었죠?"

그런 말을 해도 유가와가 입을 다물고 있자 신사는 혼자서 끄덕이며 이야기를 계속했다.

"그건 그렇고, 부인의 폐렴이 완전히 다 나아서 2, 3일 안에 병상을 털고 일어나려는 상황에서, ……병실 가스 스토브가 잘못 되어서, 꽤 추웠을 무렵이었으니까, 2월 말의 일이었을까, 가스통 마개가 풀려서 한밤중에 부인이 거의 질식할 뻔 한 것이. 다행히 큰 일이 벌어지지는 않았지만 그 때문에 부인이 병상을 털고 일어난 것이 2, 3일 더 늦어졌던 것은 사실입니다.……그래요, 그래요. 그리고 또 이런 일도 있었지 않나요, 부인이 버스를 타고 신바시에서 스다초(須田町)로 가시던 도중 그 자동차가 전차와 충돌하여 하마터면……."

"잠깐, 잠깐만요. 나는 아까부터 당신의 탐정안(探偵眼)에는 적잖이 탄복하고 있습니다만, 도대체 무슨 필요가 있어서 어떤 방법으로 그런 것을 조사하셨죠?"

"아니, 딱히 필요가 있었던 건 아니지만요, 저는 아무래도 탐정벽이 너무 심해서 나도 모르게 그만 쓸데없는 것까지 조사해서 사람들을 놀라게 해 보고 싶곤 해요. 나도 나쁜 버릇이라고 생각하고 있는데, 좀처럼 멈출 수 없군요. 이제 곧 본론으로 들어갈 테니, 뭐 좀 더 참고 들어 주십시오.……그런데 그때 부인은 자동차 창문이 깨지는 바람에 유리조각으로 이마를 다치셨죠."

"맞아요. 하지만 후데코는 비교적 태평한 여자였기 때문에 그렇게 놀라지도 않았습니다. 게다가 다쳤다고 해도 대수롭지 않은 찰과상이었으니까요."

"하지만 그 충돌 사건에 대해서는 내가 생각하기에는 당신에게도 다소 책임이 있습니다."

"왜요?"

"왜냐하면 부인이 버스를 타신 것은 당신이 기차를 타지 말고 버스를 타고 가라고 하셨기 때문이지요."

"그런 말을 했을 ……지도 모릅니다. 나는 그런 자질구레한 것까지 정확하게 기억하지는 않지만, 하긴 그렇게 말한 것 같기도 해요. 그래, 그래, 아마 그렇게 말했겠죠. 그게 이런 이유였어요, 어쨌든 후데코는 두 번이나 유행성 감기에 걸린 후였을 거예요, 그리고 그 때는 사람들이 북적거리는 전철을 타는 것이 독감에 걸리는 가장 큰 원인이라는 말이 신문지상에 떠돌던 때였을 거예요, 그래서 내 생각으로는 전차보다 버스가 덜 위험하다고 여긴 것입니다. 그래서 절대로 전차를 타지 말라고 단단히 일렀던 것입니다. 설마 후데코가 탄 자동차가 운 나쁘게도 충돌하리라고는 생각지도 못했으니까요. 내게 책임이 있을 리가 없어요. 후데코도 그런 일은 생각도 못 했고, 내 충고를 고마워했을 정도였으니까요."

"물론 후데코 씨는 항상 당신의 친절에 감사하셨어요, 돌아가시는 마지막 순간까지 고마워하셨습니다. 하지만 나는 그 자동차 사건만큼은 당신에게 책임이 있다고 생각합니다. 그야 당신은 부인의 병을 생각해서 그렇게 하라고 하셨겠죠. 그건 아마 그랬을 겁니다. 그럼에도 불구하고 나는 역시 당신에게 책임이 있다고 생각해요."

"왜요?"

"모르시면 설명해 드리지요, …… 당신은 방금 설마 그 자동차가 충돌할 줄은 몰랐다고 말씀하신 것 같아요. 하지만 부인이 자동차에 탑승하신 건 그날 하루만이 아니었지요. 그때 사모님은 큰 병을 앓고 난지 얼마 안 되었고 아직 의사에게 진찰을 받을 필요가 있어서 하루 걸러 시바구치(芝口) 댁에서 만세이바시(万世橋) 병원까지 다니고 있었어요. 게다가 한 달쯤 다녀야 한다는 것은 처음부터 알고 있었죠. 그리고 그 동안은 항상 버스를 타셨죠. 충돌사고가 있었던 것은 즉 그 기간의 일입니다. 그렇죠? 그런데 또 한 가지 주의할 것은 그때는 버스가 운행된 지 얼마 안 돼서 충돌사고가 종종 일어났다는 점입니다. 조금 예민한 사람들은 충돌하지는 않을까 하고 꽤 걱정을 했습니다. …… 잠깐 짚어두겠습니다만, 당신은 예민한 사람입니다. …… 그런 당신이 가장 사랑하는 부인을 그렇게 자주 그 버스를 타게 한다는 것은 적어도 당신답지 않은 부주의한 처사 아닙니까? 하루걸러 한 달 동안 그 버스로 왕복한다면 그 사람은 30번 충돌위험에 노출되게 됩니다."

"아하하하하하, 그걸 눈치채다니 당신도 나 못지않게 예민하군요. 과연 그 말씀을 듣고 보니, 나는 그때 일이 점점 생각이 납니다만, 나도 그때 그런 사실을 전혀 신경 쓰지 않은 것은 아닙니다. 하지만 나는 이렇게 생각했습니다. 자동차가 충돌할 위험과 전차에서 독감에 전염될 위험 중 어느 쪽이 더 프로바빌리티(probability)가 높을까? 그리고 또 만약 프로바빌리티 면에서 양쪽이 똑같다면 어느 쪽이 생명에 더 위험할까? 그 문제를 생각해 보고 결국 버스가 더 안전하다고 생각한 것입니다. 왜냐하면 지금 당신이 말씀하신 대로 한 달에 30회 왕복한다고 치고, 만약 전차를 타면 그 30대 모든 전차에는 반드시 독감 세균이 있다고 생각해야 합니다. 그때는 유행 절정기였기 때문에 그렇게 보는 것이 당연합니다. 이미 세균이 있다고 한다면 거기서 전염되는 것은 '우연'이 아닙니다. 그런데 자동차 사고는, 이것은 완전히 '우연'의 재난입니다. 물론 어느 자동차나 충돌의 파서빌리티(possibility)는 있습니다만, 그러나 처음부터 재난의 원인이 명확하게 존재하는 경우와는 다르기 때문입니다. 다음으로 저는 이런 말씀도 드려야겠습니다. 후데코는 두 번이나 유행성 독감에 걸렸습니다. 그것은 그녀가 보통 사람들보다 그것에 걸리기 쉬운 체질을 갖고 있다는 증거입니다. 그러니까 전차를 타면 그녀는 많은 승객들 중에서도 위험에 노출될 사람 중의 한 사람이 되어야 합니다. 자동차의 경우에는 승객이 느끼는 위험은 평등합니다. 뿐만 아니라 나는 위험의 정도에 대해서도 이렇게 생각했습니다. 그녀가 만약 세 번째 유행성 독감에 걸린다면 반드시 또 폐렴에 걸리기 쉬울 것이라는 말도 들었고 또 게다가 그녀는 병을 앓은 후 쇠약해 진 상태로 아직 충분히 회복된 상태가 아니라서 나의 그런 염려는 기우가 아니었던 것입니다. 그런데 충돌 쪽은 충돌한다고 해서 반드시 죽는 것도 아니니까요. 어지간히 재수가 없는 경우가 아니라면 크게 다칠 일도 없고 크게 다쳐서 목숨을 잃는 일은 좀처럼 없으니까요. 그리고 나의 그런 생각은 역시 틀리지 않았습니다. 보세요. 후데코가 30번 왕복하는 동안 충돌 사건이 한 번 있었습니다만 겨우 찰과상으로 끝나지 않았습니까?"

"역시 그냥 단순하게 듣고 있으면 당신 말씀은 그럴 듯합니다. 어디에도 파고들 틈이 없는 것처럼 보입니다. 그러나, 당신이 방금 말하지 않은 부분에 사실 놓치지 말아야 하는 점이 있습니다. 그것은, 아까 말씀하신 전철과 자동차의 위험 발생 확률 문제입니다. 자동차가 전철보다 위험률이 낮다, 또 위험이 있어도 그 정도가 가볍다, 그리고 승객들이 평등하게 그 위험성을 부담한다, 이게 당신의 의견인 것 같습니다만, 적어도 당신의 부인 같은 경우에는 자동차를 타더라도 전철과 마찬가지로 위험에 대해 선택된 한 사람이었다고 저는 생각합니다. 결코 다른 승객들과 '평등하게' 위험에 노출

되지는 않았을 것입니다. 즉 자동차가 충돌한 경우에 당신의 부인은 누구보다 먼저, 그리고 아마도 누구보다 무거운 부상을 입어야 할 운명에 놓여 있었습니다. 이것을 당신은 간과해서는 안 됩니다."

"어떻게 그렇게 말씀하실 수 있죠? 저는 이해가 안 되는데요."

"하하, 이해가 안 된다고요? 정말 신기하네요. ……그런데 당신은 그 때 후데코 씨에게 이런 말씀을 하셨죠, 버스를 탈 때는 항상 되도록이면 맨 앞쪽으로 타라고, 그게 가장 안전한 방법이라고……"

"맞아요, 그 안전의 의미는 이랬어요,……"

"아니, 잠깐만요, 당신의 안전이라는 말의 뜻은 이런 것이겠죠. 자동차 안에도 역시 얼마간 감기 세균이 있다, 그러니 그것을 들이마시지 않기 위해서는 가급적 바람 반대 방향에 있는 것이 좋겠다라는 이치이겠죠. 그러면 버스도 전차만큼 사람들로 혼잡스럽지 않다고 해도 독감 전염 위험성이 전혀 없는 것은 아니죠. 당신은 아까 그 사실을 잊으신 것 같습니다. 그리고 당신은 그 이치에 덧붙여 버스는 앞쪽에 타는 것이 진동이 적다, 부인은 아직 병후로 기력을 회복하지 못했기 때문에 될 수 있는 한 몸을 진동시키지 않는 것이 좋다.……이 두 가지 이유를 들어, 당신은 부인에게 앞으로 타라고 권하셨습니다. 권했다기보다는 오히려 엄하게 명령하신 거죠. 부인은 너무 정직한 분이고 당신의 친절을 저버리면 안 된다고 생각하셨기 때문에 가능한 한 명령대로 하시려고 애쓰셨습니다. 그래서 당신의 말씀은 착착 실행되었습니다."

"……………"

"……."

"그렇죠? 당신은 버스의 경우에 독감이 전염될 위험을 처음에는 계산에 넣지 않았다고 했죠. 넣지 않았음에도 불구하고 그것을 구실로 앞쪽에 앉게 하셨죠. …… 여기에 한 가지 모순이 있습니다. 그리고 또 한 가지 모순은 처음 계산에 넣은 충돌 위험성이 그때가 되면 완전히 등한시된다는 점입니다. 버스 가장 앞에 탄다, …… 충돌할 경우를 생각하면 그만큼 위험한 것은 없을 겁니다. 거기에 자리를 잡은 사람은 그 위험에 대해 선택된 한 사람이 되는 거죠. 그러니까 보세요. 그때 다친 것은 부인뿐이지 않았습니까? 정말 그런 사소한 충돌로, 다른 손님은 무사했는데 부인만 찰과상을 입으셨죠. 그게 더 심한 충돌이었다면 다른 손님이 찰과상을 입고 부인만 중상을 입습니다. 더 심한 경우에는 다른 손님들이 중상을 입을 때 부인만 목숨을 잃습니다. …… 충돌이란 것은 말할 필요도 없이 우연임에는 틀림없습니다. 그러나 그 우연이 일어난 경우에 부상을 입는다는 것은 부인의 경우에는 우연이 아니라 필연입니다."

두 사람은 교바시를 건넜다. 하지만 신사도 유가와도 자신들이 지금 어디를 걷고 있는지 까맣게 잊은 듯이 한 사람은 열심히 이야기를 하고 있고, 한 사람은 가만히 입을 다물고 귀를 기울이며 똑바로 걸어가고 있었다. ……

"그러니까 당신은 어떤 일정한 우연의 위험 속에 부인을 점점 밀어 넣었고, 그리고 그 우연의 범위 내의 필연적 위험 속에 부인을 더 밀어 넣은 결과가 된 겁니다. 그것은 단순한 우연에 의해 일어난 위험과는 의미가 다릅니다. 그렇게 되면 과연 전차보다 안전한지 어떤지 알 수 없게 됩니다. 첫째 그 당시 부인은 두 번째 유행성 독감이 나온 지 얼마 안 되었을 때였습니다. 따라서 그 병에 대한 면역성을 가지고 계셨다고 생각하는 것이 타당하지 않을까요? 제 생각에는 그 당시 부인께는 전염 위험성이 절대로 없었습니다. 선택된 한 사람이라고 해도 그것은 안전한 쪽으로 선택된 것이었습니다. 폐렴에 걸린 사람이 다시 폐렴에 걸리려면 일정한 기간이 지나야 합니다."

"하지만요, 그 면역성이라는 것을 나도 모르는 건 아니었지만, 어쨌든 10월에 한 번 걸리고 또 정월에 걸렸잖아요. 그러면 면역성이라는 것도 믿을 게 못 된다고 생각했기 때문에……."

"10월과 설날 사이에는 두 달의 기간이 있습니다. 그런데 그 당시 부인은 아직 완전히 회복되지 않았고 기침을 하고 계셨습니다. 다른 사람에게서 병이 옮기보다는 다른 사람에게 병을 옮기는 쪽이었죠."

"그리고 말입니다, 지금 말씀하신 충돌 위험성이라는 것도 이미 충돌 그 자체가 몹시 우연한 경우니까요, 그 범위 내에서의 필연이라고 해 봤자, 지극히 너무나 지극히 드문 일 아닐까요? 우연 중의 필연과 단순한 필연은 역시 의미가 다릅니다. 하물며 그 필연이라는 것이 반드시 다칠 것이다 라는 정도의 일이지, 반드시 목숨을 잃을 것이다 라는 것은 아니니까요."

"하지만 우연히 심한 충돌이 있을 경우에는 반드시 목숨을 잃을 것이라고 할 수 있지 않습니까?"

"예, 그렇겠죠. 하지만 그런 논리적인 유희를 해 봤자 별 소용없지 않습니까?"

"하하하하, 논리적 유희라고요, 나는 그것을 좋아해서요. 우쭐거리다 그만 너무 깊이 들어갔네요. 아, 실례했습니다. 이제 곧 본론에 들어가겠습니다. …… 그래서 본론에 들어가기 전에 지금의 논리적 유희를 정리해 보죠. 나를 비웃고 계시지만 당신도 실은 상당히 논리를 좋아하시는 것 같기도 하고 그 방면에서는 어쩌면 내 선배일지도 모를 정도니까 흥미가 전혀 없지는 않을 거라고 생각합니다. 그래서 지금 우연과 필연을 잘 생각해서, 그것을 한 개인의 심리와 결부시켜 보면 거기에서 새로운 문제가 발생한다고 하는, 논리가 이미 단순한 논리가 아니게 된다는 사실, 당신은 그것을 모르시겠습니까?"

"글쎄요. 상당히 어려워졌군요."

"뭐, 어려울 것 없습니다. 어떤 인간의 심리라는 것은 요컨대 범죄심리라는 것입니다. 어떤 사람이 어떤 사람을 간접적인 방법으로 아무도 모르게 죽이고자 한다. …… 죽인다는 말이 온당하지 않다면 죽음에 이르게 하려 한다. 그리고 그것을 위해 그 사람을 가급적 많은 위험에 노출시킨다. 그 경우에 그 사람은 자신의 의도를 알아차리지 못하게 하기 위해서라도, 그리고 또 상대를 그곳으로 몰래 몰래 이끌어가기 위해서라도 우연한 위험을 선택하는 수밖에 없습니다. 그러나 그 우연 중에 얼핏 보기에는 눈에 띄지 않는 어떤 필연이 포함되어 있다고 한다면 더욱 더 안성맞춤이라는 것입니다. 그래서 당신이 부인을 버스에 타게 한 것은 우연히 그런 경우와 외견상 일치하고 있지 않습니까? 나는 '외견상'이라고 했습니다. 아무쪼록 마음 상하지 않았으면 합니다. 물론 당신에게 그런 의도가 있었다고는 할 수 없지만 당신도 그런 사람의 심리가 이해는 되시겠죠?"

"당신은 직업상 이상한 생각을 하시네요. 외형에 있어서 일치하는지 아닌지는 당신의 판단에 맡기는 수밖에 없을 것입니다. 그러나 겨우 한 달 동안 서른 번 자동차로 왕복을 시키는 것만으로, 그동안에 사람의 목숨을 앗아갈 수 있다고 생각하는 사람이 있다면 그는 바보이거나 미치광이죠. 그런 미덥지 못한 우연에 기대를 거는 작자도 없을 겁니다."

"그렇습니다, 단 서른 번 자동차를 타게 하기만 한다면 그 '우연'이 명중할 기회는 적다고 할 수 있습니다. 하지만 여러 가지 방면에서 여러 가지 위험한 요소를 찾아서 그 사람에게 우연을 수없이 겹치게 한다, …… 그러면 결국 명중률이 몇 배나 증가하게 됩니다. 무수하게 많은 우연한 위험이 몰려와서 하나의 초점을 만들고 그가운데 그 사람을 끌어다 놓는다. 그런 경우에는 이제 그 사람이 처하게 될 위험은 우연이 아니라 필연이 되는 것입니다."

"……예를 들면 어떤 식으로 그렇게 하죠?"

"예를 들면 말입니다, 여기 한 남자가 있고 그가 그 아내를 죽이고자, …… 죽음에 이르게 하고자 한다. 그런데 그 아내는 선천적으로 심장이 약하다. …… 심장이 약하다는 그 사실 속에는 이미 우연한 위험의 씨앗이 포함되어 있습니다. 그래서 그 위험을 증대시키기 위해 점점 더 심장이 나빠질 조건을 그녀에게 만들어 준다. 예를 들면 그 남자는 아내에게 음주습관을 들이게 하려고 술을 마시라고 권했습니다. 처음에는 자기 전에 포도주를 한 잔씩 마시라고 권한다, 그 한 잔을 점점 늘려서 식후에는 반드시 마시게 한다, 그렇게 해서 차츰 알코올 맛을 알게 했습니다. 그러나 그녀는 원래 술을 즐기는 성향이 아니라서 남편이 원하는 만큼 술을 마시지는 않았습니다. 그래서 남편은 제2의 수단으로 담배를 권했습니다. '여자도 이 정도의 즐거움을 모르면 안 돼'라고 하며 향기 좋은 외국산 담배를 사다 그녀에게 피우게 했습니다. 그런데 그 계략은 보기 좋게 성공해서 한 달 정도 돼서 그녀는 정말로 흡연가가 되었습니다. 이제 끊으려고 해도 끊을 수 없게 되었습니다. '당신은 감기에 걸리기 쉬운 체질이니까 매일 아침 거르지 말고 냉수욕을 하도록 해'라고 그 남자는 친절하게 아내에게 말했습니다. 진심으로 남편을 신뢰하는 아내는 곧 그대로 실행했습니다. 그리고 그런 일들 때문에 결국 자기 심장이 나빠지는 것을 모르고 있었습니다. 하지만 그것만으로는 남편의 계획이 충분히 수행되었다고 할 수는 없었습니다. 그녀의 심장을 그렇게 나빠지게 해놓고 나서 이번에는 그 심장에 타격을 주는 것입니다. 즉 될 수 있으면 고열을 내는 병, …… 티푸스라든가 폐렴에 걸리기 쉬운 상태에 그녀를 두는 것입니다. 그 남자가 처음에 선택한 것은 티푸스였습니다. 그는 그럴 목적으로 티푸스균이 있을 것 같은 것을 아내에게 자꾸 먹였습니다. '미국인은 식사 때 냉수를 마신다, 물을 베스트 드링크라고 해서 자주 먹는다'라고 하며 아내에게 냉수를 마시게 한다. 회를 먹게 한다. 그리고 생굴과 우무에 티푸스균이 많은 것을 알고 그것을 먹게 한다. 물론 아내에게 권하기 위해서는 남편 자신도 그렇게 해야 했지만, 남편은 이전에 티푸스를 앓은 적이 있기 때문에 면역이 생겼죠. 남편의 그런 계획은 그가 희망한 결과를 초래하지는 않았지만, 거의 70%는 성공했습니다. 왜냐하면 아내는 티푸스에 걸리지는 않았지만 파라티푸스에 걸렸으니까요. 그리고 일주일이나 고열에 시달렸습니다. 하지만 파라티푸스의 사망률은 10% 내외에 지나지 않기 때문에 다행인지 불행인지 심장이 약한 아내는 살아났습니다. 남편은 70% 정도 성공의 기세를 몰아 그 후에도 여전히 날 음식 먹이기를 게을리하지 않았기 때문에 아내는 여름이 되면 자주 설사를 했습니다. 남편은 그때마다 안절부절 못 하며 상태를 지켜보았습니다만 얄궂게도 그가 주문하는 티푸스에는 좀처럼 걸리지 않았습니다. 그런데 마침내 남편에게는 뜻하지 않은 기회가 찾아왔습니다. 그것은 재작년 가을부터 그 다음해 겨울에 걸쳐 악성 독감이 유행한 것입니다. 남편은 그 시기에 어떻게든 그녀가 독감에 걸리게 하려고 계략을 짰습니다. 드디어 10월에 그녀는 독감에 걸렸습니다. …… 왜 걸렸냐 하면 그녀는 당시 목 상태가 나빠졌기 때문입니다. 남편은 독감예방 양치질을 하라고 하면서 일부러 농도가 진한 과산화수소를 만들어 그것으로 계속 그녀에게 양치질을 시켰습니다. 그것 때문에 그녀는 인후 카타르[2]에 걸렸습니다. 뿐만 아니라 마침 그때 친척 아주머니가 독감에 걸렸는데 남편은 그녀로 하여금 재삼 병문안을 가게 했습니다. 그녀는 다섯 번째 병문안을 갔다가 돌아와서는 바로 열이 나기 시작했습니다. 그러나 다행히 그때도 살아났습니다. 그리고 정월이 되어서 이번에는 더 중해져서 결국은 폐렴을 일으킨 것입니다……."

이렇게 말하면서 탐정은 약간 이상한 짓을 했다, …… 들고 있던 담뱃재를 똑똑 떨어뜨리듯이 유가와의 손목 주위를 두세 번 가볍게 찔렀던 것이다, …… 무엇인가 무언중에 주의를 촉구라도 하듯이. 그리고 마침 두 사람은 니혼바시 바로 앞에 와 있었는데, 탐정은 무라이(村井) 은행 앞을 오른쪽으로 끼고 돌아 중앙우체국 방향으로 걸어갔다. 물론 유가와도 그를 따라가야 했다.

"이 두 번째 감기에도 역시 남편의 꼼수가 있었습니다."

탐정은 계속했다.

"그 당시 아내의 친정 아이가 심한 독감에 걸려 간다(神田)의 S병원에 입원을 하게 되었습니다. 그러자 남편은 누가 부탁을 한 것도 아닌데 아내에게 그 아이를 간병하게 했습니다. 그것은 이런 이유에서였습니다. …… '이번 감기는 전염성이 강해서 아무나 간병하게 할 수는 없다. 내 아내는 얼마 전에 독감을 앓아서 면역이 되어

---

2 폐첨(肺尖)의 염증. 특히 결핵성의 염증을 이름. 폐결핵의 초기 증상임.

있으니까 간병인으로는 가장 적당하다' …… 그렇게 말을 하니 아내도 그런 줄 알고 아이를 간병하다가 다시 독감에 걸린 것입니다. 그리고 아내의 폐렴은 상당히 중태였습니다. 몇 번이나 위험한 고비를 넘겼습니다. 이번에야말로 남편의 계략이 십분 그 효과를 거둔 것입니다. 남편은 여자의 머리맡에서 그녀가 남편의 부주의로 이런 큰 병에 걸린 것을 사과했습니다. 아내는 남편을 원망하려고 하지도 않고 어디까지나 생전의 애정을 감사해 하며 조용히 죽어가는 듯 보였습니다. 하지만 조만간 곧 죽을 것 같은 상태를 보이더니 이번에도 아내는 살아났습니다. 남편 입장에서 보면 다 된 밥에 코를 빠트렸다 …… 고나 할까요. 그래서 남편은 다시 궁리를 했습니다. 이건 병만으로는 안 된다, 병 말고 다른 재난을 당하게 해야한다, …… 그렇게 생각을 하고 그는 우선 아내의 병실에 있는 가스 스토브를 이용했습니다. 그 당시 아내는 상태가 상당히 좋아져서 이제 간호사도 옆에 없었습니다만, 아직 일주일 정도는 남편과 다른 방에서 잘 필요가 있었던 것입니다. 그런데 남편은 어느 날 우연히 다음과 같은 사실을 발견했습니다. …… 아내는 밤에 잠을 잘때는 불이 날 것을 염려하여 가스 스토브를 끄고 잔다는 사실. 가스 스토브 마개는 병실에서 복도로 나오는 문지방 옆에 있다는 사실. 아내는 밤중에 한 번 화장실에 가는 습관이 있으며, 그럴 때는 반드시 그 문지방 옆을 지난다는 사실. 문지방 옆을 지날 때 아내는 긴 잠옷자락을 질질 끌며 걷기 때문에 그 옷자락이 다섯 번에 세 번 정도는 반드시 가스 마개에 닿는다는 사실. 만약 가스 마개가 조금만 더 헐거워진다면 옷자락이 닿을 경우 그것이 열릴 것임에 틀림없다는 사실. 병실은 일본식 방이지만 내장이 잘 되어 있어서 바람이 들어올 틈이 없게 되어 있다는 사실. …… 우연히도 거기에는 그런 정도의 위험의 씨앗이 준비되어 있었습니다. 이에 남편은 그 우연을 필연으로 이끌기 위해서는 정말이지 약간의 수고만 하면 된다는 사실을 알게 된 것입니다. 그것은 즉 가스 마개를 좀 더 헐겁게 해 두는 것입니다. 그는 어느 날 아내가 낮잠을 자는 동안 몰래 그 마개에 기름을 쳐서 그곳을 미끄럽게 해 두었습니다. 이런 그의 행동은 지극히 비밀리에 이루어졌겠지만 불행히도 그 자신도 모르는 동안에 다른 사람이 그것을 보고 있었습니다. …… 그것은 바로 그 당시 그의 집에서 일하던 식모였습니다. 식모는 아내가 시집올 때 아내 친정에서 데리고 온 사람으로, 아내에게 몹시 충성스럽고 똘똘한 여자였습니다. 뭐, 그런 것은 아무려면 어떻습니까, …… ”

탐정과 유가와는 중앙우체국 앞에서 가부토바시(兜橋)를 건너 요로이바시(鎧橋)를 건넜다. 두 사람은 어느새 수이텐구마에(水天宮前) 전차로를 걷고 있었다.

“…… 그래서 이번에도 남편은 7할 정도 성공하고 나머지 3할은 실패했습니다. 아내는 위험하게도 가스에 질식해 가고 있었습니다만, 큰 일이 나기 전에 잠을 깨서 한밤중에 야단이 났습니다. 가스가 어떻게 새었는지 원인은 한동안 알 수 없었지만 그것은 아내 본인의 부주의로 밝혀졌습니다. 그 다음에 남편이 선택한 것은 버스입니다. 이것은 아까 말씀드린 바와 같이 아내가 병원에 다니는 것을 이용했기 때문에 그는 모든 기회를 이용하는 것을 잊지 않았습니다. 그런데 자동차 역시 실패로 끝나자, 더 새로운 기회를 잡았습니다. 그에게 그 기회를 준 것은 의사였습니다. 의사는 아내의 병후 요양을 위해 거처를 옮길 것을 권했습니다. 어딘가 공기 좋은 곳으로 한 달 정도 가 있으라고, …… 그런 권고가 있었기 때문에 남편은 아내에게 이렇게 말했습니다. '당신 계속 병만 앓고 있었으니까 한두 달 거처를 옮기기 보다는 차라리 집안 전체가 공기가 더 좋은 곳으로 이사를 가기로 하지. 그렇다고 너무 멀리 갈 수는 없으니까 오모리(大森) 근처로 이사하는 게 어때? 그곳이라면 바다도 가깝고 내가 회사에 다니기도 편하니까 말야.' 그 의견에 아내는 바로 찬성했습니다. 당신은 아실지 모르겠지만, 오모리는 식수가 굉장히 안 좋은 지역이라고 합니다. 그리고 그런 탓인지 전염병이 끊이지 않는다고 합니다. …… 특히 티푸스가. …… 즉 그 남자는 재난이 소용이 없자 다시 병을 노리기 시작한 것입니다. 그래서 오모리로 이사를 하고 나서는 더 한층 맹렬하게 생수나 날 것을 아내에게 주었습니다. 여전히 냉수욕을 하도록 장려했고 흡연도 권했습니다. 그리고 그는 마당을 손질하며 수목을 많이 심고 연못을 파서 웅덩이를 만들고 또 화장실 위치가 좋지 않다고 하며 그것을 서향으로 바꾸었습니다. 그것은 집안에 파리와 모기를 발생시키는 수단이었던 것입니다. 아직 더 있습니다. 그의 지인 중에 티푸스 환자가 생기면 그는 자신은 면역이 있다고 하며 자주 그곳으로 병문안을 가고 가끔은 아내도 가게 했습니다. 그렇게 해서 그는 끈질기게 결과를 기다리고 있었겠지만, 그 계략은 의외로 빨리, 이사를 하고나서 채 한 달도 되지 않은 사이 이번에야말로 십분 그 효과를 발휘했습니다. 그가 어느 날 티푸스에 걸린 친구 병문안을 한지 얼마 안 있어, 또 어떤 음험한 수단을 강구한 것인지 모르겠지만 아내가 그 병에 걸리고 말았습니다. 그리고 마침내 그것이 원인이 되어 아내는 죽었습니다. …… 어떠세요. 이것은 당신의 경우와 적어도 외형만은 완전히 들어맞지 않습니까?"

"예, …… 그, 그야 외형만은 …… "

"하하하하, 그렇습니다. 지금까지는 외형만은입니다. 당신은 전 부인을 사랑하셨죠. 어쨌든 외형만은 사랑하셨습니다. 그러나 그와 동시에 당신은 2, 3년 전부터 전 부인 모르게 지금의 부인을 사랑했죠. 외형상으로 사랑했죠. 그런데 지금까지의 사실에 이 사실이 더해지면 앞의 경우가 당신에게 들어맞는 정도는 단순히 외형만은 아니게 됩니다. …… "

두 사람은 수이텐구 전차로에서 오른쪽으로 꺾인 좁은 골목길을 걷고 있었다. 골목길 왼쪽에 '사립탐정'이라고 쓴 간판을 내건 사무실 같은 건물이 보였다. 유리문이 끼워진 2층에도 아래층에도 등불이 환히 빛나고 있었다. 그 앞까지 왔을 때 탐정은 '하하하하' 하고 큰 소리로 웃기 시작했다.

"아하하하하, 이젠 안 돼요. 더 이상 숨겨도 안 돼요. 당신은 아까부터 떨고 계시잖아요. 전 부인의 아버님이 오늘 밤 제 사무실에서 당신을 기다리고 있습니다. 뭐 그렇게 겁먹지 않으셔도 괜찮아요.

잠깐 이리로 들어오세요."

그는 갑자기 유가와의 손목을 잡고 어깨로 홱 문을 밀치며 환한 사무실 안으로 끌고 들어갔다. 전등에 비친 유가와의 얼굴은 새파래져 있었다. 그는 상심한 듯이 휘청휘청 비틀거리며 그곳에 있는 의자에 털썩 주저앉았다.

(『개조』 1920년 1월, 노리모토 미로쿠 역)

마스크(マスク)

기쿠치 간(菊池寛)

걸모습만큼은 덩치가 크기 때문에 남들은 내가 상당히 건강할 것이라고 생각하지만, 내장이란 내장은 모두 평균 이하로 빈약하다는 사실을 나 자신이 가장 잘 알고 있었다.

조금만 경사진 언덕길을 올라가도 숨이 찼다. 계단을 올라가도 숨이 찼다. 신문기자로 근무하고 있을 때, 여러 관공서 등 커다란 건물의 계단을 뛰어오르면 목표로 하는 방에 도착해도 숨이 차서 바로 말을 시작하는 것이 불가능한 적도 있었다.

폐도 그다지 튼튼하지는 않았다. 심호흡을 하려고 숨을 들이마셔도 어느 정도에 이르면 바로 가슴이 답답해져서 더 이상은 아무리 해도 숨을 들이마실 수 없었다.

심장과 폐가 약한데다가, 작년 무렵부터는 위장이 망가져 버렸다. 내장에 성한 데가 하나도 없었다. 그럼에도 불구하고 걸모습만은 멀쩡해서 모르는 사람 눈에는 항상 건강해 보인다. 내 자신이 내장이 약한 것을 충분히 알고 있어도 남들이 '건강해 보인다'고 하면, 사실이 아님을 알면서도 그런 말에서 자신감을 얻게 된다. 마치 외모가 못생긴 여자라도 주변 사람들로부터 한 마디 들으면 스스로 '마냥 못난 것은 아니구나'하고 생각하게 되는 것처럼.

실제로는 약하지만 '건강해 보인다'는 말에서 오는 건강상의 잘못된 자신감이라도 있었던 때가 차라리 심리적으로는 든든했다.

하지만 작년 말 위장이 심하게 망가져 진찰을 받으러 갔을 때는 의사에게 꽤나 야단을 맞아 환멸을 느낄 지경이었다.

의사는 나의 맥을 짚고는,

"어라, 맥이 없어요. 이럴 리가 없는데."

라며 고개를 갸웃거리며 무언가를 물어보려고 했다. 의사가 그렇게 말하는 것도 무리는 아니었다. 나의 맥은 언제부터인지 약해졌다. 내 자신이 오랫동안 가만히 누르고 있어도 있는 듯 없는 듯 희미하게 느껴질 뿐이었다.

의사는 내 손을 누른 채 1분 간 가만히 있다가,

"아, 있긴 합니다만 보기 드물 정도로 약해요. 지금까지 심장에 대해 다른 의사에게 뭔가 들은 말 없나요?"

라며 사뭇 진지한 표정을 지었다.

"없습니다. 하기야 2, 3년 내에 의사에게 진찰을 받은 적도 없어요."

나는 대답했다.

의사는 아무 말 없이 청진기를 흉부에 갖다 댔다. 마치 그곳에 숨겨져 있는 나의 생명의 비밀을 찾아내려 하기라도 하는 것처럼 느껴져 기분이 좋지 않았다.

의사는 몇 번이나 청진기를 다시 갖다 대며 심장 주위를 바깥부터 빈틈없이 살폈다.

"고동이 빠를 때 봐야 확실히 알 수 있겠지만, 아무래도 심장 판막의 병합이 불완전한 것 같습니다."

"그럼 병입니까?"

나는 물어봤다.

"병입니다. 다시 말해 심장이 제 역할을 못하고 있는데, 이미 수술로 이어붙일 수도 없고 어떻게 할 수가 없습니다. 무엇보다도 수술이 불가능한 곳이라서요."

"생명에 지장이 있을까요?"

나는 겁이 나서 주저주저 물어봤다.

"아니요, 이런 상태로도 살아갈 수는 있으니까 조심해서만 쓰시면 괜찮습니다. 게다가 심장이 약간 오른쪽으로 커져 있는 것 같습니다. 살이 너무 찌면 안 돼요. 지방 심장이 되면 덜컥 심부전으로 가실 수도 있어요."

의사가 하는 말에는 좋은 이야기가 하나도 없었다. 심장이 약한 것은 일찍이 각오하고 있었지만, 이 정도로 약할 줄은 생각도 못했다.

"조심하셔야 합니다. 불이 났을 때 갑자기 달리거나 해서는 안 돼요. 이전에도 모토마치(元町)에 불이 났었는데 스이도바시(水道橋)에서 심부전으로 죽은 남성이 있었어요. 부르러 와서 가서 진찰했는데 말이에요. 심장이 아주 약했는데 집에서 1킬로미터 정도나 계속 달렸다고 해요. 당신도 조심하지 않으면 언제 폭 쓰러져서 죽을지 모릅니다. 싸움 같은 것을 해서 흥분해서는 안 되고요. 열병도 금물이에요. 티푸스나 유행성 감기에 걸려서 40도 이상의 열이 3, 4일 이상 계속되면 더 이상 손쓸 방법이 없어요."

이 의사는 마음을 안정시키거나 듣기 좋으라고 하는 말은 전혀 없는 의사였다. 하지만 나는 거짓말이라도 좋으니 조금 더 마음을 편하게 하는 말을 해주기를 바랐다. 이 정도로 노골적으로 내 심장이 위험하다는 말을 듣자 나는 뭔가 꺼림칙한 기분이 들었다.

"무언가 예방법이나 양생법은 없나요?"

나는 마지막으로 빠져나갈 방법을 청했다.

"없습니다. 단지 지방류를 먹지 않는 것이지요. 육류나 기름기 많은 생선은 되도록 피하고 담백한 야채를 드셔야 해요."

의사는 대답했다.

나는 '이런' 하는 생각이 들었다. 먹는 것이 가장 큰 즐거움이라고 해도 좋은 나에게 이러한 양생법은 치명적인 것이었다.

이러한 진찰을 받은 이후로는 생명의 안전이 시시각각 위협받고 있는 듯한 느낌이 들었다. 게다가 딱 그 무렵부터 유행성 감기가 맹렬한 기세로 유행하기 시작했다. 의사의 말에 따르면, 내가 유행성 감기에 걸리는 것은 곧 죽음을 의미했다. 더구나 그 때쯤 신문에 빈

번하게 실린, 감기에 대한 의사들의 이야기에서도 심장의 강약이 승부의 갈림길이라는 내용이 몇 번이나 반복되고 있었다.

나는 감기에 대해 완전히 겁에 질려 버렸다고 할 수 있었다. 나는 가능한 한 예방하고 싶었다. 최선의 노력을 다해서 걸리지 않도록 하려고 했다. 남들이 겁쟁이라고 비웃는다 해도 걸려 죽는 것보다는 낫다고 생각했다.

나는 최대한 외출하지 않으려고 했다. 아내도 식모도 되도록 외출하지 못하도록 했다. 또 아침저녁으로는 과산화수소수로 양치질을 했다. 피치 못할 사정으로 외출할 때는 거즈를 잔뜩 끼운 마스크를 썼다. 그리고 나가기 전이나 귀가한 후에는 꼼꼼하게 양치질을 했다.

그렇게 나는 만전을 기했지만 손님이 올 때는 어쩔 수가 없었다. 감기가 나은 지 얼마 안 되어서 아직 기침을 하고 있는 사람이 방문을 했을 때는 마음이 무거웠다. 나와 이야기를 하고 있던 친구가 이야기를 하는 사이에 열이 점점 오르길래 돌려보냈더니, 그 후 열이 40도가 되었다는 소식을 들었을 때에는 2, 3일은 어쩐지 기분이 좋지 않았다.

나는 매일 신문에 나오는 사망자 수의 증감에 따라 일희일비했다. 사망자 수가 나날이 늘어나 3,337명까지 올랐다가 그 수를 최정점으로 근소하기는 했지만 차차 감소하기 시작했을 때는, 잠시나마 안도를 했다. 하지만 자중했다. 2월 한 달은 거의 외출하지 않았다. 친구는 물론이고 아내까지 겁먹은 나를 비웃었다. 나도 약간 신경

쇠약의 공포증인 히포콘드리아에 걸려 있다고 생각했다. 하지만 감기에 대한 나의 두려움은 어떻게 해도 숨길 수 없는 실감으로 다가왔다.

3월에 접어들면서 추위가 하루하루 물러감에 따라 감기의 위협도 점차 수그러들었다. 이제 마스크를 쓰고 있는 사람은 거의 없었다. 하지만 나는 아직 마스크를 벗지 않았다.

"병을 두려워하지 않고 전염의 위험을 무릅쓰는 건 야만인의 용기이지. 병을 두려워하고 전염의 위험은 무조건 피하려고 하는 게 문명인의 용기야. 이제 아무도 마스크를 쓰지 않는 이때에 마스크를 쓰는 건 이상한 일이 맞지만, 그건 겁쟁이라서가 아니라 문명인의 용기라고 생각해."

나는 이런 말로 친구에게 변명했다. 또 마음속으로도 어느 정도는 그렇게 믿고 있었다.

나는 3월 말까지 마스크를 벗지 않았다. 가끔 신문에, 이제 유행성 감기는 도심을 떠나 산간벽지로 갔다는 기사가 났다. 하지만 나는 아직 마스크를 벗지 않았다. 이제 마스크를 쓰는 사람은 거의 없었다. 하지만 드물게 정류장에서 버스를 기다리는 승객 중 한 명 정도 검은 천 조각으로 코와 입을 덮고 있는 사람을 발견했다. 나는 상당히 든든한 느낌이 들었다. 일종의 동지이자 지기인 것 같은 느낌이었다. 나는 그런 사람을 발견할 때마다 나 혼자 마스크를 쓰고 있다는 일종의 무안함에서 벗어날 수 있었다. 내 자신이 진정한 의미의 위생가이자 생명을 극도로 아끼고 사랑한다는 점에서 문명인의 한 명이라는 자부심마저 들었다.

4월이 되고 5월이 되었다. 그렇게나 유난을 떨던 나도 이제는 마스크를 쓰지 않았다. 하지만 4월에서 5월로 넘어갈 무렵, 두세 곳의 신문에 또 유행성 감기가 도졌다는 기사가 났다. 나는 지겨워졌다. 4월, 5월이 되어서도 아직 충분히 감기의 위협으로부터 벗어나지 못한다는 점이 참을 수 없이 불쾌했다.

하지만 아무리 그런 나 역시 이제는 마스크를 쓸 생각이 없었다. 대낮에는 초여름의 태양이 따스한 햇볕을 가득 비추고 있다. 어떤 핑계를 대든 마스크를 쓸 이유는 없었다. 신문기사가 마음에 걸렸지만 날씨의 힘이 나에게 용기를 북돋아주었다.

마침 5월 중순이었다. 시카고 야구단이 와서 와세다(早稲田)에서 경기가 연일 치루어졌다. 도쿄제국대학의 경기가 있는 날이었다. 나도 오랜만에 야구가 보고 싶었다. 학창시절에는 야구를 좋아하는 사람 중 한 명이었던 나도 지난 1, 2년 간 거의 보지 못했던 것이다.

그 날은 쾌청하다고 해도 좋을 정도로 날씨가 아주 맑았다. 푸른 나뭇잎으로 덮여 있는 메지로다이(目白台)의 고지대가 산뜻해 보였다. 나는 종점에서 지하철을 내려 뒷길을 통해 운동장 쪽으로 갔다. 이 주변의 지리는 제법 잘 알고 있었다. 내가 마침 운동장 주위의 울타리를 따라 입구 쪽으로 서둘러 가고 있을 때였다. 문득 나를 앞지른 스물 서너 살 정도의 청년이 눈에 띄었다. 나는 우연히 그 청년의 옆모습을 보았다. 청년은 뜻밖에도 검은 마스크를 쓰고 있었다. 나는 그 모습을 보자, 어떤 불쾌한 충격을 받지 않을 수 없었다.

그와 동시에 그 청년에게 명확한 증오를 느꼈다. 어쩐지 그 청년이 얄미웠다. 시커멓게 튀어나온 그 마스크에서 기분 나쁜 요괴 같은 추함마저 느꼈다.

이 청년이 불쾌했던 가장 큰 원인은 이렇게 날씨가 좋은 날에 이 청년으로 인해 감기의 위협이 상기되었기 때문임이 틀림없다. 그와 동시에, 내가 마스크를 쓰고 있을 때는 우연히 마스크를 쓰고 있는 사람을 마주치는 것이 기뻤는데, 내가 마스크를 쓰지 않게 되자 마스크를 쓰고 있는 사람이 불쾌해 보인다는 자기중심적인 생각도 섞여 있었다. 하지만 그런 마음보다도 이런 느낌이 더 들었다. 내가 그 청년을 불쾌하게 여긴 것은 강자에 대한 약자의 반감이 아니었을까. 그렇게 열심히 마스크를 썼던 나까지 따뜻해진 날씨 앞에서는 마스크를 쓰는 것이 아무래도 부끄러워진 지금 이때, 용감하고 태연하게 마스크를 쓰고 수천 명의 사람들이 모여 있는 곳에 당당하게 나타나는 태도는 꽤나 철저한 강자의 태도가 아니겠는가. 어쨌든 나는 세상 사람들의 이목이나 날씨가 의식이 되어서 하지 못하는 일을, 이 청년은 용감하게 해내고 있다고 생각했다. '이 청년이 불쾌하게 여겨진 것은 청년의 그러한 용기에 압박을 당한 마음 때문이 아닐까'라고 나는 생각했다.

(『개조(改造)』 1920년 7월, 고유원 역)

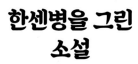

한센병을 그린
소설

생명의 초야(いのちの初夜)

호조 다미오(北条民雄)

역을 나와서 20분가량 잡목들이 우거진 숲을 걸으니 곧 병원의 산울타리가 보이기 시작했다. 그렇지만 그 사이에는 계곡처럼 낮은 곳이나 조금 높은 산에 길게 이어진 완만한 비탈이 있어서 사람이 살 것 같은 집은 한 채도 보이지 않았다. 도쿄에서 불과 20마일(32km) 될까 말까 하는 곳이지만, 산속 깊이 들어 온 듯 조용했고 동시에 사람이 사는 마을과는 거리가 먼 느낌이 들었다.

장마철에 접어들기 전, 트렁크를 손에 들고 걷고 있는 오다(尾田)는, 10분도 안 되는 사이에 이미 피부가 땀에 흥건히 젖어오는 것이 느껴졌다. '아주 벽촌이구나'라고 생각하면서 인기척이 없는 것을 잘 됐다 싶어, 지금까지 눈까지 깊숙이 눌러쓰고 있던 모자를 치켜올리고 나무숲 사이로 멀리 바라보았다. 눈에 들어오는 것은 전부 푸른 잎으로 뒤덮인 무사시노(武蔵野)로, 그 안에 드문드문 웅크리고 있는 초가지붕이 왠지 원시적인 적막함을 간직하고 있었다. 아직 매미 울음소리도 들리지 않는 적막한 숲길을 터벅터벅 걸으며, 오다는 이제부터 자신의 앞날이 어떻게 될지 불안해서 견딜 수 없었다. 자신도 모르는 사이에 캄캄한 소용돌이 속으로 추락해 가는 것은 아닐까, 지금 이렇게 묵묵히 병원을 향해 걷는 것이 자신에게 가장 적절한 방법일까, 이 외에는 살아갈 방도가 없는 것일까, 그런 생각이 꼬리에 꼬리를 물고 계속해서 떠올라 그는 잠시 걸음을 멈추고 숲의 나뭇가지 끝을 바라보았다. '역시 지금 죽는 편이 나을지도 몰라.' 나뭇가지 끝에는 기울기 시작한 태양의 광선이 어린 잎 위로 흐르고 있었다. 밝은 오후였다.

병을 선고받은 지 벌써 반 년이 지났다. 그 사이에, 공원을 돌아다닐 때도 거리를 돌아다닐 때도, 나무를 보면 반드시 나뭇가지를 신경 쓰는 습관이 생겨버렸다. 그 가지의 높이나 굵기 등을 눈대중하며, 이 가지는 너무 가늘어서 자신의 체중을 지탱할 수 없다거나 이 가지는 너무 높아 오르기 힘들다는 식으로 때로는 넋을 잃고 생각했다. 나뭇가지뿐 아니라, 약국 앞을 지나가면 수많은 수면제의 이름을 떠올리며 잠을 자는 것처럼 안락하게 왕생하는 자신의 모습을 상상했고, 기차와 전차를 보면 그 밑에서 비참한 죽음을 맞이하는 자신을 상상하게 되었다. 하지만 이런 식으로 매일 밤 죽음을 생각하고, 그것이 심해지면 심해질수록, 점점 더 죽지 못하는 자신을 발견할 뿐이었다. 지금도 오다는 숲의 나뭇가지 끝을 올려다보며 가지의 상태를 바라보다가, 이내 얼굴을 찡그리곤 묵묵히 걷기 시작했다. '도대체 나는 죽고 싶은 걸까, 살고 싶은 걸까?' '나에게 죽을 마음이 진짜 있는 걸까, 없는 걸까?' 하고 스스로 질문해보았지만, 결국 어느 쪽이라고 판단하지 못한 채, 부쩍 걸음을 재촉하고 있다는 사실만을 분명하게 알 수 있었다. 죽고자 하는 자신의 모습이 한 번 마음속에 들어오면, 인간은 도저히 죽을 수 없는, 그런 숙명을 갖고 있는 것인가?

이틀 전, 병원에 들어가기로 결정되자, 갑자기 다시 한 번 시도해보고 싶어져 에노시마(江の島)까지 갔었다. '이번에 죽지 못하면 어디든 가자.' 이렇게 결심하면 잘 죽을 수 있을 것 같아서 부랴부랴 가 본 것인데, 바위 위에 모여 있는 초등학생들의 모습이나 넓고 아득한 바다에 내리쬐는 밝은 햇빛을 보고 있자니, 죽음을 생각하고 있는 내 자신이 몹시 바보 같이 느껴졌다. 이래서는 안 된다는 생각에, 두 눈을 감고 아무도 보지 않는 사이에 뛰어드는 것이 가장 좋을 듯 싶어 바위 끝에 서니, 갑자기 누군가가 구해줄 것 같아 뛰어들 수 없었다. 구조가 된다면 아무 소용도 없게 된다. 하지만 지금의 자신에게는 어쨌든 뛰어든다는 사실이 가장 중요하다며 생각을 바꿔 파도 쪽으로 몸을 굽히자, '지금' 나는 죽는 것인가 하는 생각이 들었다. 왜 나는 '지금' 죽지 않으면 안 되는 것인지, '지금'이 왜 내가 죽을 때인 것인지. 그러자 '지금' 죽지 않아도 될 것 같은 기분이 들었다. 그래서 사들고 온 위스키 한 병을 무턱대고 먹어치웠지만, 조금도 취기가 돌지 않아 왠지 모르게 우스꽝스러운 기분이 들어 깔깔대며 웃었다. 그러다가 붉은 게가 발밑으로 기어오는 것을

아무렇게나 밟아 죽였다. 갑자기 눈꺼풀에 왈칵 뜨거운 것이 느껴졌다. 매우 진지한 순간이면서도 기름이 물속에 떨어진 것처럼, 그 진지함과 마음이 유리되어 버렸다. 그리고 기차가 도쿄를 향해 움직이기 시작하자 다시 절망과 자조하는 마음이 되살아나 암담한 기분이 들었다. 하지만 이미 때는 늦었다. 도저히 죽을 수 없다는 이 사실 앞에 그는 고개를 떨굴 수밖에 없었다.

한시라도 빨리 목적지에 도착해 자신의 운명을 결정하는 수밖에 없다. 오다는 그렇게 생각하며 키가 큰 호랑가시나무 울타리를 따라 걸어갔다. 정문까지 도달하려면 이 담을 빙 돌아가야 했다. 그는 가끔 멈춰 서서 이마를 울타리에 갖다 대고 원내를 들여다보았다. 아마도 환자들의 손으로 가꾸어졌을 싱싱한 채소류의 푸른 잎들이 눈길이 닿지 않는 저멀리까지 이어지고 있었다. 환자들이 살고 있는 집이 어디 있는지 유심히 둘러보았지만, 한 채도 보이지 않았다. 멀리 이어진 텃밭 끝에 숲처럼 보이는 나무들이 보였고, 그 나무숲 속에 굵은 굴뚝이 한 줄기 공활한 하늘을 향해 검은 연기를 내뿜고 있었다. 환자들이 사는 곳도 그 근처에 있을 것이다. 굴뚝은 일류 공장이라도 되는 양 훌륭한 것이어서 오다는 병원에 왜 그렇게 거대한 굴뚝이 필요한지 의아했다. 어쩌면 화장터의 굴뚝일지도 모른다고 생각하니 앞으로 갈 곳이 지옥처럼 여겨졌다. 이렇게 큰 병원이니까 매일 수많은 사람이 죽겠지, 그래서 저런 굴뚝도 필요한 게 틀림없다는 생각이 들었고 갑자기 다리에 힘이 빠졌다. 하지만 걸어감에 따라 전개되는 원내 풍경이 또 서서히 그의 기분을 밝게 했다. 텃밭과 나란히 네모난 딸기밭이 보이고, 그 옆에는 모형인 듯 가지런히 조합된 포도나무 지지대와 배나무 지지대가 서로 마주보며 보기 좋게 입체적인 조화를 이루고 있었다. 이것도 환자들이 만든 것일까? 지금까지 칙칙한 도쿄에 살고 있던 그는 자신도 모르게 멋진 곳이라고 중얼거렸고, 예상외로 원내는 평화로울지도 모른다는 생각이 들었다.

길은 울타리를 따라 한 칸 정도의 폭으로 나 있었고, 울타리 반대편 잡목림의 새잎들은 이쪽까지 어두운 그늘을 만들고 있었다. 그가 원내를 들여다보면서 마침 배나무 밭 옆까지 왔을 때, 이 근처의 주민으로 보이는 젊은 남자 두 명이 이쪽을 향해 걸어오는 것이 보였다. 그들은 오다와 마찬가지로 원내를 들여다보며 뭔가 이야기를 나누고 있었다. 오다는 예상치 못한 곳에서 사람을 마주쳐 버렸다고 생각하며 치켜올렸던 모자를 다시 깊이 눌러쓰고 아래를 보며 걷기 시작했다. 오다는 병 때문에 한쪽 눈썹이 완전히 빠져버려서 그 자리에는 먹으로 눈썹이 그려져 있었다. 그들은 가까이 오자 갑자기 말을 뚝 끊고 트렁크를 든 오다의 모습을 호기심 어린 눈빛으로 바라보며 지나갔다. 오다는 묵묵히 아래를 보고 있었지만, 그들의 눈빛은 마음에 선명하게 느껴졌다. 이 근처의 사람이라면, 이렇게 입원하는 환자의 모습을 벌써 몇 번이나 보아왔음이 틀림없다고 생각하니 가슴속에서 굴욕감 같은 것이 뼈저리게 치밀어올랐다.

이들의 모습이 보이지 않게 되자 오다는 그곳에 트렁크를 놓고 앉았다. 이런 병원에 들어가지 않으면 삶을 완성할 수 없는 비참함에, 그의 마음은 다시 흐려졌다. 눈을 들자 목을 매기에 적당한 나뭇가지는 얼마든지 있었다. 이번 기회에 죽지 못하면 언제까지고 죽지 못할 것이 틀림없어 하며, 주위를 한 차례 둘러보았지만 인기척은 없었다. 그의 눈동자는 날카롭게 빛이 났다. 그는 히죽 웃으며, '좋아 지금이야'라고 중얼거렸다. 갑자기 마음이 들떠서는 이런 곳에서 죽을 수 있을 것 같은 기분이 든 게 우스웠다. 목을 맬 줄은 허리띠면 충분하다. 심장 박동이 빨라지는 것을 느끼며 그는 일어서서 허리띠에 손을 댔다. 그때 갑자기 격한 웃음소리가 원내에서 들려와 깜짝 놀라 소리가 난 쪽을 보니 울타리 안쪽을 젊은 여자 둘이 뭔가 즐거운 듯이 이야기를 나누며 가로질러 포도밭 쪽으로 가는 것이었다. 자신을 본 것인가 싶었지만, 처음으로 보는 원내 여자여서 갑자기 호기심이 생겼고, 서둘러 트렁크를 들고 아무렇지 않은 표정으로 걷기 시작했다. 곁눈질로 보니 둘 다 같은 세로 줄무늬 통소매 옷을 입고 있었다. 하얀 앞치마가 등 뒤에서 보는 오다의 눈에도 팔랑팔랑 나부끼는 것이 보였다. 얼굴이 보이지 않아 약간 실망했지만 뒷모습은 제법 훌륭했고 검고 굵은 머리를 아무렇게나 묶고 있었다. 물론 환자임에 틀림없지만, 어느 한곳도 환자인 양 보기 싫은 구석이 없는 것을 보면서, 왠지 오다는 '휴우' 하고 안도했다. 더 열심히 바라보고 있자니, 그들은 성큼성큼 지지대에 다가가 때때로 팔을 뻗어 열매가 주렁주렁 달렸을 때라도 상상하는지 포도를 따는 흉내를 내고는 얼굴을 마주보며 활짝 웃는 것이었다. 그들은 이윽고 포도밭을 빠져나가자 파릇파릇 무성하게 야채가 자란 텃밭 안으로 들어갔다. 그러더니 갑자기 한 사람이 잽싸게 뛰기 시작했다. 나머지 한 명은 배꼽을 잡고 웃으며 달려가는 상대를 보고 있다가 뒤따라 다다닥 달려가기 시작했다. 술래잡기라도 하듯 두 사람은 오다 쪽으로 옆얼굴을 힐끗힐끗 보이며 작아지더니 이윽고 굴뚝 아래 깊은 숲 속으로 사라져 갔다. 오다는 '휴우' 하고 숨을 몰아쉬며 그들이 사라진 지점에서 눈을 떼고, 어쨌든 입원하기로 결심했다.

모든 것이 여느 병원과 다른 모습이었다. 접수처에서 오다가 안내를 청하자 마흔 살쯤 되어 보이는 보기 좋게 살이 찐 사무원이 나와서,

"자네로군, 오다 다카오(尾田高雄)가. 흠……"

하며 오다의 겉모습을 위아래로 훑어보았다.

"뭐, 열심히 치료해야지."

그렇게 아무렇게나 내뱉으며 주머니에서 수첩을 꺼내 경찰서에서나 할 법한 엄밀한 신원조사를 시작했다. 트렁크 속 서적의 이름까지 낱낱이 적어내리자, 아직 스물셋인 오다는 심한 굴욕을 느끼는 동시에 일반 사회와 완전히 분리되어 있는 이 병원 내부에서 어떤 의외의 일들이 기다리고 있을지 불안해서 견딜 수가 없었다. 그 다음, 사무실 옆에 지어진 작은 집으로 데려가서는,

"여기서 잠시만 기다려주세요."

라고 하고는 물러가 버렸다. 뒤늦게 이 작은 집이 외래환자의 진

찰실이라는 것을 알았을 때 오다는 깜짝 놀랐다. 그곳에는 별 진찰기구가 놓여 있는 것도 아니고 시골역 대합실처럼 지저분한 벤치가 하나 놓여 있을 뿐이었다. 창문을 통해 밖을 내다보니 소나무, 느티나무 등이 우거져 있었고, 그것들 사이로 멀리 울타리가 보였다. 오다는 잠시 의자에 앉아 기다렸지만 어쩐지 가만히 있을 수가 없어서, 차라리 지금 도망쳐버릴까 하며 몇 번이나 자리에서 들썩들썩 했다. 그 때 의사가 어슬렁어슬렁 들어와 오다에게 모자를 벗으라 하고 잠깐 얼굴을 들여다보더니,

"흐음."

하며 고개를 한 번 끄덕였다. 그것으로 진찰은 끝이 났다. 물론 오다 스스로도 자신이 나병이 틀림없다고는 생각하고 있었지만,

"안 됐군요"

라는, 나병임에 틀림없다는 의미를 함축하는 말을 들었을 때는, 역시나 실망스러워서 한꺼번에 온몸의 힘이 빠져나갔다. 그때 간호사로 생각되는 하얀 상의를 입은 남자가 들어와서,

"이쪽으로 와주세요"

라고 하고는 앞장서서 걷기 시작했다. 오다도 남자를 따라 걷기 시작했지만, 요양원 밖에 있을 때 느꼈던 왠지 모를 허무한 기분이 사라짐과 동시에 서서히 지옥 속으로 떨어져가는 듯한 공포와 불안이 느껴지기 시작했다. 평생 돌이킬 수 없는 짓을 하는 것 같아 견딜 수가 없었다.

"꽤 큰 병원이네요."

오다는 점점 더 가만히 있을 수 없어 그렇게 말을 꺼냈다.

"십만 평."

나뭇가지를 똑 부러뜨리듯, 무뚝뚝하게 대답을 하고 남자는 더욱 더 걸음을 재촉했다. 오다는 마음 붙일 곳을 잃은 느낌이 들었지만, 잎과 잎 사이로 보였다 안보였다 하는 울타리를 보고는,

"완치되는 사람도 있을까요?"

라며 자기도 모르는 사이에 애원까지 하고 있다는 사실에 화가 나면서도 물어볼 수밖에 없었다.

"뭐, 열심히 치료해 보세요."

남자는 이렇게 말하며 히죽히죽 웃을 뿐이었다. 어쩌면 호의를 나타낸 미소였을지도 모르지만, 오다에게는 어쩐지 기분 나쁘게 느껴졌다.

두 사람이 도착한 곳은 큰 병동의 뒷편에 있는 목욕탕으로, 이미 젊은 간호사 두 명이 오다가 오기를 기다리고 있었다. 그녀들은 귀까지 덮어버릴 것 같은 커다란 마스크를 쓰고 있었고, 그것을 보며 오다는 무심코 자신의 병을 생각하고는 비참한 생각이 솟구쳤다. 목욕탕은 병동하고 복도로 이어져 있었고, 짐승을 연상시키는 까슬한 목소리와 쿵쾅거리는 발자국 소리 등이 뒤섞여 들려왔다. 오다가 그 자리에 트렁크를 놓자, 그들은 오다의 얼굴을 힐끗 보더니 이내 시선을 돌리며,

"소독할 거니까요"

하고 마스크를 쓴 채로 말했다. 한 사람이 욕조 뚜껑을 걷어내고

한 손을 담그면서,

"물 온도가 딱 좋네요."

라고 하고는 오다 쪽을 힐끗 바라보았다. '들어가라는 뜻이겠지.' 오다는 주변을 둘러보았다. 탈의용 바구니도 없고 다만 한쪽 구석에 얇고 지저분한 돗자리 한 장이 깔려있을 뿐이었다.

"이 위에다 벗어 놓으라는 겁니까?"

자신도 모르게 입안까지 차오른 말을 겨우 억눌렀지만, 가슴이 심하게 고동치기 시작했다. 이제 수렁에 한 발을 내딛은 자신의 모습을 오다는 명료하게 마음에 그린 것이다. 이 더러운 돗자리 위에서, 온몸이 이투성이인 거지나 떠돌이 환자들이 몇 명이고 옷을 벗었을 거라고 생각하니, 이 간호사들의 눈에도 이미 자신은 그런 길거리의 병자들과 동일한 모습으로 비치고 있음에 틀림없다고 생각되면서 분노와 슬픔이 한 번에 머릿속으로 치밀어 올랐다. 머뭇거렸지만, 이제 더 이상 어찌할 도리도 없었다. 반쯤 자포자기하는 마음으로 체념하고, 그는 벌거벗은 채 욕조 덮개를 열었다.

"무슨 약품이라도 들어 있습니까?"

한 손을 탕 속에 넣으면서 아까 소독이라는 말이 너무 궁금해서 물어보았다.

"아니요, 그냥 뜨거운 물이에요."

울림이 좋은 밝은 목소리였지만 그들의 눈은 역시 안쓰러운 듯 오다를 바라보고 있었다. 오다는 쭈그리고 앉아 먼저 물을 한 바가지 떠보았다. 희고 탁한 물을 보자 또 혐오감이 밀려올 것만 같아 눈을 감고 숨을 몰아쉬며 단숨에 첨벙 뛰어들었다. 바닥이 보이지 않는 동굴로 추락이라도 하는 심정이었다.

"저, 소독실에 보낼 준비를 해드릴게요."

간호사 한 명이 이렇게 말하자 다른 한 명은 이미 트렁크를 열고 살펴보기 시작했다. '어떻게든 자유롭게 해줘.' 벌거벗은 오다는 그렇게 생각할 수밖에 없었다. 가슴까지 오는 깊은 물속에서 그는 눈을 감고, 트렁크를 뒤적이며 무슨 이야기인지 소곤거리는 그들의 목소리를 듣고 있었다. 쉴 새 없이 병동에서 흘러나오는 잡음이 이들의 목소리와 뒤섞여 덩어리가 되어 머리 위를 빙글빙글 돌았다. 그때 문득 그는 고향의 감귤나무가 생각났다. 커다란 갓처럼 무성한 가지를 두툼하게 드리운 그 아래에서 낮잠을 달게 잔 적이 있었다. 그때의 인상과 지금 이렇게 눈을 감고 소리를 듣고 있는 기분은 일맥상통하는 점이 있는지도 몰랐다. 뭐야, 엉뚱한 때 그런 생각이 났네 하고 있는데,

"목욕 다 하시고 나면 이거 입으세요."

라고 간호사가 말하며 새 옷을 가리켰다. 울타리 밖에서 본 여자가 입고 있던 것과 같은, 세로로 된 줄무늬 옷이었다. 목욕탕에서 나와 초등학생에게나 입힐 듯한 소매가 가벼운 옷을 입었을 때는, 얼마나 초라하고 우스꽝스러운 모습이 되었을까 하며, 오다는 몇 번이고 고개를 숙이고 자신을 바라보았다.

"그럼, 짐은 소독실로 보내드릴게요. 돈은 11엔 86전입니다. 2, 3일 안에 금권과 바꿔드리겠습니다."

'금권'. 처음 들은 말이었지만 아마 이 병원에서만 인정되는 특수한 돈을 쓰게 될 것이라고 오다는 바로 짐작했다. 처음으로 오다 앞에 드러난 병원 조직의 일부분을 파악함과 동시에 감옥에 가는 죄인과 같은 전율을 느꼈다. 점점 꼼짝 못하게 될까봐 불안해졌고, 집게손가락을 비틀어 떼어낸 게 신세가 되어가는 비참한 자신을 느꼈다. 그는 마음속으로 그저 땅을 어슬렁어슬렁 기어다니기만 하는 게를 떠올려 보았다.

그때 복도 맞은편에서 와 하며 터져 나오는 함성이 들려왔다. 자신도 모르게 어깨를 움츠렸는데, 갑자기 후다닥하고 뛰쳐나오는 발자국 소리가 울려 퍼졌다. 순간 목욕탕 입구의 유리문이 열리고 썩은 배 같은 얼굴이 불쑥 튀어나왔다. 오다는 '앗' 하고 작게 외치며 한 발 물러섬과 동시에 얼굴에서 핏기가 빠져나가는 것을 느꼈다. 기괴한 얼굴이었다. 진흙처럼 윤기가 전혀 없고, 살짝 찌르기만 해도 고름이 튀어나오지 않을까 싶을 정도로 퉁퉁 부풀어 오른 데다 눈썹이 하나도 없어서, 괴상하게도 눈코입이 없는 얼빠진 귀신같았다. 뛰어왔기 때문인지 흥분해서 숨을 헐떡이며 노랗게 문드러진 눈으로 오다를 빤히 바라보았다. 오다는 점점 더 눈썹을 찌푸렸다. 처음으로 같은 병을 앓는 사람을 눈앞에서 선명하게 보는 것이기 때문에, 두려웠지만 호기심이 생겨 몇 번이고 곁눈질로 바라보았다. 거무스름하게 부패한 참외에 가발을 씌우면 이런 얼굴이 될까? 턱에도 눈썹에도 털이라고는 찾아볼 수 없는데 머리카락만큼은 검고 풍성한 것이 매일 기름을 바르는지 가르마도 똑바로 타서 좌우로 나뉘어 있었다. 얼굴하고는 너무나 어울리지 않는 모습이라 이 사람은 어쩌면 미치광이일지도 모른다고 생각했다. 오다는 왠지 모르게 기분이 나빠져서 주의를 기울이고 있는데 간호사가 물었다.

"이게 다 무슨 소란이래?"

"후후후후후"

그는 그냥 기분 나쁘게 웃고 있다가 돌연 오다를 빤히 쳐다보더니 갑자기 유리문을 쾅 닫고는 달려나갔다.

이윽고 그 발자국 소리가 복도 끝에서 사라져 버리더니 다시 이곳을 향해 오는 듯한 발자국 소리가 뚜벅뚜벅 들려오기 시작했다. 방금 전 것에 비해 몹시 조용한 발자국 소리였다.

"사가라키(佐柄木) 씨야."

발자국 소리만으로 알아차린 것 같다. 그녀들은 얼굴을 마주보며 고개를 끄덕였다.

"좀 바빠서 늦었습니다."

사가라키는 조용히 유리문을 열고 들어와 우선 그렇게 말했다. 키가 큰 남자로 한 쪽 눈이 엄청 아름답게 빛나고 있었다. 간호사처럼 흰 상의를 입고 있었지만, 한눈에 환자라는 것을 알 정도로 병세가 얼굴에 드러나 있었고 눈도 한쪽은 탁해져 있었다. 그래서인지 오다가 느끼기에는 아름답게 반짝이는 쪽 눈이 너무 부자연스러웠다.

"당직이에요?"

간호사가 그의 모습을 올려다보며 물었다.

"아, 네"

그는 간단히 대답하고,

"피곤하시겠네요"

하며 오다 쪽을 바라보았다. 얼굴만 봐서는 나이를 판단하는 게 어려웠지만, 그 말 속에는 젊은 기운이 가득해 거만하다고 느껴질 정도로 자신이 있는 듯한 말투였다.

"어떻습니까, 물 뜨겁지 않았습니까?"

사가라키는 처음으로 병원 환자복을 두른, 어딘지 모르게 조화가 안 되는 오다의 모습을 미소를 지으며 바라보고 있었다.

"딱 잘 됐네요, 오다 씨."

간호사가 그렇게 말하며 오다를 쳐다보았다.

"네, 뭐."

"병실 쪽은 준비됐나요?"

"네, 다 준비됐어요."

사가라키가 대답하자 간호사는 오다에게 말했다.

"여기 사가라키 씨가, 당신이 있는 병실의 담당자예요. 모르는 게 있으면 이 분에게 물어보세요."

그리고 오다의 짐을 손에 들고,

"그럼 사가라키 씨, 잘 부탁할게요."

라는 말을 남기고 나가 버렸다.

"저는 오다 다카오(尾田高雄)입니다. 잘 부탁합니다."

오다가 인사를 하자, 사가라키가 대답했다.

"네, 이미 알고 있었습니다. 사무실 쪽에서 통지가 왔으니까요."

그리고 이어서,

"아직은 매우 가벼워 보이네요. 뭐, 나병이라는 거요, 두려워할 필요 하나도 없어요. 하하하, 그럼 이쪽으로 따라오세요."

라고 하며 복도 쪽으로 걷기 시작했다.

나무숲 사이로 기숙사와 병동의 불빛이 보였다. 이제 10시가 다 되었을 것이다. 오다는 아까부터 소나무 숲 속에 멈춰선 채 그 불빛들을 바라보고 있었다. 슬픈 건지 불안한 건지 두려운 건지, 그 자신도 식별할 수 없는 이상한 심리상태였다. 사가라키에 이끌려 처음 들어간 중환자실의 광경이 빙글빙글 머릿속을 맴돌았고 코가 문드러진 남자나 입이 비뚤어진 여자, 해골처럼 눈알이 없는 남자 등이 눈앞에 아른거려 견딜 수가 없었다. 자신 또한 결국은 저렇게 변해가리라. 고름의 악취에 완전히 둔해진 머리로 그런 생각을 했다. 반쯤 믿을 수 없는, 믿는 것이 무섭다는 생각이 들었다. 고름이 스며들어 노랗게 변한 붕대와 거즈가 아무렇게나 흩어져 있는 가운데 묵묵히 중환자를 돌보고 있는 사가라키의 모습이 떠오르자 오다는 고개를 저으며 걷기 시작했다. 오다에게 5년이나 이 병원에서 살았다고 한 그는 도대체 무슨 생각을 하며 살고 있는 것일까?

사가라키는 오다를 병실 침대에 눕히고 나서도 실내를 바쁘게 왔다 갔다 하며 일했다. 손발이 불편한 사람에게는 붕대를 감아주고 변을 받아내고 식사 시중까지 들어주었다. 하지만 그 모습을 잠자코 바라보고 있자면, 그가 그런 일들을 진지하게 받아들이고 환자들을 돌보고 있는 것은 아니라고 짐작할 수 있는 대목들이 많았다. 물론 그렇다고 해서 고통스럽게 일하는 것 같지는 않았지만, 그래도 어쩐지 거만해 보였다. 문드러진 중환자의 사타구니에 머리를 들이밀고 반창고를 붙일 때에도 결코 싫은 내색을 하지 않는 그는 싫은 내색을 하는 법을 아예 잊은 것 같았다. 처음 보는 오다의 눈에는 이상한 모습으로 비치는 것들도 사가라키에게는 아마도 소소한 일상다반사인 것 같았다. 짬이 나자 오다의 침실에 와서 이야기를 했지만, 그는 결코 오다를 위로하려 들지 않았다. 병원 제도와 환자의 일상생활에 대해 묻자 조용한 어조로 설명했다. 한 마디도 쓸데없는 말을 하지 않으려고 신경을 쓰는 듯한 방식으로 설명을 해서, 그대로 글로 옮겨도 될 정도로 적절한 표현이었기 때문에 오다는 차근차근 모두 납득할 수 있었다. 그러나 오다의 과거에 대해서도 병의 상태에 대해서도 무엇 하나 묻지 않았다. 또 오다가 그의 과거를 물어보아도 그저 웃기만 뿐 결코 말을 하려 하지 않았다. 그러나 오다가 발병하기 전까지 학교에 있었다는 사실을 이야기한 후로는 갑자기 호의가 깊어진 것 같았다.

"지금까지 말동무할 상대가 없어서 곤란했어요."

이렇게 말하는 사가라키의 얼굴은 확실히 기뻐 보였다. 같은 청년 끼리 저절로 친밀감이 싹튼 것이리라. 하지만 그와 동시에 지금 이렇게 나환자 사가라키와 친해져 가는 자신의 모습을 문득 떠올리자 오다는 말할 수 없는 혐오감이 느껴졌다. '이래서는 안 돼'라고 생각하면서도 본능적으로 혐오가 치밀어 올랐다.

사가라키를 생각하고 병실을 떠올리며 오다는 어두운 소나무 숲 속을 계속 걸었다. 어디로 가겠다는 목적지가 있는 것은 아니었다. 단지 눈 돌릴 곳조차 없는 병실이 견딜 수 없어서 뛰쳐나온 것이었다.

숲을 빠져나가자마자 호랑가시나무 울타리가 나왔다. 거의 무의식적으로 울타리를 붙잡고 힘껏 흔들어 보았다. 돈을 빼앗겨버린 지금은 이제 도주할 수도 없는 노릇이었다. 하지만 그는 조심스럽게 울타리를 넘기 시작했다. '무슨 일이 있어도 이 병원에서 나가야 돼', '이 병원에서 죽어서는 안 돼'라는 생각이 강하게 일었다. 밖으로 나가자 휴우 하고 안도의 한숨을 쉰 뒤, 주위를 더 한층 경계하며 나무가 우거진 숲으로 들어가 슬슬 허리띠를 풀었다. '난 결코 자살하는 게 아니야. 단지, 지금 죽어야 한다고 결정되어 버린 거야. 누가 결정했는지는 모르지만 어쨌든 그냥 그렇게 다 정해져 버린 거야.' 오다는 무의식중에 중얼거리며 머리 위에 있는 밤나무 가지에 띠를 걸었다. 목욕탕에서 받은 병원의 허리띠는 새끼줄처럼 배배 꼬여 있어서 목이 잘 조여질 것 같았다.

순간, 병원에서 받은 허리띠로 목을 매어 죽는 것이 매우 한심하게 느껴졌다. 하지만 '허리띠 같은 거야 아무렴, 어때.' 라고 생각을 고쳐먹고 두세 번 시험 삼아 당겨보니 푸른 잎이 잔뜩 달린 나뭇가지가 살랑살랑 시원한 소리를 냈다. 아직 진짜로 죽을 마음은 아니었지만, 어쨌든 매듭을 묶고 우선 목을 걸어보니 목에 딱 맞았다. 그리고 다음에는 턱을 움직여 가지를 흔들어 보았다. 가지가 꽤나 굵어서 턱으로는 좀처럼 흔들리지 않아 턱이 아팠다. 물론 이 가지는 죽기엔 너무 낮으니, 어느 정도의 높이가 좋을까 생각했다. 목을 매달아 죽은 시체는 대개 한 자 정도 목이 길어진다는 이야기를 이미 여러 차례 들었다. 정말인지 거짓말인지 알 수는 없지만 하나 더 위에 있는 가지에 띠를 걸면 문제가 없을 것이라 생각했다. 그러나 목이 한 자씩이나 길게 늘어난 채 매달려 죽어 있을 자신의 모습은 상당히 비참할 것임에 틀림없다는 사실에 생각이 미치자 한심한 생각이 들기도 했다. 어차피 이곳은 병원이니까 조만간 적당한 약품이라도 몰래 구한 후에 죽는 편이 훨씬 나을 것 같았다. 그렇지만, 목을 건 채 언제까지고 이런 쓸데없는 생각을 한다면 그런 쓸데없는 생각 때문에 죽지 못할 것이라고 생각했고, 그런 쓸데없는 생각들이 바로 지금까지 자신을 질질 끌고 온 실체라는 것을 깨달았다. '그럼,' 하고 띠에 목을 건 채, 그는 생각에 잠겼다.

그때 바스락바스락 낙엽을 밟는 사람의 발소리가 들려왔다. '이러면 안 되는데' 하고 목을 빼려는 순간, 신고 있던 나막신이 홱 뒤집히고 말았다.

"아뿔싸!"

소스라치게 놀라 작게 소리쳤다. 띠가 목을 질끈 조여 왔다. 숨도 쉬어지지 않는다. 머리에 피가 몰려 딩딩 울리기 시작했다.

"죽는구나, 죽어."

정신없이 다리를 버둥거렸다. 그러자 '탁'하고 나막신이 발끝에 닿았다.

"어휴, 깜짝 놀랐네."

느슨해진 허리띠에서 겨우 목을 빼고 안심했지만, 겨드랑이와 등줄기에는 식은땀이 나고 심장은 쿵쾅쿵쾅 뛰었다. 아무리 불찰이라고는 해도 '자살하려는 사람이 이 정도 일에 왜 놀라는 거야. 이 절호의 기회에…' 라고 분해하면서도 다시 한 번 목을 매어 볼 마음은 생기지 않았다.

그는 다시 울타리를 넘어와 묵묵히 병동을 향해 걷기 시작했다.

'몸과 마음이 어쩌면 이토록 따로 노는 걸까? 나는 도대체 무슨 생각을 하고 있었던 것일까? 내 안에는 두 가지 마음이 있는 걸까? 내가 알지 못하는 또 다른 마음은 도대체 무엇일까? 둘은 항상 상반되는 것일까? 아아, 나는 이제 영원히 죽을 수 없는 건 아닐까? 몇 만 년이고 나는 살아 있어야 하는 걸까, 나에게는 죽음이 주어지지 않는 걸까? 나는 이제 어쩌면 좋단 말인가?'

하지만 병동 근처에 다다르자, 악몽 같은 실내 광경이 되살아나 자연스레 발걸음이 멈춰져 버렸다. 극심한 혐오가 치밀어 올라오면서 도저히 발걸음을 뗄 생각이 들지 않았다. 어쩔 수 없이 발길을 돌려 걷기 시작했지만 다시 숲속으로 들어갈 엄두도 나지 않았다. 그렇다면 낮에 울타리 밖에서 본 과수원 쪽으로라도 가볼까 하고 두세 걸음을 옮겨보았지만 그것도 금세 싫증이 나고 말았다. 역시 병실로 돌아가는 것이 가장 좋을 것 같아 다시 발길을 돌렸다. 그러자 벌써부터 고름 냄새가 코를 푹푹 찔러 그 자리에 멈춰 서 있을 수밖에 없었다. 도대체 어디로 가야 할지 어찌할 바를 몰라, '어쨌든 어딘가로 가야 하는데……' 하고 마음이 초조해졌다. 주위는 어둠이 드리워졌고, 바로 옆 병동의 긴 복도 유리문이 환하게 빛나는 것이 보였다. 그는 멍하니 멈춰 선 채 고요히 빛나는 그 불빛을 바라보았다. 그러나 곧 묘하게도 그 불빛이 열없어 보이기 시작하며 점점 등골에 찬물을 끼얹은 듯 오싹한 기분이 들기 시작했다. 이게 무슨 일일까 하고 크게 눈을 떠보았지만 오싹한 귀기(鬼氣)는 점점 엄습해 올 뿐이었다. 몸이 덜덜 떨리기 시작했고 온몸이 얼어붙은 듯 오한이 느껴졌다. 가만히 있을 수 없어 서둘러 다시 발길을 돌렸지만 문득 당혹감이 들었다. 도대체 나는 어디로 가려는 것인가, 어디로 가면 좋단 말인가? 숲이나 과수원, 텃밭이 내가 갈 곳이 아니라는 것만은 분명했다. 반드시 어딘가로 가야 한다는 것 또한 명료하게 알고 있다. 그럼에도 불구하고 '나는 어디로 가고 싶은 걸까?' 되뇌었다.

다만 막연한 초조감에 속이 타들어갈 뿐이었다. 갈 곳이 없다. 어디에도 갈 곳이 없다. 광야를 헤매는 나그네처럼 고독과 불안이 온몸을 감싸왔다. 뜨거운 무언가가 치밀어 오르면서 가슴으로는 꺽꺽 오열을 하기 시작했다. 하지만 이상하게도 눈물은 한 방울도 나지 않았다.

"오다 씨."

느닷없이 부르는 사가라키의 목소리에 오다는 가슴이 철렁하며 휘청휘청 현기증이 났다. 하마터면 넘어질 뻔한 몸을 겨우 지탱했지만 목이 말라버린 듯 목소리가 나오지 않았다.

"왜 그러세요?"

웃고 있는 듯한 목소리로 사가라키는 물으며 다가오더니,

"무슨 일이세요?"

하고 다시 한 번 물었다.

그 목소리에 비로소 오다는 제정신을 되찾고,

"아니 좀 어지러워서요."

라고 대답을 했다. 그러나 스스로 생각해도 깜짝 놀랄 정도로 바짝 마른 목소리였다.

"그래요?"

사가라키는 대답을 한 뒤 말을 멈추고 뭔가 생각하는 눈치였지만,

"어쨌든 이제 늦은 시각이니 병실로 돌아가도록 하죠."

라며 걷기 시작했다. 사가라키의 차분한 발걸음에 오다도 왠지 마음이 놓여 안심하고 따라갔다.

환자들은 낙타의 등처럼 심하게 울퉁불퉁한 침대 위에 이불을 깔고 잠을 잤다. 오다가 지정된 침대 끝에 걸터앉자 사가라키도 잠자코 오다 옆에 걸터앉았다. 환자들은 모두 잠들어 가끔 변소에 가려고 복도를 돌아다니는 사람들의 발자국 소리만 크게 들렸다. 쭉 늘어선 침대에 제각각 누워 있는 환자들의 형국을 오다는 바라볼 기력이 없어 시선을 내리깐 채 한시라도 빨리 이불 속으로 파고들어 버리고 싶은 마음이 간절했다.

여기저기 모두 문드러지기 시작한 사람들뿐으로, 인간이라기보

다는 숨 쉬는 진흙 인형들이었다. 머리와 팔에 두르고 있는 붕대도 전등 불빛 때문인지 누런 고름이 배어나오는 것 같았다. 사가라키는 주위를 한 번 둘러보고는,

"오다 씨, 당신은 이 환자들을 보면서 뭔가 이상한 생각이 들지 않습니까?"

라고 물었다.

"이상하다고?"

의아해하며 오다는 사가라키의 얼굴을 올려다보았다. 그러나 순간 '앗!' 하고 소리를 지를 뻔했다. 사가라키의 아름다운 한 쪽 눈이 어느새 빠져 있었고, 해골처럼 그곳이 움푹 패여 있었다. 너무도 뜻밖이어서 오다가 말도 못하고 혼란스러워 했다.

"결국 이 사람들도 그렇고 나 자신도 그렇고 모두 살아 있다는 겁니다. 이 사실이 당신에겐 이상하지 않나요? 기괴하다는 기분이 들지 않으세요?"

갑자기 외눈박이가 된 사가라키의 모습은 뭔가 평소와 다른 느낌이었고, 오다는 자신이 착각하고 있는 것은 아닌가 의심하면서, 두려웠지만 조심스럽게 사가라키를 바라보았다. 사가라키는 오다가 놀란 것을 알아차린 듯, 벌떡 일어나 당직자용 침대—방 가운데 있으며 환자들을 돌보는 당직자가 자는 침대—를 향해 저벅저벅 걸어가더니 이내 돌아왔다.

"하하. 눈알 넣는 걸 잊고 있었어요. 놀랐습니까? 조금 전에 씻었거든요."

그렇게 말하며 오다에게 손바닥에 얹은 의안(義眼)을 내밀었다.

"귀찮아요. 눈알 세척까지 해야 하니까."

그리고 사가라키는 다시 웃었지만 오다는 입 안에 고인 침을 삼킬 뿐이었다. 의안은 쌍조개 한 쪽과 똑같은 모양으로, 둥근 표면에 눈 모양이 그려져 있었다.

"이 눈알은 이걸로 세 번째 눈이에요. 첫 번째 것도 그렇고 두 번째 것도 그렇고, 크게 재채기를 하는 바람에 튀어 나왔는데 재수 없게 돌 위로 떨어져서 깨져버렸어요."

그런 말을 하면서 그것을 눈구멍에 대고 꾸물꾸물 하더니,

"어때요. 진짜 눈 같지요."

라고 했을 때는, 이미 의안이 확실히 원 위치에 들어가 있었다. 오다는 대단한 요술이라도 보는 듯이 어안이 벙벙하여, 다시 한 번 침을 꼴깍 삼키며 대답도 할 수 없었다.

"오다 씨."

사가라키는 잠시 가만히 있다가, 이번에는 무언가 날카로운 말투로 오다를 불렀다.

"이 지경이 되었는데도 아직 살아있으니까요. 제가 생각해도 신기해요."

사가라키는 말을 마치자 갑자기 어조를 부드럽게 바꾸며 미소를 지었다.

"저, 실례지만, 다 봤습니다."

"네?"

순간 이해가 되지 않는다는 식으로 오다가 반문하자, 사가라키가 말했다.

　　"아까, 숲속에서요."

　　오다는 여전히 미소지으며 말하는 사가라키를 만만히 볼 사람이 아니라고 생각했다.

　　"그럼 전부?"

　　"네, 다 보았습니다. 역시 차마 죽지 못하는 것 같네요. 하하하."

　　"……"

　　"열 시가 넘어도 당신의 모습이 보이지 않길래 혹시나 싶어 나가 봤던 겁니다. 처음 이 병실에 들어온 사람들은 대부분 그런 생각을 하니까요. 벌써 몇 명이나 그런 사람들을 봐 왔는데, 거의 대부분의 사람들이 실패를 하죠. 그 중 인텔리 청년이라고 할까요, 그런 사람들은 확실히 실패합니다. 왜 그러는지는 어떻게든 설명이 되겠지만요…… 밖으로 나가봤더니, 숲속에 당신의 모습이 보이는 거예요. 물론 너무 어두워서 잘 보이지 않았지만요. 역시 그렇구나 하며 보고 있자니, 담을 넘어 나가더군요. 결국 병원 밖에서 하고 싶은 거구나 생각했지만, 역시 막을 마음이 들지 않아서 가만히 보고 있었습니다. 하기야 남이 말리지 않으면 죽어버릴 사람이라면 죽는 게 가장 좋고, 그런데도 다시 일어날 수 있는 힘을 내부에 대비해 두고 있는 사람은 실패하게 되죠. 대비해 둔 힘이 방해를 하는 바람에 차마 죽을 수 없는 거죠. 제 생각이지만, 의지의 크기는 절망의 크기에 비례하는 겁니다. 의지가 없는 사람에게 절망 같은 게 있을 리

없잖아요. 살고자 하는 의지야말로 절망의 원천이라고 항상 생각합니다. 그런데 나막신이 벗겨진 건가요? 그때는 조금 놀랐습니다. 당신은 어떤 마음이었습니까?"

오다는 그가 진지한 건지 웃음거리로 여기는 건지 판단이 서지 않았지만, 유들유들한 그의 이야기를 듣는 동안 점점 격한 분노가 치밀어 올랐다.

"잘 죽을 수 있겠다, 라는 생각이 들어서 안심했습니다."

이렇게 반발해 봤지만,

"동시에 심장이 두근거렸습니다."

라고 다시 솔직하게 고백해 버리고 말았다.

"흠."

하고 사가라키는 생각에 잠겼다.

"오다 씨, 죽을 수 있다고 안심하는 마음과 심장이 두근거리는 모순 속에, 그 차이 밑바닥에 무언가 의외의 사실이 숨어 있다고는 생각하지 않습니까?"

"아직 한 번도 생각해보지 않았습니다."

"그런가요."

거기서 대화를 마무리하려고 생각한 듯 사가라키는 일어서다 말고 다시 걸터앉았다.

"당신과 처음 만난 오늘, 이런 말을 해서 매우 실례입니다만."

상냥함을 내포한 목소리로 그는 서두를 꺼냈다.

"오다 씨, 저는, 당신의 마음을 잘 알 것 같습니다. 낮에 말씀드렸지만, 제가 여기 온 것은 5년 전입니다. 5년 전 저의 심정을, 아니, 그 이상의 고뇌를 당신은 지금 맛보고 있습니다. 정말로 당신의 마음, 잘 이해가 됩니다. 하지만 오다 씨, 분명히 살 수 있을 거예요. 분명 살아갈 길은 있어요. 어떤 상황이 되어도 인생에는 분명 빠져나갈 길이 있다고 생각합니다. 좀 더 자신에 대해, 자신의 생명에 대해 겸허해집시다.”

의외의 말을 꺼내자, 오다는 깜짝 놀라 사가라키의 얼굴을 올려다보았다. 반쯤 문드러지다가 그것이 다시 굳은 것 같은 사가라키의 얼굴은, 이야기에 힘을 주면 당기는 듯 경련이 일었고 어슴푸레한 전등의 빛을 받아 더 한층 울퉁불퉁해 보였다. 사가라키는 한동안 무언가 깊은 생각에 잠겼다 다시 말을 이었다.

“아무튼, 완전히 나환자가 되는 것이 무엇보다 중요하다고 생각합니다.”

그 짧은 말에 대담한 기백이 엿보였다.

“이제 막 입원한 참인 당신에게 지금 한 이야기는 너무 잔혹한 말일지도 모릅니다. 하지만 당신에게도 동정하는 것보다는, 동정이 담긴 위로보다는 이게 더 좋다고 생각합니다. 실제로 동정만큼 애정에서 먼 것은 없으니까요. 게다가, 이렇게 문드러져 가는 동병자인 제가 도대체 어떻게 위로할 수 있을까요. 위로를 하면 바로 그 순간 거짓말이 들통날 게 뻔하지 않습니까?”

“잘 알겠습니다, 당신이 하는 말씀.”

오다는 이야기를 계속하려고 했다. 하지만, 그 때,

"당직 양반."

하고 쉰 목소리가 맞은 편 침대에서 들려오는 바람에 입을 다물어버렸다. 사가라키는 벌떡 일어나 그 남자 쪽으로 걸어갔다. 사가라키를 '당직 양반'이라고 부른 거구나라고 오다는 비로소 이해했다.

"무슨 일이야?"

사가라키가 무뚝뚝하게 말했다.

"오숨 누그 시버."

"오줌이 마렵군, 음, 알겠네. 변소에 갈까, 요강을 쓸까, 어느 쪽이 좋나?"

"변소에 갈래."

사가라키는 익숙한 자세로 남자를 업고 복도로 나갔다. 등 뒤에서 보니, 업힌 남자는 양쪽 다리가 다 없었고 무릎 주위에 붕대인지 하얀 것이 보였다.

"이 얼마나 끔찍한 세계인가. 사가라키는 이런 세상에서 살아가라고 한다. 하지만, 나는 어떤 태도로 이 삶을 살아야 하는 것일까?"

발병 이후, 처음으로 오다의 마음에 찾아든 의문이었다. 오다는 차근차근 자신의 손바닥을 보고, 발을 보고, 그리고 가슴에 손을 대고 더듬어 보았다. 모든 걸 빼앗겨 버리고, 단 한 가지, 목숨만이 남겨진 것이다. 새삼 주위를 둘러보았다. 고름으로 뿌연 공간이 있고, 죽 늘어선 침대가 있다. 죽어 가는 중상자들이 그 위에 누워 있고, 나머지는 붕대나 거즈, 의족이나 목발로 가득 차 있었다. 나는 지금

산적(山積)한 그것들 사이에 앉아 있다. 가만히 그것들을 바라보는 동안, 오다는 미끌미끌 온몸에 들러붙어 오는 생명이 느껴졌다. 그것은 도망치려고 해도 도망칠 수 없는 끈끈이처럼 끈질겼다.

변소에서 돌아온 사가라키는 남자를 원래대로 눕히고,

"더 필요한 건 없나?"

라고 물으면서 이불을 덮어 주었다. 이제 필요한 것은 없다고 남자가 대답하자, 사가라키는 다시 오다의 침대로 와서 말했다.

"저, 오다 씨. 새 출발을 합시다. 그러려면, 먼저 완전한 나환자가 될 필요가 있다고 생각해요."

변소에 데려다 준 남자 따위 이미 완전히 잊은 듯한 모습이 강하게 오다의 마음을 울렸다. 사가라키의 마음에는 나병도 병원도 환자도 없는 것 같았다. 이 무너져 가는 남자의 내부는 우리와 전혀 다른 조직으로 이루어진 걸까, 오다는 사가라키의 모습이 조금씩 크게 보이기 시작했다.

"죽을 수 없다는 사실에 저도 점점 굴복하게 될 것 같아요."

오다가 말했다.

"그런가요?"

사가라키는 오다의 얼굴을 유심히 바라보며 말했다.

"하지만 당신은 아직 병에 굴복할 수 없을 것입니다. 아직 병이 너무 가볍기도 하고, 솔직히 말해서 병에 굴복하는 것은 쉽지 않으니까요. 하지만 한번은 꼭 굴복해서, 확실히 나환자의 눈을 가져야 한다고 생각합니다. 그렇지 않으면, 새로운 승부는 시작되지 않으니까요."

"진검승부네요."

"그렇고말고요, 결투 같은 거죠."

달밤처럼 창백하고 투명하다. 하지만 어디에도 달은 없었고, 밤인지 낮인지조차 알 수 없다. 그저 창백하고 투명한 벌판이다. 그 안을 오다는 도망치고, 도망쳤다. 가슴이 뛰어서 호흡이 힘들다. 하지만 주저앉으면 죽임을 당한다. 필사적으로 도망쳐야 한다. 추격자는 바짝 거리를 좁혀온다. 더 좁혀온다. 심장의 울림이 머리에까지 전해져 온다. 다리가 뒤엉킨다. 몇 번이나 넘어질 뻔 한다. 추격자의 함성도 이제 아주 가까워졌다. 빨리 어딘가로 숨어야 한다. 앞을 보고 헉 하며 우뚝 멈춰 서서 굳어버린다. 호랑가시나무 담이 있다. 진퇴양난이다. 외침소리는 이제 귓가에 들린다. 언뜻 보니 작은 개울이 발밑에 있다. 물이 없는 수로다. 정신없이 뛰어들자 다리가 질질 빨려 들어간다. 아차하고 발을 빼내려고 하자 다시 스르륵 빨려 들어간다. 이미 허리까지 늪에 잠겼다. 발버둥을 치며 허우적거리지만, 허리에서 배, 배에서 가슴으로 늪에 빨려 들어갈 뿐이다. 밑바닥이 없는 수렁이다. 움직일 수도 없다. 발이 마비된 듯이 말을 듣지 않는다. 눈을 희번덕거리며 헐떡일 뿐이다. 우와아 하는 외침소리가 머리 위에서 울린다. 저 녀석, 죽어 가는 주제에 도망치네. 빌어먹을, 이제 놓치지 않을 거야. 놓칠 것 같아? 화형이다. 잡아라, 잡아. 이런 소리들이 뒤섞여서 들려온다. 쿵쾅쿵쾅 엄청난 발소리가 땅을 울리는 듯이 들려온다. 소름이 끼치고 등골까지 얼어붙는 것 같다. 죽임을 당할 거야, 죽임을 당해. 뜨거운 덩어리가 가슴 속에서 데굴데굴 굴러다니는데 눈물은 완전히 말라버려 한 방울도 나오지 않는다. 문득 정신을 차리고 보니 귤나무 밑에 서있다. 낯익은 귤나무다. 추적추적 쓸쓸하게 비가 내리는 해질녘이다. 어느새 삿갓을 쓰고 있다. 흰색 기모노를 입고 각반을 두르고 조리를 신고 있다. 추격자는 멀리서 함성을 지르고 있다. 다시 쫓아오는 것 같다. 귤나무 밑둥에 쭈그리고 앉아 숨을 죽인 순간, 머리 위에서 껄껄 웃는 소리가 난다. 깜짝 놀라 올려다보니 사가라키가 있다. 엄청나게 거대한 사가라키다. 평소의 두 배는 되는 것 같다. 나무에서 내려다보고 있다. 나병이 나아서 매우 아름다운 용모다. 두 눈썹도 늠름하고 진하다. 오다는 무심코 자신의 눈썹을 만져보고 깜짝 놀란다. 남아 있는 줄 알았던 한쪽 눈썹도 지금은 없다. 놀라서 몇 번이나 문질러 보지만 역시 없다. 매끈해져 있다. 왈칵 슬픔이 밀려와 눈물이 주륵 흐른다. 사가라키는 히죽히죽 웃는다.

"자네, 아직도 나환자이군 그래."

나무 위에서 그가 말한다.

"사가라키 씨는, 이제 나병이 나으신 겁니까?"

두려워하며 귀 기울인다.

"다 나았지. 나병 따위 언제라도 낫지."

"그럼 저도 나을 수 있을까요?"

"낫지 않지. 자네는. 낫지 않아. 딱하게도."

"어떻게 하면 나을까요. 사가라키 씨, 부탁입니다, 제발 알려주세요."

사가라키는 굵은 눈썹을 꿈틀거리며 웃는다.

"아, 부탁입니다. 제발 알려주세요. 정말 이렇게 부탁드립니다."

두 손을 마주하고, 허리를 숙이고, 기도를 하듯 입속으로 중얼거린다.

"흥, 가르쳐 줄 것 같은가? 가르쳐 줄 것 같아? 자네는 이미 죽어버렸으니까. 죽어버렸으니 말이야."

그리고 사가라키는 히죽 웃더니, 갑자기 귀가 찢어질 듯한 소리로 크게 꾸짖었다.

"아직 살아 있군. 네, 네 놈 아직 살아 있어."

그리고 눈을 부릅떴다. 무서운 눈이다. 의안보다도 더 무섭다고 오다는 생각한다. 도망가려고 자세를 취해 보았지만 이미 늦었다. 사가라키가 나무 위에서 휙 달려들었다. 거인 사가라키는 오다를 손쉽게 겨드랑이 사이로 낚아챘다. 팔다리를 버둥거려 보지만 사가라키는 본 체도 안한다.

"자, 화형이다"

그리고는 걷기 시작한다. 바로 눈앞에 엄청난 불기둥이 솟구치고 있다. 활활 타는 불꽃의 소용돌이가 웽 하는 소리를 내고 있다. 저 불 속으로 내던져질 것이다. 필사적으로 몸부림친다. 하지만 역부족이다. 어떡하지, 어떡하지, 작열(灼熱)하는 바람이 불어와 얼굴을 어루만진다. 온몸에 식은땀이 줄줄 흐른다. 사가라키는 느긋하게 불기둥으로 다가간다. 내던져지지 않으려고 사가라키의 몸통에 매달린다. 사가라키는 자세를 취하고 장단을 맞춰 몸을 천천히 흔든다. 몸이 흔들리고 화염에 가까워질 때마다 뜨거워진 공기가 얼굴을 어루만진다. 오다는 필사적으로 외친다.

"죽임을 당할 거야. 죽임을 당할 거야. 남한테 죽임을 당할 거야……."

피를 토할 듯 목소리를 쥐어짜내자, 꿈속의 오다의 목소리가 침대 위에 있는 오다의 귀에 분명히 들렸다. 기묘한 순간이었다.

"아, 꿈이었구나."

온몸에 식은땀이 흠뻑 흘렀고, 가슴이 심하게 두근거렸다. 남한테 죽임을 당할 거야……라고 부르짖는 목소리가 아직 귓가에 쟁쟁하다. 겁에 질린 마음에 이불 속 깊이 머리를 집어넣고 눈을 감자, 불기둥이 눈앞에 아른거렸다.

다시 악몽 속으로 끌려 들어갈 것 같은 느낌이 들어 눈을 떴다. 이제 몇 시나 되었을까. 병실 안은 여전히 악취로 가득했고, 공기는 탁하게 흐려진 채 움막처럼 기분 나쁜 고요함이 감돌았다. 가슴에서 허벅지 부근에 걸쳐 땀으로 흥건했고 이만저만 기분이 나쁜 게 아니었지만 일어날 수 없었다. 잠시 동안 그는 새우처럼 몸을 웅크리고 가만히 있었다. 소변이 마려웠지만, 아침까지 버텨야겠다고 생각했다. 어디에서인가 훌쩍거리며 흐느끼는 소리가 들려와 '어라' 하며 귀를 기울이고 있자니, 때로는 높아지고 때로는 낮아지며 꼭 자루 안에서 나는 소리라도 되는 것처럼 끊어졌다 이어졌다 했다. 신음하는 듯한 안타까움에 잔뜩 숨을 죽인 목소리였다. 소리가 높아졌을 때는 바로 머리맡에서 들리는 것 같았지만, 낮을 때는 옆방에서 들리는 것처럼 감이 멀어졌다. 오다는 천천히 고개를 들어 올려다 보았다. 잠깐 동안은 어디서 울고 있는지 알 수 없었지만, 그것은 맞은 편 침대에서 들려온 것이었다. 머리까지 이불을 뒤집어쓰고 있었고, 그 소리는 희미하게 흔들렸다. 울음소리를 다른 사람에게 들리지 않게 하려고 더 격하게 흐느끼는 것 같았다.

"으읍, 아야……."

울음소리만이 아니라, 뭔가 격렬한 아픔을 호소하는 목소리가 섞여 있다는 사실을 오다는 알아차렸다. 방금 전의 꿈으로 마음은 아직 계속 부들부들 떨렸지만, 울음소리가 너무 심해서 이상하게 여기며 침대에 일어나 앉았다. 무슨 일인지 물어볼까 하고 일어섰지만, 당직인 사가라키도 있는데 하는 생각에 다시 앉았다. 목을 빼고 당직 침대를 보니 사가라키는 엎드려서 무언가 글을 쓰고 있었다. 울음소리를 알아차리지 못한 건가 싶어 오다는 한 번 말을 걸어볼까 생각했지만, 당직자가 울음소리를 눈치 채지 못할 리 없다는 생각이 들었다. 동시에 열심히 글을 쓰고 있는 것을 방해해서는 안 되겠다고 생각해서 그는 잠자코 잠옷으로 갈아입었다. 잠옷은 물론 병원에서 받은 것으로 교카타비라(経帷子)[3]와 판박이었다.

---

3 불교식 장례에서 입는 흰 수의. 삼베, 무명, 종이 따위로 만들어 경문 등을 씀.

두 줄로 늘어선 침대에는 차마 눈뜨고 볼 수 없는 중환자들이 말 그대로 숨이 끊어질 듯이 누워 있었다. 모두가 입을 크게 벌리고 누워 있는 것은 코가 균에 감염되어 호흡이 곤란하기 때문이었다. 오다는 심중에 한기를 느끼면서도, 이곳에 와서 처음으로 그들의 모습을 조용히 바라볼 수 있었다. 약한 전등 불빛이 검붉어진 민머리에서 둔하게 빛나고 있는 것을 보고 있자니, 정수리에 커다란 반창고를 붙이고 있는 것이 보였다. 반창고 밑에는 커다랗게 구멍이 뚫려 있을 것이다. 그런 머리들이 죽 늘어선 모습은 기묘하게 우스꽝스럽고 끔찍했다. 오다 바로 왼편에 있는 남자는 절구공이처럼 끝이 둥글어진 손을 침대에서 축 늘어뜨리고 있었고, 그 맞은편에 있는 젊은 여자는 고개를 젖히고 있었는데 그 얼굴은 수많은 결절(結節)로 몹시 거칠어져 있었다. 머리카락도 거의 다 빠져서 뒷통수에 약간, 그리고 좌우 양쪽에 송충이라도 기어다니는 모양으로 찔끔찔끔 남아 있을 뿐으로, 남자인지 여자인지 판별하는 것도 상당히 어려웠다. 그녀는 더운지 다리를 이불 위에 올려놓고 있었고, 병적으로 퉁퉁하고 흰 팔도 소매를 걷어 올린 채 이불 위에 아무렇게나 내던져져 있었다. 비참하면서도 정욕적인 모습이었다.

그 중 오다의 주의를 끈 것은 울고 있는 남자 옆에 있는 사람으로, 그는 눈썹과 머리카락은 그대로 있었지만 턱이 홱 돌아가서 위쪽을 보고 누워 있는데도 입만 옆을 향하고 있었고 그 입은 다물 수가 없는지 보기 흉하게 하얀 실처럼 길게 침을 흘리고 있었다. 나이는 마흔을 넘긴 것 같다. 침대 밑에는 의족 두 짝이 굴러다니고 있었다. 의족이라고 해도 함석으로 만든 긴 통으로, 끝이 좁아지면서 작은 발모양이 붙어 있을 뿐 장난감 같은 것이었다. 하지만 그 다음 남자에게로 눈길이 갔을 때는 차마 그 얼굴을 바로 볼 수 없어 다른 곳으로 시선을 돌려야 했다. 머리부터 얼굴, 손발, 그밖에 온몸이 붕대로 둘둘 감겨 있었고, 몹시 더운 지 이불은 완전히 이리저리 채여 끝만 간신히 침대에 걸쳐 있었다. 오다는 숨을 죽이고 겁먹은 눈을 다른 곳으로 돌렸지만 온몸이 오싹하며 차가워졌다. 이런데도 인간이라고 믿을 수 있는지, 전깃불에 음부까지 훤히 드러나 있었고 그곳에까지 검은 벌레같이 무수한 결절이 점점이 생겨 있었다. 물론 음모는 한 가닥도 남아있지 않았다. 저런 곳까지 나균은 가차 없이 잠식해가는 건가 하며 오다는 몸을 떨었다. 이렇게 되어서까지 죽을 수 없는 건가 하고 오다는 비로소 한숨을 내뱉으며, 추악할 만큼 꿋꿋한 생명이 저주스럽게 여겨졌다.

삶의 끔찍함을 절절이 느끼며, 침대에서 내려가 변소로 향했다. 나는 왜 아까 목을 매지 못했을까, 왜 에노시마에서 바다로 뛰어들지 못했을까…… 변소에 들어가니 지독한 소독약 냄새가 나서 현기증이 나고 어질어질했다. 가까스로 문을 잡고 섰다. 간발의 순간이었다.

"다카오, 다카오!"

하며 부르는 소리가 또렷하게 들렸다. 화들짝 놀라 주위를 둘러보았지만 물론 아무도 없다. 어려서부터 귀에 익은 누군가의 목소리가 분명했지만 누구의 목소리인지 알 수 없었다. 무언가 착각한

게 틀림없다고 오다는 마음을 진정시켰지만, 그 목소리가 다시 들려올 것 같아 계속 신경이 쓰였다. 소변까지 얼어버린 듯이 좀처럼 나오지 않아 초조해하며 볼일을 마치고 서둘러 복도로 나왔다. 그러자 옆 병실에서 나온 맹인과 딱 마주쳤다. 그는 붕대를 감은 손으로 오다의 얼굴을 슥 어루만졌다. 그는 앗 하고 외칠 뻔한 것을 겨우 참았지만, 살아 있다는 생각을 할 수 없었다.

"안녕하세요."

맹인은 친근한 목소리로 인사를 하고 다시 공간을 더듬으며 변소 안으로 사라져갔다.

"안녕하세요."

오다도 할 수 없이 인사를 하기는 했지만, 목소리가 떨리는 것은 어쩔 수가 없었다.

"이곳은 정말이지 유령의 집이야."

오다는 가슴을 쓸어내리며 생각했다.

사가라키는 여전히 글을 쓰느라 여념이 없는 모습이었다. 이렇게 한밤중에 무얼 쓰고 있는 걸까? 오다는 호기심이 일었지만 말을 거는 것도 망설여져 그대로 침대로 올라갔다. 그러자,

"오다 씨."

하고 사가라키가 불렀다.

"네."

오다는 대답을 하고 다시 침대에서 내려가 사가라키 쪽으로 걸

어갔다.

"잠이 오지 않으세요?"

"예, 이상한 꿈을 꿔서."

사가라키 앞에는 두툼한 노트가 한 권 놓여 있고, 거기에는 지금까지 쓰고 있었는지 꽤 큰 글자이긴 했지만 뭔가 빼곡히 적혀 있었다.

"공부를 하시는 건가요?"

"아뇨, 쓸데없는 것들이에요."

흐느끼는 소리는 여전히 높아졌다 낮아졌다 하며 그치지 않고 들려왔다.

"저 분은 무슨 일 있으신가요?"

"신경통이에요. 정말이지 저건 너무해요. 덩치가 큰 남자가 밤새 울며 지새울 수밖에 없으니까요."

"뭔가 할 수 있는 처치는 없나요?"

"글쎄요. 처치라고 해 봤자, 뭐 마취제 주사라도 놓아서 잠시 잠깐 넘기는 것뿐이죠. 균이 신경을 파고 들어서 염증을 일으키기 때문에 어쩔 도리가 없답니다. 어쨌든 현재 나병은 불치병이니까요."

그리고 사가라키는 이어서 말했다.

"처음에는 약도 듣지만, 더 심해지면 듣지 않아요. 필로폰 같은 것도 써 보지만, 효과가 있다 해 봤자 두세 시간이죠. 그리고 나면 금방 듣지 않으니까요."

"가만히 통증을 방치하는 건가요?"

"뭐 그렇죠. 내버려 두면 얼마 안 있어 괜찮아지겠죠, 그 이외에는 방법이 없는 거죠. 하긴 모르핀을 하면 좀 더 효과가 있지만 이 병원에서는 허용하지 않아요."

오다는 말없이 울음소리가 나는 쪽을 보았다. 울음소리라기보다, 이제 그것은 신음하는 소리에 가까웠다.

"당직을 한다고 해도, 손을 쓸 수 없으니 정말 힘들어요."

사가라키가 말했다.

"실례할게요."

이렇게 말하며 오다는 사가라키 옆에 앉았다.

"저, 오다 씨. 아무리 아파도 죽지 않고, 아무리 겉모습이 무너져 내려도 죽지 않는 것. 이게 나병의 특징이에요."

사가라키는 담배를 꺼내 오다에게 권하며 말했다.

"당신이 본 나환자의 생활은, 아직 정말 일부분일 뿐이에요. 이 병원 내에는 일반 사회 사람들이 도저히 상상조차 할 수 없는 비정상적인 인간의 모습이, 생활이 그려져서 축적돼 있거든요."

여기까지 말하고는 사가라키도 담배를 한 개비 꺼내 불을 붙였다. 사가라키는 일그러진 콧구멍으로 연기를 푹푹 뿜으며 물었다.

"저걸 당신은 어떻게 생각하세요?"

가리키는 쪽을 바라보는 동시에, 오다는 문득 가슴을 울리는 무언가가 강하게 느껴졌다. 그가 모르는 사이에 오른쪽 끝에 누워 있던 남자가 일어나서 가만히 정좌를 하고 있었던 것이다. 물론 온 몸에 붕대를 감고 있기는 했지만, 흐릿하고 침침한 실내에 드러낸 그의 모습에는 왠지 모르게 가슴을 울리는 엄숙함이 있었다. 남자는 한동안 꼼짝도 하지 않고 있더니, 이윽고 조용히, 하지만 심하게 쉰 목소리로 나무아미타불 나무아미타불 하며 중얼거렸다.

"저 사람의 목을 보세요."

보니 두세 살 박이 어린아이가 할 법한 턱받이가 목에 걸려 있고, 남자는 한 손을 들어 그것을 누르고 있었다.

"저 사람 목에는 구멍이 나 있거든요. 그 구멍으로 숨을 쉬고 있는 거죠. 후두나병(喉頭癩)이라고 하는데, 저기에 구멍을 뚫었어요. 그렇게 해서 벌써 5년이나 더 살고 있죠."

오다는 가만히 바라볼 뿐이었다. 남자는 한동안 불경을 외다가 이윽고 멈추고, 그 구멍으로 두세 번 한숨을 쉬는 듯하더니, 온몸의 힘을 축 빼고 말했다.

"아아, 아아, 어떻게 해야 죽을 수 있을까?"

완전히 쉰 목소리로 이 세상 사람이라고는 생각되지 않았다. 그만큼 또 생생한 힘이 깃들어 있었다. 남자는 20분 정도 조용히 앉아 있다가 다시 원래대로 누웠다.

"오다 씨, 당신은 저 사람들을 인간이라고 생각하나요?"

사가라키는 조용히, 하지만 매우 중요한 의미를 담은 목소리로 말했다. 오다는 사가라키의 뜻을 이해할 수 없어 가만히 생각했다.

"오다 씨. 저 사람들은 이미 인간이 아니에요."

오다는 점점 더 사가라키의 생각을 이해할 수 없어 그의 얼굴을 바라보았다.

"인간이 아니에요. 오다 씨, 절대 인간이 아니에요."

대화가 자신이 가지고 있는 사상의 핵심에 가까워졌기 때문인지, 사가라키는 약간 흥분까지 하며 말하는 것이었다.

"인간이 아니에요. 생명입니다. 생명 그 자체, 목숨 그 자체인 거예요. 오다 씨, 제가 하는 말, 이해가 됩니까? 저 사람들의 '인간'은 이미 죽고 사라져 버린 겁니다. 단지 생명만이 움찔움찔하며 살아 있는 거예요. 얼마나 끈질겨요. 누구라도 나병에 걸린 순간, 그 사람의 '인간'은 사라지는 거예요. 죽는 거죠. 사회적 인간으로서 사라지는 것만이 아니에요. 절대로 그렇게 얄팍한 의미에서 사라지는 것이 아닙니다. 폐병(廢兵)이 아니라 폐인(廢人)이에요. 하지만 오다 씨, 우리는 불사조예요. 새로운 사상, 새로운 눈을 가지게 될 때, 완전히 나환자 생활을 손에 넣게 될 때, 인간으로서 다시 살아나는 겁니다. 부활, 그래요, 부활입니다. 움찔움찔하며 살아있는 생명이 육체를 얻는 거예요. 새로운 인간 생활은 거기서부터 시작됩니다. 오다 씨, 당신은 지금 죽어 있습니다. 죽어 있고말고요. 당신은 인간이 아닙니다. 당신의 고뇌나 절망, 그런 것들이 어디에서 오는지 생각해 보세요. 한 번 죽은 과거의 인간을 추구하고 있기 때문이 아닌가요?"

오다는 점점 더 격해지는 사가라키의 말을 열심히 듣고 있었지만, 문드러져 가는 그의 얼굴이 눈에 크게 들어오자, 말의 힘에 압도당하면서도 이 남자 미친 게 아닌가 하는 의심이 들었다. 오다를 향해 역설하는 것 같지만, 실은 사가라키 자신이 자신의 마음속에 떠오르는 무언가와 격하게 싸워 피투성이가 되는 것처럼 보여서,

오다로서는 그것이 이야기에 정신이 팔려 있는 자신의 마음을 어지럽히는 것 같았다. 그러자 역시 사가라키는 돌연 힘없이 말했다.

"저에게 조금이라도 문학적 재능이 있다면, 하고 원통해 하는 거예요."

그 목소리에는 지금까지 봐 온 사가라키라고는 생각할 수 없을 만큼 뜻밖으로 고뇌의 흔적이 묻어났다.

"저, 오다 씨. 저에게 천부적인 재능이 있다면, 이 새로운 인간을, 일찍이 지금까지 없었던 인간상을 구축하겠는데…… 할 수가 없어요."

사가라키는 그렇게 말하며 오다에게 머리맡에 있던 노트를 보여 주었다.

"소설을 쓰시는 건가요?"

"쓸 수가 없어요."

노트를 팍 닫고 다시 말했다.

"하다못해 자유로운 시간과 완전한 눈이 있었으면 하는 겁니다. 언제 눈이 멀지 모르는 이 고통을 당신은 이해하실 수 없을 겁니다. 아시다시피 한쪽은 의안이고 한쪽은 조만간 보이지 않게 되겠죠. 그건 저도 너무나 잘 알고 있습니다."

방금 전까지 긴장을 하고 있다가 갑자기 맥이 탁 풀린 탓인지 사가라키의 말은 완전히 반대가 되어 감상적이기까지 했다. 오다는 할 말을 바로 찾지 못 한 채, 사가라키의 눈을 올려다보았고, 그때서야 비로소 그 눈이 검붉게 충혈되어 있다는 것을 알게 되었다.

"그래도, 최근 2, 3일은 괜찮은 편이에요. 안 좋을 때는 거의 보이지 않을 정도입니다. 생각해 보세요. 눈앞에 끊임없이 검은 가루가 날아다닐 때 느끼는 초조함을요. 당신은 물속에서 눈을 떠본 적이 있나요? 안 좋을 때 제 눈은 물속에서 눈을 떴을 때와 거의 똑같습니다. 모든 것들이 희미하게 문드러져 보이는 거예요. 괜찮을 때도 모래먼지 속에 앉아 있는 것과 같아요. 글을 쓸 때도 그렇고 책을 읽을 때도 그렇고, 한 번 이 모래먼지가 신경 쓰이기 시작하면 정말 미쳐버릴 것 같습니다."

방금 전에는 사가라키가 오다에게 위로할 길이 없다고 했지만, 지금은 오다가 그를 위로할 길이 없었다.

"이런 어두운 곳에서는……."

그래도 겨우 말을 건네자, 사가라키는 대답했다.

"물론 좋지 않습니다. 그건 저도 알고 있지만, 당직 날 밤에라도 쓰지 않으면, 쓸 시간이 없어요. 공동생활이니까요."

"그래도, 그렇게 초조해하지 마시고, 치료를 받고 나서……"

"초조해 할 수밖에 없어요. 좋아지지 않을 거란 걸 잘 알고 있으니까요. 매일매일 파도처럼 오르락내리락 하지만, 그래도 조수가 차오르는 것처럼 나빠지는 겁니다. 정말 불가항력이거든요."

오다는 입을 다물었다. 사가라키도 다물었다. 흐느끼는 소리가 다시 들려왔다.

"아, 이제 날이 밝기 시작하는군요."

밖을 보면서 사가라키가 말했다. 거무스름한 숲의 저편이 하얗게 밝아지고 있었다.

"요 2, 3일은 상태가 괜찮아서 저 빛이 보입니다. 드문 일이죠."

"같이 산책이라도 할까요?"

오다가 화제를 바꾸며 말하자,

"그럽시다."

하고 사가라키는 바로 일어났다.

차가운 바깥 공기를 접하자, 두 사람은 다시 태어난 것처럼 저절로 젊어지는 기분이었다. 나란히 걸으면서 오다는 이따금 뒤돌아 병동을 바라볼 수밖에 없었다. 평생 잊지 못 할 기억이 될 하룻밤을 되돌아보는 기분이었다.

"오다 씨, 장님이 될 게 뻔하지만, 그래도 결국 저는 글을 쓸 겁니다. 장님이 되면 되는 거고, 분명 다시 살아갈 길은 있을 겁니다. 당신도 새로운 인생을 시작해 주세요. 완전한 나환자가 되어 더 나아갈 길을 찾아 주세요. 저는 글을 쓰지 못하게 될 때까지 노력할 겁니다."

이렇게 말하는 그는 처음 만났을 때의 대담한 사가라키로 돌아와 있었다.

"고뇌라는 건 죽을 때까지 따라다니겠죠. 그래도 누군가 말했잖습니까, 고뇌하기 위해서는 재능이 필요하다고. 고뇌할 수 없는 사람도 있는 거예요."

그리고 사가라키는 숨을 한 번 크게 쉬었다. 발걸음도 힘차게 한 걸음 한 걸음 땅을 밟아갔고 흔들림 없는 젊음으로 가득 차 있었다.

주위의 어둠은 점차 대지로 스며들었다. 이윽고 숲 저편에서 찬란한 태양이 나타났고, 빛과 그늘 사이에 경계를 만들며 나뭇가지를 타고 흘러가는 광선은 강인한 나무줄기에도 비쳐 들기 시작했다. 사가라키의 세계에 도달할 수 있을지, 오다에게는 아직 불안이 짙게 남아 있었다. 하지만, '역시 살아 보는 거야'라고 굳은 결심을 하며 빛이 만들어내는 경계를 계속해서 바라보았다.

(『문학계(文学界)』 1936년 2월호, 목지원·신민규 역)

나병 요양원 수태(癩院受胎)

호조 다미오(北条民雄)

　　노인의 일이 있고나서 며칠 동안, 나루세 도시오(成瀬利夫)는 자신의 발바닥 마비가 몹시 신경쓰였다. 원래 그는 병에 관한 것이라면 유독 흥분하는 버릇이 있었다. 예를 들어 아침에 일어나자마자 복도에 내디딘 발에 아무런 느낌도 나지 않는 것이 의식되면, 단지 그것만으로 그 날 하루 동안 도저히 어찌 할 수 없는 우울감에 빠져버린다. 뜨거워진 맨발을 복도에 내딛는 순간 쏴 느껴지는 냉기의 상쾌함은 정말 사소한 것 같지만, 그 느낌을 잃어버린 지금의 그에게는 결코 사소한 것이 아니었다. 그는 일찍이 언뜻 보기에는 사소한 이런 지각에 의한 쾌감이 무수히 겹쳐지며 한없이 풍부한 인간의 감각 생활이 구축된다는 것을 믿고 있었다. 그래서 이처럼 사소한 것에서도 바로 나환자의 고충을 느끼며, 자신 또한 모든 나환자처럼 인간다운 생활 하나 하나가 망가져 가고, 빼앗겨 간다고 절감하게 되는 것이었다.

노인의 일이라는 것은 며칠 전의 일로, 그것은 나루세와 같은 방을 쓰는 노인의 발에 9센티미터는 족히 넘어 보이는 못이 박혔던 일이다. 노인은 이미 62세를 넘었으나, 나이에 비해 굉장히 팔팔한 할아버지이며 일도 막노동을 할 수 있을 정도였다. 막노동이라고 해도, 환자이니 물론 그렇게 심한 노동을 하는 것은 아니고 대개 도로 보수 공사나 병원을 둘러싼 울타리를 수선하는 일 정도이다. 어쨌든 그날은 어느 재단에서 이 병원에 기부한 고가옥이 도착하여, 아침부터 그 목재에 박힌 못을 뽑고 있었다고 한다.

그러나, 그 날 저녁 일을 마치고 돌아온 노인이 어찌 된 일인지 현관 앞에 웅크린 채 계속해서 끙끙거리며 여느 때와 달리 방에 들어오지 않았다. 평소 같으면 곧바로 방에 들어와, 아이고 힘들어 라고 중얼거리며 화로 앞에 앉아 맛있게 담배를 태웠을 것이다. 작업을 하지 않는 나루세는, 사람들이 돌아올 때가 되어서 평소처럼 상을 펴고는 식은 음식을 불에 올려놓고 데우고 있었다. 그러나 오랫동안 앓는 소리가 계속 되자 어찌 된 일인가 싶어 나가 보니, 노인은 이마에 땀을 질질 흘리며 작업화를 벗으려 애를 쓰고 있었다. 그 모습이 이상하여,

"무슨 일이에요?"

라고 말을 걸어보았지만, 아무래도 노인은 아까부터 기를 쓰며 작업화를 벗으려 해도 벗어지지 않자 화가 난 것 같았다. 나루세가 물어봐도 대답도 하지 않고 아래쪽을 향한 채 고개를 갸우뚱거리며,

"이상해, 아무래도 이상해."

라고 중얼거린다. 그리고는 다시 허리를 굽히고 작업화를 잡아당기는 것이었다. 한쪽은 이미 벗어서 옆에 놓아 두었다.

"작업화가 벗겨지지 않는다고요? 뭐 그런 말도 안 되는 일이 있어요?"

"이상해, 아무래도 이상해. 내가 말이야, 조금 전부터 있는 힘껏 잡아당기고 있는데, 아무리 잡아당겨도 벗겨지지가 않아. 어떻게 된 일인지. 손가락이 휘어서 손이 불편해도 항상 틀림없이 금방 벗겨졌어. 그런데, 오늘은 어찌 된 일인지."

"어디 봐요, 어디."

나루세도 역시 이상한 생각이 들어 같이 벗겨주려고 그곳에 웅크리고 앉았다. 그리고 노인의 발을 한쪽 들어 올린 순간, 그의 얼굴에서는 핏기가 싹 가셨다. 작업화 바닥에서부터 깊이 박힌 못이 뼈 사이를 뚫고 발등 위로까지 올라와 있었기 때문이다.

"맙소사, 못이 박혀 있어요."

놀라게 하지 않으려고, 아무렇지도 않은 듯이 말을 했음에도 불구하고 역시나 등골이 오싹해지는 것을 느꼈다.

노인은 꽤나 중증의 결절 나환자로, 불행하게도 눈까지 나빠져서 이제 희미해진 시력으로는 자신의 발에 박힌 못 대가리도 알아보지 못한 것이었다. 어찌 됐든, 손이라도 멀쩡했으면 벗기는 도중에 알 수도 있었을 텐데, 그 손도 화로 안에 들어가서 지글지글 타들어가도 알 수 없을 지경이다. 노인은 아마도 못이 박힌 채로 돌아다니며 일을 했을 것이다. 검은색 천이라 보기에는 물에 젖은 것 같은 작업화도, 만져보니 손바닥에 새빨간 피가 잔뜩 묻었다.

나루세는 서둘러 못을 빼주려고 했지만, 손으로 잡아당겨서는 좀처럼 빠지지 않았다. 이른바 '살이 뚤뚤 뭉친 것'일 것이다. 어쩔 수 없이 펜치를 가져다가, 때마침 방으로 돌아온 같은 방 사람에게 노인의 발을 꽉 잡게 하고 힘을 주어 빼내었다. 왈칵 쏟아지는 피를 보고나서야 노인은 새파래졌고 바로 열이 났다. 그리고 그 날 밤은 밤새 끙끙거리다가 다음 날 저녁에 중환자실로 옮겨졌다.

물론 이런 일은 이 병원 안에서는 딱히 드문 일도 아니고, 나루세도 이것보다 더 심한 일들을 몇 번이나 봐왔다. 그러나 자신의 다리가 마비가 되고 난 지 얼마 안 돼서 그런지, 이 일은 인상이 깊었으며 마치 자신의 운명이 눈앞에 펼쳐진 것처럼 큰 충격을 받았다.

그의 다리는 입원 전부터 왼쪽 무릎 밑으로는 마른 나무 같았으나, 오른쪽까지 영향을 받은 것은 입원 후의 일이 틀림없었다. 그러나 언제부터 그렇게 된 것인지는 그 자신도 몰랐다. 그가 처음으로 알아챈 것은 노인의 일이 있기 조금 전, 음울한 장맛비가 내리기 시작한 날이었다.

이미 정오가 지난 시각이었을 것이다. 그는 아무도 없는 방안에 홀로 서서 창문 밖으로 내리치는 빗발을 바라보고 있었다. 머릿속에는 입원 후 2년 가까운 세월 동안 보고 듣고 느꼈던 격리생활의 편린들이 아무렇게나 무질서하게 뒤섞이며 생각이 나서는 우중충하게 가라앉은 악취와 함께 빙글빙글 도는 것이었다. 또한 입원하기 전, 반 년 정도 맛보았던 사회생활의 어두운 기분과 발병 당시의 음울했던 나날들이 떠올라, 지금 이곳에 이렇게 살아 있는 자신의 모습이 이루 형언할 수 없는 신기한 무언가로 느껴졌다. 그리고 이 병원 안에서, 벌써 2년이라는 시간이 지났다고 생각하니 뭔가 믿을 수 없는 일을 경험하는 느낌이 들었다. 그것은 무한으로 긴 시간임과 동시에, 순식간에 지나간 이미지가 겹쳐진 것 같은 느낌이었다.

도대체 나는 여기에서 언제까지 살 생각인 것일까? 이는 여태까지 몇 번이나 엄습해 오는 의문이었다. 그러나 그는 그 때마다 마음이 어두워졌고 슬픔에 잠겨 답을 낼 수가 없었다. 할 수 없이 죽을 때까지 여기서 지내야 한다는 생각이 들기 전까지는, 역시 자신이 경증환자라는 사실에 의지하고 싶었다. 뭐, 5, 6개월 착실히 치료해 보세요, 꼭 퇴원할 수 있을 거예요, 라고 위로해 준 사무원의 말을 믿고 입원한 그는, 그 5, 6개월이 순식간에 지나고 2년 가까이 된 지금까지도 여기서 평생을 지낼 마음의 준비는 아직 되어 있지 않았다. 준비하기에는 너무 두려운 것이었다.

비가 잦아들기 시작하자, 그는 북쪽 창문을 열고 밖을 바라보았다. 겹겹이 쌓인 구름이 주름을 만들며 낮게 흐르자 짙은 회색으로 뒤덮인 하늘 전체가 움직이는 것 같다. 저 멀리 호랑가시나무 울타리가 보였고, 그 너머로 끝없이 이어진 잡목림이 희뿌연 안개를 일으키며 조용한 바람의 흐름과 함께 서서히 북쪽으로 이동하는 것처럼 느껴진다. 묽은 먹으로 그린 일본화를 보는 듯한 쓸쓸함과 외로움을 느끼다보니, 나루세는 어느새 비가 많이 오는 자신의 고향에서 노는 기분이 들었다. 일찍부터 시골을 버리고 도쿄 생활을 했던 그에게는 고향의 풍물이 생각나는 것은 드문 일이었다. 그러나 이 날은 어쩐 일인지 즐거웠던 소년시절의 추억이 차례차례 마음속에 되살아났다.

창밖은 바로 뜰로 이어지며, 나뭇잎이 무성하게 우거진 단풍나무와 진달래, 전나무, 목련, 멀리서도 뚜렷하게 엽맥(葉脈)이 하얗게 보이는 플라타너스 등이 비를 맞으며 똑똑 중얼거리는 소리를 내고 있었다. 땅바닥에는 얇게 이끼가 끼어 있고, 나뭇잎 끝에서 뚝뚝 떨어지는 물방울이 꽃처럼 흩어졌다. 나뭇가지를 따라 떨어지는 빗방울은 굵은 나무줄기에 모여 바닥으로 흘러 작은 물줄기를 만들며 낮은 지점으로 몰려 들어갔다. 바다에서 가까운 시코쿠(四国)의 한촌에서 자란 그는 일고여덟 살 소년 시절부터 거친 바닷소리와 소슬하니 숲 속에 내리는 아름다운 가랑비를 매우 인상적으로 동시에 기억 속에 간직하고 있었다. 토끼처럼 작고 둥글둥글한 몸으로 팬티도 입지 않고 뛰어 돌아다닌 것도 그 때의 일이었다. 머리부터 비를 맞으며 맨발로 물웅덩이나 해변을 뛰어 돌아다니는 것이 그냥 너무나 즐거웠다.

비에 젖어 더 파릇파릇해진 이끼나 봉긋하게 부풀어 오른 땅을 보자, 그는 맨발로 밖으로 나가보았다. 답답하고 탁한, 어두운 기분에 휩싸인 그는 숨통이 트인 듯 했지만, 바로 얼굴이 창백해지면서 그 자리에 멈춰 선 채 꼼짝도 하지 못하였다. 그러나 곧 그는, 주의 깊게 땅을 몇 번 밟아보고 이끼 위에 발을 올려놓은 채 스윽 문질러 보았다. 그러나 이미 그의 발에는 아무런 느낌도 전해지지 않았다. 그 자신도 알아챌 수 없는 속도로 병균은 서서히 육체를 좀먹으며 부지런히 집요하게 진행을 하고 있었다. 울고불고 해 봐야 아무 소용도 없다. 열심히 치료를 하든 말든 그들은 모르는 척 자신들의 부식작업을 묵묵히 계속했다. 입원한 지 2년이 지난 지금에서야 비로소 그는 처음으로 나병의 무서움을 자기의 것으로 인식했다. 서서히 다가오는 시커먼 것이 이미 눈앞에까지 들이닥쳤음을 느끼며, 반항하듯이 가슴을 펴고 탁 맞서려고 했다. 그러나 그는 몹시 혼미해지며 멍하니 멈춰 섰다.

발밑의 창문을 여니, 오른쪽으로는 사무실로 통하는 긴 복도가 보이고 앞쪽으로는 1호 병실과 2호 병실이 있는 큰 병동이 우뚝 서 있었다. 창문 아래부터 그 병동 사이에는 네모나게 구획지어진 마당이 있다. 열이 어느 정도 내리자, 노인은 침대 위에 일어나 앉아 창문 너머로 마당을 바라다보며 멍한 표정으로 하루를 지내는 날들이 많았다. 태어나서 지금까지, 손발을 움직여서 일하는 것 외에 아무것도 몰랐던 노인에게는 밤이나 낮이나 침대 위에 있어야 한다고 하니, 이제 어떻게 해야 할지 엄두도 나지 않는 것 같다. 마당에는 낭창낭창한 잎 사이로 빼꼼히 꽃봉오리가 보이기 시작한 글라디올러스, 다알리아 등이 장맛비를 맞으며 자라고 있었고, 조그마한 석가산 밑에 만든 못에는 금붕어가 빨간 지느러미를 팔랑팔랑 움직이면서 수면 위로 올라갔다 내려갔다 하고 있었다. 간호사들은 가끔 마당에 내려와, 금붕어를 잡거나 꽃을 꺾어서 환자의 머리맡에 놔 주었다. 장마는 언제 그칠지 기약도 없이 쉴 새 없이 내렸고, 우울해진 환자들은 모두 조용히 지냈다.

입실 후 4, 5일은 고열에 신음을 하며 밥도 먹지 못하여 노인은 완전히 힘이 빠져 버렸으나, 열이 내리자 다시 조금씩 원기를 되찾았다. 그러나, 한 번에 확 늙어서 병동에 있던 때만큼의 기력은 회복하지 못했고 담배도 맛이 없어졌다고 했다. 발바닥의 상처는 곪아서 수술을 했기 때문에 둘둘 붕대가 감겨 있었다. 그럼에도 불구하고 나루세가,

"어때요? 발은 좀 괜찮아요?"

라고 걱정이 되어서 물어보면, 결절로 인해 부풀어 오른 얼굴에 사람 좋은 미소를 띠며,

"응. 고맙네."

라고 하며 아이처럼 고개를 숙였다.

나루세는 저녁이 되어 모두가 작업에서 돌아오면, 노인의 병실로 병문안을 가는 것이 일과 중의 하나로 되어 있었다. 친척은 물론 자식에게서도 버림을 받아 생활비를 보내 줄 사람도 없었기 때문에 이 나이가 되어서도 일을 해서 돈을 벌어야 하는 노인을 보면, 나루세는 안쓰러워서 입실 후에는 쭉 보살펴 주려고 생각했다.

"나는 습성(濕性)이라 의족은 쓰지 않지만 마비가 되어서 상처가 잘 아물지 않아."

그리고 침대 곁에 설치된 수납함에서 가노코(鹿の子)¹를 꺼내서 먹으라고 했다. 노인이 말하는 것처럼 마비가 된 곳에 생긴 상처는 잘 낫지가 않고, 건성(乾性) 환자들은 그런 상처나 조그마한 화상이 원인이 되어 다리를 하나 절단해야 하는 지경에 이르는 것도 결코 드문 일이 아니다.

노인은 목발을 짚고 화장실에 다녀야 했으니, 그것이 귀찮았던지 침대에서 내려오는 일은 거의 없었다.

"심심하겠네요, 하루 종일 침대 위에 있으려면."

체구가 작은 노인이 허리를 굽히고 앉아 있는 모습은, 지금까지 겪은 수많은 고생에 짓눌리고 아파하며 반항할 기력도 없이 불행한 운명 앞에 단지 고개를 숙이고 있는 것처럼 보여, 그것이 나루세의 마음을 어둡게 짓눌렀다.

"참으로 어려운 병이야."

노인은 충혈된 작은 눈을 껌뻑이며 가느다란 목소리로 말했다. 대답을 할 수가 없어 나루세는 입을 다문 채 주위를 둘러보았다.

"포기했어. 나루세 씨, 나는 모든 걸 다 포기했어."

이렇게 말하고 노인은 힘겹게 숨을 내뱉으며 누웠다. 일을 하고 있을 때는 일에 정신이 팔려 병을 잊고 있었지만, 하루 종일 침대 위에서만 지내게 되자 그 병을 절감하게 된 것이다.

나루세는 며칠 밤을 잠들지 못했다. 잠자리에 누우면, 노인의 모

---

1 가노코모치(鹿の子餅)의 줄임말. 일본 전통과자의 일종.

습이나 노인과 같이 침대에 누워 있는 환자들의 모습이 환영처럼 눈앞에 떠오르며 입원했을 때 느꼈던 것과 같은 공포가 몰려왔다. 결국 나도 저렇게 될 운명인 것일까, 그리고 내가 살아갈 길은 노인이 말한 대로 포기하는 것 외에는 없는 것일까, 아무런 할 일도 없이 이 병원에서 평생을 때우며 그저 삶에 집착하는 본능 앞에 굴복하고 한심하게도 초라한 모습으로 연명하는 것, 그것만이 나에게 남겨진 길인 것일까—나루세는 몸을 뒤척이면서 자기 자신의 체내에 흐르는 젊은 피가 갈 곳을 잃고 치솟으며 소용돌이치는 것을 느끼며 크게 고함을 지르고 싶은 마음에 초조해졌다. 그리고 그는 오갈 데 없는 육체의 비명을 듣고, 압박감을 느끼며 꽁꽁 묶여 버린 자신의 청년을 느꼈다.

포기한다, 이것이 나루세에게는 견딜 수가 없었다. 그곳에는 어린잎과 같은 신선한 감수성도 없으며, 분류(奔流)를 거스르며 헤엄쳐 오르는 물고기 같은 의욕도 없었다. 아니 오히려 그런 것들은 죽이고 억압하고, 잿물에 몸을 담궈야 했다. 나루세는, 부패해 가는 자신의 육체를 직접 느꼈다.

그러던 어느 날 저녁, 입원 이후에 친하게 지내던 후나키 효에(船木兵衛)가 노인과 같은 방에 입실했다. 후나키는 나루세와 같은 현(県)의 유서 깊은 집안에 태어났으나, 대학 법학과를 다니는 도중에 발병하여 2, 3년 동안 본가에 숨어 몰래 치료를 받았다. 그러던 중에, 여동생 가야코(茅子)가 덩달아 발병하여 그녀를 데리고 이 병원에 온 것이었다. 이러한 구가에서는 자주 있는 일이지만, 효에와 가야코는 남매라고는 해도 열 살 이상 차이가 났다. 효에는 나루세보다 여덟 살 많아서 이미 서른한 살이었지만 가야코는 아직 스물한 살이었다.

효에는 발병이 된지 10년 가까이 되었으며, 증상은 상당한 중태이다. 한쪽 시력은 이미 잃었고 남은 한쪽도 거의 보이지 않았다. 하지만, 가야코는 오빠에 비해 병에 걸린 지 얼마 되지 않았고 여자이기 때문에 병의 진행이 느려서 두 눈썹이 연해지고는 있었지만, 그래도 그렇게 흉하지는 않았다. 벌써 1년 전의 일이지만 어느 날 효에는 나루세에게 여동생을 가리키며,

"나와 이 애가 후나키 가문의 마지막이에요. 우리 남매 둘뿐이에요. 나와 이 애가 죽으면 후나키 가문은 이제 끝입니다. 구가의 피 따위 약해지기도 했고 더러워지기도 했죠. 어떤 병이라도 전염되기 쉬운 게 틀림없어요. 그런 피는 없어지는 게 낫죠. 그래도 역시 착잡하네요."

나루세는 쓸쓸하게 어두운 표정을 하고 있는 남매의 모습을 비교하면서, 사멸해야 할 운명에 처한 피의 괴로움을 느꼈다.

그 날, 벌써 다섯 시가 넘었을 무렵의 일이었다. 나루세는 평소처럼 노인의 병문안을 갔다가 돌아가려고 뒤를 돌아보았다. 그때, 입구의 유리문이 열리며 얼굴에 붕대를 잔뜩 감은 효에가 들어왔다. 그는 매우 말랐지만 키는 보통 사람보다 컸다. 나루세는 바로 효에를 알아보고 인사를 하려고 한 걸음 내디뎠다. 하지만 대여섯 명의 남녀가 왁자지껄하며 잇따라 들어오는 바람에 멈춰 섰다. 나루세는

효에가 입실한다는 것을 한눈에 알아챘다. 얼굴에 붕대를 감고 있는 것으로 보아 안면 신경통이나 급성 결절일 것이다. 대여섯 명의 사람들은 각각 이불이나 담요, 찻잔, 칫솔, 비누 등의 생필품을 담은 바구니를 안고 노인의 반대편에 있는 빈 침대를 둘러쌌다. 가야코를 제외한 모두가 병세가 무거운 사람들로, 어떤 사람들은 손가락이 전부 떨어져 나간 건성이었고, 어떤 사람들은 고도의 침윤(浸潤)에 얼굴과 손발이 모두 새까맣게 부어오른 습성(湿性)이었다. 마침내 침대 위에 이불이 깔렸고, 자잘한 생필품들이 수납함 안에 다 정리가 되었다. 효에는,

"죄송합니다, 수고하셨습니다."

라고 감사를 표했지만, 목소리는 얼굴이 아파서인지 뒤틀리는 듯 괴로운 목소리였다. 가야코 역시 오빠를 대신하여 감사를 표하며 몇 번이나 고개를 숙였다. 그리고나서 오빠를 향해,

"베개의 상태 괜찮아요? 이 침대는 휘어져 있네. 오른쪽이 조금 낮아요."

라고 하며, 심하게 울퉁불퉁한 침대를 보고 조금 어두운 표정을 지었다. 그리고 낮은 쪽 이불 밑에 방석이나 갠 옷을 깔아 주고 가볍게 두드려 평평하게 해주었다. 그때마다 효에는 잘 한다며 고개를 끄덕일 뿐 말을 많이 하지는 않았다.

"병사 쪽에 두고 온 것은 없어요? 있으면 말씀해 주세요. 금방 가져다 드릴게요."

이렇게 말하고 사람들이 돌아가 버리자, 가야코도 한 마디 했다.

"더 필요한 것 없어요? 저 오늘 조금 바빠서요."

"그래, 가도 괜찮아. 음, 잠깐만 기다려 봐, 가야코. 구루메(久留米)에게 내일 밤이라도 괜찮으니까 잠시 나한테 와 달라고 해 줄래?"

"구루메 씨에게요?"

"응."

가야코는 몹시 망설이는 것처럼 고개를 흔들고는 효에를 보면서,

"어떤 이야기를 할 거예요?"

라고 조심조심 물었다. 효에는 갑자기 강한 어조로 대답했다.

"무슨 이야기든 상관없잖아, 꼭 그렇게 전해 줘."

"네."

어떻게 된 일인지 가야코의 목소리는 울고 있기라도 하듯 가늘고 희미해졌다. 이야기가 끊기자, 가야코는 잠시 생각에 잠겨 있는 것 같더니, 이윽고 효에의 좌우 침대에 누워 있는 환자들에게 잘 부탁한다고 하고는 나루세에게로 시선을 돌렸다. 노인에게도 인사를 할지 말지 고민하는 듯 했으나, 나루세가 있는 것을 알아채고는 조금 놀란 듯 했다. 그러나 금방 얼굴에 희미한 미소를 띠며 침착한 어조로 말했다.

"어머, 오랜만이세요. 몸은 어떠신지요?"

나루세는 조금 전부터 효에에게 말을 걸려고 했지만 가야코와의 대화를 방해하면 안 될 것 같아서 망설이고 있었다.

"네, 덕분에, 그럭저럭 잘 지내요. 오빠는 어떻게 된 거예요?"

"얼굴 —— 에요."

그 순간, 스물세 살의 나루세는 문득 이상한 생각이 들며 가슴이 두근거렸다.

그런 일에 대해 그의 신경이 특히 곤두서 있어서 그랬겠지만, 그 짧은 순간 가야코가 육체적으로 성숙했다는, 여성이 된 것은 아닌가 하는, 기묘한 불안감이 몰려왔다. 나루세는 가야코와 대화를 나눈 것은 두세 번 밖에 없었다. 그렇지만 그 동안 느꼈던 풋풋하고 아가씨다운 느낌이 없어진 것은 아니었으나 여성스러운 그녀의 육체와 말 속에 지금까지 없었던 묘한 매력이 숨겨져 있다는 사실에 마음의 동요가 일었다.

이윽고 가야코가 돌아가 버리고나자, 나루세는 효에의 머리맡에 다가가 그를 살펴보았다. 상당히 아픈 듯 그는 띄엄띄엄 말을 하는 것이 힘들어 보였고, 나루세는 오래 있으면 부담이 될 것 같아 곧 인사를 하고 자기 자리로 돌아왔다.

"얼굴만 이러면 그래도 괜찮겠지만, 눈까지 나빠지면 그때는 끝장입니다. 그러나 아무래도 눈으로도 올 것 같아서 각오는 하고 있습니다."

효에의 이 말은 나루세의 머리에서 떠나지 않았다.

이 병원에 수용되면, 누구나 첫 일주일은 중환자실에 있게 된다. 그곳에서 병력을 조사하거나 다른 병의 유무를 검사하거나 한 뒤 보통 병동으로 이동한다. 물론 지금은 수용 병실이라는 것이 새로 지어져서 입원 후 바로 중환자실에 들어가는 일은 없어졌으나, 나루세가 온 당시에는 그러지 못하였다. 나루세가 효에와 처음으로 친하게 이야기를 나누게 된 계기는 그 중환자실에 들어간 지 5일째 되던 날 한 밤중의 일이었다.

아직 입원한 지 얼마 안 된 그는, 하루 세 끼 식사도 제대로 하지 못하고 종일 악몽을 꾸어대는 상태였다. 밤에는 심한 불면증에 시달렸고, 꿈인지 환각인지 기괴한 환자들의 모습이 떠올라 몰려오는 수마(睡魔)와 환영(幻影) 속에서 자신의 육체가 흐물흐물 녹아내리는 것 같은 기분이 들었다. 그날 밤에도 그는 열두 시가 지나서야 겨우 깜빡 얕은 잠에 빠졌으나, 숙면을 취할 새도 없이 잠에서 깨고 말았다.

다다닥다다닥 바쁘게 복도를 달리는 발자국 소리와 절박한 목소리가 뒤섞이며 귀에 들어오는 바람에 그는 어쩐 일인가 싶어 침대 위에 일어나 앉았다. 보니, 그에게서는 멀리 떨어진 반대쪽 끝 침대에 일고여덟 명이 모여 긴장된 목소리로 소곤소곤 이야기를 나누고 있었다. 그리고 방금 전 복도로 뛰어나간 남자의 뒤를 쫓아 또 한 명이 화들짝 놀라 몸을 날리듯 달려 나갔고, 얼마 안 있어 멀리 의무국 쪽에서,

"빨리 하지 않으면 숨이 끊어져!"

라고 외치는 소리가 어두컴컴한 공간을 가르며 들려왔다. 나루세는 무슨 일이 일어났는지 알 수 없었으나, 이상한 분위기에 휩쓸려 서둘러 그 곳으로 가 봤다. 사람들 뒤에서 목을 쭉 빼고 들여다보니, 쉰 살은 되어 보이는 남자가 썩은 과일 같은 얼굴로 벌러덩 누워 목이 비틀린 닭처럼 온몸에 파르르 경련을 일으키며 팔다리

를 버둥거리고 있었다. 새까매진 이마에는 혈관이 지렁이처럼 툭툭 튀어올랐고 목을 꺽꺽거리며 울고 있었다. 눈은 허공을 바라보고 주먹을 꽉 쥐고 있는 것이 말 그대로 지금 당장이라도 숨이 끊어질 듯 했다.

곧이어 간호부가 자르륵자르륵 들것을 끌고 오더니 억지로 집어 넣듯이 환자를 싣고 수술실로 달려갔다.

"의사 선생님은 나왔는가!"

라고 외치며 서너 명이 따라갔다. 남은 사람들은 방 가운데에 놓인 큰 화로를 둘러싸고 한 시름 놓은 듯이 담배를 피우기 시작했다. 그 안에 후나키 효에가 있었다. 이상한 광경에 흥분한 나루세는 효에가 있다는 것을 눈치 채지 못하였으나, 효에는 이미 알고 있었고 눈이 마주치자 그는 나루세에게 미소를 지어 보였다. 물론 친하게 말을 나누어 본 적은 없었다. 그러나, 그래도 그때까지 두세 번 만난 적이 있었기 때문에 효에는 이미 나루세가 같은 고향 사람인 것을 알고 있었는지, 그 때마다 나루세에게 호의가 담긴 미소를 보냈다. 나루세는 나중에 알았지만, 수술실로 옮겨진 남자와 효에는 병동에서 같은 방을 쓰고 있었다. 목구멍이 막혀 호흡곤란이 일어날 정도이니 물론 중상이었고, 수술이 늦어져서 죽는 일도 흔했기 때문에 효에는 당직 간호부를 도와 보조 간호를 하기 위해 같이 온 것이다.

효에는 다가오더니, 침대 앞에 매달려 있는 체온표를 잠시 보고 앉아 있는 나루세에게,

"몸은 좀 어떤가요?"

라고 아무렇지도 않게 물었다. 나루세는 흥분이 가라앉지 않아서 아직도 가슴이 몹시 뛰었으나, 효에는 얼굴색이 조금도 변하지 않았다.

"후두 나병인 건가요?"

입안이 바짝 말라붙는 것을 느끼며 물었다. 효에는 이미 물부리 가까이까지 타들어온 담배를 한번 힘껏 빨고는 콧구멍으로 연기를 푹푹 내뿜으며 바닥에 버린 후, 조리를 신은 발로 밟아 끄며 대답했다.

"그래요."

효에의 얼굴은 종창이나 곪아 터진 곳은 없었다, 그러나 그 흉터는 꽤 심하게 남아 있어서, 색이 검붉은 것이 성성(猩猩)[2]을 연상케 하였다. 갈색으로 탁해진 눈에는 빨갛게 피를 품은 혈관이 이리저리 보였다.

수술실로 옮겨진 남자는 얼마 안 있어 목에 구멍을 뚫고 하얗게 반짝이는 쇠붙이로 된 기구를 달고 돌아왔다, 역시 들것 위에 누워 축 늘어져 있어서 죽은 사람 같았다. 그래도 호흡이 편해진 것에는 안도한 듯, 쇠붙이 기구를 피리처럼 휘휘 울리며 가쁘게 숨을 내뱉었다. 사람들이 팔다리를 잡고 조용히 침대에 눕히자, 남자는 손을 들어 쇠붙이 기구를 조금 만져 보려 하였으나 모두가 말렸다.

---

2 술을 좋아하는 중국의 상상속 빨간 동물.

"저렇게 목에 구멍을 뚫어도 운이 나쁘면 2, 3일 안에 죽어 버려요. 5년이고 10년이고 사는 사람도 있지만 말이에요……."

효에가 말했다, 본능이라 해도 저렇게까지 해서 여전히 연명하고 싶어 하다니, 나루세는 삶에 집착하는 인간의 본성이 저주스러웠다. 그 때 누군가가 말했다.

"목에 구멍을 뚫고 나면 3년이라고 하니, 그걸로 3년은 목숨을 번 거지."

또 다른 누군가 한 명이 웃으며 대답했다.

"바보 같은 소리 하지 마, 저걸로 10년은 살 생각일 거야."

나루세는 갑자기 수렁에 내던져진 것 같아 아무 말도 못하고, 얼굴이 굳어지는 것을 느끼며 그 쪽을 바라보는 것조차 꺼려졌다.

효에는 나루세의 마음을 눈치 챘는지 갑자기 호의에 가득한 눈으로 바라보며 말했다.

"놀랐겠죠. 나도 여기에 왔을 당시엔 정말이지 사는 게 사는 게 아닌 것 같았어요."

그리고 내일 놀러 오라며, 자신의 병동명과 방 번호를 가르쳐 주었다. 효에가 돌아가자 나루세는 심로에 지쳐 서둘러 이불 속으로 들어갔다. 그리고 마음 속 어딘가에서 그 인상이 검은 핵처럼 자신의 머리속에서 언제까지고 지워지지 않을 것이라 생각하면서 꾸벅 꾸벅 얕은 잠에 빠졌다.

다음날 눈을 뜨자 그는 바로 어젯밤 일이 떠올랐고, 문득 그것은 악몽의 일부이지 않을까라고 의심하면서 효에의 방을 찾아갔다. 효에는 흔쾌히 반기며 차를 권하였지만, 나루세는 왠지 모르게 마음이 진정이 되지 않았다. 그런 방에 들어간 것이 처음이기 때문이기도 했지만, 그보다 그는 아직 병원 전체의 분위기에 적응할 수 없어서 무의식적으로 반발하고 혐오했기 때문이다. 효에는 병의 상태를 물어 보기도 하고 발병 후 몇 년이나 되었는지를 물어 보기도 했다. 그리고 이어서 이 병의 성질이나 의료 상황에 대해 나루세에게 설명하였다.

"퇴원하는 사람도 제법 있다고 들었는데, 완치가 되나요?"

이렇게 물으니 효에는,

"퇴원하는 사람도 있지만……."

하고 말을 흐리며 대답했다.

"결국 당신도 언젠가는 알게 될 테니 사실대로 말하자면, 완치까지는 안 가요. 여기 말로 하자면, 일시적으로 병세가 호전되는 것이에요. 아마, 결핵이랑 같지 않을까 싶어요."

"재발하는 것이네요."

"맞아요, 이놈의 병은 재발이 확실해요. 건성……즉 신경형 중에는 극히 드물게 재발하지 않는 사람도 있지만, 아마 천 명 중 한 명일 거예요. 습성……즉 결절형은 틀림없이 재발한대요. 내가 의사는 아니니까 단정지을 순 없지만요."

그 사이 이야기는 당연히 어젯밤 일로 돌아갔다.

"저 어쩐지 아직도 그 광경이 눈앞에 벌어지고 있는 것 같아요. 악몽이나 환각 같아요."

나루세가 이렇게 말하자 효에가 대답했다.

"맞아요. 어제 일뿐만이 아니라 이 병원 전체가 환각처럼 느껴질 거예요, 온 지 얼마 되지 않았을 동안은 말이에요. 당신 마음은 이해해요. 그렇지만, 저 남자는 보기 드문 행복한 사람이에요. 대부분의 사람들은 눈이 먼 후에 증상이 나타나지만, 어제는 갑자기 인후로 왔으니……."

"무서운 병이네요."

효에는 그러나, 이러한 풋내기 환자 같은 말에 딱히 쓴웃음을 짓지도 않고 말했다.

"그래요, 무서운 병이에요. 확실히 무서운 병이죠."

그리고 나서 그는 두 눈을 감고 무언가 깊게 생각하는 듯하더니,

"육체를 가진 이상 여기서는 살아갈 수 없어요. 결코 육체는 버릴 수 없는 것이에요. 그렇지 않으면 자살하는 수밖에 방법이 없어요."

라고 힘주어 말하였다. 나루세는 그러나 이 말을 바로 받아들일 수 없는 풋내기 환자였다. 하지만 이렇게 말하는 효에의 내부에 잠재하고 있는 고뇌를 느끼며,

"그렇네요."

라고 맥없이 대답을 할 뿐이었다.

"나환자의 싸움은 당신이 말한 것처럼 이 병이 얼마나 공포스러운지를 실감하는 것에서 시작되는 거예요. 당신은 어젯밤의 광경과 그 때 누군가가 했던 말을 기억하고 있죠? 그 지경이 되어도 앞으로 10년은 살 거라고 생각하니까요. 그 남자는 발병한 지 20년 가

까이 되어 가는데, 그것이 곧 나환자의 솔직한 말일 겁니다. 생명의 목소리죠."

다음 날 나루세는 현재 지내고 있는 병동으로 옮겼지만 그 후 두세 달 동안은 병동 생활에 익숙해지지도 못하고 말동무도 없었기 때문에 일주일에 한 번씩은 효에를 찾아갔다.

"제 눈은 닳아가는 자전거의 전지 같은 상태예요. 앞으로 2년만 이라도 버티면 다행인 거죠."

효에는 이렇게 말하고는 호쾌하게 하하하하 웃으며 덧붙였다.

"당신은 아직 눈치 채지 못했겠지만, 제 눈 한 쪽은 이미 거의 보이지 않아요. 매우 짙은 안개 속에 있는 것 같은 상황이죠."

그 말을 듣고서야 비로소 나루세는 효에가 실명을 눈앞에 두고 있다는 것을 알았다. 그리고 주의 깊게 보니 상태가 나쁜 눈은 어쩐지 의식을 잃은 사람의 눈처럼 생기가 없어서, 성한 눈과 비교했을 때 나루세도 그 차이를 확실히 알 수 있었다. 잘 보이는 눈이, 오히려 충혈은 더 심했으나 나쁜 눈과 비교했을 때 하얀 부분과 검은 부분이 명확히 나뉘어 있었다. 나쁜 눈은 공막[3]이 동공으로 흘러 들어간 것처럼 안구 전체가 하얗게 문드러져 있었다.

"치료법은 없는 건가요?"

나루세가 이렇게 물으니 효에가 대답했다.

"있지만, 없는 거나 마찬가지예요. 수술도 하긴 하지만 일시적으

---

3 안구를 싼 하얀 막.

로만 보이고, 또 시간이 지나면 분명히 보이지 않게 될 거예요. 게다가 수술을 받는 바람에 더 빨리 눈이 멀었다는 사람도 종종 있거든요. 의사 말로는, 나환자는 오히려 보이는 게 이상한 현상이고 보이지 않는 게 보통이라고 하더군요. 애초에 이건 저와 친한 의사가 한 농담이지만, 하지만 이게 진실이에요."

"……"

"우리들의 앞길에는 안대, 목발, 의족, 지팡이, 그런 것들이 늘어서 있어요. 그것들을 하나하나 주워 가며 골인하는 거죠. 물론, 화장터로요. 하하하하."

나루세는 아무 말도 나오지 않았다.

"각오하는 것만이 답입니다. 그런 후에 살아남을 길을 찾아야겠지요. 육체를 버리는 겁니다. 제 아무리 썩어 가는 육체 속에서도 아름다운 정신은 자라나니까요."

"인간이 육체를 버리는 것이 가능할까요?"

인간으로서 가장 완벽한 형태는 늠름한 육체와 아름다운 정신이 융합한 상태가 아닌가? 그리고 인간은 본질적으로 늠름한 육체와 아름다운 정신을 동시에 욕망한다. 그 중 하나를 버리는 것이 과연 인간에게 가능할까?……

"가능합니다!"

효에는 힘찬 목소리로 말했다. 그러나 나루세에게는 그것이 효에 자신 안에 솟구치는 불안과 절망을 향하며 그것들을 질책하는 말로 들렸다. 그리고 그 생각은 이후로 계속 나루세에게 어떤 불안감을 심어 주었다.

비는 계속해서 주룩주룩 내리고 있었다. 밖으로 나가면 6월도 반절이나 지났는데 4월의 밤과 같이 쌀쌀했다. 나루세는 맹인을 위해 깔린 울퉁불퉁한 돌길을 나막신을 신고 뚜벅뚜벅 걸으며 방금 전에 만난 가야코의 모습이며 붕대를 감은 효에의 얼굴을 떠올렸다.

"내 눈은 앞으로 2년이라도 버티면 다행인 거죠."

효에가 한 말이 떠오르자, 역시 그건 틀린 말이 아니야, 안면신경통 때문에 병실에 들어왔다고 하지만 곧 눈도 멀 것임이 틀림없어, 라는 생각이 들었다. 그렇게 생각하니 나루세는 마치 자신의 눈에 나병이 퍼지고 있기라도 하듯 불안하고 우울한 기분이 들었다. 효에는 저렇게 되었어도 여전히 강한 정신을 잃지 않고 살아가겠지만, 내가 만약 지금 저런 상황에 놓인다면 어떻게 될까? 나루세의 머릿속에 '미칠 것이다'라는 말의 파편이 언뜻 번뜩였다. 그는 오싹한 생각이 들어 더 이상 생각을 이어나갈 수 없었다.

우산 위로 비가 후드득후드득 내리쳤고 길은 어두웠다. 여기저기 점점이 켜진 상야등이 짙은 녹색을 띤 나무들 사이에서 명멸하였다. 그 빛은 가는 빗줄기 사이로 들이비치다 끝내 어둠 속으로 빨려들어 가고 있었다.

나루세는 온실 옆으로 와서 문득 그곳에 눈길을 주었다가 깜짝 놀라서 멈춰 섰다. 쏟아져 내리는 빗발에 젖어 수증기가 뿌옇게 차오른 가운데 커다랗게 피어난 꽃그늘 밑에서 가야코의 모습을 발견한 것이다. 그는 황급히 까치발을 들어 살펴보았다. 물론 그것은 착각이었다.

병동에 도착하니 벌써 9시가 넘었다. 두 명은 이미 깊은 잠에 빠져 해파리 같이 짓무른 입술을 벌리고 힘겹게 숨을 쉬고 있었고, 나머지 세 명은 야식으로 먹을 우동을 삶고 있었다. 나루세는 울적함을 견딜 수 없어 곧바로 이불을 펴고 누웠다. 우동이 완성되자 세 명은 방 한쪽 구석으로 모였다.

"맛깔 나는구만."

"맛있군, 맛있어."

이렇게 떠들며 그들은 후루룩후루룩 우동을 먹었다.

"나루세 씨, 한 그릇 하시겠어요?"

"야식은 병에 안 좋다고 하지만 한 그릇 정도는 괜찮아요."

나루세는 아까부터 가야코의 모습이 눈앞에 아른거려 대답을 하는 것조차 몹시 귀찮게 느껴졌다. 그 때 효에가 언급한 구루메라는 남자는 아마 가야코와 관련 있는 자일 것이다. 그러나 나루세는 가야코에게 남자가 있든 없든, 어찌 됐든 상관없다고 생각했다. 물론 나루세에게 가야코를 어떻게 하고 싶은 마음은 없었다. 하지만 조금 전 병실에서 만났을 때 거의 동물적이라고 느낀 그녀의 매력이 되살아나면, 자신의 내부에 있는 짐승 같은 것이 당장이라도 맹렬히 고개를 들 것 같았다. 남매라고는 해도 당연히 이곳에서는 떨어져서 살고 있기 때문에 효에는 자주 만났어도 가야코를 만나는 일은 좀처럼 없었다. 그래도 지금까지 두세 번 그녀와 대화를 나눈 적은 있었다. 하지만 오늘밤과 같은 느낌을 받은 적은 없었다는 것을 떠올리니, 어느새 급격하게 변했다는 생각이 들었고 나루세는 여자의 변화에 깜짝 놀랐다. 그렇지만 다시 스스로를 되돌아보니 가야코를 그런 식으로 본 것도 실은 가야코가 성숙했기 때문이 아니라 자신의 마음속에 둥지를 튼 짐승이 그렇게 느끼게 한 것 아닌가라는 생각이 들었다. 그럼에도 역시 아무래도 가야코는 변했다고 생각할 수밖에 없었다.

구루메에 대해 말하자면, 나루세는 그를 전혀 모르는 것은 아니었다. 직접 대화를 나눈 적은 없지만, 길을 걷다가 본 적도 있고, 또 병원에서 연극이나 영화 같은 행사가 있을 때 본 일도 있었다. 얼마 전에도 병원에서 찻잎을 딸 때 바로 옆에서 잎을 따기도 했다.

키가 작았고, 그를 휩싼 우울함이 얼굴 전체에서 넘쳐나고 있었지만, 증상이 가벼워 겉모습만 봐서는 환자라는 생각이 별로 들지 않을 정도였다. 눈은 효에와 조금 비슷해서 가늘고 작았으며, 웃을 때는 오히려 우는 것처럼 보였다. 그러나 그 시선을 상대에게 지긋이 꽂으면 이상하게도 뱀처럼 집요하게 무엇이든 꿰뚫어보는 듯한 빛을 내뿜었다. 나루세는 한 눈에 그가 보통내기가 아니라고 생각했다.

그는 나루세가 입원한지 1년 정도 지났을 때 입원했다. 성정이 꽤나 거센 듯하여, 입원하고 5~6개월 정도가 지났을 무렵에, 자신 앞으로 온 편지가 이틀이나 늦게 손에 들어온 이유가 무엇이냐며 사무소에 찾아가 호통을 치기도 했다. 물론 이것은 사무원의 작은 실수에서 비롯한 일이기 때문에 사태는 더 악화되지 않고 넘어갔다. 하지만 그는 그 2~3일 동안은 밤에 잠도 잘 수 없다면서 거의 도주하려 했을 정도였다. 이 소식을 듣고 나루세는 그를 단순한 녀석이라고 경멸하였지만 왠지 호기심도 생겼다. 그는 이 병원의 기관지인 『단풍나무 아래』에도 가끔 에세이 풍의 글을 썼는데 그 때는 구루메 로쿠로(六郎)라고 서명하였다.

나루세는 낙숫물 소리를 들으며 몇 번이나 몸을 뒤척이다가 효에와 가야코의 대화를 떠올리고는, 그럼 내일 밤에 꼭 효에한테 문병을 가서 구루메도 만나야겠고 생각했다. 그렇게 되면 자연스레 구루메와 가야코의 사이도 알게 될 것이 틀림없다……. 그는 이미 무의식 중에 가야코와 구루메의 관계를 확실히 파악하고 싶어진 자신을 깨닫자 기분이 나빠지고 불쾌해졌다. 그럼에도 이것은 절대로 가야코를 원하는 마음 때문은 아니라고 분명히 말할 수 있다고 생각했다.

나루세는 문득 걸음을 멈추고 병실의 창을 잠깐 올려다보다가 석가산 밑에 피어나기 시작한 글라디올러스에 눈길을 주었다. 나쁜 마음이 없다고 하더라도 그런 속셈을 가지고 효에의 문병을 가는 자신이 불쾌하여 출입문을 열기가 망설여졌다. 비는 그쳤지만 당장이라도 다시 쏟아질 것처럼 구름이 낮게 깔려 있었고 해질녘이 다 된 주위는 어둑어둑했다. 그런데 자신에게 그런 마음도 없는데 주저하는 것은 오히려 더 이상하다는 생각이 들어 아무렇지 않은 듯 문을 열었다. 순간적으로 확 풍기는 고름 냄새에 콧구멍이 일그러졌다. 효에가 있는 곳으로 눈을 돌리니 역시나 구루메가 와 있었고,

누워 있는 효에의 침대를 사이에 두고 가야코와 마주보고 있었다. 들어갈지 말지 또 다시 고민되는 마음을 억누르고 노인을 보니 노인은 이미 나루세가 온 것을 알고서 이쪽을 쳐다보고 있었다.

"자네가 오기를 기다리고 있었네."

체온표를 보니 또 올라가서 37도의 빨간 선을 뚫고 39도 5부를 가리키고 있었다.

"무슨 일이지, 또 올라갔네요."

"미안하지만 주사 좀 놔 달라고 부탁해 주지 않겠나."

효에를 포함한 세 명은 작은 목소리로 무슨 이야기인지 하고 있었다. 나루세는 무의식적으로 그 쪽으로 귀를 기울이게 되는 것을 어찌할 수가 없었다. 가야코는 줄곧 입을 다물고 오빠와 구루메를 번갈아 쳐다보면서 애원하는 눈빛을 보냈다. 당장이라도 울음을 터뜨릴 듯이 볼의 근육을 떨고 있는 모습이 아플 정도로 나루세의 눈을 파고들었다. 효에는 온 얼굴에 붕대를 감고 그 아래에서 작은 목소리로 말을 했기 때문에 대화의 내용을 알 수 없었지만, 구루메는 이따금씩 격정적으로 목소리를 높여서 단편적으로나마 그 의미를 알 수 있었다. 그래서 구루메와 가야코가 연인 이상의 관계라는 것까지 알 수 있었고, 증오까지는 아니더라도 구루메에게 어떤 혐오와 반감이 드는 것을 나루세는 도무지 어찌할 도리가 없었다.

"당신, 그럴 수가……."

구루메가 내뱉은 격한 말에 쭈뼛쭈뼛 대답하는 가야코의 목소리가, 주사를 부탁하러 의국으로 향하는 나루세의 귀에 강하게 들려왔고, 그는 자신도 모르게 발걸음이 멈추는 것을 느꼈다.

의국에서 돌아와 보니 이미 세 사람은 이야기가 끝난 듯해 과자를 먹으며 차를 마시고 있었다.

"나루세 군, 차 한 잔 어떻습니까?"

효에가 말을 걸어 왔다.

"오늘은 좀 어떠세요, 상태가?"

이렇게 어색하게 말을 얼버무리며 나루세는 세 사람 사이에 끼어들었다.

"감사합니다. 오늘은 상태가 정말 좋아요."

효에를 대신해 가야코가 대답하면서 작은 찬장 위에 있는 찻잔에 차를 따르며 마시라고 했다. 구루메와 나루세는 이미 서로의 이름을 들어서 알고 있었기 때문에 가볍게 고개를 숙여 인사를 나누었고, 나루세는 찻잔을 입에 가져갔다. 세 명 모두 방금 전까지 나누던 이야기가 아직까지 머릿속에 남아 있는 것처럼 보였다. 나루세는 나루세대로 세 명에게서 자신만 소외된 듯이 붕 떠 있는 것 같아 이야기는 활기를 띨 기미가 보이지 않았고, 처음에는 서로 말도 끊어지기 일쑤였다. 효에가 이 병원의 정치적인 이야기를 두세 가지 했지만 그것도 금방 침묵 속에 잠기고 말았다. 그 후에는 문학 같이 이곳의 현실과 동떨어진 이야기가 나왔지만 모두가 이 세계로부터 눈을 돌리고 그것을 언급하고 싶지 않은 것 같았다. 구루메는 무슨 일인지 매우 불쾌해 하며 입을 다물고는 효에가 무슨 말을 해도 퉁명스럽게 짧은 대답을 내뱉을 뿐이라 나루세는 어쩐지 마

음을 붙일 곳이 없는 기분이었다. 자연스레 반감도 더해진 나루세
는,

"그럼 조리 잘 하세요."

라고 작별 인사를 하려고 했다. 그러나 그때 불현듯 조금 전 의
국에서 보았던 일이 떠올라 가볍게 말을 꺼냈다.

"이 병원의 간호사 중에도 셰스토프[4]를 읽는 사람이 있더군요.
의외였습니다."

"아아, 그거요."

효에는 알고 있던 것 같았다.

"구루메가 빌려준 거예요. 『비극의 철학』 말이죠?"

그가 계속해서 말을 하니 구루메는 불쾌한 듯 말했다.

"그 자식도 특이해."

"그렇지도 않을 걸. 하지만 내가 생각하기에 그 자식은 지옥의
사자야."

"흥."

구루메는 경멸하듯이 오연히 코웃음을 쳤다. 효에는 구루메를
가리키며 나루세를 보고 말했다.

"그런데 구루메는 『비극의 철학』에 완전히 져 버렸어요. 비극을
철학하고 비극을 먹으며 살아남는다는 것은 이 남자하고는 아마

---

4 레프 셰스토프(Lev Shestov, 1866~1938). 러시아의 실존주의 철학자로 『비극의 철학』
의 저자이다.

거리가 멀 거예요. 비극에 압도당해 호흡곤란에 빠졌으니까요, 불행한 남자랍니다."

구루메는 갑자기 작은 눈을 번뜩이더니,

"그건 건강한 놈이 쓴 글이야."

라며 물어뜯듯이 말했다.

"그래서, 자네는 나환자라고 말하는 것인가?"

"셰스토프의 몸은 썩지 않아. 죽을 때까지 살아 있을 수 있지, 그 자식은. 우리들은 죽기 전에 이미 숨을 거두어. 몸이 썩으니까 말이야."

"정신이 썩나?"

"정신은 썩지 않아도 몸은 썩어 버려. 몸이 썩지 않는 놈이 쓴 글이 이 안(병원)에서 통용될 것 같아? 나도 몸만 썩지 않으면 훨씬 대단한 논리를 생각해 낼 수 있어. 몸이 썩지 않는 놈은 어떤 이론이든 내놓을 수 있지. 상황이 나빠지면 사상을 바꿔 버리면 그만이야. 나는 훨씬 절박해. 사상이나 그 사상의 안쪽에서 아무리 고통스러워 봤자 끝은 뻔하지."

"하지만 건강한 사람도 언젠가 한 번은 죽게 되어 있어."

"당연하지. 그러니까 하는 말이잖아, 그 놈들은 죽을 때까지 살아 있을 수 있다고!"

"사회인으로서 말인가?"

"그렇지, 게다가 그뿐만이 아니야. 다시 말해 인간이 인간으로서의 형태, 인간으로서의 형식을 지키며 살아갈 수 있어. 우리들은 죽기 전부터 이미 인간이기를 그만두어야만 하는데 말이지."

구루메의 이마는 땀으로 완전히 흠뻑 젖었고 목소리는 매우 거칠게 높아져 갔지만, 효에는 붕대 아래에서 눈을 가늘게 뜨고 미소를 지으며 말했다.

"정신을 신용하지 않는 사람이군."

"흥, 아름다운 정신, 훌륭한 정신. 대단도 하지. 하지만 아름다워야만 한다는 법은 없어. 훌륭해야만 한다고 누가 정했지? 본시 훌륭하다는 것은 이상한 거야. 그런 말들 중에 거짓이 아닌 게 여태껏 있기야 했나. 모두 허위야, 속임수라구. 요컨대 그런 것들은 자살할 용기가 없는 나약한 놈들이 죽지 못하는 걸 변명하려고 하는 수단이지. 난 그런 건 사양이야."

"어쨌든 10년은 나병을 가지고 생활해 볼 일이야. 10호……정신병동……에 가 보라구, 61년 동안 나환자 생활을 하며 올해로 일흔두 살이 되는 남자가 살고 있네. 10년 간 나환자 생활을 하면 그 남자 앞에서 저절로 머리가 숙여지지. 자네는 아직 인간의 생명이란 것을 한 번도 본 적이 없는 거야. 생명은커녕 자네는 인간이란 것조차 본 적이 없어. 자네가 보고 있는 것은 구질구질하게 인간한테 걸려 있는 옷뿐이라구. 부르주아 아가씨는 더러운 옷을 입으면 숨이 막혀 버리는데 그것과 똑같지. 자살 따위는 분수도 모르는 건방진 놈이 한다고 하는데 허영심인 것이지. 자네 생각은 바다 위에 떠 있는 거품 같은 것이네. 발밑에 있는 바다를 한 번이라도 보게, 알겠나? 바다는 새까맣지. 깊어. 그곳은 어둠이야. 내가 말하는 바를 이해하겠나? 자신이라는 존재가 그 위에 피어난 한 떨기 꽃이라고 생각해 보게. 그럼에도 아직도 죽고 싶나?"

구루메는 갑자기 심술궂은 표정을 지으며 빈정거렸다.

"공교롭게도 나는 현실주의자라서 말이지. 자네처럼 신비주의자가 아니란 말이네."

효에는 붕대 사이로 손을 찔러 넣어 코 옆을 박박 긁으며 말했다.

"나루세 군, 이 남자는 조만간 자살할 셈인 것 같습니다만, 당신은 어떻게 생각하나요?"

"글쎄요, 저는 아직 죽음에 대해 깊이 생각해 본 적이 없어서 조금 그렇습니다만, 죽으려고 해도 그리 간단히 죽지는 못하는 것 같아요. 조만간 차차 죽음에 부딪혀 가기는 할 것 같지만 말입니다…… 지금으로서는 죽으려고 하면 갑자기 생명이 소중하게 느껴지고, 살려고 하면 또 갑자기 죽고 싶어져서 참을 수가 없습니다. 그래도 근본적으로 누구든 살고 싶은 마음이 있을 것이고, 죽고 싶은 생각이 드는 것도 사실은 살고 싶기 때문이라고 생각합니다. 하지만 죽을 수 있다면 죽는 게 나을 것 같다는 생각도 들어요. 저는 모르겠습니다."

나루세는 자신의 마음을 솔직하게 털어 놓았다. 가야코는 줄곧 불안한 듯이 구루메를 쳐다보며, 때로는 그의 얼굴에 시선을 딱 꽂고서는 가만히 바라보았다.

시간이 흘러 대화가 끊기자 나루세는,

"시간 되실 때 놀러 오세요."

라고 구루메에게 인사를 하고 밖으로 나왔다. 무언가 소중한 것을 잘라 버렸을 때처럼 공허하고, 이유를 알 수 없는 불안한 마음이 남아 있었다.

지루하게 계속되던 장마가 걷히자 곧 기와지붕조차 녹아내릴 듯한 혹독한 여름이 찾아왔다. 산도 바다도 멀리 떨어진 이 일곽에 격리된 사람들은 두껍게 감은 붕대 안에 파묻혀 가을을 애타게 기다리며 숨을 헐떡이고 있었다. 뼈에 사무치는 듯한 매미 소리는 하루 종일 머리 위에서 계속되었고, 뜨거운 햇볕에 반짝이는 녹색 잎들은 환자들의 흐려진 눈으로 파고들어 그들을 고통스럽게 했다. 이 시기가 되면 고름이 찬 상처나 상처를 덮은 거즈와 붕대 사이로 무수한 구더기가 들끓는 일도 결코 드물지 않았다. 고름을 먹고 자란 이 유충들은 통통하고 하얗게 살이 올라 서로 모여서 꿈틀거렸다. 빛의 각도에 따라서는 투명하게 비쳐 보여 기분 나쁘게 푸른빛을 발하였으며, 때로는 보석이 박힌 것처럼 보이기까지 한다.

"이야, 예쁘다."

붕대를 풀어 주던 여자 간호사의 입에서 무심결에 감탄의 소리가 새어나오는 일도 있었다. 하지만 역시 기분이 나쁜지 황급히 거즈로 구더기를 싸서 버리고, 이미 익숙해진 간호사들도 얼굴을 찌푸리며 찜통 같은 마스크 속에서 불쾌한 감정을 숨겼다. 이것이 내가 사는 세계인 것인가, 나루세는 자신의 주변을 돌아보며 깊은 생각에 빠졌고 후두부가 저리는 듯한 육중한 통증을 느꼈다.

그러던 어느 날 오후, 웬일로 매점에 잘 익은 토마토가 들어왔다. 나루세는 노인에게 먹이기 위해 그것을 사들고 병실로 갔는데, 그곳에서 그는 처음으로 가야코가 임신했다는 사실을 알게 되었다.

노인의 상처는 이후로 그럭저럭 좋은 경과를 유지해서 백중맞이(盂蘭盆)[5]가 끝날 무렵에는 퇴실도 가능할 정도로 호전되었다.

"오, 이거 잘 익었는걸. 음, 맛있어 보이는구먼."

노인은 둥글게 썰어 놓은 토마토를 집어 먹으면서 아이처럼 기뻐했고 턱으로 줄줄 흐르는 과즙을 닦아냈다.

"어때요, 부족하면 더 사올게요."

나루세도 과연 만족하며 그렇게 농담조로 한 마디 던졌다.

"병동에 돌아가면 퇴원 축하 자리를 만들도록 하지. 하지만 난 막일은 완전히 그만두기로 했어. 내 다리는 판자가 아니니 말일세. 못이 박히면 못 당하네, 못 당해. 썩어 버린 다리로라도 살고 싶으니 말이야."

"맞아요, 맞아."

"어차피 이런 병에 걸려 버렸으니 좀 편하게라도 지내야지. 그래봤자 금방 죽을 몸이야. 하지만 자네를 보고 있으면 참으로 딱해, 아직 젊은 몸이잖나. 뭐, 금방 좋은 여자도 만날 수 있을 걸세."

그러고 나서 노인은 건너편에 있는 효에를 슬쩍 보더니 갑자기 작은 소리로 말했다.

---

5 우란분재. 음력 7월 보름을 중심으로 조상의 영혼을 제사지내는 불교 행사.

"가야코 양은 이렇더구먼."

노인은 두 손으로 배가 부른 시늉을 했다.

"뭐라구요?"

나루세는 자기도 모르게 되물었는데, 그렇구나, 그런 거였구나, 라고 이렇다 할 이유도 없으면서 짐작이 가기도 했다. 하지만 가야코를 떠올리니 격심한 분노가 솟구쳤다. 바보! 라며 그는 자신의 머릿속에 나타난 모습을 향해 소리쳤다.

"누구한테서 들은 거죠?"

나루세는 노인의 말을 묘하게 부정하고 싶어서 이렇게 물었다.

"그거야, 나루세 군, 알 수 있지. 가야코 양은 아침저녁으로 오빠를 보러 오니 말일세. 자연스럽게 알게 돼. 상대 남자는 자네도 알고 있겠지."

물론 구루메겠지, 라고 나루세는 생각하며 초조함을 느꼈고, 그날은 그 길로 바로 자신의 병동으로 돌아갔다.

평정을 되찾자 그는 방금 전 느꼈던 분노가 생각나서 스스로 불쾌해졌다. 가야코가 애를 뱄든 배지 않았든 그것은 문제가 아니지 않은가. 만일 그녀가 자신 앞에 가슴을 내놓고 몸을 맡긴다고 해도 아마도 자신은 거부해 버릴 것이지 않은가. 나병이다, 나병이다, 이병 때문에 나는 어떤 선택도 할 수 없는 것이다. 내가 원하는 것은 절대로 가야코가 아니다, 그저 여자를 원했던 것이다. 여자의 육체만을 나는 욕망하고 있었던 것이다. 하지만 나병 때문에, 나병이 나의 욕망을 억누르고 압박해서, 나는 그저 여자의 형상을 그리며 그것을 보고 괴로워할 뿐이다. 구루메처럼 욕망을 향해 솔직하게 뛰어들지 못하는 것이 자신이다.

그러나 그 후로 나루세는 마음 한 구석이 텅 비어서, 걸핏하면 침울해지고 마는 우울한 날들이 많아지는 것을 어찌할 수 없었다.

효에에게 문병을 가서 구루메를 처음 만난 후로, 그는 나루세의 방에도 두세 번 놀러왔고 나루세 또한 그의 방에 찾아가기도 했다. 그리고 오만함에 가깝다고 생각했던 그의 말투나 태도 역시, 사실은 그 자신의 마음속 진실을 솔직하게 지켜나가고 싶고, 또 그렇게 하지 않고서는 못 배기는 그의 순수한 성격 때문임을 알게 되었다. 나루세는 그런 그에게서 소년과 같은 순정까지도 보았다. 구루메는 나루세와 동갑인 스물세 살이다.

"저는 아무리 정신이 이긴다고 해도 이 육체의 패배를 참을 수가 없어요. 병실에 가면 누구든지 바로 알 수 있어요. 실로 아름다운 정신을 지니고 살아간다는 그 기독교인들조차, 제 눈에는 아무리 뭐라 해도 털 빠진 원숭이로밖에 보이지 않아요. 설령 훌륭한 정신을 갖추고 있더라도 남이 보면 뒷산의 원숭이나 털도 나지 않은 애벌레에 불과해요. 저는 이 사실을 참을 수가 없는 겁니다."

이어서 말했다.

"훌륭한 정신, 아름다운 정신이라는 것은 은어를 낚는 낚싯바늘과 똑같아요. 털도 나 있고 완벽한 먹이로 보이죠. 하지만 맛도 없거니와 영양분도 없어요. 그저 목에 걸리기만 할 뿐이에요. 저는 아름답고 고상한 것보다도 상스럽고 하등한, 육체적인 욕구로 만족해요. 그런 걸 원한다는 말이죠.”

그는 나루세에게 이야기했다.

“그것이 좌절하면 자살하는 수밖에 없다는 말씀인가요?”

나루세가 묻자 그가 대답했다.

“그래요. 저는 나환자니까요. 분명히 좌절할 거예요.”

“하지만 자살을 하시려면 살아남는 것보다 더 강한 정신이 필요하지 않을까요?”

“그거예요. 그거예요. 저를 괴롭히는 건! 저는, 미쳐버릴 지도 몰라요.”

살 수도 없지만, 죽을 수도 없다, 이 생과 사의 갈림길에 막혀서 옴짝달싹 할 수 없다, 그렇다면 분명히 미쳐버리고 말 것이다. 나루세는 슬픈 눈으로 구루메의 얼굴을 보며 생각했다. 자신 또한 구루메와 같은 곳으로 빠져 들어가고 있는 것은 아닌가? 아니, 이것은 자신과 구루메만이 아니라 모든 나환자들이 맞닥뜨리는 고비이다. 후나키 효에도 이것에 직면한 적이 있을 것이다. 그리고 이것을 마주했을 때, 자살할 사람은 하는 것이고 효에처럼 살아남을 사람은 살아남는 것이다. 자신의 생활과 자신의 존재를 똑똑히 인식하고 살아남는 것이다. 그리고 삼류인 자만이 어느 곳으로도 가지 못하고 그저 삶의 본능에 얽매여 아무 생각도 없이 무덤으로 질질 끌려갈 것이다. 물론 그것을 살아 있다고 할 수는 없다. 그렇다면 이러한 자신은 도대체 어떻게 하면 좋단 말인가? 내 다리는 이미 마비되었다.

그는 구루메의 고통이 완전히 이해되는 것 같았고, 그 고통을 정면에서 마주하는 구루메의 모습에 선망과 경외감을 느꼈다. 그러나 가야코가 임신한 것을 안 뒤로는 구루메가 떠오를 때마다 증오에 가까운 혐오를 품지 않을 수 없었다. 하지만 그 혐오를 의식할 때면 나루세는 혐오하고 있는 자기 자신에게 화가 나서, 누구를 상대하는지 알 수 없는 말을 중얼거렸다.

"구루메도 그것 때문에 더 고통스러웠어. 나는 이걸로 괜찮은 거야, 이걸로 됐어."

그럼에도 그 중얼거림의 저변에서는 불안과 절망이 서로 오버랩되며 부풀어 올랐고, 어찌할 수 없는 초조감에 눈앞이 캄캄해졌다. 만약 나루세가 효에처럼 서른을 넘긴 남자였다면, 어쩌면 이런 어두운 감정은 맛보지 않고 지나갔을지 모른다. 그는 자신의 젊음이 저주스러웠고, 병독으로 흐려진 청춘의 피가 미쳐가는 것을 의식했다.

무성하게 우거진 잎사귀들의 짙푸른 어둠 사이로 무도장의 빛이 비쳐들고 있었다. 높게 지어올린 망루⁶가 보이고, 그 위에서 손과 발을 흔들며 큰북을 치고 피리를 부는 하야시가타(囃子方)⁷의 모습이 나무들 너머로 손에 잡힐 듯 잘 보인다. 춤꾼들은 보이지 않았

---

6 야구라(櫓)를 말하며 그 위에서 다이코(太鼓)라는 큰북을 치며 그 소리에 맞춰 춤을 춘다.

7 노가쿠(能楽)나 가부키(歌舞伎) 등에서 박자를 맞추며 흥을 돋우기 위해서 음악을 반주하는 사람.

지만 하야시가타의 목소리는 멀리 떨어져 있는 두 사람의 귀에도 전쟁터의 함성처럼 들려와, 일렁이는 파도처럼 저 멀리 사라졌다가 다시 큰 소리로 몰려왔다. 시간은 이미 열두 시를 지났지만, 온통 잿빛 일색으로 칠해져 버린 병원생활에 권태를 느낀 환자들은 날이 새는 줄도 모르고 정신없이 춤을 추는 것이 연례행사가 되었다.

아까부터 숲속을 정처 없이 돌아다니던 그들은 점차 피곤함을 느꼈다.

"무도장에서 차라도 마실까요?"

나루세가 권하자, 구루메도 좋다고 하며 그 쪽으로 발길을 돌렸다.

아직 초저녁이었을 무렵 나루세가 구루메를 찾아간 이후로 그들은 쉬지 않고 돌아다니고 있었다. 그 사이에 딱 두 번 춤을 구경하는 동안 서로 떨어졌지만, 누가 먼저랄 것도 없이 다시 만나 산책을 계속했다. 병원 전체가 축제 분위기가 되어 방안까지 어수선했기 때문에 두세 시까지는 도저히 잠이 들지 못했다.

무도장은 소나무, 편백나무, 밤나무 등등의 나무들에 둘러싸인 광장이었다. 여자 병동에서는 증상이 가벼운 사람들이 세 개의 조로 나뉘어 14일부터 16일까지 교대로 차와 주먹밥을 대접했다. 갈대로 엮은 발을 내린 그 접대소에서 두 사람은 차를 마신 뒤, 원을 그리며 춤들을 추는 모습을 가까이서 바라보았다.

삭발한 자, 의족을 단 자, 손가락이 빠진 자 등등이 커다란 원을 만들고 있었는데, 200명이 넘는 춤꾼들이 모여 망루에서 비추는 전등 빛을 받자 시커먼 대지에 피어난 거대한 꽃을 보는 듯 했다. 망루를 중심으로 빙글빙글 돌며 이곳저곳 부풀어 오르기도 하고 오므라들기도 하는 것이 바람에 흔들리는 꽃잎처럼 보이기도 한다. 그 원을 둘러싸고 몇 백 명이나 되는, 몸이 불편한 사람들이 구경을 하고 있었다. 당연하게도 어느 곳을 보든 기괴한 형상을 한 환자들뿐이었기에, 나환자들이 이렇게나 많이 모였구나, 라고 신기해하며 나루세는 자신도 모르게 주변을 휘 둘러보았다. 의족을 달고 삐걱삐걱 소리를 내며 원 가까이로 다가가고자 무리들 사이를 헤집고 들어가는 자, 목발을 지면에 단단히 고정시키고 거기에 몸을 지탱하는 자, 나환자 특유의 신발 모양을 한 게타를 신고 그것을 끈으로 묶고 있는 자 등, 나루세는 이 백중맞이 춤을 처음 봤을 때의 인상에서 무어라 형언할 수 없는 기괴한 부족민 촌락의 춤을 떠올렸다. 그 중에서도 나루세를 놀라게 한 것은 바로 그의 옆에서 하나의 무리를 이룬 맹인들이었다. 그들은 병사가 검을 앞으로 들고 늘어서 있듯이 모두가 대나무지팡이를 하나씩 앞으로 내밀고 이따금씩 크게 소리를 지르기도 하며,

"춤곡을 바꿔라! 언제까지 똑같은 걸 하고 있는 거냐."

라고 하야시가타를 꾸짖기도 했다. 물론 그들은 춤곡을 들으러 왔을 것이다. 뿐만 아니라 아침부터 밤까지 자유롭지 못한 병실 한 구석에서 그르렁거리며 죽음을 기다리기만 하는 생활에 싫증을 느낀 그들은, 무의식 중에도 사람들의 목소리를 들으며 들뜬 기분을 맛보고 사람들의 무리 속에 몸을 두고 싶은 것이리라. 사회로부터 거부당한 지 얼마 되지 않은 나루세가 꿈속에서까지 사회생활을

그리워하는 것처럼, 자신보다 더 협소한 세상에 갇힌 그들이 사람들이 내는 잡음이나 혼잡함 속에 몸을 두고 싶어 하는 것은 결코 이상한 일이 아니라고 생각했다. 나루세는 이러는 가운데 인간의 가련함을 여실히 보게 되었다.

"쳇, 얼마나 행복한 작자들이야?"

조금 전부터 가만히 바라보고 있던 구루메가 갑자기 말을 내뱉었다.

"술도 마시지 않고 제정신인데 잘도 저렇게 기분이 들뜰 수가 있으니 말이야."

이렇게 말하며 그는 돌아가자고 나루세의 어깨를 툭 쳤다. 나루세는 더 구경하고 싶었지만, 알겠다고 고개를 끄덕이며 따라갔다. 그러나 두세 걸음을 옮긴 구루메가, 어쩐 일인지 다시 깜짝 놀라며 멈춰 서서 눈을 원으로 돌렸다. 순간, 가야코가 그 원 안에 있는 것인가라고 생각한 나루세는 벗어났던 시선을 다시 그쪽으로 돌렸다. 그러자 바로 눈앞에 소녀 병동의 아이들이 일렬로 늘어서서 이쪽을 향하고 있었다.

"아름답군. 아이들은 정말로 아름다워."

구루메는 중얼거리며 아이들을 뚫어지게 바라보았다. 나환자라고는 하지만, 모두가 증세가 가벼운 아이들이다. 보통 남자아이들은 증세가 급격히 심해지지만 여자아이들은 거의 회복한 상태인 경우가 많아, 건강한 아이들 사이에서도 눈에 띌 정도로 사랑스러운 아이들이 있기 마련이다. 이 남자도 그런 일면이 있었던 것일까라고, 나루세는 생각하며 무심코 구루메를 응시했다.

"꽃들 사이를 날아다니는 나비 같군."

구루메가 다시 혼잣말을 하자, 나루세는 저도 모르게 웃음을 터뜨릴 뻔했다. 하지만, 그의 진지한 표정을 보고는,

"그렇네요."

라고 맞장구를 치지 않을 수 없었다. 구루메는 그 정도로 진지하게 아이들에게 정신이 팔려 있었다.

"춤을 춰야지."

그는 갑자기, 나루세의 존재를 잊어버린 것처럼 원 안으로 파고들었다. 그의 춤사위는 너무나도 서툴러서 전신은 석상처럼 뻣뻣하고 그저 손발을 제멋대로 휘두를 뿐이었다. 얼마나 행복한 녀석들이냐며 경멸을 한 바로 그 입 바로 아래에서 춤을 추고 있는 구루메와 그의 서투르기 짝이 없는 춤사위를 보면서, 나루세는 너무 우스워 견딜 수가 없었다. 그러나 동시에 뭔가 가슴 아픈 모습을 보는 느낌이 들기도 했다.

이윽고 구루메는 세 바퀴 정도 춤을 추고나서 나루세의 곁으로 돌아왔다.

"아, 힘들어."

두 사람은 발을 친 접대소로 들어가 땀을 닦으며 차를 서너 잔 연거푸 마시고는 무도장을 벗어났다. 온실 옆의 잔디밭에 다다르자, 구루메는 그 위에 벌러덩 드러누워 크게 숨을 내쉬었다. 무도장에서 술렁이는 소리가 멀리서 들려왔고, 조용한 잔디밭에는 차가운

이슬이 내렸다.

"춤을 춰 봐도 우리의 괴로운 현실은 잊을 수가 없군요."

이상하게 차분한 말투로 구루메는 말했다.

"그렇네요. 아무리 이 현실에서 도망을 치려 해도 살아 있는 한 절대 도망칠 수가 없네요."

나루세는 대답하면서 지금까지 느껴본 적이 없는 구루메에 대한 친밀감이 솟아나면서 그의 고통이 아프게 느껴졌다. 그리고 지금까지 친구가 없던 고독한 나날을 생각하자, 이렇게 구루메와 친해지고 있는 것이 어쩐지 은혜로운 일로 생각되었다. 나루세는 그 옆에 나란히 엎드렸다.

"이슬이 내리고 있네요."

병에 나쁘다는 생각이 갑자기 머릿속에 떠올랐다. 하지만,

"기분 좋군."

하며 가슴을 풀어헤치는 구루메를 보자 역시 조금 더 함께 이야기를 나누고 싶은 생각이 강해져서 대꾸했다.

"참 좋네요."

어느새 젖은 풀이 피부에 닿았고 고개를 들자 우윳빛으로 빛나는 은하수가 보였다.

"우리들은 이런 때에도 병을 잊지 못하고 있네요. 이슬이 몸에 닿으면 쾌감보다도 먼저 열병-급성결절-에 걸릴지도 몰라, 라는 생각이 먼저 머릿속에 들어오죠. 아까 어린이들과 함께 춤을 춰 보았습니다만, 또 금방 이 아이들의 엉덩이에는 붉은 반점이 있겠구나,

라는 생각이 듭니다. 그런 생각을 하고 있으면 자신이 한심해져요."

구루메 역시 나루세처럼 병에 대해 생각하고 있었다.

"우리들은 익숙해진다고 하는 것이 불가능하지요. 물론 지금은 이렇게 아무렇지도 않고 이 병에 걸린 상태로 있는 것에 꽤나 익숙해졌지만, 그렇지만 완전히 익숙해지는 것은 불가능하지 않습니까."

"저는 그 익숙해진다고 하는 것이 정말 싫습니다."

"물론, 저도 익숙해지고 싶지 않습니다만……."

"결국 익숙해져 버려요. 그것을 생각하면 나도 무서워집니다. 나 환자가 이런 가혹한 운명에 시달리면서도 결국 자살하지 못하는 것은 병세가 천천히 깊어지기 때문이에요. 얼마 안 있어 익숙해져 버립니다. 가령 병의 선고를 받는다고 해 봅시다. 그 순간은 대지가 흔들리는 것처럼 충격을 받습니다. 그러나 서너 시간이 지나면 어떤 사람은 목을 매려고 나무 아래에 서서, 이상하네라고 생각하는 거예요. 나병이라는 선고를 받기는 했지만 아픈 데는 아무데도 없고 또한 괴롭지도 않습니다. 그렇기 때문에 뭐 서두를 이유는 없지, 언제라도 죽을 수 있어, 지금 죽어야 할 이유는 없어, 라고 생각하게 되는 거죠. 한 번 그런 생각을 하게 되면, 그 다음에는 아무리 시간이 지나도 죽을 수가 없습니다. 두 다리가 모두 함석 통이 되든, 손이 고양이 발처럼 되든, 눈알이 파여 나가든 죽을 수가 없는 거죠. 그저 죽을 때까지 끊임없이 괴로워할 뿐입니다. 그래서 저는 살아남으려고 힘쓰는 녀석들이 우스운 거예요. 살아남는 일만큼 쉬운 일은 없으니까요. 살아남는다는 것은 곧 죽지 못했다는 것 아닙니까?"

"그렇지만, 예를 들면 후나키 씨처럼 제대로 자신을 파악하고 살고 있는 사람과 그저 삶의 본능에 끌려 다니는 사람은 다른 존재라고 생각이 되는데요. 이 경우 의식이 문제라고 생각합니다."

"의식 말인가요. 흠. 나는 그 녀석을 보면, 짐짓 젠 체하며 자만하고 있다는 생각이 듭니다. 하지만 그 남자는 마치 원숭이 같아서 말이죠. 그가 얼마나 훌륭한 사상을 가지고 있는지는 모르겠지만, 이 경우 그 사상이라는 것은 대개 얼마나 교묘하게 얼마나 보기 좋게 속여 넘길까 하는 데만 집중하고 있습니다. 저는 원래부터 자신의 삶에 끊임없이 이치를 내세워 앞뒤를 맞추려 노력하는 녀석들이 정말 싫습니다."

"그렇지만……."

나루세는 반쯤 입을 열었지만, 어떤 말을 더 한다고 해도 의미가 없고 이 쯤 되면 개성의 문제라고나 할까 절대 흔들리지 않을 것이라 생각하여, 입을 다물었다. 얼쑤 좋다, 으쌰으쌰 하며 장단을 맞추는 소리가 멀리서 울려왔다.

"야기부시(八木節)[8]인가. 대체 언제까지 할 셈들인 거지, 녀석들은."

구루메는 이렇게 중얼거리고는 또 긴 침묵을 이어가며 생각에 잠겼다. 아마도 자살 생각이 머릿속에서 소용돌이 치고 있는 것 같

---

8 일본 군마현 야기 지방에서 시작된 민요. 혹은 축제에서 이 노래에 맞추어 춤을 추는 향토 예능.

다. 다시 장단을 맞추는 소리가 들려오자 나루세는 가야코 생각이 났다. 그녀는 춤도 추지 못하고, 숲속에 들어가서 곧 사람들 눈에 띠게 될 배를 끌어안고 눈물을 흘리고 있는 것은 아닌가 하고 불안 해진 나루세는 구루메에게 물었다.

"가야코 양, 오늘은 어쩌고 있나요."

"아아, 직녀성 예쁘네."

딱히 비웃는 것도 아니고 구루메는 혼잣말을 하고 다시 생각에 잠기더니, 또 갑작스레 격한 어조로 외쳤다.

"저는 백중이 지나면 죽으려고요."

"네?"

나루세는 되물었지만 더 이상 말도 나오지 않았다. 물론 살아 달 라고 할 수도 없으니 가만히 상대의 모습을 바라볼 뿐이었다.

"저는 육체를 추구하다가 육체에게 진 거예요. 육체 앞에서 패배 한 겁니다."

"하지만 가야코 양의 일도 그렇고, 어떻게든 해결할 방법이 있다 고 생각하는데요."

"흥."

버릇인 것일까, 그는 말하는 걸로는 부족한 것처럼 코웃음을 쳤 다.

"해결? 어떤 해결을 말하는 건가요. 본인의 썩어 가는 몸을 살리 기 위해서 낙태하라고 하는 건가요. 아니면 미감염 아동 보육소에 보내라고 하는 건가요. 당신은 그렇게 하면 해결이 된다고 말하는 것입니까? 후나키 군도 비슷한 말을 했습니다. 저는 그에게 감사하는 동시에 그를 경멸하고 있어요. 이미 일어나 버린 일이 그런 식으로 해결된다고 생각하나요. 그런 것은 속임수입니다. 허위입니다. 시간을 이전으로 되돌리는 것이 불가능한 한 어떤 해결도 거짓입니다. 이미 일어난 일은 어쩔 수 없으니까 최선의 방법으로 해결을 한다, 그것만큼 번지르르한 허위는 없을 겁니다. 제가 지금 이 자리에서 당신을 갑자기 죽인다고 해도 일어나 버린 일은 어쩔 수 없다고 하는 것과 같으니까요.”

“그렇다고 그게 죽는 것으로 해결됩니까.”

“되지 않습니다. 죽는 것은 저한테만 해결인 것이지요. 제가 원하는 것은 해결이 아니에요. 제가 하는 말이 당신은 이해가 되지 않나요? 저는 그런 것들에 대해서 해결 따위는 조금도 바라고 있지 않아요. 제가 하고 싶은 말은, 그저 해결이라고 하는 것이 전부 거짓말이라는 것이에요. 그녀의 경우는 그냥 일례입니다.”

“일례라구요?”

“그렇습니다. 일례입니다. 제가 죽기를 원하는 이유 중 하나인 단순한 요소에요. 즉, 살아 있는 것 그 자체, 나병에 걸리고 나서 말이죠. 나병에 걸려서 살아가는 것 그 자체가 허위라는 것입니다. 그러니 자살을 원하는 거죠.”

그리고선 그는 갑자기,

“나병이 싫습니다!”

라고 냅다 외치고 입을 다물었다. 올려다보니 하늘 전체가 깊은 동굴처럼 보이기 시작했고, 나루세는 그 속으로 끌려가는 것 같은 불안을 느꼈다.

백중이 끝나면 퇴실도 가능해질 것이고, 그러면 퇴실 축하 행사를 하겠다고 하며 어린아이처럼 그것만을 기대하고 있던 노인의 몸에도 다시 예상 밖의 재난이 닥쳐왔다. 백중도 오늘 하루면 끝이라는 16일 저녁, 다시 시작되는 백중맞이 북소리를 멀리서 들으면서 노인을 보러 나간 나루세는 노인의 얼굴에서 지금까지 보지 못했던 붉은 반점을 발견했다. 급성결절인가 하고 그는 걱정하면서 물었다.

"어떻게 된 거죠. 보세요, 이상한 게 나 있어요. 열이 있는 건가요?"

"응. 아무래도 몸에 열이 나는 것 같으이, 여름이 가까우니까."

"열혹이 생겼어요. 의사에게 보이는 게 낫겠어요."

노인은 그날부터 40도를 오르내리는 고열에 시달리기 시작했다. 물론 급성결절이라고 생각한 것은 잘못된 것으로, 어느 새 상처를 통해 침투한 단독균(丹毒菌)이 기승을 부리기 시작했던 것이다. 나환자는 상처가 많은데다 피부의 면역력이 약하기 때문에, 일 년 내내 이 병원에서는 단독환자가 끊이지 않았다.

하늘에서 내리쬐는 태양의 열과 자신의 체내에서 끓어오르는 고열에 노인은 숨이 끊어질 지경이었다.

"어지 된 이리지. 어지 된 이리지."

그는 계속해서 중얼거렸다. 물론 그 다음날, 아직 아침도 이를 때

격리병원 안에서 더 격리된 단독병원으로 옮겨졌다. 이후에는 면회도 금지되어서 나루세는 노인이 계속 걱정되었지만 만날 수가 없었다. 그가 퇴실할 무렵에는 아마도 머리가 다 빠져 대머리 노인이 되어 있을 것이다.

백중이 끝나자, 더위는 점점 더 심해져서 병실에는 노인이 늘어갔다. 손이고 발이고 얼굴이고 모두 붕대를 감고 몇 년 동안이나 쇠약해질 대로 쇠약해진 몸으로 누워서 살아온 그들은, 숨 막히는 고름 냄새를 발산하며 매일 삶과 죽음 사이를 오갔다.

구루메 로쿠로는 그 이후 어쩌고 있는 것일까. 자살했다는 소식도 듣지 못한 채 나날을 보내고 있었다. 아마 삶과 죽음 사이에 끼어 번민하면서 괴로워하고 있을 것이다. 너무 심하게 더워져서 나루세는 그날 이후 구루메를 찾아가보지도 못했던 것이다. 그리고 7월도 이제 이틀을 남겨 놓은 어느 날 오후, 그는 오랜만에 구루메를 찾아가 보았지만 공교롭게도 부재중이었다. 어쩔 수 없이 그는 그대로 자신의 병동으로 돌아가려고 발길을 돌렸다. 그러나 대화상대도 없는 곳으로 돌아가 봤자 무슨 소용이 있나 싶어서 숲 쪽으로 발길을 돌렸다. 태양은 벌써 지기 시작해서 마지막 순간의 강렬한 광선을 내던지고 있었다.

숲 여기저기를 한 시간 남짓 돌아다녔을까? 종아리가 뻐근해지기 시작해서 슬슬 돌아가려고 할 때였다. 그는 문득 밤나무 밑에 서 있는 가야코를 발견했다. 태양은 이미 져 버렸고 서쪽 하늘에서 새빨갛게 타오르는 빛줄기가 나뭇잎에 비쳐 반짝이고 있는 그 사이에, 그녀는 꼼짝도 않고 서 있었다. 나루세가 서 있는 곳에서는 그래도 4, 50간[9] 정도 되는 거리였다. 그녀는 마치 석상처럼, 가만히 햇빛을 받으며 서 있었다. 잠시 후 그녀는 나뭇잎 사이로 보였다 안보였다 하면서 5, 6간은 걸어갔으나, 무슨 생각을 했는지 되돌아와서는 밤나무 밑에서 떠나려 하지 않았다. 나루세는 이상한 것이라도 보는 것처럼 시선을 떼지 못하고 지켜보고 있었으나, 그녀가 고개를 들어 밤나무 가지를 올려다보자 퍼뜩 불길한 예감이 번득여 자신도 모르게 한 걸음 내딛었다.

그러나 이윽고 그녀는 힘없이 고개를 떨어트렸고, 멀리서 보는 나루세에게도 그녀가 울고 있는 것이 확실해 보였다. 그녀는 괴로움에 몸부림 치고 있는 것이다. 양손으로 배를 끌어안고, 계속해서 격하게 흐느끼고 있었다. 깊은 고뇌에 빠져 있는 것이다. 나루세는 짐승처럼 달려가고 싶은 충동을 느꼈으나, 얼마 안 가 그녀는 눈물에 젖은 얼굴을 닦으며 나뭇잎 사이로 사라졌다. 나루세는 무언가 아름답고 고귀한 것을 본 기분이 들어 그녀가 떠난 후에도 반짝반짝 빛나며 흔들리고 있는 푸른 잎들을 계속해서 바라보았다.

8월도 하순에 접어들어 하늘도 푸른빛을 더해 가자 잡목림 위로 고추잠자리가 무리를 지어 날아다녔다. 밤이 되면 시끄러운 벌레 소리가 풀숲을 가득 채워서 벌써 성큼 가까워진 가을이 느껴졌다. 그러나 평생 병세가 깊어지기만 할 뿐 좋아질 일이 없는 병을 짊어

---

9 간(間). 거리의 단위. 보(步)라고도 한다. 1간은 약 1.82m.

진 이곳 사람들은 가을이 오면 또 가을 걱정을 하기 시작한다. 결국 죽음에 이를 때까지 여기서 풀려나는 일은 없는 것이다. 후나키 효에의 신경통에도 변화가 보여서, 뺨에서 턱에 이르는 통증이 다소 좋아지는가 싶더니, 불길하게도 전에 그 자신이 예상한 대로 격심한 안구신경통이 시작되었다.

"아이러니하죠. 나쁜 쪽 눈으로 왔으면 좋았을 텐데, 그 반대에요."

그렇게 말하며 병문안을 간 나루세에게 고개를 돌렸으나, 나루세는 그저 안타깝게 바라볼 뿐이었다.

효에는 여러 겹으로 접은 거즈로 눈을 덮고 그 위에 붕대를 둘둘 감고 있었다. 가야코는 그런 오빠의 눈에 찜질을 해 주고 있었다. 그리고 통증이 멎었다는 얼굴의 붕대를 풀고 보니 턱과 함께 입매가 움푹 일그러져 있었다.

"입이 돌아가고 장님이 되고, 그리고나서 거기서부터가 길죠."

노인도 그렇고 효에도 그렇고 자신과 가까운 사람들이 조금씩 병세가 깊어지는 것을 보자, 나루세는 결국 자신도 저렇게 되는 것이 운명의 약속으로 움직일 수 없는 사실인 것처럼 여겨졌다. 그리고 사실 그것은 움직일 수 없는 사실이었다. 다리의 마비도 그렇지만, 때때로 들여다보는 거울에 비친 자신의 눈도 입원을 막 했을 무렵에 비해 확실히 맑지는 않았다. 눈은 어느새 탁해져 있고, 하얘야 할 공막은 아주 뿌얘져서 거므스름했다. 주의해서 보면 미세혈관이 종횡으로 드러나 있고, 아침에 막 일어났을 때는 붉게 충혈되어 있는 경우도 많았다.

"아무리 육체가 썩어도, 정신은 결코 썩지 않습니다. 썩어가는 육체 앞에서 저의 정신은 언제나 이겨 왔어요. 물론 제 눈은 곧 보이지 않게 될 것입니다. 그러나 저는 제 자신의 피를 믿습니다. 아무리 병독이 제 피에 섞여도 그것은 늘 외부에 유리되어 있습니다. 제 피는 절대로 화학변화를 일으키지 않을 겁니다."

그러나 효에의 그런 신념에도 현실은 몹시 난폭한 힘으로 덮쳐 왔다. 그러한 신념이 자칫하면 무너져 내리려는 순간이 효에에게도 없을 리가 없었다.

물론 나루세는 안구신경병의 고통이 얼마나 견디기 어려운 것인지 알지 못했다. 그렇지만, 그것이 결코 그렇게 만만히 볼 것이 아니리라는 사실은 그 병을 앓고 있는 사람들을 보기만 해도 짐작할 수 있었다. 또한 통증이 그다지 심각하지 않은 경우에도 조금씩 조금씩 매일매일 통증이 계속되고, 운이 나쁘면 2개월이고 3개월이고 계속되었다. 그렇게 되면 몸은 완전히 야위어 버려고 결국엔 폐결핵, 늑막염 등의 합병증이 발병해 병의 고통은 이중으로 늘어났다. 다행히 효에는 합병증은 없었으나, 눈의 통증이 심했다. 하룻밤 새에 마취 주사를 서너 번이나 맞는 일도 있었다. 그래도 주사가 듣지 않아 다음날 아침까지 한숨도 자지 못하는 일이 자주 있었다. 돌봐 주고 있는 가야코도 간호사도, 손을 쓸 수도 없이 그저 고통스러워하는 모습을 바라볼 뿐이었다. 그런 날은, 평소 관대하고 커다란 풍모를 지닌 효에의 모습은 사라지고 신경질적이 되어서, 언젠가 구루메가 한 말처럼 상처 입은 원숭이가 연상되었다.

어느 날 밤의 일이었다. 늘 하던 대로 효에를 방문하려고 병실 바로 아래까지 온 나루세는 울어서 눈이 빨개진 채로 뛰쳐나온 가야코와 딱 맞닥뜨렸다. 그녀는 그 즈음 완전히 야위었고, 너무 더워서 그런 것이겠지만 마음속 걱정을 숨길 수 없을 정도로 안색도 창백하고 힘도 없었다. 그녀는 나루세를 만나자, 누구를 만났더라도 그렇게 했을 것처럼 본능적으로 배를 소매로 가리면서 잠자코 고개를 숙였다. 그 즈음에는 아무래도 그녀의 배도 사람들 눈에 띄기 시작했다. 이런 세계에서는 배가 불러오는 것이 사람들 입에 오르내리게 되면 살을 베이는 것보다 더 괴로울 것임이 틀림없을 것이다.

그녀는 효에에게 야단을 맞은 참이었다. 나루세는 효에를 방문하는 것을 그만두고, 그녀와 둘이서 근처를 산책했다. 그녀의 말에 의하면, 효에는 오늘 밤 어째서인지 그녀에게 애먼 화를 냈다고 한다.

"너 같은 건 죽어 버려.…… 너는 친오빠가 이렇게 괴로워하고 있는 걸 몰라? 내가 너를 얼마나 사랑하고 있는데, 널 잃으면 내가 어떻게 살아가야 하냐고. 너는 이 오빠가 혼자가 되는 게 아무렇지도 않다는 것이냐?"

이렇게 그도 역시 거의 울음을 터트릴 듯한 목소리로 야단을 쳤다.

"저는, 저는, 어찌 해야 할지 모르겠어요."

그녀는 나루세의 얼굴을 올려다보며 말했다.

"제가 얼마나 오빠를 생각하는지, 오빠는 조금도 알아주지 않아요."

"그렇지 않아요. 오빠 분은 누구보다도 당신의 마음을 잘 알고 있습니다. 다만 신경통이 심할 뿐이에요."

이런 상투적인 위로가 무슨 소용이 있을까 하면서도, 나루세는 결국 그렇게 말했다. 그는 문득 일전에 석양을 받으며 밤나무를 올려다보던 그녀를 기억해 내고, 구루메를 따를 수도 없고 오빠를 따를 수도 없고 어찌할 바를 몰라 그 나무 밑을 서성였을 그녀의 심정이 이만저만 힘들었을 것이 아니라 짐작했다.

다음날 나루세는 효에를 찾아가서 슬쩍 말을 꺼내 보았다.

"어젯밤, 가야코 양을 만났습니다만……"

그러자 효에가 대답했다.

"저는 동생을 사랑하고 있습니다. 그러나 만일 그녀가 저를 위해 그녀의 의사를 굽힐 수밖에 없다고 한다면, 그녀를 버려도 좋다고 생각하고 있어요. 저는 구루메를 미워할 수 없습니다. 구루메와 함께 죽고 싶다면 죽어도 좋고, 저는 저대로 어떻게든 살아갈 생각입니다. 늘 그렇게 생각하고 있습니다. 하지만, 어제는 정말로 참을 수가 없었습니다. 눈 수술을 받을까 말까 아침부터 생각하고 있었습니다. 저의 눈은 이미 완전히 실명해 버렸어요. 그제 찾아온 맹렬한 아픔으로 완전히 볼 수 없게 되어 버렸습니다. 남아 있는 것은 나쁜 쪽 눈 하나뿐이에요. 그런데 이미 실명이 되었는데도 여전히 아파서 견딜 수가 없습니다. 그리고 그걸 가만히 내버려 두면 남은 쪽도 나빠질 거라고 의사가 말했어요. 그러니 마음을 단단히 먹고, 아예 안구를 빼 버리고 의안으로 바꾸는 편이 결과적으로 좋을 것이라

해서 그걸 계속 생각해 보고 있습니다. 그러는 와중에 동생의 커다란 배를 보니까, 완전히 부아가 치밀었습니다. 그리고 결국 완전히 장님이 될 자신을 생각하니 참을 수가 없었어요. 지금의 제가 그녀를 잃는 것은 큰 타격이니까요. 물론 동생이 있어도 그렇고 다른 누군가가 있어도 그렇고 앞으로 제 앞날이 밝아질 일은 없을 겁니다. 어떤 일이 있어도 우리의 앞날은 어두울 것이다, 그것은 이미 알고 있습니다. 충분히 의식하고 있습니다. 그러면서도, 어쩐지 생명줄이 끊어지는 느낌이 들어요. 하지만 오늘은 이제 괜찮아요."

나루세는 효에의 모습을 바라보면서, 지금까지 전혀 몰랐지만, 언제부터인지 눈에 띄게 초조해지고 말씨도 약해지고 힘이 없어졌다는 것을 눈치 챘다.

"가야코 양의 일은 사무소에라도 의논을 해 보면 무언가 좋은 방법이 있을 것이라고 생각합니다."

나루세는 이렇게 말하지 않을 수 없었다. 그러나 구루메의 말이 언뜻 머릿속을 스치자, 그냥 그 자리에서 면피용으로나 할 수 있는 말을 해 버린 자신이 불쾌해졌다. 그는 마음속으로 얼굴을 붉히며 창밖으로 시선을 피했다.

"그에 대해서도 생각해 보고 있습니다만, 무엇보다도 두 당사자의 의사가 결정되지 않아서야 어찌 할 도리가 없어요. 구루메가 강하게 살아 있어 주었으면 합니다만, 저렇게나 개성이 강한 남자라서, 좀처럼 생각대로 되지가 않네요. 무엇보다 생명을 가볍게 여기는 남자라서요."

"그래서, 수술은 언제 하시는 겁니까?"

"아직 결정하지 않았어요. 어차피 할 거라면 빨리 하는 편이 낫겠다고는 생각하고 있습니다."

참을 수가 없어서 어딘가로 가려고 일어선 순간, 어질어질하고 현기증이 났다. 하마터면 쓰러질 뻔 했지만 몸을 추슬러 다시 조용히 다다미 위에 앉았다. 심한 불안과 절망감이 전신을 감싸며 후두부가 납덩이처럼 무거워졌고 몸을 어찌해야 할지 모를 만큼 초조한 기분이 덮쳐왔다. 모든 것이 무의미하게 느껴지고, 모든 것에 화가 났다. 어딘가로 가려고 다시 일어났으나, 걸음을 내딛는 것이 혐오스럽게 느껴졌다. 그래서 다시 앉아 보았으나, 앉으니 다시금 일어서야 겠어서 초조해졌다. 앉아 있을 수도 없고 일어설 수도 없었다. 진퇴양난으로 그 주변을 뒹굴뒹굴 굴러보고 싶었다. 마음은 깊은 우수에 잠겼고, 울 수 있으면 실컷 울어 보고 싶어질 정도였다.

태양은 잡목림 너머로 져버렸고 새빨갛게 타오르던 구름의 색은 차츰 옅어졌다. 어느새 땅거미가 내리기 시작하자, 나루세는 우울증과도 같은 어두운 기분에 휩싸이게 되었다. 이 병원에 온 이래 접해 온 수많은 끔찍한 경험이 머릿속에 쌓이면서 울적해졌다. 그것이 그의 정신을 휘저었는지, 신경은 비정상적으로 민감하고 정신은 맑아졌다. 다다미 위를 기어다니는 개미가 기괴한 괴물로 보이거나 천정 속에서 조그만 소리만 들려도 오싹하고 한기를 느낄 정도로 공포가 온몸을 달리고 있었다. 그리고 뼛속 깊이 사무치는 고독을 느끼는 것이었다. 눈을 감으면 반드시 가야코의 모습이 떠올라서, 커다래지기 시작한 그녀의 복부와 그 속에서 몸을 둥글게 하고 잠들어 있는 태아의 모습이 푸른 물속을 들여다보는 것처럼 선명한 환각으로 나타났다.

잠들기 힘든 밤이 이어지고 잠이 들면 반드시 불쾌한 꿈에 시달리게 되었다. 분석할 것까지도 없이, 확실히 자신도 알 수 있을 정도의 성적인 꿈이나 푸른 바닥이 보이는 강 속에서 반짝반짝 빛나는 자갈을 베고 죽어가는 태아 등이 나타났고, 잠에서 깨면 비지땀을 흘리고 있었다. 납을 녹인 쇳물에서 헤엄을 치는 것 같이 머리가 무겁고, 타액은 끈적거려 불쾌하기 짝이 없었다.

그날 밤 역시 꿈을 꾸었고, 눈을 뜨자 아직 열두 시 가까운 시각이었다. 가슴 언저리부터 두 다리 근처까지 땀에 흠뻑 젖어 있었고, 그는 어두컴컴한 방 안에서 일어났다. 몸을 닦았지만 이미 낡은 모기장 안은 더웠고, 나환자 특유의 체취와 입 냄새가 고여 있어 숨이 막힐 지경이었다. 모기장을 나와 부엌으로 가서 국자로 떠서 마신 물도 혀끝에 미적지근하게 느껴져서 구역질이 날 정도로 불쾌했다. 흙탕물처럼 탁해진 머리로 다시 모기장 안으로 들어가 보았지만, 방금 마신 물이 벌써 땀이 되어 흐르기 시작해 그는 마음을 먹고 방 바깥으로 나왔다.

산탄을 흩뿌려 놓은 듯, 별이 빛났다. 페가수스, 카시오페이아, 백조자리 등의 별자리도 어둠 속에서 선명하게 모습을 드러내고 있었고, 방 바깥은 확실히 시원하기도 했다. 나뭇잎을 살랑살랑 흔들면서 불어오는 바람에 가슴을 활짝 펴고 숲 속을 걷기 시작했다.

울타리 옆으로 나오자, 이따금 바깥을 엿보기도 하고 문득 도스토 예프스키의 『죽음의 집』을 떠올리며 만일 여기가 감옥이라고 한다면 이 호랑가시나무를 한 그루 한 그루 세면서 형기가 지나가기를 기다리는 사람도 있을 게 틀림없다는 생각을 하기도 했다.

납골당 근처까지 오자, 그는 그곳에 있는 잔디밭 위에 앉았다. 어둠 속에 오도카니 모습을 드러내고 있는 이 둥근 지붕 아래에 벌써 천 수백 명이나 되는 환자의 백골이 잠들어 있다는 사실과 곧 자신도 그 백골에 섞여 들어가 무의 세계로 돌아갈 것임을 생각하였다. 어차피 한 번은 반드시 죽는다, 아무리 발버둥쳐도 고작 15년이나 20년 남은 생명이 아닌가, 틀림없이 반드시 죽는다고 생각하면 초조해 하며 괴로워 할 필요도 없다, 만약 몇 만 년이나 살아야 한다면 자살을 할 필요도 있겠지만 정말 얼마 안 되는 짧은 시간 후에는 죽는다, 구원이라는 것은 어디에나 있다, 자신에게는 죽는다고 하는 이 틀림없는 자연법칙이 이미 구원이 된 것이다.

그렇게 생각하며 그는 유쾌한 듯이 혼자 웃으며 일어섰다. 그러자 갑자기 그 자신으로서도 판단이 서지 않는 마음의 상태가 갑자기 덮쳐왔고, 건물 옆에 서 있는 벚나무 밑둥 쪽으로 흐느적흐느적 걸어가 위를 바라보았다. 목을 매기에 적당한 나뭇가지가 얼마나 많던지. 왼쪽 오른쪽 모두 억세고 낭창낭창한 가지가 쭉 뻗어 있었고 초록색 잎들이 거뭇거뭇하게 흔들리고 있었다. 그는 거의 무의식적으로 팔을 들어 올려 벚나무 줄기를 탁 하고 내리쳤다. 기괴한 충동이 슥 사라지는 것을 의식하면서 나무줄기를 강하게 밀어 보았다. 거대한 나무는 꼼짝도 하지도 않았다.

"바보!"

그 순간 갑자기 건물 앞에서 이렇게 외치는 소리가 울려 퍼졌고 혼잡하게 뒤섞인 발자국 소리가 들려왔다. 헉 하고 나루세는 긴장을 하며 정신을 차렸다. 발자국 소리는 딱 멈추었고 흥분한 목소리는 계속되었다.

"내가, 내가 지금까지 죽지 못한 이유를 당신은 모르는 거야? 당신을 향한 애정이라구. 그것이 나를 미치게 하는 거야."

구루메구나, 라고 나루세는 아무 생각 없이 한 걸음 내딛으며 귀를 기울였다. 그러나 그때부터 갑자기 조용해지고 아무런 인기척도 느낄 수 없는 정적이 돌아왔다. 나루세는 조심조심 건물 앞으로 가보았다. 그곳에는 이미 아무도 없었다. 그는 갑자기 오싹하는 기분이 들어 서둘러 그곳을 떠났다.

같은 방을 쓰는 사람이 숨을 헐떡이면서 달려와 구루메가 목을 매고 죽었다는 사실을 알린 것은 그로부터 불과 3일 후, 아직 동도 트지 않은 새벽이었다. 드디어 죽은 것인가, 누구나 그렇게 생각하겠지만 나루세도 그런 생각을 하면서, 깊은 아침 안개에 쌓인 소나무 숲으로 달려갔다.

납골당에서 약간 떨어진 벚나무에 사체는 아직 그대로 매달려 있었다. 가는 끈은 목으로 깊이 파고 들어가 있었고, 구루메는 긴 머리카락을 늘어뜨린 채 아래를 내려다보고 있었다. 발끝은 지상에 닿을락 말락 하여 발돋움을 하고 있는 것 같은 모습이었다. 하얗게 비추는 광선을 받아 이슬에 젖은 머리카락이 빛나고 있었다.

가야코는 아직 나와 있지 않았지만, 효에는 아픈 눈을 무릅쓰고 나와 있었다. 이윽고 경찰서에서 담당자가 나왔고, 검시가 끝나자 사체는 들것에 실려 해부실로 옮겨졌다. 자살자는 해부하지 않는 것이 병원의 규칙이었으나, 그럼에도 우선 해부실 안의 안치실로 옮겨졌다.

이윽고 사람들이 모두 물러가자, 나루세와 효에는 묵묵히 안치실을 나왔다. 그러자 그곳에 가야코가 서 있었다. 그녀는 입구의 문에 딱 기대어 새파랗게 질린 얼굴을 하고 있었다. 그녀는 마음을 먹고 사체를 볼 용기가 없었던 것이다.

세 사람은 나란히 걷기 시작했다. 아무도 한 마디도 말을 꺼내지 않았다. 효에는 침침해진 한쪽 눈을 크게 뜨고 걷고 있었으나, 그래도 때때로 돌에 걸려 비틀거렸다. 15, 6분을 그렇게 묵묵히 걸었을까, 어느새 호랑가시나무 울타리에까지 와 있었다. 세 사람은 마치 약속이라도 한 듯이 뒤를 확 돌아보았다. 그러자 가야코가 더 이상 참을 수 없었는지 격하게 흐느껴 울기 시작했다.

"이 아이가, 이 아이가…"

그녀는 배 속의 아이를 끌어안듯이 몸부림을 치며 말을 잇지 못했다. 이윽고 기세 좋게 내리쬐는 태양이, 하늘 높이 그 빛살을 던지기 시작했다. 그녀가 울음을 그치자, 효에는 격렬한 눈빛으로 여동생의 눈을 가만히 바라보았다.

"낳아라!"

그리고 효에는 작지만 깊은 곳에서 끌어 올린 듯한 굵은 목소리로 말했다.

"낳아라, 낳으라구."

그가 긴장한 모습을 풀고 덧붙였다.

"새로운 생명이 하나 더 이 지상에 태어나는 거잖아. 물론 낳아도 되지. 그리고, 그 아이에게 후나키의 성을 주자. 알겠냐."

"그래도……"

"그래도 뭐. 병? 옮기 전에 집에다 데려다 놓자. 알겠지? 나는 오늘이 눈 수술을 하는 날이다. 의안은 고마운 것이지. 자, 가자."

효에는 발걸음을 서둘렀다. 그러나 나루세는, 효에의 눈에 고통이랄까 절망으로 보이는 기색이 강렬한 의지와 싸우며 명멸하고 있음을 알아차렸다. 구루메가 언젠가 말한 것처럼, 이 해결책은 결국 거짓인 것일까? 죽은 구루메의 얼굴이 되살아나자 바닥을 알 수 없는 암흑이 마음을 스쳤고, 발걸음을 서둘러 효에를 따라갔다, 그러나, 이미 가까이 닥쳐온 위험이 예민하게 의식이 되자,

"후나키 씨,"

라고 자신도 모르게 소리를 내어 부르고 말았다.

(『중앙공론(中央公論)』 1936년 추계특대호(秋季特大號),

원선영·서지원·이지우 역)

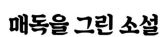

매독을 그린 소설

난징의 그리스도(南京の基督)

아쿠타가와 류노스케(芥川龍之介)

1

어느 날 가을 한밤중의 일이었다. 난징(南京) 치왕가(奇望街) 어느 집의 한 방에는 안색이 창백한 중국 소녀가 낡은 테이블 위에 턱을 괴고 앉아, 쟁반에 담긴 수박씨를 무료한 듯 씹고 있었다.

테이블 위에는 램프가 어슴프레한 빛을 발하고 있었다. 그 빛은 방 안을 밝게 한다기보다는 오히려 한층 더 음울하게 하는 효과를 내는 힘이 있었다. 벽지가 벗겨진 방 한쪽 구석에는 모포가 흘러내린 등나무 침대가 먼지 냄새가 나는 장막을 드리우고 있었다. 그리고 테이블 너머로는 역시나 낡은 의자 하나가 잊혀진 듯 아무렇게나 놓여 있었다. 하지만 그밖에 어디를 보아도 장식이라고 할 만한 가구류는 하나도 보이지 않았다.

소녀는 그럼에도 신경을 쓰지 않았고, 수박씨를 깨물다 말고 때때로 맑은 눈을 들어 테이블 한쪽에 접한 벽을 지긋이 바라보곤 했다. 알고 보니 그 벽에는, 바로 눈앞에 있는 L자형 못에 작은 놋쇠 십자가가 얌전히 걸려 있었다. 그리고 그 십자가 위에는 조잡하게 만들어진 고통 받는 그리스도가 두 팔을 높이 벌리고, 닳아서 무디어진 부조의 윤곽을 그림자처럼 흐릿하게 드러내고 있었다. 그런 예수를 볼 때마다 소녀의 긴 속눈썹 뒤의 쓸쓸한 눈빛은 순식간에 어디론가 사라졌다. 그 대신 순수한 희망의 빛이 생생하게 되살아나는 것만 같았다. 하지만 바로 시선을 옮기면 반드시 한숨을 쉬고는 광택이 없는 검은 공단 윗옷을 걸친 어깨를 힘없이 떨어뜨리며 다시 한 번 쟁반에 담긴 수박씨를 오독오독 씹기 시작했다.

소녀의 이름은 송진화(宋金花)라고 하는데, 가난한 생계를 위해 밤마다 그 방에서 손님을 맞이하는 향년 14세의 창녀였다. 친화이 (秦淮)의 많은 창녀 중에는 진화 정도의 용모를 지닌 여자들은 얼마든지 있을 것이다. 하지만 진화처럼 마음씨가 고운 소녀가 그곳에 또 있을지, 적어도 그 점에는 의문이 든다. 그녀는 동료 매춘부들과는 달리 거짓말도 하지 않거니와 제멋대로 굴지도 않았고, 밤마다 즐거운 듯 미소를 띠고는 이 음울한 방을 찾는 여러 손님들과 노닥거리고 있었다. 그렇게 해서 그들이 내고 간 돈이 간혹 약속한 금액보다 많을 때는, 하나뿐인 아버지가 좋아하는 술을 한 잔이라도 더 사드리는 것을 낙으로 삼고 있었다.

물론 이런 진화의 품행은 타고난 성격 때문이라고 할 수도 있다. 그러나 그밖에 다른 이유가 있다면, 그것은 진화가 어릴 때부터 —

벽 위의 십자가가 보여 주듯이 — 돌아가신 어머니가 가르쳐 준 로마 가톨릭교 신앙을 계속 지니고 있기 때문이었다.

그러고 보니 올해 봄, 상하이(上海) 경마를 구경할 겸 중국 남부의 풍광을 찾아온 젊은 일본인 여행가가 진화의 방에서 특이한 하룻밤을 보낸 적이 있었다. 그때 그는 양복 차림으로 시가를 입에 물고는 무릎에 작은 진화를 앉혀 가볍게 안고 있다가 문득 벽 위의 십자가를 보고는 의아한 표정으로 어설픈 중국어로 물었다.

"너는 예수교도냐?"

"네, 다섯 살 때 세례를 받았어요."

"그런데 이런 장사를 하고 있는 거야?"

그의 목소리에는 순간, 비꼬는 말투가 섞여 있는 듯 했다. 하지만 진화는 그의 팔에 검은 머리를 기대고 여느 때처럼 송곳니를 보이며 환한 웃음을 지었다.

"이런 장사를 하지 않으면 아버지도 나도 굶어 죽으니까요."

"네 아버지는 늙었어?"

"예, ⋯⋯이제는 허리도 펴지 못 하세요."

"그런데 말이야, ⋯⋯그런데 이런 일을 하면 천국에 갈 수 없다는 생각은 안 하나?"

"아니요."

진화는 십자가를 힐끗 바라보면서 고심하는 듯한 눈빛을 보였다.

"천국에 계신 그리스도께서는 분명 제 마음을 헤아려 주실 거라고 생각하니까요. ……그렇지 않으면 그리스도께서 야오자(姚家) 거리 경찰서의 경찰과 다를 게 없잖아요."

젊은 일본인 여행가는 미소를 지었다. 그리고 윗옷 안주머니를 뒤지더니 비취 귀걸이 한 쌍을 꺼내어 손수 그녀의 귀에 걸어 주었다.

"이건 아까 일본에 가져갈 선물로 산 귀걸이인데 오늘 밤 기념으로 너에게 주마."

진화는 처음 손님을 받은 날부터 실제로 이런 확신을 갖고 스스로 안심하고 있었다.

그런데 대강 한 달쯤 전부터 이 경건한 창녀는 불행히도 악성 매독을 앓는 몸이 되었다. 그 소식을 들은 동료 천산차(陳山茶)는 통증을 멈추는 데에 좋다고 하며 아편주를 마시라고 알려 주었다. 그 뒤로 다른 동료인 마오잉춘(毛迎春)은 친절하게도 자신이 복용하던 홍람환(汞藍丸)과 남은 가로미(迦路米)¹를 가져다 주었다. 하지만 진화의 병은 어떻게 된 일인지 손님을 받지 않고 방에 틀어박혀 있어도 전혀 호전될 기미가 보이지 않았다.

그러자 어느 날 천산차가 진화의 방에 놀러 와서 미신 같은 요법 하나를 그럴듯하게 이야기해 주었다.

"네 병은 손님한테 옮은 거니까 얼른 다른 사람에게 옮겨 버려. 그렇게 하면 분명 이삼일 안에 좋아질 게 틀림없어."

진화는 턱을 괸 채로 시큰둥한 표정을 바꾸지 않았다. 하지만 산

---

1 수은이 포함된 매독약의 일종.

차의 말에는 다소 호기심이 생긴 모양인지 가볍게 되물었다.

"정말?"

"응, 정말이라니까. 우리 언니도 너처럼 아무리 해도 병이 안 나았거든. 그런데 손님에게 옮겨 버렸더니 바로 좋아졌다구."

"그 손님은 어떻게 됐어?"

"손님은 불쌍하게 됐지. 병 때문에 눈이 멀었대."

산차가 방을 떠난 뒤 진화는 혼자 벽에 걸린 십자가 앞에 무릎을 꿇고 고통을 받는 그리스도를 올려다보면서 이렇게 기도를 올렸다.

"천국에 계신 그리스도여. 저는 아버지를 봉양하기 위해서 천한 일을 하고 있습니다. 하지만 제 일은 저 한 사람을 더럽히는 것 외에는 아무에게도 폐를 끼치지 않는 일입니다. 그러니 이대로 죽는다고 해도 분명 천국에 갈 수 있다고 생각했습니다. 그런데 지금 저는 손님에게 이 병을 옮기지 않으면 지금까지 해 왔던 일을 할 수가 없습니다. 그렇다면 설령 굶어죽더라도…… 그렇게 한다면 이 병도 낫는다고 합니다만……손님과 함께 침대에서 자지 않도록 조심해야 한다는 걸 알고 있습니다. 그렇지 않으면 저는 스스로의 행복을 위해서 아무 죄도 없는 타인을 불행하게 만들게 되니까요. 그러나 누가 뭐래도 저는 여자입니다. 언제 어떤 유혹에 빠질지 알 수 없습니다. 천국에 계신 그리스도여. 부디 저를 지켜 주세요. 저는 당신 한 분 외에 기댈 곳이 없는 여자입니다."

이렇게 결심한 송진화는 그 뒤로 산차나 잉춘이 아무리 일을 권해도 고집스럽게 손님을 받지 않았다. 또 때때로 그녀의 방에 단골 손님이 놀러 오더라도 함께 담배를 피우는 것 외에는 절대로 손님의 뜻에 따라 주지 않았다. 그래도 손님이 술에 취해 억지로라도 그녀를 마음대로 대하려고 하면, 진화는 언제나,

"저는 무서운 병을 갖고 있어요. 옆에 계시면 당신에게도 옮을 거예요."

라고 하며 자신이 진짜로 병을 앓고 있는 증거를 보여 주는 것을 마다하지 않았다. 그래서 그녀의 방에 오는 손님은 차차 줄어들었다. 그와 동시에 그녀의 생계도 날이 갈수록 어려워졌다.

오늘 밤에도 그녀는 테이블에 기대어 오랫동안 멍하니 앉아 있었다. 하지만 여전히 그녀의 방에는 손님이 올 기미가 보이지 않았다. 얼마 안 있어 밤은 가차 없이 깊어져 갔고 그녀의 귀에 들어오는 소리라고는 어딘가에서 울고 있는 귀뚜라미 소리뿐이었다. 게다가 불기가 없는 방의 추위가 바닥에 깔린 돌 위에서 차례로 그녀의 회색 공단 신발로, 그 신발 속의 가녀린 발로, 물결처럼 덮쳐 왔다.

진화는 아까부터 어스름한 램프의 불빛을 넋을 놓고 바라보고 있다가 이윽고 몸서리를 한번 치더니 비취 귀걸이를 늘어뜨린 귀를 긁으며 작은 하품을 삼켰다. 그러자 거의 동시에 페인트칠을 한 문이 힘차게 열리면서 낯선 외국인 한 명이 비틀거리듯이 안으로 들어왔다. 그 기세가 거셌기 때문일 것이다. 테이블 위에 놓인 램프의 심지가 한 차례 확 타오르며, 묘하게 빨간 빛으로 좁은 방 안을 가득 채웠다. 손님은 그 빛을 정면으로 받고는 테이블 쪽으로 엎어질 듯이 한 번 휘청였지만, 금세 바로 섰다. 그러다 이번에는 뒤로

비틀거리며 방금 닫힌 페인트칠을 한 문에 쿵하고 등을 기대고 말았다.

무심결에 일어선 진화는 이 낯선 외국인의 모습에 어안이 벙벙한 시선을 보냈다. 손님의 나이는 서른 대여섯 정도 되었을까? 줄무늬가 있는 듯한 갈색 신사복에 같은 재질의 사냥 모자를 썼고, 눈이 크고 턱수염이 있는, 뺨이 햇볕에 그을린 남자였다. 그런데 유일하게 이해할 수 없는 것은, 외국인임에는 틀림없지만 이상하게도 서양인인지 동양인인지 구분이 되지 않는 점이었다. 검은 머리카락을 모자 아래로 드러내고 불이 꺼진 파이프를 문 채 문을 막고 서 있는 모습은 아무리 봐도 만취한 행인이 길을 잃고 집을 잘못 찾아온 것 같았다.

"무슨 일이시죠?"

진화는 어쩐지 불안한 예감에 사로잡혀서, 테이블 앞에서 멈춰 선 채 따지듯이 물어 보았다. 그러자 상대는 고개를 저으며 중국어를 모른다는 몸짓을 했다. 그리고 옆으로 물고 있던 파이프를 입에서 떼고는 무언가 뜻 모를 유창한 외국어를 한 마디 내뱉었다. 하지만 이번에는 진화가, 테이블 위의 램프 불빛에 귀걸이의 비취를 빛내면서 고개를 저을 수밖에 없었다.

손님은 그녀가 당혹스러운 듯 아름다운 눈썹을 찌푸리는 것을 보더니 갑자기 큰 소리로 웃으면서 사냥 모자를 아무렇게나 벗어 버리고 비틀비틀 그녀에게 다가갔다. 그리고 테이블 맞은편에 있는 의자에 엉거주춤 주저앉았다. 그 순간 진화는 그 외국인의 얼굴을 언제 어디에서 보았는지 기억은 나지 않아도, 분명 낯이 익은 듯한 일종의 친근감이 느껴졌다. 손님은 쟁반 위의 수박씨를 집어 먹으며 — 집어 먹는다고 해봤자 씨를 씹는 것도 아니고 진화를 빤히 바라보고만 있었지만 — 곧 다시 요상한 손짓을 하며 외국어로 무슨 말인가 하기 시작했다. 그녀는 무슨 뜻인지 몰랐지만, 그 외국인이 그녀가 하는 일이 무엇인지 어느 정도 이해하고 있다는 사실은 어렴풋이 추측할 수 있었다.

진화로서는 중국어를 모르는 외국인과 긴 밤을 보내는 것도 드문 일은 아니었다. 그녀는 의자에 앉더니 거의 습관처럼 손님에게 호감을 사는 미소를 보이면서 상대에게는 전혀 통하지 않는 농담을 하기 시작했다. 하지만 손님은 농담을 알아듣는 게 아닌가 하는 의심이 들 정도로 한 마디 한 마디 할 때 마다 웃음소리를 높이며 이전보다 더 정신없이 여러 가지 손짓을 하기 시작했다.

손님이 내뱉는 숨에서는 지독한 술 냄새가 났다. 하지만 거나하게 취해 붉어진 얼굴에는 이 삭막한 방의 공기를 밝게 할 만큼 남자다운 활력이 넘쳐났다. 그 모습은 적어도, 늘 보아서 익숙한 난징의 중국인들은 말할 것도 없이, 지금까지 그녀가 보아 왔던 어떤 동서양의 외국인들보다도 멋있었다. 하지만 그럼에도 불구하고, 전에도 한 번 이 얼굴을 본 기억이 있다는 방금 전의 느낌만은 절대 부정할 수 없었다. 진화는 손님의 이마로 흘러나온 검은 곱슬머리를 바라보면서 가볍게 애교를 부리는 와중에도, 그 얼굴을 어디에서 처음 보았는지 기억을 떠올려 보려고 애를 썼다.

'얼마 전에 뚱뚱한 부인과 함께 놀잇배에 탔던 사람인가. 아니, 그 사람은 머리색이 훨씬 더 붉었어. 그럼 친화이의 공자묘에 사진기를 들이대던 사람일지도 몰라. 하지만 그 사람은 이 손님보다 나이가 많았던 것 같아. 그래그래, 리셔교(利涉橋) 옆에 있는 식당 앞에 사람들이 몰려있던 걸 생각해보니 이 손님과 똑같이 생긴 사람이 굵은 등나무 지팡이를 들어올려서 인력거꾼의 등을 때리고 있었지. 그러면…… 그런데 아무래도 그 사람의 눈은 눈동자가 더 파랬던 것 같아…….'

진화가 이런 생각을 하고 있는 사이, 여전히 기분이 좋아 보이는 외국인은 어느 샌가 파이프에 담뱃잎을 채워 넣고 좋은 냄새가 나는 연기를 내뿜고 있었다. 그리고 갑자기 또 뭐라고 하다가, 이번에는 얌전하게 싱글벙글 웃으며 한쪽 손의 손가락 두 개를 펴고 진화의 눈앞에 들이밀며 ?라는 뜻의 몸짓을 했다. 손가락 두 개가 2달러라는 금액을 나타낸다는 사실은, 물론 누가 봐도 명백했다. 하지만 손님을 받을 수 없는 진화는, 능숙하게 수박씨를 까면서 안 된다는 표현으로 두 번 정도 그것도 웃는 표정으로 고개를 저었다. 그러자 손님은 테이블 위에 아무렇게나 팔꿈치를 걸친 채 어두스름한 램프의 불빛 속에서 얼굴을 가까이 들이밀고 그녀를 지긋이 바라보다가, 곧 다시 손가락을 세 개 내밀고는 답을 기다리는 눈빛을 보냈다.

진화는 의자를 약간 돌리고는 수박씨를 입에 문 채 당혹스러운 표정을 지었다. 손님은 아마 그녀가 2달러로는 몸을 허락하지 못한다는 뜻으로 이해한 듯 했다. 그렇다고 해서 말이 통하지 않는 그에게 자세한 사정을 설명하는 것은 도저히 불가능할 것 같았다. 그래서 진화는 그제야 자신의 경솔함을 후회하며 맑은 눈의 시선을 다른 곳으로 옮기며, 어쩔 수 없이 다시 한 번 더 단호하게 고개를 저었다.

그런데 그 외국인은 잠깐 옅은 웃음을 띠며 망설이는 듯한 기색을 보인 뒤 손가락 네 개를 내밀며 또 외국어로 뭐라고 물었다. 난처해진 진화는 뺨을 받치고 미소지을 기력도 없었다. 이렇게 된 이상 끝까지 고개를 저으며 상대방이 단념하기를 기다릴 수밖에 없다고 퍼뜩 결심했다. 그러나 그렇게 생각하는 사이에 손님의 손은 눈에 보이지 않는 무언가를 붙잡으려는 듯이 결국 다섯 손가락을 모두 펼치고 말았다.

두 사람은 그 뒤로 오랫동안 손짓과 몸짓을 주고받으며 입씨름을 계속했다. 손님은 끈질기게 손가락 개수를 하나씩 늘린 끝에 마지막에는 10달러를 내도 아깝지 않다는 마음을 보이게 되었다. 하지만 창녀에게는 큰돈인 10달러도 진화의 결심을 움직일 수는 없었다. 그녀는 아까부터 의자에서 일어나서 테이블 앞에 비스듬히 서 있었는데, 상대가 양 손의 손가락을 보여주자 답답한 듯 발을 구르며 몇 번이고 계속해서 고개를 흔들었다. 그 순간 어찌된 일인지 못에 걸려있던 십자가가 빠져서 희미한 금속 소리를 내며 발밑의 돌바닥 위에 떨어졌다.

그녀는 황급히 손을 뻗어 소중한 십자가를 주워들었다. 그때 무심코 십자가에 조각된 고통 받는 예수의 얼굴을 보았는데, 이상하게도 그것이 테이블 맞은편에 있는 외국인의 얼굴과 꼭 닮아있었다.

'어쩐지 어디선가 본 것 같다고 생각했는데 바로 이 예수님의 얼굴이었구나.'

진화는 검은 공단 윗옷을 걸친 가슴에 놋쇠 십자가를 가져다댄 채로, 자기도 모르게 테이블을 사이에 둔 손님의 얼굴에 놀란 시선을 보냈다. 손님은 여전히 램프 불빛에 술기운을 띤 얼굴을 붉히면서, 가끔 파이프 연기를 내뿜으며 의미심장한 미소를 띠었다. 심지어 그 눈은 그녀의 모습을 — 아마 흰 목덜미부터 비취 귀걸이를 드리운 귀 주변까지를 — 끊임없이 배회하는 듯 했다. 그러나 손님의 그런 모습조차, 진화에게는 일종의 부드러운 위엄이 넘치는 것처럼 느껴졌다.

이윽고 손님은 파이프를 끄고 일부러 고개를 갸우뚱하며 웃는 목소리로 무언가 말을 걸었다. 그것이 진화의 마음에는 거의 교묘한 최면술사가 상대의 귀에 속삭이는 암시와 같은 수준의 작용을 일으켰다. 그녀는 아까 굳은 결심을 한 것도 완전히 잊어버린 것인지, 조용히 미소짓는 눈을 내리깔고는 십자가를 만지작거리며 그 수상한 외국인의 옆에 부끄러운 듯이 다가갔다.

손님은 바지 주머니에 손을 넣어 잘그락 잘그락 은이 부딪히는 소리를 내면서, 여전히 옅은 미소를 띤 눈으로 진화가 서있는 모습을 마음에 드는 듯이 잠시 동안 바라보고 있었다. 하지만 그 눈 속의 옅은 미소가 열기를 띤 빛으로 바뀌었나 싶은 순간, 신사복을 입은 그는 갑자기 의자에서 벌떡 일어나 술 냄새 나는 팔로 있는 힘껏 진화를 껴안았다. 진화는 마치 기절한 것처럼, 비취 귀걸이를 늘어 뜨린 머리를 뒤로 추욱 젖힌 채로 있었다. 그러나 창백한 뺨 아래에 는 선명한 핏빛이 어렴풋이 보였고, 코앞까지 다가온 그의 얼굴에 황홀한 눈빛을 보냈다. 이 수상한 외국인에게 몸을 맡길지, 아니면 병을 옮기지 않기 위해 그의 입맞춤을 딱 잘라 거절할지. 그런 고민 을 할 여유는 물론 어디에도 없었다. 진화는 수염투성이인 손님의 입에 그녀의 입을 맡기며, 단지 타오르는 듯한 연애의 환희가, 처음 느껴본 연애의 환희가, 격하게 그녀의 가슴으로 밀려 올라오는 것 을 느낄 뿐이었다.……

2

몇 시간 뒤, 램프가 꺼진 방 안에는 희미한 귀뚜라미 소리만이, 침대에서 새어나오는 두 사람의 숨결에 쓸쓸한 가을 분위기를 더 하고 있었다. 그러나 그 사이 진화의 꿈은, 먼지 낀 침대의 장막으 로부터 지붕 위에서 별이 빛나는 밤을 향해 연기처럼 드높이 올라 갔다.

* * *

진화는 자단 나무 의자에 앉아 테이블 위에 차려진 여러 가지 요 리를 먹고 있었다. 제비집, 상어 지느러미, 달걀찜, 훈제 잉어, 삶은 돼지, 해삼국……. 요리는 아무리 세어도 다 셀 수 없을 만큼 많았 다. 게다가 식기 모두가 온통 푸른 연꽃이나 금 봉황을 그려 넣은 훌륭한 그릇들뿐이었다.

그녀의 의자 뒤에는 강사(絳紗) 장막을 드리운 창문이 있고, 또 그 창문 밖에는 강이 있는지 조용한 물소리와 노 젓는 소리가 끊임없이 이곳까지 들려왔다. 그것은 그녀가 어릴 때부터 봐와서 익숙한 친화이 같다는 생각이 들었다. 그러나 그녀가 지금 있는 곳은 천국의 마을에 있는 그리스도의 집임에 틀림이 없다.

진화는 때때로 젓가락질을 멈추고 테이블 주위를 둘러보았다. 하지만 넓은 방 안에는 용 조각 기둥이며 커다란 국화 화분이 요리에서 나오는 김 너머로 희미하게 보이는 것 외에 사람의 그림자는 보이지 않았다.

그럼에도 불구하고 테이블 위에서는 접시 하나가 비면 바로 어디선가 따뜻한 향기가 넘치는 새 요리가 그녀의 눈앞으로 대령이 되었다. 그런가 싶으면 다시 젓가락을 들기도 전에 통으로 된 꿩 구이가 날갯짓을 하며 사오싱주(紹興酒) 술병을 넘어뜨리고 파닥파닥 천장으로 날아가 버리기도 했다.

그때 진화는 누군가가 소리 없이 그녀의 의자 뒤로 다가오는 것을 알아차렸다. 그리하여 젓가락을 든 채로 살짝 뒤를 돌아보았다. 그러자 어떻게 된 일인지 그곳에 있다고 생각한 창문은 사라지고, 단자(緞子) 방석을 깐 자단 나무 의자에 낯선 외국인 한 명이 놋쇠로 된 물 담뱃대를 물고는 느긋하게 앉아있었다.

진화는 그 남자를 보자마자 한눈에, 그가 오늘 밤 그녀의 방에 묵으러 왔던 남자라는 것을 알아보았다. 하지만 단 한 가지 그와 다른 점은 꼭 초승달처럼 둥근 빛의 고리가 그 외국인의 머리 위에서 한 척 정도 떨어진 공중에서 빛나고 있다는 것이었다. 그때 다시 진화의 눈앞에는 김이 모락모락 나는 큰 접시 하나가 테이블에서 솟아난 것처럼 나타나서는 맛있어 보이는 요리를 갑자기 대령했다. 그녀는 바로 젓가락을 들어 올려 그릇 위의 진미를 집으려고 했다. 그러나 그녀는 문득 뒤에 있는 외국인을 떠올리고는 어깨 너머로 그를 돌아보면서 조심스럽게 말을 걸었다.

"당신도 여기로 오시지 않겠습니까?"

"너 혼자 먹거라. 그것을 먹으면 너의 병이 오늘밤 안에 낳을 테니."

머리 위에 후광을 이고 있는 외국인은 여전히 물 담뱃대를 문 채로 무한한 사랑을 담은 미소를 흘려 보냈다.

"그럼 당신은 드시지 않는 겁니까?"

"나 말이냐. 나는 중국 요리를 싫어한다. 너는 아직 나를 몰라보겠느냐? 예수 그리스도는 아직 한 번도 중국 요리를 먹은 적이 없어."

난징의 그리스도는 이렇게 말하고는 천천히 자단 나무 의자에서 일어나 어안이 벙벙한 진화의 뒤에서 그녀의 볼에 부드럽게 입을 맞추었다.

＊　＊　＊

천국의 꿈에서 깨어났을 때는 이미 가을 새벽의 빛이 좁은 방 안에 쌀쌀하게 퍼지기 시작했을 무렵이었다. 하지만 먼지 냄새가 나는 장막을 드리운 작은 배 같은 침대 안에는 아직 미적지근한 어둠이 어렴풋이 남아있었다. 그 흐릿한 어둠 속에서 모습을 드러내고 반쯤 드러누워 있는 진화는, 색을 알아보지도 못할 정도로 낡은 모포에 둥근 턱을 묻은 채로 아직까지 잠들어 있었다. 그러나 혈색이 나쁜 뺨에는 어젯밤에 흘린 땀에 젖어서 그런 것인지 기름진 머리카락이 흐트러진 채 들러붙어 있었다. 약간 벌어진 입술 사이로도 찹쌀 같이 희고 작은 이가 살짝 들여다보였다.

진화는 잠이 깬 지금도 국화와 물소리와 꿩고기와 예수 그리스도, 그밖에 여러 가지 꿈속의 기억 때문에 마음이 뒤숭숭했다. 하지만 얼마 안 있어 침대 안이 점점 밝아지자, 꿈결 같은 그녀의 기분도 잠시 뿐이었다. 대신 방약무인한 현실이, 어젯밤 수상한 외국인과 함께 이 등나무 침대에 올랐던 사실이, 의식 속으로 성큼 파고들어왔다.

"만약 그 사람에게 병이라도 옮겼다가는……."

진화는 그런 생각이 들자 갑자기 마음이 무거워져서 오늘 아침에는 다시 그의 얼굴을 마주하기 힘들 것 같았다. 하지만 일단 잠에서 깬 이상, 햇볕에 그을은 그의 정다운 얼굴을 언제까지고 보지 않고 있을 수는 없었다. 그래서 그녀는 잠시 뜸을 들인 후에 겁을 내며 눈을 떴고, 이제는 이미 밝아진 침대 안을 살펴보았다. 그러나 그곳에는 뜻밖에도 모포에 덮인 그녀 외에는, 십자가의 예수를 닮은 그는 물론이고 사람의 그림자조차 보이지 않았다.

"그렇다면 그건 꿈이었던 걸까."

더러운 모포를 치우자마자, 진화는 침대에서 일어나 바로 앉았다. 그리고 양손으로 눈을 비비고 나서 무겁게 드리워진 장막을 열어제치고 아직 떨떠름한 시선으로 방 안을 둘러보았다.

방은 차가운 아침 공기 속에서, 잔혹할 정도로 선명하게 모든 사물의 윤곽을 드러내고 있었다. 낡은 테이블, 불이 꺼진 램프, 그리고 다리 하나는 침대 쪽으로 쓰러져 있고 또 한 다리는 벽을 향해있는 의자, 모든 것이 어젯밤 그대로였다. 그 뿐만 아니라 지금 테이블 위에는 흩어진 수박씨 속에 작은 놋쇠 십자가도 희미한 빛을 발하고 있었다. 진화는 눈이 부신 듯 눈을 깜박이고 멍하니 주변을 둘러보며, 추운 듯 다리를 모으고 흐트러진 침대 위에 잠시 앉아있었다.

"역시 꿈이 아니었구나."

진화는 이렇게 중얼거리며, 알 수 없는 외국인의 행방을 이리저리 생각해보았다. 물론 생각할 필요도 없이, 그녀가 잠든 사이 슬쩍 방을 빠져나가 돌아갔을 지도 모른다는 생각은 들었다. 그러나 그녀를 그렇게나 다정하게 어루만졌던 그가, 작별인사 한 마디 없이 가버렸다는 사실은 믿기 어려웠다. 아니 그 보다는 차마 믿을 수가 없었다. 게다가 그녀는 그 수상한 외국인으로부터 약속했던 10달러를 받는 것조차 잊고 있었다.

"아니면 정말로 돌아간 걸지도 몰라."

그녀는 무거운 가슴을 끌어안고는 모포 위에 벗어던진 검은 공단으로 된 윗옷을 집어들려고 했다. 하지만 갑자기 손을 멈추었다. 그러자 그녀의 얼굴에는 순식간에 생기 가득한 혈색이 퍼지기 시작했다. 페인트칠을 한 문 너머로 그 수상한 외국인의 발걸음 소리라도 들었기 때문일까. 혹은 베개와 모포에 스민, 술 냄새 지독한 그의 잔향이 부끄러운 어젯밤의 기억을 문득 떠올리게 했기 때문이었을까. 아니, 진화는 그 순간 그녀의 몸에 일어난 기적이, 하룻밤 사이에 흔적도 없이 지극히 악화된 매독을 치료했다는 사실을 깨달았다.

"그럼 그 사람이 그리스도였던 거구나."

그녀는 무심결에 속옷 차림으로 침대에서 구르듯 내려와서 차가운 돌바닥 위에 무릎을 꿇고 부활의 주님과 말씀을 나눈 아름다운 막달라 마리아처럼 열심히 기도를 드리기 시작했다…….

3

이듬해 봄 어느 날 밤, 송진화를 찾은 젊은 일본인 여행가는 또 어두스름한 램프 아래에 테이블을 사이에 두고 그녀와 마주 앉아 있었다.

"아직 십자가가 걸려 있군 그래."

그날 밤, 무슨 이야기 끝에 그가 장난을 치듯 이렇게 말하자 진화는 갑자기 진지한 태도로 어느 날 밤 난징에 내려오신 그리스도께서 자신의 병을 고쳐주었다는 신기한 이야기를 들려주기 시작했다.

그 이야기를 들으면서 젊은 일본인 여행가는 혼자 다음과 같은 생각을 했다.

'나는 그 외국인을 알고 있다. 그 자는 일본인과 미국인 사이에서 태어난 혼혈아다. 이름은 아마 George Murry였던가. 그 자는 내 지인이자 로이터의 통신원으로, 기독교를 믿고 있는 난징의 창녀를 하룻밤 샀고 그녀가 곤히 잠들어 있는 사이에 슬쩍 도망쳐 나왔다는 이야기를 자랑스럽게 했다고 한다. 내가 전에 왔을 때 마침 그자도 나와 같은 상하이의 호텔에 묵고 있었으니 얼굴만은 지금도 기억이 난다. 어쨌든 영자 신문의 통신원이라고는 하지만 남자다운 것과는 거리가 먼, 질이 안 좋아 보이는 사람이었다. 그 뒤로 그 작자가 악성 매독 때문에 결국 발광을 해버린 것은 어쩌면 이 여자의 병이 전염되어서 그런 것일지도 모르겠다. 하지만 이 여자는 지금까지도 그 불량한 혼혈아를 예수 그리스도라고 생각한다. 나는 도대체 이 여자를 위해 눈에 가린 베일을 벗겨줘야 하는 것일까, 아니면 입을 다물고 옛날 서양 전설에나 나올 법한 꿈속에서 살도록 영원히 내버려 두어야 하는 것일까……'

진화의 이야기가 끝나자, 그는 무슨 생각이 났는지 성냥을 그어 냄새가 좋은 시가를 피우기 시작했다. 그리고 일부러 관심이 있는 척 하며 이런 궁색한 질문을 했다.

"그렇군. 그거 참 신기하네. 하지만, 하지만 너는 그 뒤로 한 번도 병을 앓은 적이 없어?"

"예, 없어요."

진화는 수박씨를 씹으며 환한 표정으로 조금도 망설이지 않고 대답했다.

본편을 집필하는 데에 있어서 다니자키 준이치로(谷崎潤一郎) 씨의 작품 「친화이의 밤(秦淮の夜)」(『中外』, 1919.2)에 힘입은 바가 적지 않다. 이에 감사의 마음을 표한다.

(『중앙공론(中央公論)』 1920년 7월호, 이준영 역)

주지하는 바와 같이 현재 인류가 3-4년 동안 경험하고 있는 팬데믹을 초래한 감염병은 인류의 역사와 함께 존재하는 가장 보편적 질병으로, 그 영향이 개인에게 한정되지 않고 접촉한 사람을 통해 널리 퍼져나감으로써 집단에 미치는 영향의 정도가 심대하다는 특징이 있으며, 그런 면에서 사회, 문화사의 일축을 이루기도 한다. 이와 같은 점에서 생각할 때, 일본의 근대 시기는 교통 발달, 인구이동 증가, 전쟁, 무역 등으로 감염병이 증가하고 근대 서구 문명 및 의학의 수용으로 질병에 대한 기본 개념이 변화한 시기라 할 수 있다. 아울러 이와 같은 질병 및 감염병에 대한 사회문화적인 개념과 그에 대한 개인적 사회적 반응은 일본의 근대 문학에도 그대로 반영되었다. 이들 일본 근대문학에는 방역 행정이나 정책, 방역시스템 등 사회과학, 의료적 대응만으로 포착할 수 없는 감염병 특유의 클러스터의 발생 방식, 후유증의 엄중함, 유효한 예방책, 면역 문제나 감염병에 대한 환자 개인 고유의 경험, 병의 고통, 비참상, 불안, 의심, 모멸감, 뒤늦은 행정에 대한 분노 등이 생생하게 재현되어 있다.

이러한 배경에서 본 번역서는 근대 사회, 문화사에 큰 영향을 미친 결핵, 스페인 독감, 한센병, 매독 등의 감염병을 그린 일본의 대표적 문호의 작품을 선정하여 소개하고자 한다. 작품을 구체적으로 들자면, 첫째, 근대 일본의 도시화, 산업화에 따른 문명병으로 19세기말 20세기초 급격히 확산된 결핵을 다룬 히로쓰 류로(広津柳浪, 1861-1928)의 「잔국(残菊)」(1889)과 모리 오가이(森鷗外, 1862-1922)의 희곡 「가면(仮面)」(『昴』, 1909), 둘째 코로나로 인한 현재의 팬데믹 현상과 가장 유사하면서 가장 가까운 시기(1918년에서 1920년까지 3년 동안 유행)에 유행했던 스페인 독감을 그린 시가 나오야(志賀直哉)의 「유행성 감기(流行感冒)」(1919.3)와 다니자키 준이치로(谷崎潤一郎)의 「길 위에서(途上)」(1920), 그리고 기쿠치 간(菊池寛)의 「마스크(マスク)」(1920), 셋째 근대 일본의 우생 및 위생 정책에 따른 감염병의 격리와 배제 원리의 가장 전형적인 양상을 드러내는 한센병을 그린 호조 다미오(北条民雄)의 「생명의 초야(いのちの初夜)」(1955)와 「나병 요양원 수태(癩院受胎)」, 마지막으로 성을 매개로 한 감염병이라는 이유로 혐오와 차별, 배제의 대상이 된 매독을 그린 아쿠타가와 류노스케(芥川龍之介)의 「난징의 그리스도(南京基督)」(1920)를 번역한다.

이하 각 작품의 내용을 소개하면 다음과 같다.

결핵의 낭만화와 사회화

　결핵은 석기시대, BC.1000년 전부터, 이집트에서 발생했던 것이 확인되며 인류의 역사와 공존하는 가장 오래된 감염병으로 시대와 문화에 따라 그 인식은 크게 변화하여 왔다. 14세기 이후 폐결핵은 유럽에서는 나병을 대신하는 중요한 전염병이 되었으며, 17세기부터 증가하여 18세기 후반에서 19세기에는 산업화에 따른 열악한 도시환경과 영양상태로 크게 유행하게 된다. 이에 따라 결핵을 규명하고자 하는 시도도 활발해져서, 1882년 로버트 코흐는 결핵균을 발견하고 1890년 11월에는 튜베르클린 효과를 보고한다. 이후 이전까지 신에 대한 징벌이나 유전병 등으로 여겨졌던 결핵에 대한 인식은 크게 바뀌게 된다.

　이와 같은 흐름은 아시아에서도 마찬가지여서, 일본 역시 에도시대(江戸時代, 1600-1868) 말에서 메이지시대(明治時代, 1868-1912)에 걸쳐 식산흥업, 부국강병을 위한 산업화, 도시화가 추진되며 환자 수가 증가하기 시작하였고, 동시에 이에 대한 의학적 대응과 위생제도를 마련해 갔다. 일본은 1891년 최초로 튜베르클린 접종을 실시하였으며, 1901년에는 축우결핵예방법을 제정하는데, 이는 일본에서 최초로 결핵 문제를 법제화한 것이라 할 수 있다. 1904년에는 결핵예방령을 발령하고 <결핵 요양소 법률>을 제정하는 등 이른 시기부터 결핵에 대한 법률을 정비하고 관련 위생정책을 실시하고 있음을 알 수 있다.

동시에 이와 같은 결핵의 만연과 그에 대한 의학적 지식의 보급과 위생제도의 정비에 따라, 결핵이라는 질병은 단순한 문학의 조역이나 배경, 에피소드를 넘어 주인공의 병이 되거나 스토리를 이끌어가는 주요 모티프가 되기도 하는 등 일본 근대문학의 주요 소재가 된다. 이들 작품에서 결핵은 미인이나 천재, 지식인, 예술가의 죽음으로 낭만화되어 가는 양상을 보이기도 하고, 급속한 산업화에 따라 일상생활 속에 만연하면서 사회병(국민병)으로 차별과 배제의 대상이 되어가는 양상을 보이기도 하였다. 이러한 맥락에서 본서에서는 그 대표작으로 다음 두 작품을 번역한다.

결핵의 낭만화의 시발점이 된 히로쓰 류로의 「잔국(残菊)」

히로쓰 류로(広津柳浪, 1861-1928)의 「잔국(残菊)」(1889)은 결핵으로 고통받는 여성의 삶을 그려낸 이야기로, 결핵을 앓았던 작가의 자전적 소설이다. 도쿠토미 로카(徳冨蘆花)의 『호토토기스(不如帰)』(『国民新聞』1898-1899, 単行本, 1900)와 함께 '야위어서 키는 껑충하니 크고, 창백하고 볼이 홍조를 띤 여성이 미의 전형이 되는 데', '가장 큰 역할을 했다'[1]는 평가를 받는 작품이다.

---

1 福田真人『結核の文化史』(名古屋大学出版会, 1995), p. 101.

히로쓰 류로는 메이지와 다이쇼(大正, 1912-1926) 시대를 대표하는 소설가로, 1861년 6월 8일 나가사키현(長崎県)에서 아버지 히로쓰 도시조(広津俊藏), 어머니 리우(柳子)의 차남으로 태어났다. 본명은 히로쓰 나오토(広津直人)이다. 1877년 외국어학교에서 독일어를 배우고 제국대학 의학부 예비과에 입학했으나, 폐첨(肺尖) 카타르로 중퇴하였다. 그 후 아버지 친구의 권유로 사업가가 되기로 마음먹고 농상무상의 관리가 되었지만, 일에 적응하지 못한 채 소설류를 탐독하기 시작하였다. 1883년에 부모를 모두 여읜 후 생활은 방탕해졌고 도쿄 생활이 어려워져 낙향한다. 이때 겪은 가난은 그의 문학에 지대한 영향을 주었다. 1887년 친구인 화가의 권유로 정치소설 「여자참정신중루(女子参政蜃中楼)」를 『도쿄에이리신문(東京絵入新聞)』에 연재한 뒤, 죽음을 앞둔 결핵 환자의 심리를 그린 「잔국」(1889), 「지는 동백(おち椿)」(1890), 「작은 배의 폭풍(小舟嵐)」(1890~91) 등 주관적 경향이 강한 작품을 발표하여 호평을 얻는다. 1895년에는 사실적 수법으로 전환해 심각(비참)소설 「변목전(変目伝)」, 「흑도마뱀(黒蜥蜴)」 등을 발표한다. 1996년에는 심중소설의 걸작으로 불리는 「이마도 정사(今戸心中)」, 「가와치야(河内屋)」 외에 「엉킨 실(もつれ糸)」(1899), 「메구로코마치(目黒小町)」(1900) 등으로 인간의 애욕과 집념을 그렸다. 또한 1902년에 발표한 「비(雨)」에서는 민중들의 가난한 생활을 사실적인 기법으로 그려 화제가 되었다. 메이지시대에 활동한 문학결사인 겐유샤(硯友社)에 속하면서도 이채를 띠는 그의 문학 세계는 지금도 많은 문제점과 가능성을 내포하고 있다.

「잔국」(『신저백종(新著百種)』, 1890년 10월)은 이상과 같은 작가의 개성을 확실히 나타낸 작품이다. '나(私)'라는 1인칭으로 서양 유학 중인 남편과 딸을 남겨두고 폐결핵으로 죽어가는 여자의 심리를 그린 것으로, 결국 생의 마지막 순간에 남편이 유학길에서 돌아와 그 기쁨으로 회복된다는 내용이다. 우선 결핵을 그린 문학으로서 이 작품의 의의는 작가의 결핵 병력에 기반한 소설이라는 점이다. 작가의 아버지 도시조는 나가사키의 콜레라의사였고 조선사정에 밝아 어렸을 때부터 그의 집 안에는 군인들의 출입이 잦았다. 그리하여 류로는 군인을 지망하였으나 병으로 단념하고 1878년 제국대학 의과대학 예비과에 입학하였다. 그러나 다음해 폐첨 카타르로 의사도 단념하고 실업가를 지망하기도 하고 농상무성 관리가 되기도 하였다. 그러다 병이 든 형과 동생의 폐결핵 진단에 의해 결국은 문학을 지망한다. 이와 같이 본 작품은 자신을 비롯한 가족들의 폐병 경험을 바탕으로 하고 있다. 두 번째로 주목할 점은 주인공 오코라는 결핵환자의 죽음에 대한 공포, 병상에서의 불안 심리, 육체적 변화에 대한 묘사를 통해 당시 근대시기 의학적으로 규명이 된 결핵이라는 질병에 대한 인식을 엿볼 수 있다는 점이다. 세 번째로는 일본 근대 문학사에서 '폐병의 낭만화의 선두'가 된 작품이라는 점에서 주목할 만하다. 위에서 언급한 바와 같이 본 작품은 남편의 양행 동안 결핵에 걸린 아내가 남편의 귀국의 기쁨으로 빈사의 중증에서 회복이 된다는 내용이다. 주목할 점은 사족 집안 출신으로 '고관대작의 영양'들이 다니는 사립학교를 졸업한 주인공 '나'=오코, 스물 두 살에 '졸업시험 성적이 발군하여 관비로 양행'을 한 남편 고타로라는 엘리트 등장인물, 그리고 이 둘의 사랑이 결국은 결핵을 극복하는 힘이 된다는 구성을 취하고 있다는 점이다. 이와 같은 질병에 대한 엘리트들의 사랑의 승리라는 설정은 당시 독자들의 동경의 대상이 되기에 충분하여, 젊고 아름다운 미인이나 천재 예술가, 지식인의 병이라는 결핵에 대한 낭만적 이미지의 선구가 된다.

결핵의 사회화를 대표하는 모리 오가이의 희곡 「가면」

모리 오가이(森鷗外, 1862-1922)의 「가면(仮面)」은 메이지시대 부국강병과 식산흥업정책과 함께 만연한 결핵에 대한 가혹한 사회적 현실이 잘 드러난 작품이다.

모리 오가이는 시마네현(島根県) 출신으로, 메이지 및 다이쇼 시대에 활동한 소설가, 극작가, 번역가이다. 역시집 『오모카게(於母影)』(1889), 번역소설 「즉흥시인」(1892), 소설 「무희(舞姫)」(1890), 「기러기(雁)」(1911), 「다카세부네(高瀬舟)」(1916), 사전(史伝) 「시부에 주사이(渋江抽斎)」(1916) 등으로 나쓰메 소세키(夏目漱石, 1867-1916)와 함께 당시 시대를 대표하는 일본의 문호로 불린다. 동시에 그는 육군 군의이자 관료이기도 하였다. 그는 대대로 쓰와노번(津和野藩) 소속 의사집안 출신으로 아홉 살부터 의학 서적을 공부하기 위해 영어와 네덜란드어를 익히기 시작했다. 이후 도쿄대학 의학부에 입학하여 열아홉이라는 어린 나이에 졸업하고, 군의관으로서 당시 독일 군대의 위생학에 대한 조사 및 연구를 진행하기 위해 독일로 유학을 떠난다. 독일 유학 중 문학과 미술에 대해 많은 관심을 보였으며, 결핵균을 발견한 것으로 유명한 로베르트 코흐를 만나 그에게 위생학을 배우기도 했다. 1907년에는 육군 군의총감·육군성 의무국장에 취임하여 1916년까지 근무했다. 육군을 퇴직한 다음 해부터는, 제실박물관(帝室博物館) 총장 겸 도서 관련 관청에서 장관으로 취임해 사망할 때까지 자리를 지켰다. 세 번째로 그는 의학자이자 결핵환자로 1922년 위축신과 폐결핵으로 인해 사망했다. 19세에 늑막염에 걸린 적이 있고 1890년 장남 오토(於菟)가 태어나자 곧 이혼한아내 도시코(登志子)는 후일 결핵으로 사망한다. 오토에 의하면 오가이는 죽기 전 주치의 느카다 스스무(額田晉)에게만 자신의 몸을진찰하게 허락하였고, 그 결과 '현미경으로 살펴보면 결핵균이 잔뜩 있어서 마치 그 배양액을 보는 것 같았으며', 자신이 결핵에 걸린 사실을 '사람들에게 말하지 말라'고 하였고 '가래를 모은 종이를 모아' '직접 마당 한쪽에서 태웠다'[2]고 한다. 즉 오가이는 시대를 대표하는 대문호이자 결핵에 대한 최첨단 지식을 지닌 의학자이자 관료이면서 동시에 자신이 결핵 환자임을 평생 비밀에 부친소위 샤이 결핵환자였던 것이다. 그리고 그는 희곡 「가면」, 번역 슈니츨러(Arthur Schnitzer, 1862-1931)의 「미련(Sterben)」(1894, 번역은 『東京日々新聞』 1912.1.6-3.10), 소설 「하토리 지히로(羽鳥千尋)」(『中央公論』

---

2 「鴎外の健康と死」(『医学者の手帳』学生社, 1961), p. 302.

1912.8)와 같은 결핵 소재의 문학을 남긴다.

오가이의 두 번째 창작 단막물이자 최초의 현대극 작품인 「가면」(『스바루』 1902.6, 신토미좌[新富座]에서 상연)은 이상과 같은 대문호이자 의학자이자 관료이면서 결핵 환자였던 작가 오가이의 자기고백적 작품이다. 작품의 주인공은 의학 박사인 스기무라(杉村) 박사와 문과 대학생 야마구치(山口) 군이다. 박사는 결핵 진단을 받고 스스로의 처지를 비관하는 야마구치에게, 자신 또한 일찍이 결핵에 걸렸다는 사실을 고백한다. 그리고 니체의 철학을 인용하면서 자신은 그것을 주변에 알리거나 도움을 청하지 않고 스스로 고고함 속에서 치료를 무사히 해냈다는 이야기를 전한다. 여기에서 소설의 제목이기도 한 '가면'이라는 단어가 등장한다. 이 작품에서는 첫째, 결핵에 대한 당시 인식과 최신 의학적 대응을 알 수 있다. 예를 들면 담배와 결핵과의 관련성에 대한 인식이나 질-닐슨염색법(Ziehl-Neelsen"fs staining)이라는 결핵 검사법, 전지요양이나 플란넬(flannel) 요법 등 당시 결핵에 대한 근대 의학의 대응 양상을 엿볼 수 있다. 둘째, 결핵이 불치병으로 여겨졌던 시대를 배경으로 치명적인 질병에 걸린 주인공 야마구치와, 이미 걸렸다가 완치하게 된 스기무라 박사의 모습을 통해 우리는 삶에 대처하는 자세를 확인할 수 있다. 즉 자신의 처지를 비관하지 않고 자신의 삶은 자신의 의지에 의해 살아가고자 하는 삶의 의지가 중요하다는 스기무라 박사(=작가 모리 오가이)의 메시지를 우리는 확인할 수 있다. 세 번째, 문학가이자 의학자, 결핵환자로서 결핵 환자임을 평생 은폐하고자 했던 오가이의 행위에 대한 설명으로 읽을 수 있다. 오가이는 결핵균을 처음 발견한 로베르트 코흐 아래에서 위생학을 공부하면서 최첨단 결핵 지식을 지닌 의학자였으며, 동시에 첫 번째 아내인 도시코는 이혼 후 결핵에 걸려 사망하였고 자신 또한 27세 무렵 처음 결핵에 걸린 이후 평생 결핵 환자로서 살아왔다. 그러나 그는 평생을 자신이 결핵환자라는 사실을 주위에 알리지 않았다. 이는 「가면」의 스기무라 박사의 인물상과 주제에 그대로 반영이 된다. 박사는 타인에게 스스로의 감염 사실을 숨기고 아무 일도 없는 듯 행동하는 모습을 보인다. 문제는 결핵은 단순한 질병이 아닌 감염병이라는 점에 있다. 스기무라 박사가 멀쩡한 척 생활하면서 접촉한 다른 사람들에게 결핵이 전파되었을 가능성은 충분히 존재하고, 박사 본인이 의료계에 종사하고 있는 이상 그 사실을 누구보다 잘 알고 있을 것이다. 그럼에도 박사가 보인 태도는 감염병의 측면에서 생각하면 다소 문제가 있다고 볼 수도 있을 것이다. 코로나가 유행하던 우리 사회에서도 스스로 감염 사실을 감추고 일상생활을 이어나가는 사람들이 더러 존재했다. 피치 못할 사정이 있는 경우도 존재하는 반면, 일부는 사회에 피해를 입혔다는 이유로 벌금 등으로 책임을 묻기도 했다. 이 작품을 통해 우리는 감염병에 걸리고 나서 어떤 태도를 보여야 하는지 고민하는 기회를 마련할 수 있을 것이다.

스페인 독감을 그린 소설

이시 히로유키(石弘之)는 '역사상 인류가 직면한 최대의 위협은 전쟁, 지진, 홍수 등 자연재해 그리고 감염병'이라고 하고, 특히 '바이러스에 의한 팬데믹, 화산 폭발 분화, 쓰나미 3대 위기 중 가장 큰 위협은 바이러스 팬데믹'(石弘之『感染症の世界史』角川ソフィア文庫, 2018)이라 하며 바이러스에 의한 팬데믹의 위력을 가장 큰 것으로 언급하고 있다. 현재 인류가 경험하고 있는 COVID-19가 이에 해당한다고 할 수 있다. 동시에 1918년부터 1920년까지 전 세계적으로 유행했던 스페인 독감은 이와 같은 COVID-19에 의한 팬데믹과 가장 가깝고도 유사한 사례에 해당한다.

스페인 독감은 1918년 처음 발병해 제1차 세계대전 최후반부터 종전 직후까지인 1920년까지 유행한 인플루엔자 바이러스이다. 스페인 독감의 세계 평균 사망률은 3~5%였으며, 전 세계 인구의 약 1~3%가 죽었다. 일부는 걸린 지 2~3일 만에 사망에 이르는 경우도 있었다. 제1차 세계대전의 사망자인 1,500만 명에 비해 스페인 독감으로 인한 사망자는 그 5배에 달하는 1,700만~5,000만 명으로, '20세기 최악의 감염병'으로도 일컬어진다. 당시 우리나라에서도 스페인 독감이 퍼져 인구 1670만 명 중 절반 정도인 740만 명이 감염되었으며, 이 중 14만 명이 사망한 것으로 알려져 있다. 스페인 독감의 증상은 일반적인 독감이나 폐렴 증상과 동일하나 환자의 피부에서 산소가 빠져나가면서 피부가 푸르게 괴사하는 증세를 동반한다. 이 일을 계기로 독감 예방 접종 문화가 시작되었다. 당시에는 바이러스를 분리, 보존하는 기술이 없어 그동안 스페인 독감의 정확한 원인은 밝혀지지 않았으나, 2005년 미국의 한 연구팀이 알래스카에 묻혀 있던 한 여성의 폐 조직에서 스페인 독감 바이러스를 분리해 재생하는 데 성공했다. 재생 결과 이 바이러스는 인플루엔자 A형 바이러스의 변형인 H1N1으로 확인되었다. 또한, '스페인 독감'이라는 이름과 다르게 이 바이러스의 발원지는 스페인이 아니다. 제1차 세계대전 당시 많은 참전국들이 언론을 통제하고 보도 검열로 인해 이 독감을 다루지 않았으나, 스페인은 당시 중립국이었기 때문에 검열로부터 자유로워 이를 집중 보도하였기 때문에 이러한 병명이 붙여졌다고 한다. 실제 발원지는 정확하지 않지만 여러 연구 상 미국, 영국, 중국 중 하나로 추정되고 있다.

이와 같은 스페인 독감은 일본에서도 세 차례(제1차: 1918년 5월-7월, 제2차: 1918년 10월-1919년 5월, 제3차: 1919년 12월-1920년 5월)에 걸쳐 폭발적으로 일어났다. 일본의 감염자 수는 2300만 명, 사망자 수는 38만-45만(당시 인구 5천5백만)에 달하여 전쟁이나 지진(1923년 관동대지진으로 10만5천명 사망)보다 피해 규모가 막대하였다. 아울러 이 질병은 지위나 신분을 가리지 않는 질병으로 수많은 평민은 물론이고 황태자, 수상 및 많은 정부 관료, 지식인들 사이에서도 집단 감

염이 발생하였다. 이에 따라 스페인 독감에 감염된 작가들은 일기나 수필, 소설 등의 형식으로 자신이나 가족의 감염 경험을 기록했다. 이들 기록에는 통계나 역사적 기록 등에서는 포착되지 않는 환자의 고통과 비참한 경험뿐만 아니라 전염에 대한 불안감, 이로 인한 타인에 대한 불신감, 배척, 차별, 심지어 모욕, 정부의 대책에 대한 대응 등 복잡한 감정과 행위도 깊이 있게 묘사되고 있다. 또한 그 명칭도 기록자에 따라 스페인 감기(スペイン風邪), 신형 인플루엔자(新型インフルエンザ), 악성 감기(悪性感冒＝悪感冒), 유행성 감기(流行性感冒＝流感) 등 다양하다. 본서에서는 스페인 독감을 소재로 한 다이쇼시대 대가의 세 대표작을 번역한다.

감염병 및 위생 인식에 대한 계층간 차이와 시가 나오야의 「유행성 감기」

시가 나오야(志賀直哉, 1983-1971)의 「유행성 감기(流行感冒)」는 작가의 스페인 독감 감염체험을 소재로 한 작품이다.

시가 나오야는 메이지시대부터 쇼와시대에 활동한 일본의 소설가로 미야기현(宮城県) 제일은행 이시마키(石巻) 지점에 근무한 아버지 나오하루(直温)와 어머니의 긴(銀)의 차남으로 태어난다. 형이 어린 나이에 사망했기에 실제로는 장남으로 양육되었고, 장남 의식은 그의 문학에도 그대로 반영된다. 2년 후 일가족은 도쿄로 상경하였고 학습원(学習院) 중등과와 고등과를 거쳐 도쿄제국대학 영문학과

에 입학하나 1910년 퇴학하였다. 그 후 무샤노 고지사네아쓰(武者小路実篤)들과 『시라카바(白樺)』를 창간하여 「아바시리까지(網走まで)」(1910)를 발표한다. 아버지와의 대립을 그린 「오쓰 준키쓰(大津順吉)」(1912), 「화해(和解)」(1917)를 발표했고, 「기노사키에서(城の崎にて)」(1917), 「어린 점원의 신(小僧の神樣)」, 「모닥불(焚火)」(둘다 1920) 등 주옥같은 단편을 발표한다. 이후 「암야행로(暗夜行路)」(1921-37)라는 근대 일본 굴지의 장편을 발표하는데, 주인공 도키토 겐사쿠(時任謙作)의 강렬한 자아는 혐오의 감정이 그대로 선악의 판단으로 이어지는 시가 문학의 특징을 여실히 보여준다. 정곡을 찌르는 예리하고 간결한 문체에 의해 지탱되는 투철한 리얼리즘으로 '소설의 신'이라고 불리며 아쿠타가와 류노스케(芥川龍之介)의 동경의 대상이 되기도 했고 다자이 오사무(太宰治)의 반발을 사기도 하는 등 문단에 대한 영향력이 다대했다. 사소설, 심경소설의 작가로 인식되고 있으나 「면도칼(剃刀)」, 「정의파(正義派)」(모두, 1912), 「탁해진 머리(濁った頭)」, 「세이베와 표주박(淸兵衛と瓢箪)」(모두, 1913) 등 객관소설도 발표하였다.

「유행성 감기」는 지바현(千葉県)의 아비코시(我孫子市)를 무대로 사람들이 스페인 독감을 직면했을 때의 생활과 사고를 그린 작품으로, 혐오와 불쾌의 감정 변화가 작가 특유의 예리하고 간결한 문체로 잘 묘사되고 있다. 작품의 배경은 1918년 가을에 시작된 첫 번째 대유행 시기이다. 저자는 인터뷰에서 '이 소설은 당시 시가 집안에서 일어난 실화 경험을 묘사했다'고 밝히고 있다. 첫째 아이를

잃고, 형도 세 살 때 밖에 나가 다른 사람이 준 음식을 잘못 먹고 죽은 경험이 있는 주인공 '나'는 외딴 시골 마을인 아비코에 거주하면서 유행성 감기=스페인 독감에 대해 엄격한 태도를 지닌다. '나'는 가족들과 하녀들에게 가급적 외출도 삼가고 연극도 보지 말라고 명령한다. 하지만, 하녀 이시(石)는 주인의 경고를 무시하고 거짓말을 하고 연극을 보러 나간다. 이 일로 '나'는 매우 화가 나서 이시를 해고하려고 결심하지만 아내의 권고에 따라 그녀를 집에 남긴다. 그러나 대유행 추세가 수그러들자 '나'는 자신의 부주의로 스페인 독감에 걸리고 결국 아내와 딸, 하녀 기미(きみ)와 간호사도 감염된다. 집에서 유일하게 감염되지 않은 이시는 성실하게 가족을 돌보고 전원이 회복된다. '나'는 이시의 행위에서 선량한 면을 보고 당시 자신이 이시에게 화를 낸 행동을 후회하고 죄책감을 느낀다.

작가는 작품에서 자신을 폭군으로 묘사하며, 자신과 가족이 스페인 독감에 감염되지 않게 보호하기 위해 자신의 방침을 다른 사람에게 강요한다. 이 행위에는 당시 사람들의 위생관념과 유행병에 대한 인식이 출신이나 계층에 따라 달랐던 점도 반영된다. 시가는 상류사회에서 태어났기 때문에 좋은 교육을 받았고, 전염병의 위험을 알고 있으며, 엄격한 예방 조치를 취할 수 있었다. 하지만 당시 일반 시민들은 그와 상관없이 운동회에 참가하거나 연극을 보거나 한다. 즉 당시 일본 민중은 전염병에 대한 지식과 예방 수단, 위생 습관이 미흡했음을 알 수 있다. 이것이 메이지 및 다이쇼 시대의 전염병 유행을 초래한 원인 중 하나였을 수도 있다.

이와 같이 「유행성 감기」는 100년 전 유행했던 스페인 독감을 소재로 혐오와 불쾌의 감정 변화를 예리하고 간결한 문체로 그려 냄으로써 작가 고유의 문학세계를 잘 보여 줄 뿐만 아니라 전염병이나 위생에 대한 인식, 예방 수단이나 습관 등에 있어 계층적, 지역적 차이를 보여줌으로써 COVID-19를 경험하고 있는 현대 사회의 독자에게 많은 참조점을 제시하고 있다.

'프로바빌리티 범죄'의 트릭과 다니자키 준이치로 「길 위에서」

다니자키 준이치로(谷崎潤一郎, 1886-1965)의 「길 위에서(途上)」는 스페인 독감을 범죄 수단으로 활용하는 내용의 추리소설이다.

다니자키는 1886년 도쿄 주오구(中央区) 니혼바시닌교초(日本橋人形町)에서 출생하였으며, 최초의 작품 「탄생(誕生)」을 발표한 1910년부터 1965년 79세로 죽을 때까지 반세기 이상 문단에서 왕성하게 활동을 하였다. 그는 자연주의 문학의 전성기에 파격적 페티시즘을 그린 「문신(刺青)」(1910)을 발표하여 나가이 가후(永井荷風)의 격찬을 받으며 등장, 탐미주의 문학의 주류가 되었다. 이러한 그의 문학세계는 일반적으로 마조히즘, 사디즘과 같은 변태성욕, 낭만주의, 관능주의, 여성·여체 숭배, 모친사모, 전통 회고 취향, 예술지상주의, 악마주의, 탐미주의 등으로 특징지워진다. 동시에 그는 작풍이나 문체, 표현 등에서 평생 변화를 추구하여, 한어나 아어, 속어나 방언

을 구사하는 아름다운 문장과 작품마다 변화하는 서술방법을 특징으로 한다. 또한 포나 도일을 읽고 괴기, 환상, 신비적 소재를 취해 오늘날 미스터리나 서스펜스의 선구적 작품 즉 「비밀(秘密)」(1911), 「인면창(人面疽)」(1918), 「야나기유 사건(柳湯の事件)」(1918), 「저주받은 희곡(呪われた戯曲)」(1919), 「어떤 소년의 공포(或少年の怖れ)」(1919), 「길 위에서(途上)」, (『개조(改造)』1920) 등을 집필하였다. 이들 작품은 훗날 추리소설의 대표작가 에도가와 란포(江戸川乱歩), 요코미조 세이시(橫溝正史) 등에게 깊은 감명을 주었고 그들은 다니자키 작품의 모방을 시도했을 만큼 추리소설사에서 중요한 위치를 차지하고 있다.

본서에서 번역하는 「길위에서」는 회사원 유가와(湯河)가 귀가를 하는 도중 사립탐정이 같은 회사의 누군가의 결혼을 위해 조사할 것이 있다고 접근한 후, 일일이 정황증거를 들이대면서 범행을 밝혀내는 추리소설이다. 에도가와 란포는 이 작품을 들어 '탐정소설사에서 한 시대의 획을 긋는 작품', '이것이 일본의 탐정소설이라며 외국인에게 자랑할 수 있는 것'(「일본이 자랑할 수 있는 탐정소설」)이라고 평가할 만큼 다니자키의 대표적 추리소설이라고 할 수 있다. 특히 란포는 이 작품을 '프로바빌리티 범죄'의 트릭을 일본에서 처음으로 사용한 작품으로 높게 평가했다. '프로바빌리티(probability) 범죄'란 란포가 이 작품을 읽고 이름을 붙인 범죄 수법으로, 범죄의 성립을 우연성에 의지하지만 성공하면 '완전범죄'가 되는 것을 가리킨다. 주목할 점은 이 작품이 유행병을 이용, 우연성을 가장하여 완전범죄를 시도한다는 점이다. 즉 범인 유가와의 아내 후데코는 1913년 10월 결혼하여 1919년 4월 티푸스로 사망하는데, 1917년 10월 티푸스, 1918년 1월 감기, 1918년 7월 설사, 1918년 10월 감기, 1919년 1월 감기와 폐렴 등에 걸린 끝에 사망에 이르게 된다. 이는 허약한 후데코로서는 단순한 우연으로 보이지만, 사실은 우연을 가장한 것으로 전염병 감염 가능성을 높이고자 하는 남편의 지속적 기도에 의한 필연적 결과라는 것이다. 이 작품에서는 티푸스나 감기, 콜레라 등 유행병을 이용하는데, 여기에서 감기란 1917년부터 1919년까지 3년 동안 일본사회에 닥쳤던 유행성 감기=스페인 독감을 의미한다. 이는 이 소설의 시대 배경이 되고 있는 다이쇼 시대에 실제로 티푸스 환자가 갑자기 늘어났고, '스페인 독감'도 세계적으로 유행하고 있었기에 가능했던 설정이라 할 수 있다.

이와 같이 본 작품은 스페인 독감을 비롯한 감염병을 활용한 우연을 가장한 범죄의 트릭을 탐정이 직접 범인 앞에서 풀어내는 추리소설이다. 처음에는 독자들이 주인공의 탐정에 대한 의심에 공감하지만 어느새 주인공에게 의심을 품게 된다는 구성은 탐정소설의 진수라고 할 수 있을 것이다.

마스크 쓰기의 심리와 기쿠치 간의 「마스크」

기쿠치 간(菊池寬, 1888~1948)의 「마스크(マスク)」(『개조(改造)』 1920.7) 역시 작가 본인의 체험에 바탕한 단편 소설로, 특히 감염병 대응 방법으로서의 마스크 착용과 관련된 미묘한 심리 변화를 그리고 있다.

기쿠치 간은 다이쇼에서 쇼와시대에 걸쳐 활약한 소설가, 극작가, 저널리스트, 실업가이다. 가가와현(香川県) 출신으로 제일고등학교를 거쳐 교토제국대학 영문과에 입학하여 아쿠타가와 류노스케, 구메 마사오(久米正雄) 등과 제3, 4차 『신사조(新思潮)』 동인으로 활동하였다. 1918년 「무명작가의 일기(無名作家の日記)」, 「다다나오경 행장기(忠直卿行狀記)」로 데뷔하였으며, 희곡 「아버지 돌아오다(父帰る)」(1917), 「은혜와 원수의 저편에(恩讐の彼方に)」(1919) 등을 발표하였고, 「진주부인(真珠夫人)」(1920)을 비롯한 50편에 이르는 장편 통속소설에 의해 신현실주의 문학의 새 방향을 열었다. 종합지 『문예춘추(文藝春秋)』를 창간하고 일본문예가협회를 설립하였으며, 아쿠타가와상(芥川賞)과 나오키상(直木賞), 기쿠치간상(菊池寬賞)을 설치하였을 뿐 아니라, 영화사 다이에이(大映)의 초대사장으로 영화사업에도 관여하는 등 '문단의 거물'로 불리었다. 또한, 가와바타 야스나리(川端康成), 요코미쓰 리이치(横光利一), 고바야시 히데오(小林秀雄) 등 신진문학자를 원조하며 신인의 발굴, 육성 등에 공헌하였다. 태평양전쟁 중에는 문예총후운동을 발안하였으며, 1939년에는 조선예술상을 제정하여 조선의 작가나 총독부 관리와 접하면서 조선문단에 절대적 영향력을 행사하였다. 이로 인해 제2차 세계대전 후에 공직추방을 당한 상태에서 1948년 협심증으로 사망하였다.

본서에 수록하는 「마스크」는 위와 같은 기쿠치 간의 폭넓은 활약상에 비해 그다지 주목을 받지 못하였으나, COVID-19 이후 일찍이 2020년 『마스크 스페인 독감을 둘러싼 소설집(マスク スペイン

風邪をめぐる小説集)』(文藝春秋, 2020.12), 2021년 나가에 아키라(永江朗) 편 『문화와 감염증 100년 전 스페인 독감은 어떻게 그려졌을까?(文豪と感染症 100年前のスペイン風邪はどう書かれたのか)』(朝日新聞出版, 2021.6)에 수록되면서 주목을 받게 된 작품이다. 주인공 '나'=작가의 겉모습은 뚱뚱하여 튼튼해 보이지만 실은 '내장이란 내장은 모두 평균 이하로 빈약'하다. 그런 주인공에게 스페인 독감에 걸리는 것은 죽음을 의미하기 때문에 친구와 아내의 비웃음에도 아랑곳하지 않고, '나'는 병을 두려워하며 마스크 착용이나 손씻기, 양치질 등 예방책을 강구하는 것이 문명인의 용기라고까지 생각하며 철저히 감염 예방에 힘썼다. 하지만 날씨가 더워지자 마스크를 쓰는 것이 창피해진 나머지 더 이상은 마스크를 쓰지 않게 되었다. 그 상태에서 검은 마스크를 착용한 청년을 만나자 불쾌한 감정을 느낀다.

이상과 같은 「마스크」는 인간이 손쓸 수 없는 바이러스의 유행 앞에서 더 이상 용기를 내지 못하고 자기중심적인 태도를 지닌 작가 스스로를 비판하면서 독자에게도 자신을 되돌아보는 계기를 제공한다. 특히 현재 인류가 경험하고 있는 COVID-19의 예방책으로 실행되어 온 마스크 쓰기와 관련된 사회적 갈등과 심리의 문제를 생각하는데 많은 참조가 될 것이다. 스페인 독감은 현재의 COVID-19와 매우 흡사한 양상을 보이며, 그 예방책으로 마스크를 착용한다는 점이 가장 큰 공통점일 것이다. 스페인 독감 당시에도 미국 시애틀에서는 마스크를 쓰지 않은 승객의 대중교통 탑승을 거부하거나 심할 경우, 마스크를 쓰지 않으면 벌금을 물리거나 감옥에 보내기도 했다. 마스크 착용과 외출 자제, 사회적 거리두기 등 바이러스에 대한 정부의 대응과 양치질과 손씻기 등 개인의 실천은 스페인 독감 당시에도 현재에도 그대로 나타난다. 이를 통해, 100년 전 스페인 독감이 유행했을 당시와 현재 COVID-19에 대처하는 개인적 대응은 크게 달라지지 않았음을 알 수 있다. 이 작품은 이와 같이 시간이 많이 흘렀음에도 바이러스 앞에서 그대로인 인류의 모습을 확인하고 되돌아보는 계기가 될 것이다.

한센병을 그린 소설

    한센병은 나균(癩菌, Mycobacterium leprae)에 의해 발병하는 만성 전염병이다. 나균이 피부, 말초 신경계, 상부 기도를 침범하여 감염된 사람의 외견을 흉하게 만들며, 이에 따라 나병, 불벌(佛罰), 업병(業病), 천벌병 등으로 불리며 환자는 사회로부터 유난히 혐오와 차별, 박해의 대상이 되었고, 그 가족까지 사회적 관계로부터 유리되는 곤궁에 처하게 하는 질병이었다. 근대에 들어와서 1873년, 노르웨이의 의사 한센이 나균을 발견하면서 전염병이라는 것이 밝혀졌음에도 한센병 환자에 대한 차별은 여전했고, 건강하고 우수한 공동체 구성원의 재생산을 목적으로 하는 근대국가에서 한센병 환자는 그 목적을 달성하기 위해 배제되어야만 하는 존재였다. 그리고 그 배제의 방법은 바로 '격리(隔離)'와 '단종(斷種)'이었다.

    이러한 상황은 일본도 마찬가지여서 한센병은 유전병이라는 잘못된 인식이 오랫동안 지속되었다. 나균은 미약한 발증력에도 불구하고 그 발증률은 위생상황이나 사회적 요인에 의해 결정되었기에 메이지 이후 일등국을 목표로 하는 문명국 일본에는 어울리지 않는 국가의 치욕, 일장기의 오점 등 야만스런 후진국의 상징으로 여겨졌으며 격리와 박멸 정책의 대상이 되었다. 한센병에 잘 걸리는

체질이 유전되며, 사회에서 질병에 취약한 나쁜 유전자를 배제해야
한다는 주장 하에, 일본에서는 1907년 최초의 예방법인 <나병 예방
을 위한 법>을 제정, 격리 정책을 강화하면서 환자를 강제로 요양
원에 입소시켰고, 1931년에는 나병예방법(癩予防法)이 공포됨으로
써 보다 철저한 강제격리정책이 법제화되었다. 그 과정에서 환자들
의 인권은 묵살되었으며 암묵적으로 단종 수술이 시행되었고, 요양
원의 치료 환경도 제대로 보장받지 못했다. 그리고 1940년에는 마
침내 우생학에 기반한 <국민우생법>을 제정하면서 거세, 낙태 등
한센병 환자에 대한 단종 정책이 근대국가 일본의 정책으로 공식화
되었다. 이러한 <나병예방법>은 1996년에서야 비로소 폐지되었다.

이와 같은 근대일본의 한센병 환자 격리정책은 요양소라는 의
료, 생활공간을 무대로 독특한 '격리의 문화'를 창출하였으며, 그
안에는 환자작업, 환자조직, 그에 따른 히에라르키, 요양소별 특유
의 관혼상제, 요양소 외의 주민과의 경제 교류, 우생수술을 조건으
로 한 원내 결혼 등이 존재하였다. 동시에 그 안에는 환자자신의 손
으로 운영되는 기관지가 있었고, 그를 무대로 하는 문학활동이 있
었다. 즉 요양소라는 특이한 의료, 생활공간 속에서 환자에 의한 시,
소설 등이 창작되었고, 나예방협회에 의해 『산벚꽃(山桜)』과 같은
잡지가 운영되면서 모집 문학이 이루어지기도 했다. 이들 한센병
문학은 사회적으로 격리되어 억압받는 한센병 환자의 삶을 다루고
있는 바, 환자 자신의 죄악감, 열등감, 요양소 입소, 우생수술 수락
을 국가, 사회, 가족에 대한 속죄로 표상하는 왜곡된 자아인식, 한센

병 환자로서 자기표현 수단으로서의 문학의 의미 등 다양한 문제의식이 담겨 있다는 점에서 주목을 요한다. 본서에서는 최초의 한센병 문학자인 호조 다미오의 대표작 「생명의 초야」와 「나병 요양원 수태」 두 작품을 소개한다.

최초의 한센병 작가 호조 다미오

호조 다미오(北条 民雄, 1914-1937)는 최초의 한센병 작가로 조선 경성부(현 서울)에서 태어났다. 본명은 시치조 데루지 혹은 고지(七條晃司). 당시 한센병에 대한 편견과 차별 때문에 호조 다미오라는 필명으로 작품 활동을 하였다. 도쿠시마현(德島縣)에서 자라며 14세에 고등 소학교를 졸업하고, 상경하여 니혼바시(日本橋)의 약품 도매상에서 일하면서 호세(法政)중학교의 야간부에 다녔다. 당시 좌익사상에 관심을 가졌으며 고바야시 다키지(小林多喜二)의 「부재지주(不在地主)」를 계기로 프롤레타리아문학의 영향을 받아 동인지(同人誌)를 창설하였으나, 1932년에는 귀향하여 결혼한다. 그러나 1933년 한센병 진단을 받아 이혼을 하고, 다시 상경하여 계속해서 소설을 썼다. 좀처럼 좋은 글이 나오지 않자 조바심을 느껴 자살을 도모하기도 하였다. 그러다가 이듬해 한센병 환자 수용시설인 도쿄 히가시무라야마(東村山)의 전생 병원(현 다마전생원[多磨全生園])에 입원하였다. 투병생활 속에서 문학에 열정을 기울였으며, 이후 그의 작품은 스승으로 삼았던 가와바타 야스나리(川端康成, 1899-1972)에 의해

『문학계(文学界)』 등 여러 잡지에 발표되었다. 특히 「마키노인(間木老人)」(1935)에 이은 두 번째 작품인 「생명의 초야(いのちの初夜)」(1936)에서 입원 당초의 기묘한 체험을 그려 문단에 강한 충격을 주었다. 이어 약 3년이라는 짧은 기간 동안 「나병 요양원 수태(癩院受胎)」(1936), 「나병 가족(癩家族)」(1936), 「망향가(望郷歌)」(1937) 등의 소설과 수필을 잇달아 발표하였다. 끊임없이 죽음과 마주하면서 한센병 환자로서 자신의 숙명을 직시하였으나, 1937년 12월 5일 장결핵으로 24세에 사망하였다.

'격리'와 삶의 의미, 다미오의 「생명의 초야」

「생명의 초야」는 호조 다미오가 쓴 두 번째 단편소설로, 『문학계』1936년 2월호를 통해 발표되었다. 원제목은 「최초의 하룻밤(最初の一夜)」이었으나 가와바타 야스나리에 의해 「생명의 초야」로 바뀌었다. 본 소설을 통해 호조 다미오는 제2회 문학계상을 수상하고, 제3회 아쿠타가와상(芥川賞) 후보에 오른다. 본 소설은 주인공 오다 다카오(尾田高雄)가 한센병 요양소에 입소한 첫날밤에 벌어지는 일들을 그린 작품이다. 오다는 한센병에 걸린 후 여러 차례 자살 시도를 하지만 모두 실패한 후 요양소에 자진 입소하게 되는데, 그곳에서 동병자인 사가라키(佐柄木)를 만난다. 오다보다 5년 먼저 요양소에 입소한 사가라키는 동년배인 오다와 가까워지려 노력하지만, 그의 노력에도 불구하고 오다는 요양소 내에서 죽음을 맞이하고 싶지 않다는 생각에 요양소를 뛰쳐나가 또 한 차례의 자살시도를 한다. 그러나 이 역시 실패한다. 이를 목격한 사가라키는 이후 작품의 주제의식을 전달하는 중요한 역할을 한다. 그는 수차례 자살 시도를 하고 요양원 내 한센병 환자들의 비참한 모습을 목격하며 삶의 의욕을 잃어가는 오다에게 '온전히 한센병 환자 그 자체가 되'어 한센병 환자로서의 자신을 받아들이라고 하며, 죽으려고 해도 죽을 수 없는 한센병 환자의 삶을 살아갈 길을 찾으라고 조언한다. 오다는 결국 그의 사상을 받아들여, 한센병 환자로서의 자신을 온전히 받아들이고 한센병 환자의 삶을 어떻게든 살아가겠다는 결심을 하며 소설은 막을 내린다.

한센병문학은 근대 한센병 환자들의 피할 수 없었던 숙명인 '격리'를 그 모태로 한다. 「생명의 초야」 역시 한센병 환자였던 작가 호조 다미오가 요양원에서 격리된 상태에서 집필하고, 격리 시설을 배경으로 진행되는 소설로, 한센병문학에서 본 소설이 가지는 존재감은 매우 강렬하다. 그는 한센병문학 작가 중에서 공식적인 단행본을 발행한 최초의 소설가였으며, 본 소설은 오랜 시간 동안 혹독한 혐오와 차별 그리고 공포의 대상이었던 한센병과 한센병 환자에 대한 정보를 사회에 공표한 대표적인 작품이다. COVID-19가 성행하여 그에 따른 수많은 격리가 이루어지는 현 시점에서, 이렇듯 한센병문학의 대표작이자 시초격인 본 소설을 통해, 작품 내에 생생하게 그려진 당시 격리 시설과 그에서의 생활, 실태 등을 살펴보고 현 상황과의 차이점을 비교해 볼 수 있을 것이다.

또한 「생명의 초야」는 한센병이라는 낯선 타자를 받아들이고 한센병 환자로서 살아갈 결심을 하기까지의 과정을 생생히 그리고 있다. 그 결심은 과거의 삶에 집착해 한센병 환자를 타자로 바라보던 자신의 '인간'을 죽이고 한센병 환자로서의 '생명'을 새로이 받아들임으로써 가능했다. 이러한 한센병문학은 한센병이라는 '특수한 세계'가 아닌, 우리 삶의 보편성과도 긴밀히 맞닿아 있다. 사람들은 누구나 크고 작은 결점을 가지고 있다. 그런 결점을 가진 자신을 온전히 받아들이고 어떻게든 살아가겠다고 하는 의지나 어떻게 살 것인가 하는 고뇌는 한센병 환자에게만 국한된 것이 아닌 모두에게 공통되는 삶의 당면문제이다. 따라서, 본 작품은 한센병 환자라는 마이너리티뿐만 아니라 한센병이 의학적으로 극복된 현재에도 자신만의 결점을 가진 모든 사람들을 위로하고 이들에게 적용될 수 있는 삶의 태도를 생각하는데 하나의 참조항이 될 것이다.

한센병 환자의 결혼, 출산, 단종을 그린 호조 다미오의 「나병 요양원 수태」

「나병 요양원 수태」는 1936년 『중앙공론』에 발표된 작품으로, 당시 제목은 「위기(危機)」였으나 가와바타 야스나리에 의해 「나병 요양원 수태(癩院受胎)」라는 제목으로 게재되었다. 본 작품 역시 호조 다미오 자신의 경험을 살려 요양원의 격리생활을 사실적으로 그리고 있다. 작가의 분신이라 할 수 있는 시점인물 나루세(成瀬, 23

세)는 입소한 지 얼마 안 되는 신참환자이다. 같은 나환자로서, 자신의 앞날이라 할 수 있는 요양원 환자들의 삶의 모습을 보며 삶의 의미를 찾기 위해 고투하는 모습이 그려진다. 특히 자신과 비슷한 나이의 구루메(久留米)와 가야코(茅子)의 연애와 임신, 출산, 그리고 구루메의 자살 사건을 중심으로 한센병 환자가 직면하는 결혼과 출산, 단종 등의 문제를 다루고 있다. 이 작품을 통해 독자들은 한센병을 가지고 살아가야만 하는 운명을 고통스럽게 받아들인 환자들이 동시에 끝없이 생명을 추구하는 모습을 보며, 한센병 환자라는 특수성을 떠나 인간이란 무엇인지, 생명이 얼마나 끈질기고 소중한 것인지, 삶의 의미란 무엇인지를 근원적으로 생각해 볼 수 있을 것이다.

비록 한센병 문학은 마이너리티의 문학에 속하지만 이와 같이 생명, 인간, 삶의 의미라는 보편적인 이야기를 담고 있다. 특히 현재와 같은 팬데믹 상황 속에서 한센병 환자의 격리는 주변에서도 흔히 볼 수 있게 된 COVID-19 환자의 격리를 연상시킨다. 의학 기술이 발전하고 사람들의 질병에 대한 인식이 발전하면서 과거보다 더 나은 환경에서 격리가 이루어지게 되었지만, 20세기까지도 한센병 환자들은 인간성을 포기하며 살아야 했다. 과거의 한센병 환자들에 대한 정책이나 인식, 격리 생활이 어떠했는지를 생생하게 전달하는 이 작품은, 현재를 살아가고 있는 독자들에게 생명이란 어떠해야 하는지, 환자는 어떠한 대우를 받아야 하는지에 대해서도 깊이 고민할 수 있는 기회를 제공할 것이다. 코로나가 끝난 이후에도 본 작품은 시대와 상관없이 삶 그 자체의 소중함과 가치를 보여주며, 생명을 향한 강한 의지는 독자들을 위로하고 희망을 줄 것으로 생각된다.

매독을 그린 소설

매독(梅毒)이란 트레포네마 팔리듐균(Treponema pallidum)이라는 세균에 의해 감염되는 질병이다. 주된 감염경로는 성행위이며, 감염자의 체액이나 혈액에 접함으로써 피부의 상처나 점막으로 감염되는 경우도 있다. 1940년대 페니실린의 보급에 의해 매독은 격감하였으나 1990년 무렵부터 복수의 나라에서 재유행하게 되었고, 세계보건기구에 의하면 2016년에는 전 세계에서 연간 약 630만 명이 신규 감염되어 현재도 진행 중인 감염병이다. 특히 일본에서도 2011년 무렵부터 증가하여 2022년 10월에 보고한 2022년 진단 보고수는 10,141건이 되어 반세기만에 최고 수준에 달하는 현상을 보이고 있다.

이와 같은 매독은 콜럼버스가 신대륙을 발견한 후 유럽, 중국을 통해 아시아로 전파되면서 19세기의 사회적 산물로 여겨졌으며, 세균학이 발달한 19세기말 20세기초 그 병리학이 확립되고 전염병임이 밝혀졌다. 그러나, 그 이전에 확립된 유전매독설이나 인간존재의 중핵이라 할 수 있는 뇌를 침범한다는 생각에 사회적 공포의 대상이 되기도 하였다.

이러한 매독은 병원체가 갖는 생물학적 요인의 변화, 매독에 관한 의학, 병리학의 진보, 예방이나 구제와 같은 사회 체제의 정비, 매독의 온상이라 여겨지는 매춘에 대한 규제 등 사회 역사적 요인에 의해 규정되었다. 이와 같은 사회적 현상으로서의 매독은 성행위를 통해 감염된다는 특징으로 인해 성, 욕망, 광기, 여성, 창부 등과 관련되며 의학의 영역을 넘어 문학이나 철학의 중요한 주제가 되기도 하였다. 예를 들어 플로베르, 모파상, 발자크 등 프랑스 문학자들의 매독 관련 양상을 분석한 데라다 고도쿠(寺田光徳)의 『매독의 문학사(梅毒の文学史)』(平凡社, 1999)나 오오카 쇼헤이의 「문사 매독설 비판(文士梅毒説批判)」(『新潮』, 1961.11)과 같은 연구나 평론을 보면, 프랑스를 비롯한 유럽은 물론 일본 근대 문학자들에게도 매독은 중요한 테마이자 소재가 되고 있음을 알 수 있다. 본서에서는 다이쇼 시대의 문학적 특징을 한 몸에 구현하였다는 아쿠타가와 류노스케가 매독을 주요 소재로 그린 「난징의 그리스도」를 소개한다.

현실과 비현실의 매개체로서의 매독을 그린 아쿠타가와 류노스케의 「난징의 그리스도」

아쿠타가와 류노스케(芥川龍之介, 1892-1927)는 다이쇼 시대를 대표하는 일본의 작가로, 1892년 3월 1일 도쿄시 교바시구(京橋区)에서 태어났다. 출생 직후 어머니의 정신 이상으로 인해 외삼촌에게 맡겨지고 후에 아쿠타가와 가의 양자가 되었다. 도쿄제일고등학교 졸업 후 도쿄제국대학 영문학과에 입학하였다. 대학 시절에는 기

쿠치 칸, 구메 마사오 등과 함께 제4차 『신사조』를 발간하였고, 단편 소설 「코(鼻)」(1916)로 나쓰메 소세키의 격찬을 받으며 작가로서의 길을 본격적으로 걷기 시작한다. 그의 문제의식과 작품의 소재는 동서고금에 이르는 다양한 양상을 보인다. 첫째는 역사물(=왕조물)로, 『곤자쿠모노가타리(今昔物語)』, 『우지슈이모노가타리(宇治拾遺物語)』와 같은 고전에서 제재를 취해 근대적으로 재해석, 재구성하여 인간의 내면을 묘사한 「라쇼몽(羅生門)」(1915), 「코」, 「마죽(芋粥)」(1916), 「덤불속(藪の中)」(1922) 등이 이에 해당한다. 둘째는 기독교물로 「어느 신도의 죽음(奉公人の死)」(1918), 「루시헤루(るしへる)」(1918), 「그리스도상인전(きりしとほろ上人伝)」(1919), 「난징의 그리스도(南京の基督)」(1920) 등 순교자나 광신도의 심리, 문명으로서의 기독교를 묘사한 작품군이 있다. 셋째는, 개화물(開化物)로 개화기의 화양절충(和洋折衷) 풍속이나 분위기를 소재로 한 「손수건(手巾)」(1916), 「개화의 살인(開化の殺人)」(1918), 「개화의 남편(開化の良人)」(1919), 「무도회(舞踏会)」(1920), 「히나(雛)」(1923) 등이다. 넷째는 야스키치물(保吉物)로 「어하안(魚河岸)」(1922), 「야스키치의 수첩에서(保吉の手帳から)」(1923), 「아바바바(あばばば)」(1923) 등 실생활에서 소재를 구한 사소설적 작품이 있다. 다섯째는 「거미줄(蜘蛛の糸)」(1918), 「밀감(蜜柑)」(1919), 「두자춘(杜子春)(1920) 등과 같은 동화가 있다. 시기별로 살펴보면, 초기에는 설화문학을 근대적으로 재해석하여 인간의 내면을 표현한 작품을 발표하였고, 중기에는 예술지상주의적인 면을 전면에 내세운 「지옥변(地獄変)」(1918) 등을 집필하였으며, 장편 「사종문(邪宗

門)」(1918)에 도전하여, 예술과 실생활의 상극을 생생하게 그리고 있다는 평가를 받고 있다. 1919년 『오사카매일신문(大阪毎日新聞)』 특파원 기자로 중국 방문한 이후인 만년에는 프롤레타리아 문단으로부터 부르주아 작가로 공격 받으면서, 「슌칸(俊寛)」(1922), 「원숭이와 게의 싸움(猿蟹合戦)」(1923), 「모모타로(桃太郎)」(1924), 「제4의 남편으로부터(第四の夫から)」(1924) 등 현실사회 문제를 다룬 작품이나 의식적으로 피해 온 자기고백적 자전 「다이도시 신스케의 반생(大道寺信輔の半生)」(1925), 「점귀부(点鬼簿)」(1926), 「갑파(河童)」(1927) 등을 발표한다. 이후 1927년 7월 24일, 35세라는 젊은 나이에 미래에 대한 막연한 불안감을 이유로 자살로써 생을 마감한다.

「난징의 그리스도」는 1920년 『중앙공론』 7월호에 발표한 단편소설이다. 이듬해인 1921년 3월 14일 『야라이의 꽃(夜来の花)』에 수록되었다. 소설의 배경은 중국 난징의 치왕가(현재의 지엔캉로, 난징에서 가장 오래된 골동품 상점 거리였음.)이다. 작가가 중국특파원으로 파견되기 이전에 쓰인 작품임에도 불구하고 생생한 장면 묘사를 보여주는데, 이는 작품 마지막에 언급되었듯 다니자키의 「친화이의 밤(秦淮の夜)」(1919)을 참고한 것으로 보인다. 동시에 주목할 점은 이 작품이 아쿠타가와 본인의 감염병 체험(1918년 11월)을 바탕으로 한다는 점이다. 그는 다이쇼 시대에 크게 유행했던 스페인 독감에 두 번 감염되었고, 이러한 사실은 '저는 지금 스페인 독감 때문에 누워 있습니다. 옮으면 안 되니까 오지 마세요. 열이 있고 기침이 나와서 아주 힘듭니다.'(「高浜年尾宛」葉書, 1918.11.2)라는 서간에 기록되어 있기도 하다. 이후 그는 회복을 하기는 했지만, 그가 얼마나 공포를 느끼고 있었는지는 '뒤돌아보니 산기슭 마을에는 화창한 국화(見かへるや麓の村は菊日和)'라는 세상을 하직하는 노래를 남기거나 그의 친부 니하라 도시조(新原敏三)가 스페인 독감으로 입원하여 며칠 지나지 않아 사망한 일에서도 짐작할 수 있다.

작품의 주인공은 송진화(宋金花)라고 하는 15세 중국 소녀로, 생계를 위해 사창가에서 일하는 매춘부이자 어렸을 때부터 기독교를 믿고 있는 기독교 신자이다. 그녀는 어느 날 양매창(楊梅瘡) 즉 매독에 걸리게 되고, 동료 매춘부에게서 매독을 다른 손님에게 옮겨 버리면 낫는다는 이야기를 듣는다. 그녀는 자신의 행복을 위해 다른 사람을 불행하게 만들 수 없다며 굶어죽더라도 손님을 받지 않겠다고 결심한다. 하지만 어느 날 밤, 그리스도와 닮은 낯선 외국인과 하룻밤을 보낸 후, 그녀의 병은 말끔히 나았고, 그녀는 그 외국인이 그리스도라고 믿는다. 이듬해 봄, 진화는 일본인 여행자에게 그 이야기를 한다. 여행자는 외국인이 그녀와 하룻밤을 보낸 뒤 매독으로 미쳐 버렸다는 사실을 알고 있으나, 그 일을 그녀에게 알려야 할지 고민하며 이야기는 마무리된다.

이 작품은 아쿠타가와의 작품을 소재별로 분류했을 때 '기독교물'에 해당하며, 인간의 '믿음'을 다루고 있다. 작품은 주인공인 송진화의 순수한 믿음을 동경하는 한편, 그에 대한 회의적인 의문을 남긴다. 작품은 총 3부로 구성된다. 1부와 2부에서는 진화에 대한 묘사가 주를 이루며, 진화의 방에 대한 묘사에서 시작하여 진화가 매독에 걸린 뒤의 대처, 그리고 그리스도라고 믿는 낯선 외국인과의 하룻밤을 시간 순으로 그린다. 3부에서는 진화를 다시 찾아온 젊은 일본인 여행가의 고민이 나타난다. 이는 앞에서 나타난 신앙을 어떻게 평가할 것인가에 대한 의문을 던지는 것이다. 믿음의 허망함을 드러내는 것일 수도 있고, 사실과는 다른 믿음의 소중함을 말하는 것일 수도 있다. 이와 같이 본 작품은 지금까지 주인공 진화의 '믿음'을 중심으로 해석되었다고 할 수 있다. 동시에 이 작품은 매독이라는 전염병을 앓는 진화의 경험과 고통, 그 시대의 대처 등을 알 수 있는 작품이기도 하다.

언급한 바와 같이 매독은 아주 오래 전부터 존재해 왔던 성병의 일종이다. 주로 성적인 접촉을 통해 감염되는 질병으로, 작품에 나온 것처럼 다른 사람에게 병을 옮겨버림으로써 치료가 되는 병은 아니다. 그렇다면 진화의 병은 실제로 완쾌된 것일까? 결국 명확한 진상이 밝혀지지 않은 채 이야기는 마무리되어 의학이나 심리학 등 다양한 해석이 이루어지고 있다. 또한 이 작품에서 매독은 현실과 비현실을 연결하는 매개체로서의 의미를 지니기도 한다. 진화가 그리스도 덕분에 매독이 나았다고 믿는 것은 비현실적인 설화적 요소이고, 일본인 여행가가 외국인의 진상을 알고 의심하는 것은 근대의 리얼리즘적인 요소라고 할 수 있다.

이와 같이 「난징의 그리스도」는 설화문학을 근대적으로 재해석하고 인간의 내면세계를 다루는 아쿠타가와의 문학 세계 자체를 드러냄과 동시에, 매독이 작품 안에서 주제를 드러내는 주요 모티

프로서 사용되기도 한다. 이로써, 매독에 대한 당시의 인식이나 대처 방식, 매춘이나 성의 문제, 종교적 믿음 등과 관련하여 사회적, 문화적 현상으로서 매독이 문학에서 어떻게 표상되는가 하는 문제를 생각하는데 많은 시사점을 주고 있다.

이상 각 작품의 소개에서 알 수 있듯이, 이들 감염병을 다룬 작품들에는 감염병으로 인한 눈에 보이지 않는 사회의 균열, 차이와 차별이 가시화되어 있고, 개인이 느끼는 병에 대한 불안, 공포, 혐오와 관련된 인간 본질을 이해하는 다양한 시각이 잘 드러나고 있다. 이로써 본서의 간행은 사상 유례없는 팬데믹 현상에 직면하여 사회 각 분야에서 삶의 양상이 재편되고 있는 우리에게 개인적으로는 물론이고 사회문화사적으로 많은 참조가 될 것이라 기대된다.

2023년 4월
편역자 김효순

■ 히로쓰 류로(広津柳浪)

1861년(0세) 나가사키현(長崎県)에서 아버지 히로쓰 도시조(広津俊藏), 어머니 리우(柳子)의 차남으로 출생.

1869년(8세) 아버지에게 집을 쫓겨나 고모 사와(サワ)의 시집 식구들과 살면서 학원에서 한학 등을 배운다.

1871년(10세) 나가사키현으로 돌아오다.

1873년(12세) 나가사키 시내에 있는 가쓰야마초등학교(勝山小学校)에 입학했으나, 다음해 가족들과 함께 도쿄도(東京都)로 이사.

1877년(16세) 외국어학교에서 독일어를 배워 제국대학 의학부 예비문에 입학했으나, 의학에 뜻을 두지 않은 데다 폐첨 카타르로 중퇴. 아버지 친구의 권유로 사업가가 되기로 마음먹고 농상무상의 관리가 되었지만, 적응하지 못하고 소설류를 탐독하기 시작.

1883년(22세) 부모를 여읜 후 도쿄 생활이 어려워져 낙향. 이때 겪은 가난은 그의 문학에 지대한 영향을 준다.

1887년(26세) 친구인 화가의 권유로 처녀작 「여자참정신중루(女子參政蜃中楼)」를 류로시(柳浪子)라는 이름으로 『도쿄에이리신문(東京絵入新

聞)』에 연재.

1889년(28세) 도쿄도에 있는 출판사 하쿠분칸(博文館)에 입사. 죽음을 앞
둔 결핵 환자의 심리를 그린 「잔국(残菊)」이 호평을 받는다.

1895년(34세) 객관 묘사에 관심을 보이기 시작해『요미우리신문(読売新
聞)』에 「변목전(変目伝)」 연재. 「흑도마뱀(黒蜥蜴)」 등으로 하층사회
의 비참한 실태를 그리는 독자적인 작풍을 구축해 '심각소설', '비
참소설'로 불린다.

1896년(35세) 사실적인 심리묘사로 「이마도정사(今戸心中)」, 「가와치
야(河内屋)」 등의 작품이 호평을 받아 히구치 이치요(樋口一葉, 1872-
1896)와 견줄 만한 평가를 받는다.

1904년(43세) 「니시히오(にしひお)」 연재를 시작, 전쟁에 병사를 보내는
민중의 비통한 마음을 그린 「승강장(昇降場)」을 집필.

1908년(47세) 장편 「마음의 불(心の火)」을 『니치로쿠신보(二六新報)』에
연재한 후 창작 활동이 부진해진다.

1911년(50세) 창작 활동 중지.

1914년(53세) 결핵으로 나고야(名古屋)의 형 집에서 요양하게 된다.

1915년(54세) 아들의 소개로『실업지일본사(実業之日本社)』에서 작품집
『류로 걸작집(柳浪傑作集)』을 출판하여 생활비를 벌면서 지타반도
(知多半島)에 있는 병원에 입원.

1928년(67세) 수년간의 투병생활 끝에 심장마비로 사망.

■ 모리 오가이(森鷗外)

1862년(0세) 시마네 현 쓰와노(津和野)에서 출생.

1874년(12세) 제일대학구의학교예과(현 도쿄대학 의학부) 입학.

1881년(19세) 늑막염에 걸림.

1884년(22세) 육군 위생제도 조사 및 군 위생학 연구를 위해 독일로 유학.

1887년(25세) 베를린에 가서 기타자토 시바사부로(北里柴三郎)와 로버트 코흐 방문, 위생시험소에 들어감.

1888년(26세) 일본으로 귀국. 군의 학교 교관으로 재직.

1889년(27세) 아카마쓰 도시코(赤松登志子)와 결혼. 『도쿄의사신지(東京医事新誌)』 주재. 『국민지우(国民之友)』에 역시집 『오모카게(於母影)』 발표.

1890년(28세) 『의사신론(医事新論)』 창간. 「무희(舞姬)」 발표, 소설가로서 활동 시작. 『시카라미소시(しからみ草紙)』에 「덧없는 기록(うたかたの記)」 발표. 도시코와 이혼. 도시코 결핵으로 사망.

1891년(29세) 의학박사 학위 취득. 「후미즈카이(文づかひ)」 발표.

1892년(31세) 『시카라미소시』에 안데르센의 「즉흥시인(即興詩人)」 연재.

1894년(32세) 군의부장 직책으로 청일전쟁 참전.

1896년(34세) 육군대학교 교관 취임.

1897년(35세) 『공중의사(公衆医事)』 창간.

1901년(39세) 안데르센의 「즉흥시인」 일본어 번역 작업을 마침.

1902년(40세) 『스바루(スバル)』에 「가면(仮面)」 발표. 아라키 시게(荒木志げ)와 재혼.

1904년(42세) 러일전쟁 발발. 제2군 군의부장으로 참전.

1909년(47세) 문학박사 학위 취득. 「이타 섹스아리스(ヰタ・セクスアリス)」 게재 『스바루』 발매금지.

1911년(49세) 『스바루』에 「기러기(雁)」 연재.

1912년(50세) 역사소설 창작 작업 시작.

1913년(51세) 역사 소설 「아베 일족(安部一族)」 집필.

1915년(53세) 『중앙공론』에 「산쇼다유(山椒大夫)」, 「마지막 한 마디(最後の一句)」 발표.

1916년(54세) 『중앙공론』에 「다카세부네(高瀬舟)」, 『도쿄일일신문(東京日日新聞)』과 『오사카매일신문(大阪毎日新聞)』에 「시부에추사이(渋江抽斎)」 연재.

1919년(57세) 제국미술원장 취임.

1922년(60세) 폐결핵 및 위축신으로 사망.

■ 시가 나오야(志賀直哉, 1983-1971)

1883년(0세) 리쿠젠 이시마키초(陸前石巻町)에서 아버지 은행원 나오하
　　루(直温)와 어머니 긴(銀)의 차남으로 출생. 장남 나오유키(直行)는
　　요절. 조부 나오미치(直道)는 구 소마나카무라한(相馬中村藩)의 무사
　　이자 니노미야손토쿠(二宮尊德)의 문하생.

1885년(2세) 부모와 상경, 조부모와 동거.

1889년(6세) 학습원(学習院) 초등과 입학.

1895년(12세) 학습원 중등과 입학. 어머니 긴 임신 중 병사. 아버지 고
　　(浩)와 재혼. 그 후 남동생 한 명, 여동생 5인 태어난다.

1901년(18세) 여름부터 우치무라 간조(内村鑑三)에게 다님. 아시오동산
　　(足尾銅山) 광독사건(鉱毒事件)과 관련하여 아버지와 충돌, 불화 상태
　　에 이른다.

1906년(23세) 도쿄제국대학 문과대학 영문학과 입학.

1908년(25세) 처녀작 「어떤 아침(或る朝)」 집필, 잡지 『우라노(望野)』 창
　　간.

1910년(27세) 동인지 『시라카바(白樺)』 창간, 「아바시리까지(網走まで)」
　　발표. 이때 도쿄 제국 대학 중퇴. 징병검사 받고 갑종 합격하여 입
　　영하지만 8일 후 제대.

1911년(28세) 무샤노 고지사네아쓰와 충돌, 『시라카바』에 절연장 보냄.

1912년(29세) 「오쓰 준키치(大津順吉)」, 「정의파(正義派)」, 「어머니의 죽음
　　과 새 어머니(母の死と新しい母)」 발표. 10월, 아버지와의 불화로 도
　　쿄를 떠나 히로시마현으로 이사.

1913년(30세) 「세이베와 표주박(清兵衛と瓢箪)」, 「한의 범죄(范の犯罪)」 발

표. 8월 상경하여 야마노테선(山手線)에 치여 중상, 12일 후 퇴원. 10월, 기노사키(城崎) 온천에서 3주간 체재. 나쓰메 소세키(夏目漱石)에게 『도쿄아사히신문(東京朝日新聞)』 연재소설 의뢰받음.

1914년(31세) 나쓰메 소세키 방문. 소세키에게 연재 사퇴 표시. 이후 집필 중지. 무샤노 고지사네아쓰의 사촌 가데노코지 야스코(勘解由小路康子)와 결혼.

1915년(32세) 야나기 무네요시(柳宗悦)의 권유로 아비코(我孫子)로 이주.

1916년(33세) 장녀 사토코(慧子) 탄생, 요절.

1917년(34세) 차녀 루메코(留女子) 탄생. 집필 활동 재개. 『시라카바』에 「기노사키에서(城の崎にて)」 발표. 아버지와의 불화 해소, 「와카이(和解)」 발표.

1919년(36세) 장남 나오야스(直康) 탄생, 요절. 『시라카바』4월호에 「유행성 감기와 이시(流行感冒と石)」(1922년 「유행성 감기(流行感冒)」로 개제) 발표.

1920년(37세) 「어린 점원의 신(小僧の神様)」, 「모닥불(焚火)」, 「마나즈루(真鶴)」 발표. 3녀 스즈코(寿々子) 탄생.

1921년(38세) 「암야행로(暗夜行路)」 전편(前篇) 발표. 조모 루메(留女) 사망.

1922년(39세) 「암야행로」후편(後篇) 발표. 4녀 마키코(万亀子) 탄생.

1923년(40세) 「청개구리(雨蛙)」 완성.

1925년(42세) 차남 나오키치(直吉) 탄생.

1929년(46세) 5녀 다즈코(田鶴子) 탄생. 이 해부터 집필 중지.

1932년(49세) 6녀 기미코(貴美子) 탄생.

1935년(52세) 새어머니 고, 뇌출혈로 사망.

1937년(54세) 「암야행로」 후편 발표, 완성.

1941년(58세) 「이른 봄의 여행(早春の旅)」으로 문필 활동 재개.

1942년(59세) 「싱가폴 함락(シンガポール陥落)」, 「용두사미(龍頭蛇尾)」를 마

지막으로 종전까지 집필 중지.

1947년(64세) 일본 펜클럽 회장 취임.

1949년(66세) 문화 훈장 수상.

1963년(80세) 「맹귀부목(盲亀浮木)」 발표.

1971년(88세) 10월 21일, 폐렴과 노쇠로 사망.

■ 다니자키 준이치로(谷崎潤一郎, 1886~1965)

1886년(1세) 도쿄시(東京市)에서 아버지 구라고로(倉吾郎), 어머니 세키 (関)의 차남으로 출생.

1892년(7세) 사카모토초등학교(阪本小學校) 입학하지만 학교에 가기를 싫어해서 2학기에 변칙입학한다.

1897년(12세) 2월 사카모토심상고등소학교심상과(尋常科) 제4학년을 졸 업하고, 4월 사가모도초등학교 고등과로 진급한다.

1901년(16세) 3월 사카모토초등학교 졸업하고, 4월 부립제일중학교(府 立第一中學校) 입학(現 日比谷高校).

1905년(20세) 3월 부립제일중학교 졸업하고, 9월 제일고등학교 영법과 문과(英法科文科)에 입학하다.

1908년(23세) 7월 제일고등학교 졸업하고, 9월 도쿄제국대학 국문학과 입학한다.

1910년(25세) 4월 『미타문학(三田文學)』을 창간하고, 반자연주의 문학의 기운이 고조되는 가운데 오사나이 가오루(小山内薫)들과 제2차 『신 사조(新思潮)』를 창간한다. 대표작 「문신(刺青)」, 「기린(麒麟)」을 발표 한다.

1911년(26세) 「소년(少年)」, 「호칸(幇間)」을 발표하지만 『신사조』는 폐간 되고 수업료 체납으로 퇴학한다. 작품이 나가이 가후(永井荷風)에 의해 격찬을 받으며 문단적 지위를 확립한다.

1915년(30세) 5월 이시카와 지요(石川千代)와 결혼하고, 「오쓰야살해(お 艶殺し)」, 희곡 「호조지 이야기(法成寺物語)」, 「오사이와 미노스케(お 才と巳之介)」 등을 발표한다.

1916년(31세) 3월 장녀 아유코(鮎子) 출생하고, 「신동(神童)」을 발표한다.

1917년(32세) 5월 어머니 병사하고, 아내와 딸을 본가에 맡긴다. 「인어의 한탄(人魚の嘆き)」, 「마술사(魔術師)」, 「기혼자와 이혼자(既婚者と離婚者)」, 「시인의 이별(詩人のわかれ)」, 「이단자의 슬픔(異端者の悲しみ)」 등을 발표한다.

1918년(33세) 조선, 만주, 중국을 여행하고 『작은 왕국(小さな王国)』을 발표한다.

1919년(34세) 2월 아버지 병사하고 오다와라(小田原)로 이사하여 「어머니를 그리는 글(母を戀ふる記)」, 「소주기행(蘇州紀行)」, 「친화이의 밤(泰淮の夜)」을 발표한다.

1920년(35세) 「길 위에서(途上)」를 『개조』에 발표하고, 「교인(鮫人)」을 『중앙공론』에 격월로 연재하기 시작. 대화체 소설 「검열관(檢閱官)」을 『다이쇼일일신문(大正日日新聞)』에 연재한다.

1921년(36세) 3월 오다와라(小田原) 사건(아내 지요[千代]를 사토 하루오[佐藤春夫]에게 양보하겠다는 말을 바꾸어 사토와 절교한 사건)을 일으킨다. 「십오야 이야기(十五夜物語)」를 제국극장, 유라쿠좌(有楽座)에서 상연. 「불행한 어머니의 이야기(不幸な母の話)」, 「나(私)」, 「A와 B의 이야기(AとBの話)」, 「노산일기(盧山日記)」, 「태어난 집(生れた家)」, 「어떤 조서의 일절(或る調書の一節)」 등을 발표한다.

1922년(37세) 희곡 「오쿠니와 고헤이(お國と五平)」를 『신소설(新小説)』에 발표, 다음 달 제국극장에서 연출.

1923년(38세) 9월 관동대지진(關東大震災)이 발발하여, 10월 가족 모두 교토(京都)로 이사하고, 12월 효고현(兵庫縣)으로 이사. 희곡 「사랑없

는 사람들(愛なき人々)」을 『개조』에 발표한다. 「아베 마리아(アヴェマ
リア)」, 「고기덩어리(肉塊)」, 「항구의 사람들(港の人々)」을 발표한다.

1924년(39세) 카페 여급 나오미를 키우는 주인공이 차츰 파멸해 가는
탐미주의의 대표작 「치인의 사랑(痴人の愛)」을 『오사카아사히신문
(大阪朝日新聞)』, 『여성(女性)』에 발표한다.

1926년(41세) 1월~2월 상하이(上海)를 여행하고,「상하이견문록(上海見聞
錄)」, 「상하이 교유기(上海交游記)」를 발표한다.

1927년(42세) 금융공황. 수필 「요설록(饒舌錄)」을 연재하여, 아쿠타가와
류노스케(芥川龍之介)와 '소설의 줄거리(小說の筋)' 논쟁을 일으킨 직
후, 아쿠타가와 류노스케가 자살한다. 「일본의 클립픈 사건(日本に
おけるクリッブン事件)」을 발표한다.

1928년(43세) 소노코(園子)에 의한 씨명미상의 '선생'에 대한 고백록 형
식의 「만지(卍)」를 발표한다.

1929년(44세) 아내 지요를 와다 로쿠로(和田六郎)에게 양보하는 이야기
가 나오고, 그것을 근거로 애정이 식은 부부 이야기를 다룬 「갓쓰
고 박치기도 제멋(蓼食ふ蟲)」을 연재하지만, 사토 하루오의 반대로
이야기가 중단.

1930년(45세) 지요 부인과 이혼하고, 「난국이야기(亂菊物語)」를 발표한
다.

1931년(46세) 1월 요시가와 도미코(吉川丁未子)와 약혼하고, 3월 지요의
호적을 정리. 4월 도미코와 결혼하고 고야산(高野山)에 들어가 「요
시노쿠즈(吉野葛)」, 「맹인이야기(盲目物語)」, 「무주공비화(武州公秘
話)」를 발표한다.

1932년(47세) 12월 도미코부인과 별거하며, 「청춘이야기(靑春物語)」, 「갈대베기(蘆刈)」를 발표한다.

1933년(48세) 장님 샤미센(三味線) 연주자 슌킨(春琴)과 하인 사스케(佐助)의 헌신적 이야기 속에 마조히즘을 초월한 본질적 탐미주의를 그린 「슌킨쇼(春琴抄)」를 발표한다.

1934년(49세) 3월 네즈 마쓰코(根津松子)와 동거 시작하고, 10월 도미코부인과 정식 이혼한다. 『여름국화(夏菊)』를 연재하지만, 모델이 된 네즈가(根津家)의 항의로 중단된다. 평론 『문장독본(文章読本)』을 발표하여 베스트셀러가 된다.

1935년(50세) 1월 마쓰코 부인과 결혼하고, 『겐지이야기(源氏物語)』 현대어역에 착수.

1938년(53세) 한신대수해(阪神大水害)가 발생. 이때의 모습이 『세설(細雪)』에 반영된다. 『겐지이야기』 탈고.

1939년(54세) 『준이치로 역 겐지이야기』가 간행되지만, 황실 관련 부분은 삭제.

1941년(56세) 태평양전쟁 발발.

1943년(58세) 부인 마쓰코(松子)와 그 네 자매의 생활을 그린 대작 『세설』을 『중앙공론』에 연재하기 시작하지만, 군부에 의해 연재중지. 이후 숨어서 집필을 계속한다.

1944년(59세) 『세설』 상권을 사가판(私家版)으로 발행하고, 가족 모두 아타미(熱海) 별장으로 피난한다.

1945년(60세) 오카야마현(岡山縣)으로 피난.

1947년(62세) 『세설』 상권과 중권을 발표 마이니치출판문화상(每日出版

文化賞)을 수상한다.

1948년(63세) 다자이 오사무(太宰治) 자살.『세설』하권이 완성.

1949년(64세) 고령의 다이나곤(大納言) 후지와라노 구니쓰네(藤原国経)가
아름다운 아내를 젊은 사다이진(左大臣) 후지와라노 도키히라에게
빼앗기는 역사적 사실을 제재로 한「소장 시게모토의 어머니(少将
滋幹の母)」를 발표한다.

1955년(70세)「유소년시절(幼少時代)」

1956년(71세) 초로의 부부가 자신들의 성생활을 일기에 기록하며 심리
전을 펼치는「열쇠(鍵)」를 발표한다.

1959년(74세) 주인공 다다스(糺)의 어머니에 대한 근친상간 원망을 다룬
「꿈의 부교(夢の浮橋)」를 발표한다.

1961년(76세) 77세 노인이 며느리의 다리에 탐닉하는 이야기를 다룬
「미친 노인의 일기(瘋癲老人日記)」발표.

1962년(77세)「부엌 태평기(台所太平記)」

1963년(78세)「세쓰고암 야화(雪後庵夜話)」

1964년(79세)「속 세쓰고암 야화」

1965년(80세) 에도가와 란포(江戸川乱歩) 죽음. 교토에서 각종 수필을 발
표. 7월 30일 신부전에 심부전이 동시에 발병하여 사망.

■기쿠치 간(菊池寬, 1888~1948)

1888년(1세) 12월 26일 가가와현(香川縣=현 다가마쓰[高松]시)에서 출생한다.

1895년(8세) 욘반초 심상소학교(四番丁尋常小學校) 입학한다.

1899년(12세) 고등소학교 입학한다.

1903년(16세) 현립다카마쓰중학교(縣立高松中學校) 입학한다.

1906년(19세) 『사누키학생회 잡지(讚岐學生會雜誌)』 현상 작문에 2등으로 당선된다.

1907년(20세) 도쿄 『일본신문(日本新聞)』의 과제작문 「박람회(博覽會)」에 입선, 그 특전으로 처음으로 상경.

1908년(21세) 추천으로 도쿄고등사범학교 입학한다.

1909년(22세) 방종으로 고등사범학교를 제적당하고, 메이지 대학 법학과에 입학하지만 3개월 만에 퇴학한다. 제일고등학교 문과 입학준비를 한다.

1910년(23세) 수험준비를 위해 영어 공부를 하고, 징병 유예를 위해 일시적으로 와세다(早稻田) 대학에 적을 둔다. 제일고등학교 문과에 입학한다.

1913년(26세) 친구의 절도 사건에 연루되어 졸업을 3개월 남기고 퇴학한다. 교토제국대학 영문과 입학한다. 단편소설 「금단의 열매(禁斷の木の實)」가 『요로즈초호(萬朝報)』 현상에 당선된다.

1914년(27세) 동인 잡지 제3차 『신사조(新思潮)』에 참가, 기쿠치 히로시(菊池比呂士), 모리 다로(草田杜太郎)의 필명으로 번역물과 희곡을 발표한다.

1916년(29세) 제4차 『신사조』를 창간하고, 희곡 「옥상의 광인(屋上の狂人)」을 발표한다. 교토제국대학 졸업하고 시사신보사(時事新報社)에 입사하여 사회부 기자가 된다.

1917년(30세) 희곡 「아버지 돌아오다(父歸る)」를 발표하고, 동향의 오쿠무라 가네코(奧村包子)와 결혼한다. 「폭군의 심리(暴君の心理)」로 처음으로 원고료를 받는다.

1918년(31세) 장녀 루미코(瑠美子) 탄생. 『중앙공론』에 단편소설 「무명작가의 일기(無名作家の日記)」, 「다다나오경행장기(忠直卿行狀記)」 등을 발표하여 문단에서의 지위 확립.

1919년(32세) 시사신보사를 퇴사하고, 오사카매일신보사(大阪每日新聞社) 객원기자가 된다. 최초의 단편 희곡집 『마음의 왕국(心の王國)』 간행한다. 「은혜와 원수의 저쪽에(恩讐の彼方に)」, 「도주로의 사랑(藤十郎の戀)」을 발표한다.

1920년(33세) 이치가와 엔노스케(市川猿之助)가 「아버지 돌아오다」를 상연하여 절찬을 받는다. 신문소설 「진주부인(眞珠婦人)」으로 대성공을 이룬다.

1921년(34세) 소설가협회(小說家協會)를 설립한다.

1923년(36세) 문예춘추사(文藝春秋社) 창설하여 잡지 『문예춘추(文藝春秋)』를 창간한다. 어머니가 사망하고, 장남 히데키(英樹)가 탄생한다.

1924년(37세) 처음으로 협심증 발작을 일으킨다.

1925년(38세) 차녀 나나코(ナナ子)가 탄생한다.

1926년(39세) 문예가협회(文藝家協會)를 조직하고, 호치신문사(報知新聞

社) 객원기자가 된다.

1927년(40세) 아쿠타가와 류노스케가 자살한다.

1928년(41세) 중의원 의원 후보로 출마했다가 낙선한다.

1929년(42세) 헤이본사(平凡社)에서 『기쿠치 간 전집(菊池寬全集)』전12권
간행 시작한다.

1930년(43세) 문화학원(文化學院)에 문학부 창설되어 부장으로 취임한
다. 『문예춘추』의 임시증간, 『올 요미모노호(オール讀物號)』를 간행
하고, 다음해부터 월간이 된다.

1934년(47세) 나오키 산주고(直木三十五) 사망. 오사카매일(大阪每日)·도
쿄일일(東京日日) 신문사 고문이 된다.

1935년(48세) 아쿠타가와상 및 나오키상을 창설한다. 일본영화협회(日
本映畵協會) 이사가 된다.

1936년(49세) 문예가협회 초대 회장이 되어, 『문학계(文學界)』를 인수한
다.

1937년(50세) 도쿄시회의원에 당선되고, 예술원회원이 된다.

1938년(51세) 재단법인 「일본문학진흥회(日本文學振興會)」를 창설하여
초대 이사장이 된다. 아쿠타가와상과 나오키상을 확립한다.

1939년(52세) 기쿠치간상(菊池寬賞)을 창설하고, 대일본저작권보호동맹
회장(大日本著作權保護同盟會長)이 된다. 조선예술상을 설치하여 조
선 문단에 막강한 영향력을 행사.

1940년(53세) 8월 문예총후운동대강연회를 위해 경성 방문.

1941년(54세) 기시다 구니오(岸田國士)들과 영화배우학교를 설립할 계획
을 세우고, 사할린에 강연 여행을 떠난다.

1942년(55세) 일본문학보국회(日本文學報國會) 창립총회 의장이 되고, 문예가협회의 해산을 결의한다.

1943년(56세) 다이에이(大映) 주식회사 사장이 되고, 만주문예춘추사를 창립하여 사장이 된다.

1944년(57세) 전기문학상(戰記文學賞)을 설립한다.

1946년(59세) 문예춘추사를 해산하고, 다이에이 사장을 사임한다.

1947년(60세) 공지 추방령을 당한다.

1948년(61세) 우노 지요가 편집하는 『스타일(スタイル)』에 「애증(愛憎)」을 발표하는 등 건필을 과시하지만, 3월 6일 협심증으로 급사한다.

■ 호조 다미오(北条民雄, 1914.9.22-1937.12.5)

1914년(0세) 9월, 식민지시대 조선의 경성(현 서울)에서 출생. 본명 시치조 데루지(七條晃司).

1915년(1세) 모친 사망, 부모의 고향인 도쿠시마현(德島県) 나카군(那賀郡)으로 이주해 외조부모 아래서 성장.

1930년(16세) 처음 한센병의 징후 발현.

1932년(18세) 한 살 연하의 여성과 결혼.

1933년(19세) 다리 마비 등 한센병 증세 발현, 한센병 확진 판정. 확진으로 아내와 파혼하고, 친형제와 절연.

1934년(20세) 도쿄 기타타마구(北多摩区) 한센병 요양소 전생병원 입원.

1935년(21세) 11월 처녀작 「마키노인(間木老人)」을 발표.

1936년(22세) 『문학계』 2월호를 통해 두 번째 소설 「생명의 초야(いのちの初夜)」 발표, 제2회 문학계상 수상, 제3회 아쿠타가와상 후보에 오름. 단편소설 「나병 요양원 수태(癩院受胎)」 발표.

1937년(23세) 「중병실일지(重病室日記)」, 「망향가(望郷歌)」 등의 작품을 발표, 12월 5일 장결핵으로 사망.

2014년 탄생 100년에 해당하는 2014년 6월 친족의 승낙을 얻어 본명 공개.

■ 아쿠타가와 류노스케(芥川龍之介, 1892~1927)

1892년(0세) 3월 1일 도쿄시(東京市) 출생. 니하라 도시조(新原敏三)의 장 남으로 출생하였으나, 친어머니 후쿠의 발광으로 외삼촌인 아쿠타 가와 도쇼(芥川道章) 부부에게 입양된다.

1905년(13세) 3월, 고토심상소학교(江東尋常小學校) 고등과 3년 수료후, 4 월, 도쿄부립제3중학교(東京府立第三中學校)에 입학한다.

1906년(14세) 4월, 회람잡지 『유성(流星)』을 창간하고, 편집 발행을 남낭 한다. 6월, 『서광(曙光)』으로 개제한다.

1910년(18세) 3월, 도쿄부립제3중학교 졸업. 9월, 제일고등학교(一高) 입 학. 동급생에 쓰네토 교(恒藤恭), 구메 마사오(久米正雄), 기쿠치 간(菊 池寬) 등이 있다. 교우회지에 「기추론(義仲論)」을 발표한다.

1913년(21세) 7월, 일고를 졸업하고, 9월, 도쿄제국대학(東京帝國大學) 영 문과에 입학한다. 수필 「오가와 강물(大川の水)」을 발표한다.

1914년(22세) 2월, 구메 마사오, 기쿠치 간, 야마모토 유조(山本雄三) 들과 제3차 『신사조』를 창간한다. 12월, 급우의 소개로 나쓰메 소세키(夏 目漱石) 문하에 입문한다. 처녀작 「노년(老年)」, 희곡 「청년과 죽음과 (靑年と死)」, William Butler Yeats의 작품을 번역한 「봄의 심장(春の 心臟)」을 발표한다.

1915년(23세) 5월에 「훗토코(ひょっとこ)」, 11월에 「라쇼몬(羅生門)」을 『제 국문학(帝国文学)』에 발표하였지만, 아직 무명이었다. 이때부터 나 쓰메 소세키의 목요회에 출석하여 그 문하가 된다.

1916년(24세) 구메 마사오, 기쿠치 간과 제4차 『신사조』를 창간한다. 창 간호에 게재된 「코(鼻)」가 나쓰메 소세키의 극찬을 받으며 문단에

등단. 소세키 문하의 스즈키 미에키치(鈴木三重吉)의 추천으로 『신소설』에 집필 기회를 얻는다. 9월에 『신소설』에 「마죽(芋粥)」, 『중앙공론』에 「손수건(手巾)」을 발표, 그 성공에 의해 신진작가로서의 지위를 굳혔다. 기독교물의 첫 작품 「담배(煙草)」를 『신사조』에 발표한다. 졸업논문은 「윌리엄 모리스연구」이고, 대학 졸업 후 요코하마(横浜) 해군기관학교 영어교사가 되어 가마쿠라(鎌倉)로 이사한다. 후에 이 시기의 자신을 주인공(堀川保吉)으로 한 소설 즉 야스키치물(保吉物) 집필.

1917년(25세) 3월 제4차 『신사조』를 폐간하고, 제1단편집 『라쇼몬』을 아란다서방(阿蘭陀書房)에서 간행. 11월 제2단편집 『담배와 악마(煙草と悪魔)』(新潮社)를 간행한다. 이 해에 「맥(貉)」, 「도적떼(偸盗)」, 「두 개의 편지(二つの手紙)」, 「어느 날의 오이시 구라노스케(或日の大石内蔵助)」, 「짝사랑(片戀)」, 「게사쿠 삼매경(戯作三昧)」, 「목이 떨어진 이야기(首が落ちた話)」, 「사이고 다카모리(西郷隆盛)」 등을 발표한다.

1918년(26세) 2월 쓰카모토 후미(塚本文)와 결혼하고, 3월 오사카마이니치신문사 사우가 된다. 5월 무렵부터 다카하마 교시(高浜虚子)에게 사사하여 하이쿠(俳句)에 관심을 보인다. 작품으로는 「게사와 모리토(袈裟と盛遠)」, 「지옥변(地獄變)」, 「개화의 살인(開化の殺人)」, 「어느 신도의 죽음(奉教人の死)」, 「가레노쇼(枯野抄)」, 「그 무렵의 나(あの頃の自分の事)」, 아나톨 프랑스의 번역 「발타자르」가 있다.

1919년(27세) 제3단편집 『꼭두각시(傀儡師)』(新潮社)를 간행한다. 해군기관학교를 사직하고, 오사카매일신문사(大阪毎日新聞社) 사원이 된다. 이 해의 창작에는 「개화의 남편(開化の良人)」, 「크리스트호로 상인전

(きりしとほろ上人傳)」, 「귤(蜜柑)」, 「늪지(沼地)」, 「의혹(疑惑)」, 「노상(路上)」, 「파(葱)」가 있고, 평론에는 「예술 기타(藝術その他)」가 있다.

1920년(28세) 제4단편집 『그림등롱(影灯籠)』(春陽堂)을 간행하고, 우노고지(宇野高二), 기쿠치 간들과 관서지방으로 강연여행을 간다. 작품에 「늙은 스사노오노미코토(老いたる素戔嗚尊)」, 「여자(女)」, 「두자춘(杜子春)」, 「난징의 그리스도(南京の基督)」, 「버려진 아이(捨兒)」, 「그림자(影)」, 「여체(女體)」, 「묘한 이야기(妙な詁)」, 「산도요새(山鴫)」, 「기괴한 재회(奇怪な再會)」, 「아그니의 신(アグニの神)」 등이 있다.

1921년(29세) 3월 제5단편집 『밤에 피는 꽃(夜来の花)』(春陽堂)을 간행한다. 이 달에 오사카매일신문 특파원으로 중국을 여행하고, 7월말 조선을 거쳐 귀국한다. 「기우(奇遇)」, 「어머니(母)」, 「상해유기(上海遊記)」, 「호색(好色)」, 「덤불 속(藪の中)」, 「신들의 미소(神々の微笑)」, 「장군(將軍)」 등을 발표한다.

1922년(30세) 서재간판을 '조코도(澄江堂)'로 고친다. 건강이 나빠져 신경쇠약, 습진, 위경련, 장염, 심계항진 등을 앓는다. 작품에는 「밀차(トロツコ)」, 「선인(仙人)」, 「어느 날 저녁 이야기(一夕話)」, 「마당(庭)」, 「로쿠노미야 아가씨(六の宮の姫君)」, 「우오가시(魚河岸)」, 「오토미의 정조(お富の貞操)」, 「백합(百合)」, 「세 개의 보물(三つの寶)」 등이 있다.

1923년(31세) 『문예춘추(文藝春秋)』창간호에 「주유의 말(侏儒の言葉)」 연재를 개시한다. 제6단편집 『춘복(春服)』(春陽堂)을 간행한다. 9월 1일 관동대지진(關東大震災)이 발생한다. 12월 「아바바바바(あばばばば)」를 『중앙공론』에 발표, 작풍에 변화를 초래하여 사소설풍의 작품을 발표한다. 「원숭이와 게의 싸움(猿蟹合戰)」, 「어느 연애소설(或戀愛小

說)」, 「야스키치의 수첩에서(保吉の手帳から)」, 「흰둥이(白)」, 「인사(お
時儀)」, 「한 줌의 흙(一塊の土)」, 「이토메 기록(絲女覺え書)」 등이 있다.

1924년(32세) 7월에 제7단편집 『황작풍(黄雀風)』(新潮社)을, 9월에 제2수
필집 『백초(百草)』(新潮社)를 간행한다. 매형의 객혈을 겪고, 자신도
독감, 신경성위이완증, 신경쇠약 등을 앓는다. 이 시기에는 「제4의
남편으로부터(第四の夫から)」, 「추위(寒さ)」, 「휴지(文放古)」, 「10엔짜
리(十円札)」, 「다이도지사 신스케의 반생(大導寺信輔の半生)」을 발표
한다.

1925년(33세) 4월 『현대소설전집』제1권으로서 『아쿠타가와류노스케』
(新潮社)가 간행된다. 7월에 3남 야슨시(也寸志)가 태어나고 8월부터
가루이자와(軽井沢)에 요양을 간다. 10월 흥문사(興文社)의 의뢰로
『근대문예독본』전5권의 편집을 마친다. 이 해의 창작으로는 「가루
이자와에서(軽井澤から)」, 「말의 다리(馬の脚)」, 「봄(春)」, 「온천소식(溫
泉だより)」, 「바닷가(海のほとり)」, 「연말의 하루(年末の一日)」, 「호남의
부채(湖南の扇)」 가 있으나, 건강의 악화로 창작활동은 저조해진다.

1926년(34세) 신경쇠약과 불면증에 시달려 가나가와현(神奈川縣) 구게누
마(鵠沼)에서 정양한다. 수필집에 『매실, 말, 꾀꼬리(梅·馬·鶯)』(新潮
社)를 간행했다. 작품에 「추억(追憶)」, 「칼멘(カルメン)」, 「흉(凶)」, 「점
귀부(點鬼簿)」, 「그(彼)」 「그 제2(彼第二)」가 있다.

1927년(35세) 1월 매형의 보험금을 노린 방화사건이 일어나고, 매형은
자살한다. 그 처리를 하느라 신경쇠약이 악화된다. 4월 이후에는
「문예적인, 너무나 문예적인(文藝的な、あまりに文藝的な)」, 「속 문예
적인, 너무나 문예적인(續文藝的な、あまりに文藝的な)」을 『개조』에 연

재하며 다니자키 준이치로와 소설의 줄거리 논쟁을 전개한다. 6월
에 제8단편집 『후난(湖南)의 부채』(文藝春秋社)를 간행한다. 7월 24
일 자택에서 치사량의 수면제 복용으로 자살한다. 유서로는 「어
느 오랜 벗에게 보내는 수기(或舊友への手記)」가 있다. 이 해 생전에
발표한 작품으로는 「꿈(夢)」, 「겐카쿠산방(玄鶴山房)」, 「신기루(蜃氣
樓)」, 「갑파(河童)」가 있고, 유고로서 「암중문답(闇中問答)」, 「톱니바퀴
(齒車)」, 「서방의 사람(西方の人)」, 「속 서방의 사람(續西方の人)」, 「어
느 바보의 일생(或阿保の一生)」이 있다.

편역자

김효순

고려대학교 일어일문학과 교수. 고려대학교와 쓰쿠바대학에서 아쿠타가와 류노스케 문학을 연구하였고, 현재는 〈근대초기 한일 문학의 결핵 표상에 대한 사회문화적 비교〉 등, 전염병을 다룬 문학에 관심을 갖고 연구하고 있다. 주요 논문으로 「식민지시기 조선의 일본어문학에 나타난 결핵 표상—도쿠토미 로카(德冨蘆花)의 『호토토기스(不如帰)』 후속작 시노하라 레이요(篠原嶺葉)의 『신불여귀(新不如帰)』를 중심으로—」(『일본연구』 제38집, 2022.8), 「3·1운동 직후 재조일본인 여성의 조선표상과 신경쇠약—『경성일보』 현상문학 후지사와 게이코의 반도의 자연과 사람을 중심으로 —」(『일본연구』 제35집, 2021.2) 등이 있고, 저역서에 다니자키 준이치로 저 『열쇠』(역서, 민음사, 2018), 『현상소설 파도치는 반도·반도의 자연과 사람』(공역, 역락, 2020.5), 『식민지 문화정치와 경성일보: 월경적 일본문학·문화론의 가능성을 묻다』(편저, 역락, 2021.1) 등이 있다.

번역자

고유원 고려대학교 일어일문학과 재학 중.

노리모토 미로쿠 고려대학교 교환학생.

목지원 고려대학교 일어일문학과 재학 중.

사카구치 미유 고려대학교 교환학생.

서지원 고려대학교 정치외교학과 재학 중.

신민규 고려대학교 일어일문학과 재학 중.

원선영 고려대학교 일어일문학과 재학 중.

이주석 고려대학교 일어일문학과 재학 중.

이준영 고려대학교 일어일문학과 재학 중.

이지우 고려대학교 환경생태공학부 재학 중.

일본 근대 문호가 그린 감염병
결핵, 스페인 독감, 한센병, 매독

초판 1쇄 인쇄	2023년 4월 12일
초판 1쇄 발행	2023년 4월 24일

엮은이	김효순
지은이	히로쓰 류로(広津柳浪), 모리 오가이(森鷗外), 시가 나오야(志賀直哉), 다니자키 준이치로(谷崎潤一郎), 기쿠치 간(菊池寬), 호조 다미오(北条民雄), 아쿠타가와 류노스케(芥川龍之介)
옮긴이	김효순, 고유원, 노리모토 미로쿠, 목지원, 사카구치 미유, 서지원, 신민규, 원선영, 이주석, 이준영, 이지우
펴낸이	이대현
편 집	이태곤 권분옥 임애정 강윤경
디자인	안혜진 최선주 이경진
마케팅	박태훈
펴낸곳	도서출판 역락
주 소	서울시 서초구 동광로 46길 6-6 문창빌딩 2층
전 화	02-3409-2060(편집), 2058(마케팅)
팩 스	02-3409-2059
등 록	1999년 4월 19일 제303-2002-000014호
전자우편	youkrack@hanmail.net
홈페이지	www.youkrackbooks.com

ISBN	979-11-6742-537-9 03830